Jenna Theiss
Der Sissi-Mord

Jenna Theiss

Der Sissi-Mord

Kriminalroman

PIPER

Mehr über unsere Autoren und Bücher:
www.piper.de

ISBN 978-3-492-50144-6
© 2018 Piper Verlag GmbH, München
Dieses Werk wurde vermittelt durch die
Scripta Literaturagentur, 80636 München
Redaktion: Franz Leipold
Covergestaltung: Favoritbüro, München
Covermotiv: saiko3p/shutterstock; gyn9037/shutterstock
Printed in Germany

Oh, dass ich nie den Pfad verlassen,
der mich zur Freiheit hätt' geführt.
Oh, dass ich auf der breiten Straße
der Eitelkeit mich nie verirrt!

Mai 1854, Elisabeth von Österreich

Prolog

Sie raffte die Röcke, als sie den Laubengang zu den kaiserlichen Stallungen hinaufrannte, fast flog. Der volle Mond warf sein Licht auf die Holzstufen. Wie immer hatte sie das Mieder extrem festgezurrt, um ihre Wespentaille zur Geltung zu bringen; dennoch kam sie kein bisschen außer Atem. Ein Lächeln huschte über ihr Gesicht. Sie konnte stolz sein auf ihren durchtrainierten Körper. Und sie würde ihn immer weiter stählen, bis zur Vollkommenheit. Zur absoluten Vollkommenheit!

Oben, an der Remise angekommen, hielt sie kurz inne. Dann schritt sie über den Hof auf das riesige Holztor zu, das die Anlagen des kaiserlichen Marstalls vom Park trennte. Mit energischem Klopfen forderte sie Einlass.

Er öffnete sofort und versank in eine tiefe Verbeugung. »Kaiserliche Hoheit!«

»Ist gut, Franz.« Sie klappte ihren schwarzen Seidenfächer auf, fächelte sich etwas Luft zu und betrachtete ihn wohlwollend, als er sich aufrichtete. Ein stattlicher Bursche.

»Wie letztes Mal, Kaiserliche Hoheit?«

»Wie letztes Mal, Franz.« Sie fasste in die Falten ihrer Röcke, zog ein kleines Kärtchen hervor und reichte es ihm.

»Ergebensten Dank, Kaiserliche Hoheit«, sagte der Mann mit belegter Stimme.

Er räusperte sich, nachdem sie sich mit ihren anmutigen, leichten Schritten ein Stück von ihm entfernt hatte, und sah ihr nach, wie sie schließlich in der Weite des nächtlichen Parks verschwand. Er hielt das Kärtchen nahe vor sein Gesicht. Das Mondlicht reichte nicht aus, um die Schrift darauf zu entziffern, aber ein blumiger Parfümduft

stieg ihm in die Nase. Gierig sog er ihn ein. »Endlich!«, sagte er leise.
»Endlich ...«

Mittwoch, 3. Dezember

»Name?«, bellte der rundliche, rotgesichtige Polizist und schaute kurz vom Bildschirm auf.

Josis erster Impuls war es, ihm dieselbe Frage zu stellen. Sie beherrschte sich. Das hier war eine Behörde. Und sie war eine Zeugin. Sie hatte keine Chance, dem Ausgefragtwerden zu entkommen. Dabei hatte sie so gehofft, die paar Tage, die sie in Bad Ischl verbringen musste, nicht erkannt zu werden – und vor allem: von niemandem irgendetwas gefragt zu werden.

»Josephine Konarek«, antwortete sie ordnungsgemäß. »Moment ...« Sie fummelte ihren Reisepass aus der Handtasche und händigte ihn dem Beamten aus.

Er legte ihn geöffnet neben den PC. Beim Lesen beugte er sich nach vorne und kniff die Augen zusammen, was seine Kurzsichtigkeit verriet.

Es roch ein wenig nach abgestandener Luft in der Polizeiinspektion Bad Ischl, wie wohl in den meisten Amtsstuben dieser Welt. Josis Blick glitt durch den Raum, streifte über die Wand gegenüber und hakte sich an dem unvermeidlichen Bild des österreichischen Bundespräsidenten fest. Keine Amtsstube ohne Bild des Bundespräsidenten. Alles war wie früher. Nur der Bundespräsident war ein anderer.

Der Polizeibeamte begann, die Angaben aus dem Pass umständlich, im Zwei-Finger-Suchsystem, in den Computer zu tippen. »Anschrift?«

»10719 Berlin, Uhlandstraße 27.«

»D-10719 Berlin ...«, las er laut mit, während er schrieb, und betonte dabei das »D« vor der Postleitzahl. »Verheiratet?«

»Geschieden.«

»Geburtsname?«

»Boehm mit oe und h.« Er fügte ihren Mädchennamen konzentriert, aber unbeteiligt den anderen Daten hinzu. Offenbar sagte er ihm nichts. Wenigstens das.

»Beruf?«

Sie zögerte einen Moment. »Wissenschaftsjournalistin.«

»Schur-na-lis-tin«, sprach er mit, während er tippte.

»Na ja, eigentlich bin ich Psychologin.«

»Also was sind Sie jetzt? Journalistin oder Psychologin?«

»Ich habe Psychologie studiert und schreibe für verschiedene psychologische Zeitschriften.«

Er sah sie irritiert an. »Also Psychologin und Journalistin?«

Josi nickte.

Er gab ein undefinierbares Grunzen von sich, dann tippte er erneut.

»Sind Sie auf Urlaub in Ischl?«

Josi hätte am liebsten gesagt, dass sie den Teufel tun würde, ausgerechnet hier ihren Urlaub zu verbringen, aber sie riss sich zusammen.

»Ja«, sagte sie. »Ich mache Urlaub.«

»Frau Konarek, was war der Anlass von ihrem Besuch bei der Orgel droben in der evangelischen Kirche, also … ich mein …«

Auch wenn ihr gar nicht zum Lachen zumute war, verkniff sie sich ein Grinsen. Nach fast fünfundzwanzig Jahren in Deutschland klang das ziemlich komisch in ihren Ohren. »Ich interessiere mich für Orgeln. Ich spiele selbst ein wenig.« Sie war froh, dass ihr diese Lüge so schnell eingefallen war. So richtig gelogen war ja auch nur das Erste. Schließlich hatte sie als Kind und auch noch als junges Mädchen vom Vater ab und zu etwas Unterricht an der Orgel erhalten, auch wenn ihr das wenig Freude gemacht hatte.

»Aha. Also haben Sie den Herrn Koller tot vorgefunden, wie sie die Orgel anschauen wollten?«

»Ja. Er ist auf der Orgelbank gesessen. Eigentlich ist er nicht so richtig gesessen, also so irgendwie …« Sie verstummte.

»Weiß schon«, sagte der Polizist. »Das war um …? Wissen Sie die Uhrzeit?«

»Zehn. Die Kirchturmuhr hat gerade geschlagen.«

Er tippte kurz und fragte gleich weiter. »Was haben Sie gemacht, wie Sie den Herrn Koller gesehen haben?«

Josis Magen krampfte sich zusammen. »Ich habe … Ich hab gemerkt, dass er nicht mehr lebt.«

»Wie haben Sie das gemerkt? Haben Sie seinen Puls gefühlt?«

Ein Schauder kroch ihren Rücken hinauf und setzte sich in ihrem Nacken fest. »Ich habe ihm einen Spiegel vor den Mund gehalten.«

Der Polizist schaute sie kurz an. Dann nickte er und tippte Josis Antwort in das Protokoll. »Geht auch. Und dann?«

»Ich wollte bei der Polizei anrufen. Der Akku von meinem Handy war aber leer. Also bin ich zum Pfarrhaus gegangen und hab beim Pfarrer geläutet.«

»… geläutet bei Pfarrer Gerd Schäfer«, vervollständigte der Beamte und tippte alles in den Computer. »A Deitscher«, fügte er hinzu, was wohl eine rein private Feststellung war und daher nicht in Schriftsprache vorgetragen werden musste.

Josi nickte. »Ja, genau, der Herr Schäfer. Der hat gleich die Polizei angerufen. Dann sind wir zusammen kurz noch einmal nach oben auf die Empore gegangen. Der Pfarrer hat auch festgestellt, dass der Organist tot ist. Danach haben wir vor der Kirche gewartet. Ein Arzt – Dr. Wagner, glaub ich – ist fast zugleich mit dem Streifenwagen eingetroffen. Er hat gesagt, dass er gerade in der Nähe bei einem Hausbesuch gewesen ist.«

»Aha«, sagte der Beamte und tippte wieder.

Im selben Augenblick trat ein weiterer Uniformierter, ein großer, schlanker Mann mittleren Alters, durch eine Seitentür herein, beugte sich zu seinem Kollegen und flüsterte ihm etwas ins Ohr.

Der Polizist am Computer nickte, dann wandte er sich wieder an Josi. »Brauchen S' vielleicht a Krisenintervention?«

»Eine – was?«

»Wir bieten Ihnen an, mit unserem Kriseninterventionsteam zu sprechen«, erklärte der neu Hinzugekommene. »Für den Fall, dass Sie das möchten. Es ist doch eine ziemliche Belastung, wenn man einen Toten findet.«

»Danke, ich komm schon klar.« Josi machte eine abwehrende Geste mit der Hand. Das fehlte gerade noch ...

»Dann ist es gut. War nur ein Angebot.« Der Mann nickte ihr grüßend zu und verließ den Raum.

Der rotgesichtige Polizist druckte das Protokoll aus und schob es Josi zum Unterschreiben hin. »Bleiben S' länger in Ischl?«

»Ich weiß es noch nicht genau. Ein paar Tage wahrscheinlich.« Sie kramte in ihrer Handtasche und reichte ihm ihre Karte. »Hier steht auch meine Handynummer drauf. Ich wohne beim Sandwirt.« Sie stand auf. »Und mit wem hab ich gesprochen?«, fragte sie jetzt doch.

Er schaute Josi mit gerunzelter Stirn an. »Revierinspektor Heininger«, antwortete er schließlich und heftete Josis Visitenkarte mit einer Klammer an das Protokoll.

»An Augenblick«, sagte er, als Josi sich zum Gehen wandte.

»Ja?«

»Ihren Geburtsort brauch ich noch.«

Josi schluckte. Sie hatte sich schon gedacht, dass er es übersehen hatte. Schließlich stand es im Pass, doch er hatte sie wie eine Touristin behandelt.

»Bad Ischl«, sagte sie schnell. Dann floh sie vor den neugierig blitzenden Augen des Herrn Revierinspektor Heininger ins Freie.

*

Die Sonne riss ihn aus dem Schlaf. Ungeachtet der Jahreszeit knallte sie durch die Fensterscheiben und schien alles daranzusetzen, den Linzern einen Bilderbuch-Wintertag zu bescheren.

Ein Blick auf die Uhr, und Paul Materna schoss im Bett hoch. So spät schon! Er wollte doch um jeden Preis den freien Vormittag genießen, die letzten Stunden mit Isabel.

Die Nacht war verdammt kurz gewesen. Er gähnte laut. Dann stand er auf und ging ins Bad.

Der Anblick seines Gesichts im Spiegel verriet ihm, dass er mit seinen 45 Jahren den Schlafmangel doch nicht mehr so locker wegsteckte wie früher. Er hatte deutliche Ringe unter den Augen. Abgesehen von einem gemütlichen späten Frühstück mit seiner Tochter würde der Tag wohl wenig Erfreuliches zu bieten haben, dachte er, während er frisch geduscht in seine Jeans schlüpfte. Auf den Pressetermin um zwei hätte er liebend gern verzichtet. Er verabscheute Pressetermine, vor allem dann, wenn ein Fall noch nicht komplett abgeschlossen war wie der aktuelle. Er hasste die professionelle Sensationsgier der Journalisten, die Arroganz, die viele von ihnen zur Schau trugen, ihre abgehackten Schema-F-Fragen. Danach wartete jede Menge öder Schreibtischarbeit auf ihn. Und Isabel würde ihn heute auch schon wieder verlassen.

Als er die Tür zur Wohnküche öffnete, schlug ihm ein Duft entgegen, der ihn schlagartig mit jeder Unbill des Lebens versöhnte.

Isabel füllte gerade eine Palatschinke mit Marmelade und legte sie zu den anderen auf einen flachen Servierteller. Aus dem Radio dudelte Free Jazz. Sie drehte den Kopf zu ihm und lächelte.

»Guten Morgen, Papa.«

»Palatschinken zum Frühstück! Du verwöhnst mich, Isi.«

Isabel zwinkerte ihm zu. »Sagen wir: Brunch. Wann bist du denn heimgekommen? Ich hab dich gar nicht gehört.«

»So um halb vier.« Er griff nach der Puderzuckerdose und ließ massenhaft Zucker über die goldgelb gebackenen Teigrollen rieseln.

Sie hielt ihn am Ärmel fest. »He – nicht so viel! Sonst kriegen wir noch einen Zuckerschock.« Sie trug die Schüssel zu dem liebevoll gedeckten Tisch in der Essecke. »Kommst du?«

Er nickte, griff nach der Kaffeekanne und trug sie hinüber. Sie setzten sich, und er füllte ihre Tassen.

»Und – habt ihr den Fall abschließen können?«, fragte Isabel, während sie etwas Milch in ihren Kaffee goss.

»Wir haben einen der Täter festgenommen, der andere ist noch flüchtig«, antwortete er ein wenig kurz angebunden. Sie hatten zuletzt in einem brutalen Mord an einer alten Frau ermittelt. Sie war in ihrer Wohnung überfallen, niedergeschlagen, gefesselt und ausgeraubt worden. Da sie nicht in der Lage gewesen war, sich selbst zu befreien, musste sie einen langsamen, qualvollen Tod erlitten haben. Trotz seiner langjährigen Routine als Kriminalbeamter gab es Dinge, die er nicht einfach wegsteckte. Jetzt darüber zu reden war das Letzte, was er wollte.

Er sog den Duft der frischen Mehlspeise ein und kostete. Warm und süß zerging sie auf seiner Zunge. »Traumhaft!« Er spießte ein weiteres Stück auf die Gabel.

Ein prüfender Blick seiner Tochter traf ihn, aber sie fragte nicht weiter.

»Gibst mir den Zucker bitte?«, bat er.

Isabel lächelte ein wenig schief. Sie reichte ihm das Gewünschte und sah ihm kopfschüttelnd zu, wie er vier Würfel in seinen Kaffee tat. »Bei deinem Konsum an Süßem müsstest du eigentlich breiter als lang sein.«

»Bin ich aber nicht.« Wie um sich zu vergewissern schaute er an seiner langen, dünnen Gestalt hinunter. Genüsslich steckte er den nächsten Bissen in den Mund. »Schmeckt super! Willst du nicht doch lieber hierbleiben?«

Sie lachte. »Zum Mehlspeisen backen? Das könnte dir so passen. Kannst mich ja bald mal besuchen. Ich bin gespannt, ob du das schaffst.«

»Hm …«, brummte er. Er lud sich eine weitere Palatschinke auf den Teller und begann, sie mit der Gabel in mehrere Stückchen zu zerteilen. Dann spießte er ein goldgelbes Teigstück nach dem anderen auf, als wolle er eine Art Palatschinken-Schaschlik fabrizieren, und betrachtete sein Werk. Sie hatte ja recht. Dass geplante Unternehmungen aller Art aus beruflichen Gründen ins Wasser fielen, war eher die Regel als die Ausnahme. Schon immer war das Privatleben dem Job untergeordnet gewesen. Seine Ehe war daran zerbrochen; aus denselben Gründen waren ein paar weitere, eher halbherzige Beziehungsversuche gescheitert. Seiner Tochter gegenüber hatte er immer ein schlechtes Gewissen gehabt. Dabei war er früher noch nicht ganz so eingespannt gewesen wie heute, wo er als Chefinspektor der Abteilung *Leib und Leben* des LKA vorstand.

»Ich hoffe es halt, aber versprechen kann ich nichts. Du weißt ja …« Er seufzte leise. »Deine Mutter hat schon recht gehabt, wenn sie gesagt hat, ich bin nur mit meinem Beruf verheiratet.«

»Na ja, die Mama …«, begann Isabel. Sie wurde vom Läuten seines Handys unterbrochen.

»Ich bin nicht da«, schimpfte er. »Ich hab die Pest. Oder die Cholera.« Er zog das Telefon aus der Brusttasche seiner Jacke und schaute auf das Display. »Conni, was gibt es?«

»Hallo, Paul. Der Pressetermin ist auf zwölf Uhr vorverlegt worden«, sagte sein Kollege. »Der Oberst möcht dich als leitenden Ermittler natürlich unbedingt dabei haben. Musst halt leider doch schon früher kommen.«

»Ah geh, so ein Mist!«, schimpfte Materna. Er hielt das Telefon in der linken Hand, mit der rechten hieb er auf die restlichen Teigstücke auf seinem Teller ein, als wolle er diese harpunieren. »Ja, also, dank dir schön, Conni. Bis nachher. Servus.«

»Ich weiß ja nicht, was los ist – die Palatschinke kann jedenfalls nix dafür«, bemerkte Isabel.

»Pressekonferenz. Um zwölf.« Er steckte das Handy ein.

»Und?« Sie schaute auf die Uhr. »Das schaffst du locker.«

»Schon, aber ich wollte dich doch noch zum Zug bringen.«

Sie drückte ihm einen Kuss auf die Wange. »Kein Problem. Fahr ich halt mit dem Taxi.«

Er schaute sie an. Sie war ganz anders als ihre Mutter, auch wenn sie ihr mit denselben dunklen Augen und Haaren und der zierlichen Gestalt äußerlich unglaublich ähnlich sah. Isabel war unkompliziert und herzlich. Intensiv spürte er in diesem Augenblick, wie sehr er sie liebte – so sehr, dass es sich fast wie ein Schmerz in seiner Brust anfühlte.

»Vielleicht schaff ich es hinterher ja noch zum Bahnhof, wenigstens zum Winken.«

»Geh, Papa, ich fahr nach Tirol und nicht nach Australien!«

Er schnaufte kräftig durch die Nase, legte sein Besteck auf den

Teller, die Serviette daneben, und stand auf. »Gut war's, danke! Ja – bleibt nichts anderes übrig, ich muss dann …«

Er ging in sein Arbeitszimmer, um seine Sachen zu holen. Auf dem Weg zurück in die Küche hielt er inne, blieb in der Tür stehen und lauschte.

Die Jazzsendung im Radio war zu Ende. Eine weibliche Stimme kündigte die Themen der aktuelle Stunde an.

»Was hat sie gesagt?«, fragte er.

»Wer?«

»Die Sprecherin.«

»Ach so. Sie hat gesagt, dass sie gleich ein Interview mit dem neuen Intendanten des Lehár-Festivals in Bad Ischl bringen.«

»Das hab ich schon gehört. Ich meine, davor. Woran ist der Vorgänger plötzlich verstorben?«

Sie schüttelte lächelnd den Kopf. »Kein Mord, Papa! Der Mann war krank. Du bist wirklich mit deinem Beruf verheiratet.«

*

Mit einem zufriedenen Seufzer nahm Eisler auf dem bequemen Ledersessel an seinem Schreibtisch Platz. Die Operation war kompliziert und anstrengend gewesen. Allmählich spürte er, dass er nicht mehr der Jüngste war. Immerhin war alles gut verlaufen. Er konnte mit sich und seinem Team zufrieden sein.

Jetzt brauchte er einen guten, starken Tee. Im selben Moment, in dem er seine Sekretärin darum bitten wollte, welchen zu kochen, läutete sein Telefon.

»Herr Professor, der Herr Dr. Wagner für Sie«, vernahm er ihre Stimme.

»Danke, Bärbel, stellen Sie durch. Ach – und würden Sie vielleicht einen Tee machen?«

»Ist gerade fertig, Herr Professor.«

»Wunderbar.« Eisler nickte zufrieden. Sie war ein echter Schatz, seine Sekretärin.

Es knackte in der Leitung.

»Servus, Peter«, hörte er die Stimme seines alten Freundes Karl

Wagner. »Du, ich möchte dich um einen großen Gefallen bitten.«

»Nur zu.«

Bärbel betrat mit einem kleinen Tablett das Büro. Eine Tasse Tee, ein Kännchen Milch und Zucker standen darauf.

Eisler nickte ihr dankend zu. »Schieß los, Karl«, forderte er den Freund auf.

Genussvoll sog er den Duft des Getränks in die Nase, schüttete ein wenig Milch in die Tasse und nahm den ersten Schluck ganz bewusst.

»Georg Koller ist heute Vormittag tot aufgefunden worden«, sagte Wagner.

Eisler brachte kein Wort heraus. Mechanisch stellte er die Teetasse ab.

»Peter? Bist du noch dran?«

»Ja, ja.« Eisler atmete tief durch.

»Entschuldige – ich hab ganz vergessen, dass du ihn ja gut gekannt hast. Es ist auch ein Verlust für dich.«

»Ja. Georg Koller ist ein großer Verlust. Für mich, für die Kulturszene, für Ischl und für alle, die ihn gekannt haben.« Er machte eine kleine Pause. »Und worum wolltest du mich bitten?«

»Ich hab noch keinen Totenschein ausgestellt. Im Grunde ist es klar, dass er an einem Herzinfarkt verstorben ist. Es war ja leider zu befürchten, dass sein Herz auf Dauer die starke Arbeitsbelastung nicht mitmacht. Aber weil halt die Polizei mit der Sache befasst ist, wollte ich dich bitten, dass ihr im Krankenhaus auch noch einmal draufschaut.«

»Die Polizei befasst sich mit seinem Tod? Aber warum denn?«

»Eine Touristin hat ihn in der evangelischen Kirche an der Orgel gefunden und zusammen mit dem Pfarrer die Polizei gerufen.«

»Oh, mein Gott! Wo ist er jetzt?«

»Schon bei euch. Ich wollt' dir schon vorhin Bescheid sagen, hab dich aber nicht erreicht.«

»Gut, ich geh gleich runter. Ich melde mich dann bei dir.«

»Danke, Peter. Bis später also.«

»Bis später. Auf Wiederhören, Karl.«

Eisler stand auf. Ob Baumann noch im Keller war? Vielleicht saß der Pathologe ja gerade beim Essen, und es ergab sich die Gelegenheit, dass er ein paar Augenblicke lang mit dem Toten allein sein konnte. Er nahm seinen Kittel vom Haken, zog ihn über und machte sich auf den Weg zum Lift.

*

Als Josi vor dem Gebäude der Polizeiinspektion die Handschuhe anziehen wollte, bemerkte sie, dass ihre Hände zitterten. Auch die Magenschmerzen, die sie bei jedem ihrer seltenen Besuche in Bad Ischl überfielen – und die endlich nachgelassen hatten –, meldeten sich zurück. »Scheiß Kaff!«, fluchte sie, während sie in ihren Winterstiefeln auf den Golf zu stapfte.

Sie riss die Autotür so heftig auf, dass der Dackel aus dem Schlaf hochschreckte. »Servus, Poldi, da bin ich endlich! So lang bist du jetzt im Auto gesessen, du Armer. Gleich darfst du raus.«

Sie stieg ein und strich dem Hund über das borstige Fell. Dann schaltete sie die Standheizung aus. Ihr Blick fiel auf das Hotelverzeichnis, das noch immer auf dem Beifahrersitz lag. *Willkommen in Bad Ischl, dem Herzen des Salzkammerguts,* stand darauf. Sie schnaufte kräftig durch die Nase und warf es ins Handschuhfach. Nach einem kurzen Moment der Besinnung ließ sie den Motor an und fuhr zurück Richtung Stadtzentrum.

Am Adalbert-Stifter-Kai parkte sie den Golf, stieg aus und zog einen Parkschein. Sie blieb einen Augenblick lang stehen und schaute sich um. Es fühlte sich unwirklich an, in dieser Stadt zu sein, die ihr so vertraut und zugleich vollkommen fremd war.

Sie zog ihre Wollmütze etwas tiefer ins Gesicht und ließ das darunter hervorquellende dicke rote Haar hinter dem Schal verschwinden. Dann hob sie den Dackel aus dem Auto und leinte ihn an.

Für Poldi war es allerhöchste Zeit, nach draußen zu kommen. Gleich beim ersten Baum riss er eines seiner kurzen Hinterbeine hoch, und ein nicht enden wollender Strahl rieselte gegen den Stamm. Das war kein Eintrag in die Hundezeitung. Das war Rettung in letzter Minute.

Josi wählte den Weg entlang der Traun. Sie ging an der alten Saline und dem Sportplatz vorbei, während ihre Gefühle Flickflacks sprangen. Dieser Vormittag hatte sie an die Grenzen ihrer Kraft gebracht. Die ganze letzte Zeit war belastend gewesen, die Trennung von Bernhard, aber auch der konstante Ärger mit ihren Ischler Mietern. Und jetzt, wo sie wild entschlossen gewesen war, das Problem zu lösen, hatte sie ihr Häuschen verwahrlost, verdreckt und verlassen vorgefunden. Sie blieb kurz stehen und seufzte tief auf. Sie musste eine Firma beauftragen, das Haus zu renovieren. Morgen würde sie mit dem Anwalt sprechen, Marie-Sophie aufsuchen, die hoffentlich noch in Ischl wohnte, und dann so schnell wie möglich wieder von hier verschwinden.

Hinter dem Bahnhof überquerte sie den Fluss an der Steinfeld-Brücke und bog in den Weg am anderen Traunufer ein, den der Vater früher immer *die grüne Steiermark* genannt hatte. Ob dieser Teil der Maxquellgasse jemals offiziell so geheißen hatte, wusste sie nicht. Grün war hier zurzeit jedenfalls gar nichts.

Bei jedem Schritt knirschte der Schnee unter den Füßen. Josi ließ den Poldi von der Leine, der sich gleich darauf wie ein kleiner Schneepflug über die verschneite Wiese am Traunufer schob. Winterwunderland, Vorweihnachtszauber wie aus dem Bilderbuch. Aber Bad Ischl sah ja meistens postkartengerecht-fremdenverkehrsförderlich-idyllisch aus – nach außen wenigstens. Eine Liedzeile aus einer Lehár-Operette ging ihr durch den Kopf: *Doch wie's da drin aussieht, geht niemand was an* – oder so ähnlich. Ob es das Lehár-Festival im Sommer noch gab? Sie nahm sich vor, ihre Wirtin zu fragen.

An der Maxquelle angekommen, blieb sie einen Augenblick stehen. Das Quellbecken war jetzt im Winter mit Holz verhüllt. Die Bänke links und rechts davon ragten wenig einladend aus dem Schnee. Ein paar Sonnenstrahlen bahnten sich ihren Weg durch das Geäst der kahlen Kastanien und streichelten ihr Gesicht. Sie sog die prickelnde Winterluft durch die Nase tief in die Lungen. Josi lächelte, als sie auf einmal das kleine Mädchen vor sich sah, das sie einmal gewesen war.

»Nicht, Papa, hier darfst du nicht sitzen! Die Bank ist doch nur für Kurgäste.«

»Komm her, Joserl. Sind wir halt zwei Kurgäste.«

Josi schüttelte heftig den Kopf, und ihr Traum verflog so rasch, wie er gekommen war. Mit der Hand strich sie den Schnee von der Rückenlehne der Bank. Natürlich trug diese die alberne Aufschrift *Nur für Kurgäste* nicht mehr.

Ihr Blick fiel auf einen Abfalleimer. Sie suchte in ihrer Umhängetasche nach dem Schminkspiegel. Es war der, den sie benutzt hatte, um zu überprüfen, ob der Mann an der Orgel wirklich tot war. Mit spitzen Fingern ließ sie ihn samt Hülle in den Eimer gleiten und schnaufte befreit durch.

Niemand hatte von ihr wissen wollen, ob sie den Toten gekannt hatte, der Pfarrer nicht, und der Polizist ebenfalls nicht. Genaugenommen hatte sie das auch nicht. Sie hatte eher von ihm gehört, als dass sie ihn persönlich gekannt hätte. Sein Vater, Franz Koller, war Leiter der Musikschule gewesen, als Josi noch ein Kind war, und der erste Cellolehrer ihrer Freundin Sibylle. Er hatte auch manchmal in der Kirche Cello gespielt, wenn zu Weihnachten Werke mit Orchester aufgeführt worden waren. Von seinem Sohn Georg Koller hatten die Leute gesagt, er würde ein großer Dirigent werden. Er hatte damals noch studiert. Sie war jetzt 43, also musste Georg Koller Mitte bis Ende 50 gewesen sein.

Der Arzt hatte etwas von einem Herzinfarkt erwähnt, das hatte sie noch mitbekommen. Wie konnte er das nach einem ersten Blick auf den Toten so bestimmt behaupten? Niemand hatte von ihr wissen wollen, ob ihr irgendetwas aufgefallen war oder Ähnliches. Spielte ihr etwa ihre Krimi-Leidenschaft einen Streich? Waren solche Fragen in der Realität vielleicht völlig überflüssig? Oder hatte sich einfach nichts geändert, im Herzen des Salzkammerguts? Vermutlich war es immer noch äußerst wichtig, dass Sissi-Ischl nach außen hin sauber blieb, sodass man alles, was nicht zum Image passte, eben ignorierte oder unter den Teppich kehrte.

Josi versuchte, an etwas anderes zu denken, während sie weiter die Maxquellgasse entlang schlenderte. Es misslang. Am Stelzhammer-Kai pfiff sie dem Poldi und leinte ihn an. Vor dem Steg, der über die Traun zurück zu ihrem Parkplatz führte, nahm sie ihn auf den Arm und trug ihn die Stufen hoch.

Mitten auf der schmalen Brücke blieb sie abrupt stehen. Sie setzte den Hund auf den Boden und starrte hinunter auf den Fluss, in dessen eisigem Wasser sich zwei Schwäne treiben ließen.

Die Erkenntnis kam schlagartig. Mit einem Mal war ihr klar, was sie zu tun hatte.

»Tut mir leid, Poldi«, sagte sie zum Dackel. »Du musst noch einmal ins Auto.«

*

Die Polizisten hatten den Streifenwagen direkt vor der Koller-Villa geparkt.

»Komm, Flo, fahren wir«, sagte Abteilungsinspektor Maurer zu seinem jungen Kollegen. »Da ist keiner.«

Florian Unterberger nickte.

Sie waren gerade im Begriff einzusteigen, als ein weinroter Mini Cooper in die schmale Straße einbog und direkt vor ihnen hielt. Eine hochgewachsene Dame in einem grünen Lodenmantel entstieg dem Fahrzeug. Ein paar Silberfäden zogen sich durch ihr dunkles Haar, das sie im Nacken zu einem Knoten gedreht hatte.

»Wollen Sie zu mir?« Sie legte den Kopf schief und sah die beiden Polizisten mit leicht zusammengekniffenen Augen an.

»Sind Sie die Frau Schindler? Katrin Schindler?«

»Ja. Bin ich zu schnell gefahren? Hab ich falsch geparkt?«

»Frau Schindler, dürfen wir vielleicht hereinkommen? Abteilungsinspektor Maurer. Das ist mein Kollege, der Revierinspektor Unterberger.«

»Schon, aber …« Katrin Schindler schüttelte irritiert den Kopf. Sie wühlte in ihrer Handtasche nach dem Hausschlüssel und sperrte auf. »Ich darf vorgehen. Bitte schön.« Sie öffnete die Haustür.

»Georg?«, rief sie laut, als sie den Flur betrat. »Georg, bist du noch da?« Sie öffnete die Tür zu einem großen, hellen Wohnzimmer und lud die Polizisten mit einer Geste zum Eintreten ein. Florian Unterberger warf seinem Kollegen einen hilflosen Blick zu.

»Frau Schindler«, begann Maurer. »Könnten wir uns vielleicht setzen?«

Kollers Freundin fuhr sich mit den Fingern durch die Haare, ehe sie auf das Ledersofa vor dem Kamin deutete. »Bitte.«

Die Polizisten warteten, bis sie auf einem der mächtigen Sessel ihnen gegenüber Platz genommen hatte, dann setzten sie sich auch.

Maurer räusperte sich. »Wir haben leider eine sehr traurige Nachricht für Sie.«

»Ist etwas passiert?«

»Ihr Lebensgefährte Georg Koller ist heute in der Früh in der evangelischen Kirche tot aufgefunden worden.«

Katrin Schindler sah ihn eher interessiert als schockiert an. Auf einmal bewegte sie langsam den Kopf hin und her. »Sie irren sich. Der Georg hat heute eine Probe für ein Weihnachtskonzert in Linz. Er ist bestimmt schon losgefahren.« Ihre Stimme hatte den geduldigen Tonfall, mit dem man einem kleinen Kind etwas erklärt. »Er hat ziemlich viel zu tun, wissen Sie …« Sie brach plötzlich ab, und ihr Blick wurde starr. »Sie meinen, er ist … tot?« Unvermutet sprang sie von ihrem Sessel auf. »Das kann nicht sein.«

»Es tut mir sehr leid, Frau Schindler«, sagte Inspektor Maurer leise.

Sie begann, leicht zu schwanken. Florian Unterberger packte blitzartig zu und veranlasste sie mit sanftem Nachdruck, sich wieder zu setzen.

»Brauchen Sie einen Arzt?«, fragte Maurer.

Sie schüttelte den Kopf. »Das Herz? War es das Herz? Der Georg … es war doch alles recht gut mit dem Herz in letzter Zeit, ich mein …« Sie starrte Maurer an, als hoffe sie immer noch auf ein erlösendes Wort von ihm.

Der nickte. »Dr. Wagner geht davon aus.«

»Dr. Wagner ist unser Hausarzt. Er kennt den Georg gut, ich mein, er hat ihn gut gekannt …« Sie stand erneut auf. »Ich hol mir nur schnell ein Glas Wasser.«

»Ich mach das, wenn ich darf«, bot Florian Unterberger an.

»Danke. Da drüben ist die Küche.« Sie deutete auf die gegenüberliegende Tür, setzte sich wieder hin und schaute Inspektor Maurer ausdruckslos an. »Ein Herzinfarkt also?«

»Ja, wahrscheinlich«, bestätigte Maurer.

Florian kam mit einem Glas zurück.

Katrin Schindler trank es in hastigen Zügen leer. »Wo ist er?«

»Im Krankenhaus. Dr. Wagner hat einen Kollegen gebeten, dass er noch einen Blick auf den Verstorbenen wirft.«

Sie fuhr hoch. »Eine Obduktion?« Ihre Stimme klang auf einmal laut, fast hysterisch. »Warum denn das?«

»Nein, Frau Schindler«, versuchte Florian, die aufgebrachte Frau zu beruhigen. »Der Herr Dr. Wagner hat nur darum gebeten, dass ein zweiter Arzt …«

»Welcher zweite Arzt?«, fiel sie ihm ins Wort.

»Der Herr Primar Eisler«, sagte Maurer.

Sie sprang auf. »Ich muss ins Krankenhaus. Ich muss zum Georg! Ich will ihn sehen.«

»Das geht jetzt nicht. Bitte, Frau Schindler, Sie werden sofort verständigt, wenn Sie zu ihm können«, redete Maurer in ruhigem Ton auf die aufgelöste Frau ein. »Wir rufen jetzt erst einmal Ihren Hausarzt an, ja? Der kann Ihnen auch mehr über die Todesumstände sagen.«

Sie schwieg ein paar Augenblicke lang. Schließlich nickte sie, und Florian Unterberger griff zu seinem Handy. Dr. Wagners Nummer hatte er bereits eingespeichert.

»Er ist unterwegs«, sagte er, nachdem er kurz telefoniert hatte. »Der Herr Dr. Wagner sagt, er wollte ohnehin gerade zu Ihnen kommen.«

»Frau Schindler …«, begann Maurer erneut.

Sie starrte, ohne auf ihn zu reagieren, in den kalten Kamin.

»Frau Schindler«, sprach er sie noch einmal an. Endlich wandte sie sich ihm zu. Ihr Blick war leer.

»Haben Sie Ihren Lebensgefährten gestern Abend nicht vermisst? Oder heut in der Früh?«

»Ich war über Nacht bei meinem Bruder in Salzburg. Ich war nicht da.«

Florian öffnete den Mund, um etwas zu sagen, schloss ihn jedoch wieder, als sein erfahrener Kollege abwinkte.

»Ich war nicht da«, wiederholte Katrin Schindler und verbarg ihr Gesicht in den Händen.

*

Zum zweiten Mal an diesem Tag betrat Josephine Konarek die Polizeiinspektion in Roith. Sie hätte zum Leichenfund in der evangelischen Kirche noch eine Aussage zu machen, erklärte sie dem diensthabenden Beamten. Der riss die Seitentür auf und rief nach draußen: »Da ist wer für dich, Hubsi!«

Hubsi, aha. Wahrscheinlich hieß der Polizist von vorhin Hubert.

Der Revierinspektor Heininger Hubsi betrat die Amtsstube.

»Noch eine Aussage also«, sagte er, nachdem Josi ihr Anliegen wiederholt hatte. Er begann auf der Tastatur des Computers herumzutippen. »Ah, da haben wir's. Frau Josephine Konarek, wohnhaft in Berlin …«

»Ja«, unterbrach ihn Josi. »Mir ist noch etwas eingefallen, was vielleicht wichtig sein könnte.«

»Ja, und was wäre das?«, fragte Heininger, ohne den Bildschirm aus den Augen zu lassen.

»Wie ich den Herrn Koller auf der Orgelbank vorgefunden habe, war der Motor nicht an.«

»Der Motor? Was für ein Motor?«

»Da ist ein Motor, der den Blasebalg der Orgel betreibt. Wenn er nicht eingeschaltet ist, kann der Organist nicht spielen«, erklärte sie schnell.

»Aha. Und wieso wissen S' das, dass er nicht an war, und wieso so plötzlich?«

»Ich hab zuerst nicht drauf geachtet. Aber jetzt ist es mir auf einmal eingefallen. Die Stirn vom Herrn … von dem Toten hat auf die Tastatur gedrückt und ein Bein auf das Pedal. Die Orgel hätte einen schrecklichen Dauerton von sich geben müssen, wenn der Motor eingeschaltet gewesen wäre.«

Der Polizist, der Josi gestern die Krisenintervention angeboten hatte, betrat den Raum und gesellte sich zu ihnen. Er blieb neben Heininger stehen und schaute über dessen Schulter auf den Computerbildschirm.

»Und?«, Heininger hob den Blick und runzelte die Stirn.

»Ich meine, welcher Organist sitzt bei ausgeschaltetem Motor an der Orgel«, versuchte sie, die Sache auf den Punkt zu bringen, ohne gleich die Interpretation mitliefern zu müssen.

Der Blick, der sie daraufhin vonseiten des Revierinspektors Hubert Heininger traf, war einer von der Sorte, über die man sagte, sie wären nicht zu überleben, wenn Blicke denn töten könnten.

»Dafür kann es viele Gründe geben«, meinte Heininger unbeeindruckt.

Josi hätte am liebsten geschrien, auf den Tisch gehauen oder sich sonst irgendwie Luft gemacht. Natürlich konnte es viele Gründe geben, aber sie waren allesamt sehr viel unwahrscheinlicher als der, dass dies schlicht ein Hinweis auf Mord war. Ein Organist schaltete den Orgelmotor immer als Erstes ein, so automatisch und ohne darüber nachzudenken wie der Fahrer eines Schaltautos die Kupplung tritt, ehe er einen Gang einlegt. Hätte sie warten sollen, ob die Polizei selbst dahinterkam? Sie stand auf.

»Der Vorgang ist ja auch eigentlich schon …«, setzte Heininger noch einmal an.

»Vielen Dank, Frau Konarek, wir nehmen es ins Protokoll«, unterbrach ihn sein Kollege.

Gar nichts werden sie tun, dachte Josi. Wie auch immer, falls sie doch noch draufkommen würden – sie hatte es jedenfalls gemeldet.

»Wiederschaun«, sagte sie und ging. Sie brauchte dringend frische Luft.

*

Es war kalt und zugig auf dem Bahnsteig des Linzer Hauptbahnhofs. Eine verhallte Stimme tönte aus einem Lautsprecher. Sie kündigte an, dass der Zug nach Innsbruck zwanzig Minuten Verspätung haben würde.

»Und ich hab mich so abgehetzt, dass ich dich noch erwisch.« Paul Materna schaute seine Tochter an.

»Magst du noch einen Kaffee trinken gehen? Ich mein, bevor wir hier herumstehen.«

Das Handy vibrierte in seiner Hosentasche. Er zog es hervor und hielt es dicht ans Ohr. »Ja, Conni, was gibt's?«

»Hallo, Paul. Wir müssen nach Ischl. Mordverdacht.«

»Verdacht?«

»Die Ischler haben einen Toten mit ungeklärter Todesursache. Der Arzt ist von einem Herzinfarkt ausgegangen, war sich aber nicht ganz sicher. Deswegen ist im Ischler Krankenhaus noch eine Leichenschau durchgeführt worden, und die Ärzte dort haben die Einstichstelle von einer Injektionsnadel entdeckt.«

»Ah, ja, das kann ja dann aber wirklich wer anderer machen. Jetzt, wo wir kurz davor sind, dass wir den Mord an der alten Frau Weber abschließen können, werd ich nicht wegen irgendeinem vagen Verdacht nach Ischl fahren.«

»Der Oberst hat ausdrücklich gebeten, dass du dich drum kümmerst.«

»So. Und warum?«

»Keine Ahnung, aber ich glaub, es ist ihm wichtig.«

Materna schnaufte etwas unwillig. »Wichtig. Verstehe. Sind die von der Spurensicherung schon unterwegs?«

»Nein, wir wollten erst mit dir ...«

»Gut, danke. Sie sollen losfahren. Und der Christian soll die

Leitung im Fall Weber übernehmen. Pass auf, ich bin am Hauptbahnhof. Hol mich bitte am Haupteingang ab.«

Materna steckte das Handy ein. »Isi, ich ...«, wandte er sich an seine Tochter. »Das tut mir jetzt leid, aber ...«

»Kein Problem, Papa. Ich trink noch einen Kaffee und dann bin ich eh weg.«

Er küsste sie auf die Wange. »Also, servus. Und alles Gute für den Einstand! Wir telefonieren, ja?«

»Klar. Jetzt geh schon. Servus, Papa.«

»Ja, dann ...« Ein Kuss auf die andere Wange, und er strebte dem Bahnsteig-Ausgang zu. Als er sich kurz umwandte, um ihr noch einmal zuzuwinken, stand sie noch immer am selben Platz. Sie schaute ihm nach. Und sie lächelte.

*

»Wer ist das Opfer?«, fragte Materna, der neben Conni Laubenbacher auf dem Beifahrersitz des Dienstwagens saß.

»Ein Musiker, Georg Koller, 58 Jahre. Eine Touristin hat ihn an der Orgel in der evangelischen Kirche tot aufgefunden.«

»Georg Koller, der Dirigent?« Materna richtete sich abrupt im Sitz auf.

»Dirigent? Weiß net, ich hab geglaubt, er war Orgelspieler.«

»Ich kenne ihn. Ich hab schon ein paar Konzerte von ihm gehört. Kein Superstar, aber ein wirklich sehr guter, renommierter Dirigent. Was der wohl an der Orgel gemacht hat?«

»Keine Ahnung. Das ist doch mehr dein Ressort, Chef, das mit der Musik und so.«

»Stimmt, Cornelius.« Materna grinste. Er wusste, dass sein Kollege den Namen Cornelius ebenso wenig ausstehen konnte wie er selbst die Anrede *Chef* – und dann noch in Kombination mit dem polizeiüblichen kameradschaftlichen Du. »Du bist eine echte Kulturbremse.«

»Pfff ...«, schnaufte Conni durch die Nase und trat das Gaspedal durch. Sein kurzes blondes Haar stand wie fast immer in alle Windrichtungen, was ihm ein verwegenes Aussehen gab.

Als sie die Autobahn verließen, läutete Maternas Handy.

»Patzak«, meldete sich der Leiter des oberösterreichischen Landeskriminalamts.

»Guten Tag, Herr Oberst«, grüßte Materna förmlich.

»Sind S' schon unterwegs nach Ischl?«

»Ja, wir sind bald da.«

»Na gut. Geh, bitte Materna, schaun S', dass Sie die G'schicht möglichst g'schwind erledigen. Sie werden doch sicher den Mordverdacht ausräumen können. Wiederschaun, Materna.«

»Auf Wiederschaun, Herr Oberst.«

»Was wollte er?«, fragte Conni.

Materna zuckt die Achseln. »Er hofft, dass wir den Mordverdacht ganz schnell aus der Welt schaffen können. Klar, wo es sich doch um einen Prominenten handelt – da wird sich die Presse bestimmt reinhängen.«

»... und er hofft, dass wir keine Spesen machen«, ergänzte Conni grinsend.

»Ich mach keine großen Spesen. Ich kann in Ischl bei einem Freund wohnen.«

»Und ich? Ich darf unter der Brücke schlafen, oder wie hast du dir das gedacht, verehrter Boss?«

»Jetzt schauen wir erst einmal, ob wir überhaupt dableiben müssen.«

»Aha.« Conni stieg aufs Gas, und der Tachozeiger kletterte auf hundertvierzig.

»Äh – hundert!«, warnte Materna.

»Wir sollen doch um halb vier im Krankenhaus sein! Auf der berühmten Salzkammergut-Bundesstraße werden ja wohl keine Kieberer rumstehen und den Fremdenverkehr behindern!«

»Ein Kieberer bist du selber. Fahren wir halt nur kurz bei den Kollegen in Ischl vorbei, grad schnell Bescheid sagen, dass wir da sind, und dann gleich weiter ins Krankenhaus.«

»Wie sollen wir schnell irgendwohin fahren, wenn du mich zwingst zu schleichen, mein Boss?«

»Du sollst nicht immer *Boss* zu mir sagen!«

»Net?«

»Na, net. Und *Chef* auch net!«

»Auch net. Aber du sagst doch auch Oberst zum Oberst!«

»Das ist was anderes.«

»Wieso?«

»No ja, der Oberst ist …« Materna räusperte sich. »Der Oberst ist halt der Oberst«, sagte er.

*

»Sehen Sie, hier.« Dr. Baumann hielt ein Vergrößerungsglas über den Bauch des Toten und reichte es an den Chefinspektor weiter. Materna nickte. Mit dem Vergrößerungsglas war der Einstich deutlich erkennbar.

»Mir sind ein paar Symptome aufgefallen, die auf eine tödliche Hypoglykämie hindeuten können«, setzte Dr. Baumann fort. »Der Mann war extrem verschwitzt, und seine Pupillen waren stark erweitert. Ohne diese Auffälligkeiten hätte ich gar nicht so intensiv nach Einstichen gesucht. Dieser hier stammt übrigens auch nicht von einem der üblichen Insulin-Pens, sondern von einer dickeren Injektionsnadel.«

»Und es ist sicher, dass der Mann kein Diabetiker war?«, fragte Conni.

»Inzwischen ja, absolut«, bestätigte der Pathologe. »Ich habe mit dem Kollegen Wagner gesprochen, der die Leichenschau in der Kirche vorgenommen hat. Der war ja auch der Hausarzt von Georg Koller. Er hat bestätigt, dass sein Patient zwar an Angina Pectoris gelitten hat, aber Diabetes hatte er nicht. Der letzte Bluttest ist grade erst vor ein paar Tagen gemacht worden. Außerdem müssten sich dann mehrere Einstiche finden.«

»Und ein Herzinfarkt ist ausgeschlossen?« Conni schaute den Arzt gespannt an.

»Ein leichter Infarkt könnte zu einem Insulinschock hinzugekommen oder ihm vorhergegangen sein. Genaueres kann ich aber ohne Obduktion nicht sagen.«

Es klopfte an der Tür, und ein weiß gekleideter junger Mann

betrat den Obduktionssaal. Mit einem knappen »Bitte schön, Herr Doktor!« überreichte er dem Pathologen ein durchsichtiges Plastiksackerl und verschwand wieder nach draußen.

»Das sind die Sachen, die der Tote in den Jackentaschen hatte. Die wollen Sie sicher mitnehmen.«

Materna nahm das Sackerl an sich. Da die Kollegen von einem natürlichen Tod ausgegangen waren, hatte man Kollers persönliche Dinge in seinen Taschen belassen. Er würde sie nachher dem Kriminaltechniker übergeben. Materna betrachtete den Inhalt, ohne den Plastiksack zu öffnen, und musste trotz der gar nicht komischen Situation schmunzeln. Er enthielt neben einer Geldbörse und einem Schlüsselbund auch ein buntes Papiertaschentuch, das mit dem Konterfei der Kaiserin Elisabeth bedruckt war. Diese Ischler!

»Wann ist denn der Tod eingetreten?«, fragte Conni.

»Vermutlich zwischen 22.00 und 24.00 Uhr. Wenn es sich wirklich um Insulin handelt, kann das aber wesentlich früher verabreicht worden sein. Man stirbt nicht sofort an einer Hypoglykämie. Wenn der Zuckergehalt im Körper stark absinkt, wird die Funktionsfähigkeit der Zellen beeinträchtigt. Die Hirnleistung ist je nach Ausmaß der Unterzuckerung reduziert, der Betroffene ist desorientiert und hilflos. Es kann zu Krampfanfällen kommen, und ohne Hilfe von außen führt die Hypoglykämie auf diese Weise zum Tod.«

»Tod durch Insulin, der perfekte Mord …«, murmelte Conni vor sich hin.

»Das hat man lange so gesehen«, bestätigte Dr. Baumann. »Insulin lässt sich nach dem Tod nicht im Blut nachweisen. Es verschwindet einfach aus dem Blutkreislauf.«

Materna nickte. »Ja, ich weiß. Aber inzwischen gibt es doch neue Möglichkeiten in der Toxikologie, oder?«

»Die gibt es.« Baumann ergriff einen Zipfel des Leintuchs, das über den Toten gebreitet war, und deckte ihn vollständig zu. »Einfach ist es allerdings noch immer nicht. Man kann Insulin eventuell im Gewebe der Einstichstelle nachweisen, oder auch im Glaskörper des Auges. Das überschreitet aber unseren Auftrag und auch unsere Möglichkeiten hier.«

»Natürlich. Danke, Herr Doktor.«

Es war Materna klar, dass es tausend Erklärungen für den Einstich geben konnte und auch, dass die Beobachtungen des Arztes allenfalls vage Verdachtsmomente waren. Doch sein Instinkt sagte ihm, dass es Wahnsinn wäre, diesen nicht nachzugehen. Er spürte die typische Erregung in sich, dieses Prickeln wie beim Genuss eines kohlensäurehaltigen Getränks. Es begann in der Magengegend und breitete sich allmählich im ganzen Körper aus. Er kannte das Gefühl. Es erfasste ihn jedes Mal, wenn er es mit einem Verbrechen zu tun hatte – und er von dem eisernen Willen getrieben wurde, den Täter zu fassen, koste es, was es wolle.

Er wandte sich an Conni. »Der Tote muss in die Gerichtsmedizin. Sofort. Ich rede mit der Staatsanwaltschaft.« Er zog sein Handy aus der Tasche und ging auf den Ausgang zu. »Entschuldigen Sie mich bitte einen Moment.«

»Der Oberst wird sich freuen«, murmelte Conni.

»Ist mir wurscht«, erklärte Materna und verschwand nach draußen.

*

»Chefinspektor Paul Materna, und das ist mein Kollege, Kontrollinspektor Laubenbacher, vom Landeskriminalamt Oberösterreich«, stellte Materna sich und Conni vor, nachdem sie das Büro von Prof. Dr. Eisler betreten hatten.

Der grauhaarige Professor erhob sich von seinem Sessel, reichte den beiden Polizisten die Hand und bot ihnen Platz an.

»Dr. Baumann hat Sie schon angekündigt. Tut mir leid, dass ich vorhin nicht dabei sein konnte. Der Georg …, ich meine, der Herr Koller wird also in die Gerichtsmedizin Salzburg-Linz überführt, sagt Dr. Baumann?«

Materna nickte. »Ja. Ich habe gerade mit der Staatsanwaltschaft telefoniert. Gut, dass Sie diesen Einstich gesehen haben.«

»Oh nein, es war Dr. Baumann, der ihn gefunden hat. Er war

zwar nie gerichtsmedizinisch tätig, aber er ist ein erfahrener Pathologe.«

»Sie haben den Toten gekannt?« Materna nahm ein leichtes Flackern in den Augen des Professors wahr, das nicht zu seiner äußerlich souveränen, gelassenen Art passte.

»Wir waren freundschaftlich verbunden«, erwiderte Eisler.

»Gibt es irgendeinen Grund, warum der Herr Koller sich das Leben genommen haben könnte?«, fragte Conni.

Der Professor schüttelte den Kopf. »Das kann ich mir nicht vorstellen. Er hatte ein Herzproblem, das war aber nicht so gravierend, dass man deswegen auf Suizidgedanken kommen würde. Der Tod seiner Frau vor ein paar Jahren hat ihn sehr mitgenommen. Aber er hat das inzwischen verkraftet und lebt … lebte in einer neuen, glücklichen Beziehung. Georg Koller war ein viel beschäftigter und erfolgreicher Dirigent.«

»Ich hab schon ein paar Konzerte gehört, die er dirigiert hat«, erklärte Materna.

»Sie interessieren sich für Musik?«

Materna überging diese Frage. »Wir fragen uns, was ein renommierter Dirigent an der Orgel der evangelischen Kirche macht. Können Sie uns da weiterhelfen, Herr Professor?«

»Er hat wohl geübt. Jedes Jahr zu Weihnachten gibt er dort ein Orgelkonzert, eine Benefizveranstaltung, die der Kirchenmusik zugutekommt.«

»Georg Koller war also der evangelischen Kirche sehr verbunden?«

»Oh ja. Schauen Sie, Herr Materna, die Evangelischen waren im katholischen Ischl immer in der Minderheit. Früher, als die Kirche noch eine viel größere Rolle gespielt hat als heute, war in Ischl alles, was auf sich hielt und evangelisch war, in der Kirchenmusik engagiert. Die Kollers auch. Georg Koller hat sogar zuerst Kirchenmusik studiert, wollte Kantor werden – bis er auf diesem Umweg seine Begeisterung und sein Talent für das Dirigieren entdeckt und umgesattelt hat. Er hat die Musik in ihrer ganzen Vielfalt geliebt, von der Kirchenmusik über die Orchestermusik und die Oper bis

hin zum Jazz und sogar zur Operette und zum Musical. Dieses all-
jährliche Benefizkonzert an der Orgel war sozusagen sein Beitrag,
die Kirchenmusik weiterhin zu würdigen und zu unterstützen.« Die
Augen des Professors hatten immer stärker zu leuchten begonnen.
Die Anzeichen von Nervosität waren verschwunden.

Plötzlich läutete ein Handy. Eisler holte mit einer fahrigen
Bewegung ein Smartphone aus seiner Jackentasche, warf einen
Blick darauf, steckte es wieder ein und zog ein zweites, einfaches
Mobiltelefon hervor. »Verzeihen Sie«, wandte er sich an die beiden
Polizisten. »Ich komme gleich«, sagte er ins Telefon und erhob sich.
»Ich muss Sie bitten, meine Herren, mich jetzt zu entschuldigen.«
Er reichte erst Materna, dann Conni die Hand. Das Flackern in
seinen Augen war zurückgekehrt.

*

Als Josephine die ehemalige k.u.k. Hofkonditorei *Zauner* in der
Pfarrgasse betrat, stieg ihr sofort der altvertraute Duft in die Nase.
Hier roch es immer ein wenig nach Eiscreme und frischen Waffeln,
obwohl Eiscreme mit Waffeln gar nicht zu den bekannten Spe-
zialitäten des Hauses zählte. Da sie nicht mehr sicher gewesen war,
ob Hunde im *Zauner* erlaubt waren, hatte sie den Poldi im Hotel
gelassen. Er würde ohne Probleme zwei, drei Stunden in seinem
Körbchen schlafen.

Sie sehnte sich danach, endlich abzuschalten, den Gedanken-
kreiseln zu entkommen, für kurze Zeit wenigstens. Ihr war nach
einer Melange und einem Stückchen Zaunerstollen. Zaunerstollen
mochte Gift für die Figur sein, für die Seele war er Balsam – echter Balsam!

Sie setzte sich auf einen rot gepolsterten Stuhl an einem der
runden Marmortischchen und betrachtete das riesige Gemälde
von Kaiserin Elisabeth an der Wand. Auch von Franz Joseph gab
es ein Bild. Es war kleiner als das von Sissi, ebenfalls in Gold
gerahmt und zeigte ihn bei der Jagd. Was auch sonst. Als Kind
hatte Josi den Kaiser dafür gehasst, dass es offenbar seine Lieb-
lingsbeschäftigung war, Bambi & Co. totzuschießen …

Es kam ihr vor, als wäre das große Elisabeth-Bild von der einen zur anderen Wand umgezogen, während sie sich an das von Franz Joseph gar nicht erinnern konnte. Aber früher hatten sie solche Dinge auch nicht sonderlich interessiert.

Als Teenager war sie oft hier gewesen, meist zusammen mit ihrer besten Freundin Sibylle. Bei dem Gedanken an Billy spürte Josi einen Stich im Herzen.

Ganze Nachmittage hatten sie früher beim *Zauner* verbracht. Stundenlang waren sie hier nach der Schule bei einem kleinen Schwarzen gesessen. Mehr konnten sie sich für gewöhnlich nicht leisten. Obwohl der *Zauner* eher Konditorei als Café war, servierte man ihnen nach guter alter Kaffeehausmanier von Zeit zu Zeit ein neues Glas Wasser. Und da das gesamte Bedienungspersonal die sparsamen Stammgäste kannte, belästigte man sie auch nicht mit der überflüssigen Frage, ob sie noch einen Wunsch hätten. Sie plauderten, philosophierten, lernten für die Schule und schrieben Artikel für die Schülerzeitung. Sie fühlten sich dabei ein bisschen wie jene berühmten Kaffeehausliteraten, die in ihren – zumeist Wiener – Stammcafés mehr oder weniger gelebt und dort Gedichte, ganze Bücher oder Theaterstücke verfasst hatten. Mit Sissi und Franz Joseph, die hier die Wände zierten, hatten Billy und sie damals wenig im Sinn gehabt.

Jetzt, ein Vierteljahrhundert später, nahm Josi die Atmosphäre der k.u.k. Hofkonditorei anders wahr. Jedes Detail hier war dazu angetan, die Gäste in die Zeit der Donaumonarchie zurückzuversetzen. Nie zuvor war ihr aufgefallen, dass sogar die Tafel am Eingang zu den Toiletten über einen goldenen Rahmen verfügte. Sie enthielt den Hinweis, dass es hinter dieser Tür auch ein Telephon gab. Ein Telephon mit ph.

Man konnte meinen, im nächsten Moment würde von hier ein Bote aufbrechen, um den täglichen Gugelhupf zu Kaiser Franz Joseph zu bringen, der gerade in der Kaiservilla mit Regierungsgeschäften beschäftigt war oder auch in der Schratt-Villa mit seiner Mätresse Katharina Schratt. Und wäre plötzlich die Kaiserin Elisabeth persönlich durch die Tür der Café-Konditorei *Zauner* geschritten, im langen, weißen Kleid, ihre wirklich unglaubliche dunkle Haarpracht mit sternenförmigen Blüten geschmückt und von ihrem Hofstaat umgeben – es hätte hier wohl niemanden ernsthaft gewundert.

Eine männliche Stimme holte Josi aus ihren Träumereien. Offenbar hatte sich am Nebentisch Graf Bobby niedergelassen, der adelig-vornehm näselte. In Wirklichkeit hieß Graf Bobby Eugen. So jedenfalls nannte ihn der Mann, der ihm gegenüber saß: Eugen mit Betonung auf *gen*, wie Prinz Eugen, der edle Ritter.

Sie ließ einen verstohlenen Blick zu den beiden Herren hinübergleiten. Graf Bobby-Eugen hatte sein eher dünnes braunes Haar von einem Seitenscheitel aus so gekämmt, dass ihm andauernd eine Strähne vor die Augen fiel. Mit einer sehr aristokratischen Geste, einem kurzen In-den-Nacken-Werfen des Kopfes, beförderte er diese immer wieder aus dem Gesicht.

Josi musste an die Tante Wilhelmine denken. Sie hatte immer gesagt, seit der Adel in Österreich radikal abgeschafft worden war, würden die offiziell Nicht-mehr-Adeligen ihre Zugehörigkeit zu diesem Stand sehr viel nachdrücklicher demonstrieren als zu Zeiten, in denen die Adeligen noch adelig waren. Man tat dies mithilfe eines Siegelrings, durch stilvolle Trachtenkleidung, die man bei praktisch allen Gelegenheiten trug, und – sofern man ein männlicher Adels-Demonstrant war – nach Möglichkeit auch mithilfe eines gepflegten Oberlippenbärtchens. Der Graf-Bobby-Eugen trug keinen Siegelring, dafür verfügte er über die beiden letzteren Attribute. Sein Trachtenanzug war edel und bestimmt teuer gewesen. Das beinahe-obligatorische Aristokratenbärtchen lenkte ein wenig von der deutlich hervorspringenden Unterlippe ab.

»Geh, du mit deiner ÖVP«, sagte der andere Mann zum Graf Bobby.

»No ja, schau, wir sind halt noch nicht so weit. So kann ich am meisten für uns're Sach' tun«, raunzte Eugen durch die Nase. »Der politische Einfluss ist doch …«

»Bitt'schön, gnä' Frau?«, unterbrach der Ober Josis ebenso unziemliches wie gespanntes Lauschen.

»Eine Melange, bitte. Und Zaunerstollen«, bestellte sie.

»Sehr gern, gnä' Frau. Die Zaunerschnitte hell oder dunkel?«

»Hell und dunkel«, sagte sie entschlossen. Zum Kuckuck mit der schlanken Linie! Damit wurde es doch sowieso nie so recht was, egal, wie sehr sie sich anstrengte. Außerdem hatte sie seit mindestens einem Vierteljahrhundert keinen Zaunerstollen mehr gegessen. Dabei war er das Beste unter allen Süßigkeiten, das sie kannte. Mit Abstand. Josi fand, dass er sogar das Beste an dem ganzen Bad Ischl war.

»Nein, mit dem Koller auch nicht«, ertönte Eugens Graf-Bobby-Stimme energisch vom Nebentisch.

Josi fuhr zusammen. Koller? Schon wieder Koller! Jetzt verfolgte Koller sie auch noch zum *Zauner* …

»Geh bitte«, näselte Eugen. »Elisabeth! Von vorne bis hinten nichts als Verleumdung und Verspottung der Habsburger. Die Kaiserin soll die Welt der Monarchie für brüchig g'halten haben, und der Kaiser hätt' sich bei einer Prostituierten mit einer Geschlechtskrankheit infiziert. Geh, das ist doch grauslich! So was woll'n wir hier auf keinen Fall haben.«

Na bravo. Kaum hatte Josi es geschafft, Koller für ein paar Momente aus ihren Gedanken zu verbannen – da erwähnte dieser Mensch prompt seinen Namen. Sie hatte über den Kaiser und die Kaiserin nachgedacht, und schon war das Kaiserpaar offenbar Thema am Nebentisch. Das war ja völlig verrückt. Und ein bisschen unheimlich war es auch.

»Ihre Melange und die Zaunerschnitten, bitte sehr«, unterbrach der Ober ihre Gedanken.

Josi nahm den Kaffee und den Teller mit dem Stückchen Hellen und dem Stückchen Dunklen in Empfang und überlegte, wo sie anfangen sollte. Sie entschied sich für den Dunklen. Die beiden Herren am Nebentisch unterhielten sich inzwischen so leise, dass sie nichts mehr verstehen konnte. Den Sinn dieses eigenartigen Gesprächs hatte sie allerdings auch vorher nicht begriffen. Was, bitte, hatte Georg Koller mit der Kaiserin Elisabeth zu tun? Außerdem war die doch schon lange tot, selbst wenn man das hier vorübergehend vergessen konnte. Und wieso sollte Elisabeth, tot oder lebendig, die Habsburger verspotten und verleumden? Sie war doch selber eine, wenn auch angeheiratet. Und was war das Problem, falls der Kaiser sich wirklich bei einer Prostituierten angesteckt hätte? Der war doch ebenfalls schon lange tot ...

Josi wurde nicht schlau aus der Geschichte. Sie beschloss, sich erst einmal in aller Ruhe diesem Traum von Zaunerstollen zu widmen und ihre Melange zu genießen.

»Servus, Eugen! Servus, Herbert! Wisst's ihr schon das Neueste?« Eine aufgeregt klingende Stimme zog sofort wieder Josis volle Aufmerksamkeit auf den Nachbartisch. Ein Mann in einem Lodenmantel stand vor Eugen und seinem Gesprächspartner. »Habt's es g'hört – der Koller ist tot.«

Eugen strich sich mit einer fahrigen Handbewegung den Haarschopf aus der Stirn, der sich schon wieder selbstständig gemacht hatte. »Ist er ..., äh, ich mein ... Ja, wie ist denn das passiert?«, stammelte er. Diesmal klang es gar nicht nach Graf Bobby, der nasale Unterton fehlte komplett.

»Herzinfarkt«, sagte der Herr im Lodenmantel.

Der Mann namens Eugen öffnete den Mund, als wolle er etwas sagen, und schloss ihn wieder. Sein Gesicht war weiß wie ein Handtuch.

*

Der Chefinspektor hatte Conni an der evangelischen Kirche abgesetzt. Er sollte sich erkundigen, wie weit die Sicherung der Spuren gediehen war. Vor allem aber sollte er den Pfarrer befragen. Bisher gab es ja nur ein Protokoll über die Aussage dieser Touristin, das die beiden Kriminalbeamten allerdings auch noch nicht eingesehen hatten.

Materna wollte indessen zu Kollers Lebensgefährtin Katrin Schindler. Von Revierinspektor Hubert Heininger, der in der Nähe der Koller-Villa wohnte, hatte er erfahren, dass Frau Schindler Flötistin von Beruf war. Sie habe früher in verschiedenen Orchestern gespielt und lebte, seit sie nach Ischl und zu Georg

Koller gezogen war, überwiegend vom Flötenunterricht. All diese Erkenntnisse verdankte der Heininger Hubsi seiner am Leben ihrer Mitmenschen äußerst interessierten Gattin Rosi.

Kollers Freundin stand an der Haustür, als Materna das Auto gegenüber der Koller-Villa parkte. Sie schaute einem Kind nach, das sie offenbar gerade verabschiedet hatte. Eine Schülerin? Gab sie denn Unterricht – an so einem Tag? Gleich darauf bemerkte sie ihn und kam zwei, drei Schritte auf ihn zu, eine hochgewachsene Gestalt mit einem gehäkelten orangefarbenen Schultertuch über einem grünen Leinenkleid.

Materna fand, dass sie der Schauspielerin Adele Neuhauser frappierend ähnlich sah – dasselbe lange, dunkle Haar, dieselbe markante Nase, derselbe große, ausdrucksvolle Mund. Obwohl sie ihn ernst, fast teilnahmslos anblickte, konnte man die kleinen Lachfältchen sehen, die sich um ihre Augen herum eingegraben hatten.

»Sie wollen zu mir?«, fragte sie.

»Chefinspektor Materna vom Landeskriminalamt Oberösterreich«, stellte er sich vor und zeigte seinen Ausweis. »Sie sind die Frau Schindler?«

»Ja.« Auf ihrer Stirn erschienen ein paar kleine, steile Falten. »Und was will die Kriminalpolizei von mir?«

»Frau Schindler, darf ich hereinkommen?«

Sie sah ihn abschätzend von oben bis unten an. »Kommen Sie«, sagte sie schließlich und ließ ihn eintreten.

Im Wohnzimmer bot sie dem Chefinspektor einen Platz am Kamin an. Von dem lodernden Feuer ging eine angenehme Wärme aus. Auf dem Sims stand ein Bild von Georg Koller. Materna fiel auf, dass sie keinen Trauerflor an dem Rahmen angebracht hatte, wie das bei einem Todesfall üblich war. Nur ein Teelicht in einer schlichten Glashalterung flackerte vor dem Porträt des Verstorbenen.

»Frau Schindler, es haben sich ein paar neue Aspekte ergeben«, begann Materna.

»Was denn für neue Aspekte?«

»Das ist jetzt wahrscheinlich ein weiterer Schock für Sie. Es besteht die Möglichkeit, dass Ihr Lebensgefährte keines natürlichen Todes gestorben ist.«

»Keines natürlichen Todes ...«, wiederholte sie teilnahmslos. Ein paar Augenblicke lang war es still, nur das Knacken des Holzes im Kamin war zu hören.

Abrupt hob Katrin Schindler den Kopf und schaute ihn mit weit aufgerissenen Augen an. »Sie meinen ... Mord? Ist der Georg ermordet worden?«

»Gibt es denn einen Grund, das anzunehmen?«

Sie bewegte langsam den Kopf hin und her. »Was sollte es denn für einen Grund geben ... Der Georg hat doch niemandem etwas getan. Sind Sie sicher, dass er ... Ich meine ...«

»Wir wissen noch nichts Genaues«, antwortete Materna ehrlich. »Er wird gerade ins Institut für Gerichtliche Medizin überführt.«

»Also eine Obduktion.«

Es war nicht zu übersehen, dass ihr diese Vorstellung missfiel.

»Es gibt Hinweise darauf, dass Ihr Lebensgefährte an einer Hypoglykämie gestorben ist. Und wir wissen, dass er kein Diabetiker war.«

»Hypogykämie«, wiederholte sie und runzelte die Stirn. »Das ist ...«

»Ich weiß, was das ist.« Sie seufzte und schüttelte stumm den Kopf. Dann schaute sie Materna plötzlich ins Gesicht. »Wissen Sie, Herr Materna, ich kapier doch noch gar nicht wirklich, dass der Georg tot ist. Mein Kopf hat es registriert, aber mein Gefühl begreift es nicht. Dauernd warte ich darauf, dass er anruft. Er hat immer angerufen, wenn er auswärts gearbeitet hat, erzählt, wie die Probe war ... Oder ich schaue auf die Uhr und denke, er müsste doch bald heimkommen. Und jetzt war es womöglich Mord. Das versteh ich noch weniger.«

Materna sagte nichts. Er wollte ihr Zeit geben.

»Es tät mir vielleicht helfen, wenn ich ihn sehen könnte«, setzte sie schließlich fort. »Aber ich hab ihn ja im Krankenhaus nicht sehen dürfen, und jetzt schneiden sie ihn gar noch auf.« Ihr Blick verharrte bewegungslos auf dem Boden.

»Wir tun alles dafür, dass derjenige, der für seinen Tod verantwortlich ist, zur Rechenschaft gezogen werden kann, gnä' Frau – wenn die Gerichtsmedizin Salzburg-Linz den Verdacht bestätigt. In dem Fall können wir allerdings auch einen Suizid nicht ganz ausschließen.«

»Selbstmord? Der Georg?« Sie starrte ihn entgeistert an. »Nie im Leben!«

»Frau Schindler, auch wenn es unwahrscheinlich ist – wir müssen jede Möglichkeit in Betracht ziehen. Gibt es Diabetiker in der Verwandtschaft oder der näheren Bekanntschaft? Ärzte? Apotheker? Jemanden, der im Krankenhaus arbeitet?«

»Mein Bruder ist Arzt. Er lebt in Salzburg. Direkte Verwandte hatte der Georg nicht.«

»Ihr Bruder – ist das der, bei dem Sie übernachtet haben?«

Sie nickte.

»Nur diese eine Nacht oder waren Sie schon früher dort?«

»Ich bin am Montag nach Salzburg gefahren. Mein Bruder und ich haben uns am Abend ein bisserl verquatscht, wir wollten auch ein Glas Wein trinken, also bin ich erst am Dienstag zurückgekommen.«

»Hat es denn einen bestimmten Anlass für diesen Besuch gegeben?«

»Anlass? Er ist mein Bruder!«

»Hat der Herr Koller auch Kontakt zu Ihrem Bruder gehabt?«

»Die beiden haben sich gut verstanden. Mein Bruder war öfter zu Besuch hier oder wir bei ihm. Aber Sie glauben doch wohl nicht im Ernst, dass mein Bruder dem Georg Insulin gegeben hat, damit er sich umbringt, oder?« Ihre Augen blitzten zornig.

»Ich glaube gar nichts. Aber, wie schon gesagt, Frau Schindler, wir müssen in so einem Fall alle Möglichkeiten überprüfen. Könnte ich bitte Namen, Anschrift und Telefonnummer von Ihrem Bruder haben?«

Sie stand auf, ging zu einer zierlichen antiken Kommode, öffnete die oberste Schublade und nahm eine Visitenkarte heraus, die sie ihm kommentarlos reichte.

»Danke.« Er steckte die Karte ein. »Sagen Sie, Frau Schindler, ist Ihnen in letzter Zeit irgendetwas Ungewöhnliches an Ihrem Lebensgefährten aufgefallen? War er nervös oder beunruhigt oder sonst irgendwie anders als sonst?«

Sie starrte ein paar Augenblicke lang unbeweglich ins Feuer, dann wandte sie sich wieder Materna zu. »Er war die letzten Tage nicht sehr gesprächig. Aber solche Zeiten gab es bei ihm öfter. Er war manchmal sehr intensiv mit seinen Projekten beschäftigt. Dann musste man ihn in Ruhe lassen.«

Materna nickte. »Hat er Feinde gehabt?«

Ihr Blick glitt zu dem Bild auf dem Kamin. »Georg war ein bekannter und erfolgreicher Mann. Da bleibt es nicht aus, dass es Neider gibt.«

»Natürlich. Aber waren da auch Personen dabei, die besonders neidisch waren? Oder hat es mit irgendwem Streit gegeben?«

»Streit? Nein.« Katrin Spindler stand auf. »Ich mache uns einen Espresso. Sie trinken doch einen Espresso?«

»Gerne.«

Nach ein paar Augenblicken kam sie mit einem Tablett aus der Küche. Zwei gefüllte Espressotassen und eine Schale Zucker standen darauf.

Materna nahm die Tasse entgegen, die sie ihm reichte.

Sie setzte sich. »Um die musikalische Leitung von *Elisabeth* im kommenden Sommer hat es einen heftigen Konkurrenzkampf gegeben.«

»*Elisabeth*? Das Musical?« Materna machte sich nicht allzu viel aus Operetten und Musicals, erinnerte sich aber dunkel, etwas darüber gelesen zu haben.

Sie nickte.

»Das soll in Ischl aufgeführt werden?«

»Ja, bei den Operetten-Festspielen.« Katrin Schindler stellte ihr Glas ab.

»Geht es da nicht um die Lebensgeschichte von Kaiserin Elisabeth?«

»Ja. Ein ziemlich aufwendiges Stück.« Sie deutete auf die Zuckerdose. »Zucker?«

»Vielen Dank, gerne. Das heißt, die musikalische Leitung ist ein prestigeträchtiger Job«, stellte Materna fest, während er Zucker in seine Mokkatasse schaufelte. »Und der Herr Koller hat das Rennen gemacht?«

Sie nickte.

»Wer waren denn die Konkurrenten?«

»Am Ende hat es für den Georg nur einen Konkurrenten gegeben, den Jo Aigner. Diesmal sind aus allen Bewerbern zwei einheimische Musiker ausgesucht worden, die dann in die letzte Auswahl gekommen sind.«

»Joe Aigner? Auch ein Ischler?«

»Jo nennt er sich, also deutsch ausgesprochen. Eigentlich heißt er Johannes. Er ist ein gebürtiger Gmundner, arbeitet am Linzer Landestheater, war lange Korrepetitor mit Dirigierverpflichtung.« Ihre Mundwinkel zogen sich ein wenig nach unten. »Inzwischen ist er zum Dirigenten aufgestiegen. In der Sparte Operette und Musical.«

Sie kann ihn nicht leiden, dachte Materna. Kein Wunder. »Der Jo Aigner ist noch jung?«

»Für einen Dirigenten schon. So Ende 30 wird er sein.«

»Hm«, machte Materna. »Ist es nicht ungewöhnlich, dass ein junger und noch unerfahrener Musiker überhaupt für so ein großes Projekt in Betracht gezogen wird?«

Sie zuckte die Schultern und schwieg.

Er erhob sich. »Frau Schindler, wir haben noch ein paar persönliche Dinge Ihres Lebensgefährten, seine Geldbörse und einen Schlüsselbund. Sobald die Untersuchungen abgeschlossen sind, bekommen Sie diese selbstverständlich zurück. Nun möchte ich Sie aber nicht länger stören. Es tut mir leid, dass ich Sie in Ihrer Trauer mit meinen Fragen belästigen musste.«

Überrascht zog sie die Augenbrauen hoch. »Ist schon gut. Sie müssen ja Ihren Job machen.« Dann stand sie ebenfalls auf und reichte ihm die Hand.

Materna zog eine Visitenkarte aus seiner Jackentasche. »Bitte rufen Sie mich jederzeit an, wenn Ihnen noch irgendetwas einfällt, was wichtig sein könnte.«

»Gut.« Sie legte die Karte auf den Couchtisch.

»Ach, und noch etwas: Solange es nicht eindeutig erwiesen ist, dass keine natürliche Todesursache vorliegt, würde ich Sie bitten, unseren Verdacht für sich zu behalten. Wir möchten nicht, dass womöglich schon morgen etwas in der Zeitung steht, was noch gar nicht bewiesen ist.«

»Ja, natürlich. Das möchte ich auch nicht.«

Als er ins Freie trat, stellte er fest, dass der Wind gedreht hatte. Mit dem klaren, frischen Winterwetter war es wohl vorbei. Womöglich würden sie Föhn bekommen.

*

»Das glaub ich net, Heininger!« Der Chefinspektor sah vom Protokoll hoch, das Hubert Heininger angefertigt hatte, und schüttelte den Kopf. »Da hat die Zeugin, die …« Er schaute noch einmal auf das Papier. »Da hat die Frau Konarek ausgesagt, dass ihr das mit dem Orgelmotor aufgefallen ist, und ich erfahr das erst, wenn ich selber nachschau?«

»A geh, des ist doch nur a Wichtigtuerei«, rechtfertigte sich der Heininger. »Da schaun die Leit dauernd Krimis im Fernsehen und dann glauben s', sie san die Experten für Kriminalistik.«

»Ich möchte sowieso mit der Frau reden.« Materna betrachtete mit zusammengekniffenen Augen das Protokoll.

»Ja, die wohnt beim Sandwirt und die Handynummer steht a auf der Visitenkarte«, erklärte der Heininger beflissen.

Der Chefinspektor tippte die Nummer in sein Mobiltelefon ein und wählte. Nichts.

»Sie hat g'sagt, ihr Akku war leer, deswegen ist sie zum Pfarrer Schäfer zum Telefonieren. Der wird halt noch net g'laden sein.«

»Wer, der Pfarrer?«, feixte Materna.

»Na, der Akku.«

»Ah so.« Materna schmunzelte. »Also, ich geh jetzt in die evangelische Kirche.«

»Des is' bestimmt nur a Wichtigtuerei!«, brummte der Heininger vor sich hin.

Im selben Moment betrat Florian Unterberger die Inspektion.

»Grüß Gott, Herr Chefinspektor«, grüßte er verlegen.

»Ich bin der Paul«, sagte Materna. »Und du?«

»Ich bin der Unterberger Florian.«

»Der Flo is' er«, ließ sich Heininger vernehmen.

»Servus, Flo.« Materna nickte dem jungen Kollegen zu. Der sah aus, als wäre er kurz davor, einen roten Kopf zu bekommen, aber seine Augen strahlten. Hoch erhobenen Hauptes verschwand er durch die Seitentür.

»Und dass die Frau Konarek aus Ischl ist und sagt, sie wär aus Interesse an Orgeln auf die Empore in der evangelischen Kirche raufgegangen, des is' dir nicht aufg'falln?«, fragte der Chefinspektor den Heininger, nachdem Florian die Tür hinter sich zugemacht hatte.

Heininger starrte Materna wortlos an.

»Also, wenn die Dame net grad auf der Durchreise auf die Welt gekommen ist, passt das nicht besonders gut z'samm«, stellte Materna fest. »So, ich geh jetzt. Habe die Ehre!«

»Habe die … also, ich hätt jetzt dann Feierabend«, sagte der Heininger.

*

Als er bei der evangelischen Kirche ankam, waren die Spurensicherer der Tatortgruppe gerade am Packen. Ein etwas vierschrötiger junger Mann mit rotem Gesicht und Borstenfrisur lehnte an der Kirchenwand und schaute ihnen mit leicht geöffnetem Mund zu.

Im Inneren der Kirche fand Materna den Chef der Truppe, Kriminaltechniker Mike Geringer, sowie Conni im Gespräch mit dem Pfarrer vor.

»Schäfer, guten Tag«, sagte der Pfarrer und reichte ihm die Hand.

»Materna«, stellte sich der Chefinspektor seinerseits vor.

»Gibt es verwertbare Spuren?«, wandte er sich an Mike.

»Es gibt Massen von Fingerabdrücken da oben, Haare, Textilfasern, wir haben ein Eurostück gefunden, sogar einen Ohrring. Keine Ahnung, ob was dabei ist, das uns weiterhilft.«

Pfarrer Schäfer deutete mit dem Kopf nach oben zur Orgel. »Grad um die Zeit vor Weihnachten sind viele Menschen auf der Empore. Der Chor, die Musiker, alle proben für die Weihnachtsgottesdienste. Und der Herr Koller natürlich, der hat vor seinem Konzert meist Dienstag- und Freitagabend geübt.«

»Wer wusste davon, dass er an diesen Tagen an der Orgel zu finden ist?«, fragte Materna.

»Unzählige Leute. Zum Beispiel alle, die ich vorhin erwähnt habe, und sicher auch andere.« Es klang genervt.

Materna konnte sehr gut nachvollziehen, dass der Gemeindepfarrer mit Mordermittlungen in seiner Kirche – und dann noch ausgerechnet vor Weihnachten – keine große Freude hatte. »Um wie viel Uhr ist denn der Herr Koller normalerweise zum Üben gekommen?«

»Unterschiedlich. Meistens so um sieben herum.«

»Darf ich mir die Orgel anschauen, Herr Schäfer?«

Der Pfarrer nickte.

»Ihr seid ja da oben fertig, oder?«, fragte er Mike.

»Ja, der Tatort kann wieder betreten werden.«

»Tatort ...« Der Pfarrer runzelte die Stirn. »Also, ich kann das nicht glauben, dass jemand den Herrn Koller umgebracht haben soll. Wer sollte so was tun?«

»Wir werden es herausfinden. Wenn es ein Verbrechen ist, werden wir den Täter kriegen, das versprech ich Ihnen«, sagte Materna bestimmt.

»Aber es ist noch nicht sicher, dass ... dass es Mord war?«

»Ganz sicher ist es nicht. Wahrscheinlich leider schon.«

»Also, wir müssten dann langsam ...« Mike warf einen dezenten Blick auf seine Armbanduhr.

»Wart einmal, Mike.« Materna zog den Sack mit Kollers Sachen aus der Manteltasche. »Das hier sind die Gegenstände, die der Tote in der Tasche hatte.« Er wandte sich an den Pfarrer. »Herr Schäfer, befinden sich Kirchenschlüssel an diesem Schlüsselbund?«

»Ja. Der große ist der Schlüssel zum Kirchenportal, der messingfarbene gehört zur Tür oben an der Empore, und mit diesem hier kann man den Orgelmotor anstellen.«

Materna nickte. »Danke. Ich möchte die Sachen dem Kollegen zur kriminaltechnischen Untersuchung mitgeben. Benötigen Sie die Schlüssel in den nächsten Tagen?«

»Nein, die können Sie vorläufig gern behalten, das ist kein Problem.«

Mike nahm das Sackerl in Empfang und wandte sich zum Gehen.

»Sag mal, könntet ihr Conni mitnehmen?«, fragte ihn Materna.

»Mich? Wieso?« Conni wirkte nicht gerade begeistert.

»Ich möchte dich bitten, dass du … Warte, ich komm mit raus. Entschuldigen Sie mich bitte einen Augenblick, Herr Schäfer.«

»Selbstverständlich.«

Mike und Conni reichten dem Pfarrer zum Abschied die Hand, und Materna begleitete sie nach draußen.

Der Rotgesichtige lümmelte immer noch mit verschränkten Armen an der Kirchenwand. Als Materna ihn mit einem längeren Blick bedachte, setzte er sich in Bewegung und verschwand im Pfarrhaus.

»Conni«, wandte sich Materna an seinen Kollegen. »Ich bleib über Nacht hier. Du musst bitte heut Abend noch ins Landestheater.«

»Ins Landestheater. Aha.«

Materna berichtete kurz von seinem Gespräch mit Katrin Schindler und betraute Conni mit der Aufgabe, Kollers abgeschlagenen Konkurrenten Jo Aigner ausfindig zu machen und zu befragen.

»Jetzt müssen wir aber wirklich!«, mahnte Mike.

Conni folgte ihm zum Bus der Tatortgruppe.

Materna winkte den Kollegen kurz nach, dann ging er zurück in die Kirche.

Der Pfarrer stand vor dem Altar und rückte eine Blumenvase zurecht. »Also, gehen wir nach oben«, sagte er.

»Ich werde Sie nicht mehr lange aufhalten. Sie haben bestimmt viel zu tun. Sagen Sie, Herr Schäfer, wer ist denn der junge Mann, der die ganze Zeit über vor der Kirche gestanden ist?«

»Der mit dem Bürstenhaarschnitt?«

Materna nickte.

»Das ist der Franz Straubinger, der Sohn unserer Kirchendienerin. Er wohnt mit seiner Mutter im Pfarrhaus. Gehen wir?«

»Gern«, sagte Materna. »Ach – noch etwas: Ist es möglich, dass seit dem Fund der Leiche außer unseren Leuten jemand auf der Empore war?«

Pfarrer Schäfer schüttelte den Kopf. »Bestimmt nicht. Ich habe nach dem … nach dem Vorfall gleich abgeschlossen. Ihre Kollegen hab ich selber herein gelassen. Außer mir – und eben Herrn Koller – hat nur noch unser Organist, Herr Auer, einen Schlüssel.«

Die beiden Männer bewegten sich auf die Turmstiege zu.

»Ich habe gehört, der Herr Koller hat für ein Benefiz-Orgelkonzert geübt«, sagte Materna. »Sein Tod ist sicher ein großer Verlust – auch für Sie.«

»Ja«, bestätigte der Pfarrer. »Georg Koller war ein großzügiger Mensch und ein hervorragender Musiker. Es heißt, er hätte das Zeug zu einem absoluten Spitzendirigenten gehabt. Leider ist schon zu Anfang seiner Dirigentenlaufbahn seine Frau schwer erkrankt. Für sie hat er auf die ganz große Karriere verzichtet. Ihretwegen ihr ist er in Ischl geblieben und einigermaßen sesshaft geworden. Ich darf vorgehen?«

»Bitte.«

Gemeinsam stiegen sie die Wendeltreppe im Turm nach oben.

»Was war mit Frau Koller?«

»Krebs. Es ging sehr lange. Die Ärzte hatten immer wieder Hoffnung, aber …« Der Pfarrer zuckte die Achseln.

Ein leicht staubiger Geruch schlug ihnen entgegen, als sie die Empore betraten.

Gerd Schäfer schaltete das Licht ein.

»Können Sie mir bitte zeigen, wie man den Orgelmotor anstellt?«, bat Materna.

»Natürlich. Sehen Sie, hier ist der Hauptschalter.« Der Pfarrer deutete auf ein Kästchen neben der Tür. »Den muss man zuerst einschalten, damit man überhaupt Strom für die Orgel hat.«

»Moment, bitte – ist der jetzt an oder aus?«, stoppte Materna den Pfarrer, der Anstalten machte, auf einen Knopf zu drücken.

Gerd Schäfer betrachtete die Knöpfe genauer. »Aus. Die rote Taste ist hineingedrückt.«

»Ist es nicht so, dass ein Organist gleich beim Hereinkommen diesen Schalter betätigt?«

Der Pfarrer schaute ihn überrascht an. »Ja, das stimmt! Als Erstes wird er das Licht anmachen, aber gleich danach den Hauptschalter für die Orgel.«

»Das Licht war an?«

»Ja, das hab ich ausgemacht, nachdem der Herr Koller abgeholt worden ist.«

»Aber den Hauptschalter nicht? Bitte denken Sie noch einmal genau nach.«

»Nein, den habe ich ganz bestimmt nicht angefasst.«

»Und Sie denken, auch der Herr Koller hätte diesen Schalter gleich beim Betreten der Empore angestellt?«

»Das ist anzunehmen. Sie sehen ja, wie eng es hier ist. Freiwillig quetscht man sich da nicht mehr als einmal durch.«

»Aber Georg Koller war nicht so oft hier, dass sich solche Routinen etablieren konnten, oder?«

»Er war an unserer Orgel wie zu Hause. Er hat seit vielen Jahren hier seine Weihnachts-Orgelkonzerte gegeben und davor entsprechend geübt. Ab und zu hat er auch einfach für sich gespielt, wenn er mal Zeit hatte.« Gerd Schäfer fuhr sich mit der Hand durch die Haare. »Das ist wirklich eigenartig ... hm ... Kommen Sie.«

Sie zwängten sich hinter der Orgel vorbei und gelangten an die Vorderseite.

»Hier, am Spieltisch schaltet man dann den Motor mit dem Schlüssel ein, den Sie gesehen haben«, erklärte der Pfarrer das weitere Prozedere.

»Den Koller nicht einmal aus der Jackentasche genommen hat«, ergänzte Materna.

»Und was bedeutet das alles. Ist es wichtig?«

»Unter Umständen ja. Dass weder der Hauptschalter an war noch der Orgelmotor selbst angeschaltet wurde, ist zwar kein Beweis, aber immerhin ein Hinweis, dass er hier oben nicht allein war.«

»Ja?«

»Nun, vielleicht ist er beim Betreten der Empore abgelenkt worden und hat es so versäumt, den Hauptschalter zu betätigen. Vielleicht ist er aber auch erst später auf die Orgelbank gesetzt worden. In dem Fall musste die Orgel schweigen.«

Pfarrer Schäfer bewegte langsam den Kopf hin und her und seufzte. »Sie denken also wirklich, es war Mord. Ein Mord – hier in der Kirche!«

»Es sieht leider danach aus«, sagte Materna. »Sind eigentlich Noten auf dem Spieltisch gestanden?«

Gerd Schäfer starrte ein paar Sekunden schweigend auf die Tastatur der Orgel. »Nein«, sagte er schließlich. »Da waren keine Noten. Die werden wohl noch in der Tasche sein. Er hatte immer eine Tasche für seine Noten dabei.«

»Und wissen sie vielleicht, wo diese Tasche jetzt sein könnte?«

Pfarrer Schäfers Blick wurde starr. »Die war immer …, ich meine, er hat sie immer neben die Orgelbank gestellt. Jetzt ist sie weg.«

*

Resi war toll. Eine sanfte Schönheit, einfach zum Verlieben. Materna strich über das weiche blaugraue Fell der Hündin, während diese ebenso brav wie würdevoll neben ihm her schritt.

»Na komm.« Er drückte die Tür zum *Zauner Esplanade* auf. Für die Uhrzeit war das Lokal immer noch gut besucht. Wahrscheinlich lag es daran, dass es in dieser Zauner-Dependance neben Kaffeespezialitäten und den berühmten Mehlspeisen auch einen regulären Restaurationsbetrieb gab. Sein Blick schweifte suchend durch das Lokal. »Sie erkennen sie gleich an ihren roten Haaren – leuchtend rot, garantiert nicht gefärbt«, hatte der alte Herr beim Sandwirt gesagt, der ihm über den Verbleib von Frau Konarek Auskunft gegeben hatte.

Eine nicht unbedingt gertenschlanke, aber äußerst attraktive Frau von Anfang 40 verließ gerade den Waschraum. Sie näherte sich einem Tisch an der Innenwand des wintergartenartigen Raumes. Ihr dickes, sicher schwer zu bändigendes Haar leuchtete in einem schier unglaublichen Kupferrot. Materna musste unwillkürlich an einen Rauschgoldengel denken. Hatten Rauschgoldengel denn überhaupt rote Haare? Er wusste es nicht. Jedenfalls – das musste sie sein. Er ging auf sie zu.

Sie war gerade im Begriff, sich zu setzen, als ihr Stuhl abrupt zur Seite gezerrt wurde und dabei einen hässlichen Quietschton von sich gab. Nach Halt suchend, packte sie das Tischchen vor sich. Es geriet mächtig ins Wackeln, aber sie schaffte es gerade noch, ihr Weinglas zu retten.

»Kruzitürken, Poldi!«, rief sie so laut, dass sich sämtliche Blicke der Umsitzenden auf sie richteten. »Spinnst du jetzt komplett?« Sie angelte den Stuhl herbei, setzte sich und beugte sich zu dem Übeltäter hinunter.

Jetzt erst bemerkte Materna den Rauhaardackel, der an dem Stuhl festgebunden war und kein Auge und kein Ohr mehr für sein Frauerl hatte. Er war nämlich damit beschäftigt, sich mit der schönen Resi bekannt zu machen. Dazu hatte er sein höflichstes Dackelgrinsen aufgesetzt und wedelte so heftig mit seiner kleinen Rute, dass man befürchten musste, sie würde ihm gleich abfallen.

»Oh je, das tut mir leid. Entschuldigen Sie bitte«, sagte Materna. »Ich hab Ihren Hund nicht gesehen.«

Der Blick des Dackel-Frauerls glitt langsam nach oben und unterzog ihn einer eingehenden Prüfung. »Ist ja nichts passiert. Ich bin nur erschrocken«, sagte sie. »Poldi, du Depp!«, fügte sie an den Dackel gewandt hinzu, womit sie klarstellte, wer hier der eigentlich Schuldige war.

Der Depp wirkte allerdings nicht sehr beeindruckt von der Zurechtweisung, sondern er poussierte weiter mit Resi herum. Dass diese mindestens viermal so groß war wie er selbst, schien ihn kein bisschen zu stören.

»Chefinspektor Paul Materna vom LKA Oberösterreich«, stellte Materna sich vor und zeigte seinen Ausweis. »Frau Konarek?«

»Ach!« Die Rothaarige zog die Bauen hoch. »Josephine Konarek«, bestätigte sie dann. »Kriminalpolizei?«

»Ja. Ich hab nur ein paar Fragen«, erklärte Materna.

Über ihrer Nasenwurzel erschien eine kleine Falte. »Was denn für Fragen? Wieso wissen Sie überhaupt, dass ich hier bin?«

»Ein älterer Herr, Gast beim Sandwirt, hat es mir verraten. Ich hab Sie telefonisch nicht erreicht, da wollte ich sehen, ob ich Sie hier antreffe.«

Josephine Konarek nickte. »Ach so, der Herr Bernauer. Den hab ich gefragt, wo man abends noch gemütlich was trinken kann. Ich wollte eigentlich ins Café Ramsauer, aber ich hab am Nachmittag gesehen, dass die jetzt immer schon um sechs schließen.«

Sie ist offenbar längere Zeit nicht hier gewesen, aber sie kennt sich in Ischl aus, registrierte Materna.

»Ist das ein Polizeihund?«, fragte Josephine Konarek unvermittelt und deutete auf Resi.

Materna hatte erwartet, dass sie sofort auf den Grund zurückkommen würde, weshalb er mit ihr sprechen wollte. Stattdessen schien sie die *Hundefrauerl-trifft-auf-Hundeherrli*-Szene, die einen perfekten Liebesroman-Anfang abgegeben hätte, voll auszukosten. Sie lächelte und kraulte Resi hinter dem rechten Ohr.

Sie hat einen altmodischen Mund, dachte er. Seine Herzform erinnerte ihn an den einer Schauspielerin aus ganz alten Schwarzweiß-Filmen, die früher manchmal an Sonntagnachmittagen im

Fernsehen gelaufen waren. Wie hieß die Dame bloß? Es fiel ihm nicht ein.

»Das ist die Resi«, sagte er. »Ein Diensthund ist sie nicht. Sie gehört einem Freund von mir, der leider immer zu wenig Zeit für sie hat und froh ist, wenn ich mich ein bisserl um sie kümmere.«

»Schönes Tier. Weimaranerin?«

Er nickte.

Sie deutete auf einen leeren Stuhl an ihrem Tisch. »Bitte, setzen Sie sich doch.«

»Danke.«

Resi ließ sich mitsamt ihrem Verehrer Poldi unter dem Tisch nieder, während Materna Platz nahm. »Frau Konarek, Sie sind eine wichtige Zeugin in der Sache Koller. Ich habe noch ein paar Fragen.«

Sie zog die Augenbrauen noch ein bisschen höher als zuvor und schwieg.

»Sie sind auf Urlaub hier, haben die Ischler Kollegen gesagt«, begann Materna.

»Ja.«

»Bittschön, der Herr?« Der Ober hatte den neuen Gast bemerkt.

Materna bestellte einen kleinen Schwarzen und eine Esterházy-Schnitte.

»Im Protokoll steht, Sie hätten ein besonderes Interesse an Orgeln und sind deswegen auf die Empore der evangelischen Kirche gegangen?«, kam er auf den Zweck seines Zaunerbesuchs zurück.

»Ja.« Sie hob ihr Weinglas an und schwenkte es wie bei einer Weinverkostung, wobei sie aufmerksam die rotierende Flüssigkeit betrachtete.

»Waren Sie denn auch bei der Orgel in der katholischen Kirche? Auf der hat immerhin Anton Bruckner persönlich gespielt«, bohrte der Chefinspektor weiter.

Ein irritierter Blick streifte ihn, dann wurde ihr Kopf rot wie der eines Teenagers, den die Mama beim Knutschen erwischt hat.

»Bitte schön, der Herr!« Der Kaffee und die Esterházy-Schnitte wurden serviert.

»Danke«, sagte Materna zum Ober. Er spießte ein Stückchen von der Mehlspeise auf die Kuchengabel und führte sie zum Mund, ohne sein Gegenüber aus den Augen zu lassen. Es schmeckte fantastisch.

»Ich weiß«, sagte der Rauschgoldengel plötzlich. »Das mit Anton Bruckner, meine ich. Das war zur Hochzeit von Marie Valerie, der jüngsten Tochter von Kaiser Franz Joseph. Nein, in der katholischen Kirche war ich nicht und ich interessiere mich normalerweise auch nicht besonders für Orgeln. Mein Vater war früher Kantor in der evangelischen Kirche. Ich war lange nicht in Ischl und wollte einfach die Orgel noch einmal sehen.«

»Verstehe.« Materna betrachtete sie aufmerksam. »Sie sind auch nicht auf Urlaub hier.«

»Nein, ich ...« Ihr Kopf wurde noch röter. Ruckartig hob sie den Blick und schaute ihn direkt an. »Ich bin hier aufgewachsen. Bis zur Matura war ich in Ischl. Ich hab ein kleines Haus von einer Großtante geerbt, und seit einiger Zeit gibt es Ärger mit den Mietern. Ich muss mich darum kümmern.«

»Und warum haben Sie das nicht gleich gesagt?«

»Weil ich über diese persönlichen Dinge nicht reden wollte. Aber Sie können das gerne überprüfen. Mein Vater heißt Stephan Boehm und lebt in Wien.«

Der Eifer, mit dem sie die Beweise für den Wahrheitsgehalt ihrer Aussage vorbrachte, irritierte und amüsierte Materna gleichermaßen. Lucie Englisch! – das war der Name der Schauspielerin aus den alten Filmen, deren Mund dem ihren ähnlich war, fiel ihm plötzlich ein.

»Gut«, sagte er und verzichtete darauf, weiter nachzuhaken, obwohl ihm die Erklärung mit den persönlichen Dingen etwas eigenartig schien. »Dann brauch ich bitte noch die Anschrift von Ihrem Vater und seine Telefonnummer.«

Er zog ein kleines Büchlein aus der Tasche und notierte beides. »Wenn Sie aus Ischl sind – haben Sie denn den Georg Koller gekannt?«

Sie schüttelte den Kopf. »Nur seinen Vater, aber auch nur flüchtig.«

Materna nickte und widmete sich erneut seiner Esterházy-Schnitte. »Sie haben gemeldet, dass der Orgelmotor nicht an war, wie Sie den Toten entdeckt haben«, stellte er zwischen zwei Bissen fest. »Super Beobachtung!«

Sie schaute ihn mit großen Augen an. »Es ist mir halt aufgefallen.«

»Ihr Hinweis ist wichtig für uns.«

Ein Lächeln breitete sich in ihrem Gesicht aus. »Ich hab meinem Vater oft an der Orgel geholfen, beim Registrieren und beim Umblättern der Noten. Es ist mir sehr unwahrscheinlich vorgekommen, dass ein Organist vergisst, den Motor einzuschalten, bevor er sich an die Orgel setzt.«

Materna reichte ihr eine Visitenkarte. »Danke, Frau Konarek. Falls Ihnen sonst noch irgendetwas einfällt, rufen Sie mich bitte an.«

»Natürlich.« Sie betrachtete die Karte kurz, dann steckte sie sie in ihre Handtasche. »Sie gehen also der Sache nach?«

»Bestimmt. Es besteht Mordverdacht.« Materna hatte den Eindruck, etwas wie Triumpf in dem Blitzen ihrer grünbraunen Augen zu entdecken, aber sie wandte den Blick schnell ab.

»Schauen Sie ...« Sie deutete mit einer leichten Handbewegung nach unten zu den Hunden. Der Poldi hatte es geschafft. Er lag eng an seine neue Flamme gedrückt. Den Kopf hatte er auf den Rücken der schönen Resi gepackt. Sein Blick sprach Bände.

Materna lachte. »Na bitte – und wer ist jetzt der Depp?« Im selben Moment begann sein Handy zu läuten. »Entschuldigen Sie bitte, aber ich muss erreichbar sein, es ist ...« Sein Blick fiel auf das Display.

»Oh!«, machte er und nahm den Anruf an. »Hallo, mein Schatz, schön, von dir zu hören!« Er wandte sich noch einmal kurz seinem Gegenüber zu. »Einen kleinen Augenblick, ich ...«

»Schon gut«, fiel sie ihm ins Wort. »Ich wollte ohnehin gerade gehen. Ich zahle vorne.« Mit einem kurzen »Komm, Poldi!«

rauschte der Rauschgoldengel mit dem widerstrebenden Dackel an der Leine hinaus.

*

Er stand an den Türrahmen gelehnt und sah sie an. Sie saß auf einem Hocker vor dem Spiegel und bürstete mit Hingabe ihr Haar. Sie hatte die schönsten Haare der Welt. Sie war überhaupt die schönste Frau der Welt. Bis an sein Lebensende hätte er einfach so dastehen und sie anschauen können. Obwohl drei bis vier Meter zwischen ihnen lagen, meinte er, den Duft ihrer Haut riechen zu können.

Er musste daran denken, wie er sich gefühlt hatte, als diese tolle Frau ihm ihr Herz schenkte. Ein Traum war es gewesen, eine Flut von Glücksräuschen. Der ein oder andere Kater war den Rauschzuständen gefolgt, und irgendwann hatte sich Angst in die Seligkeit der Verliebtheit gemischt. Immer wieder hatte sie sich ein Stück weit von ihm entfernt. Und je mehr sie sich entzog, desto heftiger war jedes Mal sein Verlangen nach ihr gewesen.

Und dann dieser böse Streit gestern. Die Angst, es könnte endgültig aus sein, hatte ihn fast in den Wahnsinn getrieben. Wie hatte er ihr auch Vorwürfe machen können! Er wusste doch, dass sie ihre Freiheit brauchte, wie ein Vogel unter dem Himmel.

Heute war er glücklich. Wie ein Wunder war es für ihn gewesen, als sie ihn angerufen hatte. Ich habe Sehnsucht nach dir, hatte sie gesagt. Alles hatte er liegen und stehen gelassen und war in sein Auto gesprungen. Er war nicht gefahren. Er war geflogen!

Sie bürstete noch immer ihr Haar. Bemerkte sie ihn nicht oder tat sie nur so?

»Wie schön du bist, Schatz«, sagte er leise.

Sie drehte sich langsam auf ihrem Hocker um und sah ihn aus großen honigfarbenen Augen an.

»Ich hab uns etwas mitgebracht.« Er hielt eine Champagnerflasche hoch.

»Weil der Koller tot ist?«, fragte sie mit dieser frappierenden Offenheit, die ihn immer wieder verunsicherte.

»Ja ... nein ... also, nicht direkt.« Er wollte nicht über Koller reden, nicht einmal an ihn denken. »Komm, wir trinken darauf, dass uns die Welt offensteht«, sagte er.

»Und uns zu Füßen liegt!« Sie strahlte ihn an.

»*Dir* zu Füßen liegt.« Er hob sie hoch und trug sie zum Bett. Sie fühlte sich gut an, kraftvoll und zugleich leicht wie eine Feder. Vorsichtig setzte er sie ab, so sorgsam, als bestünde sie aus filigranem Glas. Er stellte die Champagnerflasche auf das Tischchen neben dem Bett, küsste sie zart auf die Stirn und ging in die Küche.

Gleich darauf kam er mit zwei Sektkelchen zurück. In der anderen Hand balancierte er eine Platte mit Petits Fours. Die kleine Box vom Juwelier hatte er zwischen diesen platziert. Sie enthielt ein Armband. Er wusste, dass er ihr keinen Ring schenken durfte. Der Ring war ein Zeichen für Bindung. Durch jeden, selbst den kleinsten Versuch, sie zu binden, hätte er sie verloren. Das wusste er. Nie mehr wieder wollte sie gebunden sein, sie ertrage keine Fesseln, das hatte sie ihm deutlich zu verstehen gegeben.

Sie öffnete das Kästchen. »Wunderschön! Danke«, sagte sie und küsste ihn leidenschaftlich, wenn auch kurz. Sie legte das Armband an und betrachtete lächelnd, wie es ihr schmales gebräuntes Handgelenk zur Geltung brachte.

»Gefällt es dir?« Er strahlte, griff nach der Champagnerflasche und schenkte ein. »Auf dich«, sagte er und hob sein Glas. Sie ergriff das ihre und lächelte ihn an, dass ihm heiß und kalt wurde.

Sie nahm einen Schluck und nickte zufrieden. »Du, Schatz?«, begann sie, brach aber gleich wieder ab.

»Ja, Liebling?«

»Bist du eigentlich sicher, dass der Koller an Herzversagen gestorben ist?«

Mit einer abrupten Bewegung stellte er sein Glas zurück auf den kleinen Tisch. Fast hätte er es in der Hand zerdrückt. Wie in einem alten Hollywoodfilm.

Donnerstag, 4. Dezember

Die Vorhänge der eleganten Villa waren zugezogen. Materna drückte die Klingel etwas länger als beim ersten Mal. Er war sich sicher, dass jemand zu Hause war.

Conni hatte gestern am späten Abend noch angerufen und berichtet, er habe Jo Aigner nicht erreicht, im Theater aber erfahren, dass er nach Ischl gefahren sei, um seine neue Flamme zu besuchen, eine Sängerin namens Elisabeth Strasser. Einer der Orchestermusiker hatte es erzählt – gewissermaßen hinter vorgehaltener Hand. Conni hatte auch schon die Adresse herausgesucht und außerdem festgestellt, dass Elisabeth Strasser die Witwe von Prof. Permanschlager war, dem verstorbenen Intendanten des Ischler Lehár-Festivals.

Diesmal läutete der Chefinspektor Sturm. Keine Reaktion.

»Da werd'n S' kein Glück haben, junger Mann, die machen net auf«, ertönte eine krächzige Stimme hinter ihm. Er wandte sich um.

Eine alte Frau in einem dicken Wintermantel und mit einem Kopftuch über dem weißen Haar stand an der Gartenpforte des Häuschens gegenüber und schaute ihn aus hellwachen Wieselaugen an. In der Hand hielt sie ein braunes Papiersackerl. Wahrscheinlich hatte sie gerade Brot oder Semmeln geholt.

»Grüß Gott«, rief der Chefinspektor über die Straße und ging zu der Frau hinüber. »Materna heiß ich. Ich bin von der Polizei und hätt ein paar Fragen an die Frau Strasser.«

»Von der Polizei, so, so ... Hat s' was ang'stellt, die Frau Strasser?«

»Aber nein, ich muss sie nur was fragen. Sie sind ...«

»Die Aitenbichler Kathi bin ich.« Eine knochige Hand streckte sich Materna entgegen. Ihr Händedruck war unerwartet kräftig. »Wissen S', Herr Inspektor, die machen eine Mordsheimlichtuerei da drüben. Die glaubt, die Strasserin, das merkt keiner, dass sie schon wieder a Gspusi hat, wo doch ihr Mann erst im Sommer gestorben ist. Ihr Neuer kommt auch immer erst spät in der Nacht. Ein Ischler is' des nämlich net, sonst tät ich ihn kennen. Ich schlaf halt nimmer so gut und manchmal schau ich beim Fenster naus und da seh i schon, was los ist.«

Materna lächelte die alte Frau an. »Und heut hat die Frau Strasser auch Besuch?«

Die Aitenbichler Kathi nickte. »Ja, mitten in der Nacht is' er kemma.«

»Danke, Frau Aitenbichler. Moment …« Er zog eine Visitenkarte aus der Brusttasche seiner Jacke und reichte sie ihr. »Nur, damit Sie wissen, mit wem Sie es zu tun haben.«

Die alte Frau nickte und steckte die Karte ein.

Materna überquerte die Straße und läutete erneut. »Aufmachen, Polizei!«, rief er ziemlich laut. Dazu schlug er mit der Faust gegen die Haustür, die sich ein paar Augenblicke später prompt öffnete.

Der Anblick der Frau, die in einem bodenlangen, roten Hausmantel aus Samt vor ihm stand, verschlug ihm fast den Atem. Eine strahlende Schönheit – wenn diese Bezeichnung auf jemanden passte, dann auf sie. Sie war wohl gerade aufgestanden. Obwohl sie kein bisschen zurechtgemacht war, strahlte ihr Teint, wie er das nur von den Titelblättern der Boulevardpresse kannte, Bilder, die mit Photoshop bearbeitet worden waren. Das dicke, goldbraune Haar reichte bis an ihre Hüfte.

»Ja, bitte?«

Ein Blick aus riesigen, hellbraunen Augen traf ihn. Er räusperte sich. »Guten Morgen«, sagte er, stellte sich vor und wies sich aus.

Sie sah ihn mit leicht schief gelegtem Kopf an und schwieg.

Diese Frau verwirrte ihn, ihre fast überirdische Schönheit, der Duft, den sie verströmte – offenbar trug sie schon am Morgen ein edles Parfüm. Aber vor allem verwirrte ihn die Tatsache, dass sie so gelassen reagierte. Es schien sie nicht weiter zu beunruhigen, ja nicht einmal zu wundern, dass sie in aller Früh von einem Chefinspektor des Landeskriminalamts aus dem Bett geholt worden war – noch dazu auf eine recht heftige Weise. Er räusperte sich noch einmal. »Ich möchte den Herrn Aigner sprechen. Er ist doch da?«

Ihre Augen wurden ein kleines bisschen schmaler. Sie zögerte einen Moment. Dann lächelte sie ihn an, öffnete mit einer ausladenden Bewegung die Tür und bedeutete ihm, einzutreten.

»Jo?« rief sie laut, während sie Materna den Mantel abnahm und an einen Garderobenhaken hängte. »Er ist bestimmt gleich da. Kommen Sie bitte mit in die Küche. Ich brauche einen Kaffee. Sie auch?«

Er nickte und folgte ihr.

Sie stellte die Kaffeemaschine an, die gleich darauf die Bohnen zu mahlen begann.

Materna stieg der Duft des frisch gemahlenen Kaffees in die Nase. Wieder einmal überlegte er, ob er sich nicht doch endlich auch so ein teures Modell anschaffen sollte.

Wie ein heller Pfeil zischte etwas von einem der Küchenschränke herab und landete genau auf der rechten Schulter der schönen Elisabeth Strasser.

»Kira!« Zärtlich strich sie einer eleganten Siam-Katze übers Fell und setzte sie sanft auf den Boden, ehe sie Materna die erste Tasse überreichte. »Setzen Sie sich doch, bitte.«

Er nahm auf der Bank einer rustikalen Sitzecke aus gelaugtem Kiefernholz Platz.

Gerade als die dritte Tasse fertig war, erschien Jo Aigner. Er war mit einer schwarzen Hose und einem weißen Hemd bekleidet, dessen obere Knöpfe offenstanden. Irritiert schaute er den Eindringling an.

»Herr Aigner«, begann Materna ohne Umschweife, nachdem er sich vorgestellt hatte. »Ich ermittle im Mordfall Koller und ...«

»Mordfall?« Jo Aigner ließ sich auf einen Sessel plumpsen. »Ich hab gedacht, er ist an Herzversagen gestorben.«

»Es besteht zumindest ein begründeter Verdacht, dass es sich um Mord handelt.«

Aigner war ziemlich weiß um die Nase. »So«, sagte er.

Elisabeth Strasser ließ den Blick zwischen den beiden Männern hin und her schweifen. Materna hätte nicht sagen können, woran er das festmachte, aber sie wirkte auf ihn, als amüsiere sie das Ganze.

»Na komm, Kira.« Sanft hob sie die Katze hoch, die es sich auf ihrem Schoß bequem gemacht hatte. Sie stand auf, holte eine silberne Schale mit Katzenfutter aus einem Wandschrank und füllte den Inhalt in einen Keramik-Fressnapf.

»Wir wissen, dass Sie sich zusammen mit Georg Koller um die musikalische Leitung des Musicals *Elisabeth* beworben haben«, setzte Materna sein Gespräch mit Aigner fort. »Es war Koller, der den Zuschlag bekam.«

»Ah – und deswegen glauben Sie, ich hätte ihn umgebracht? So ein Blödsinn!«, brauste Aigner auf.

Elisabeth Strasser ging zu ihm und legte die Hand auf seinen Arm, was ihn etwas zu beruhigen schien.

»Ich glaube gar nichts«, antwortete Materna ungerührt. »Trotzdem muss ich Sie fragen, wo Sie in der Nacht von Dienstag auf Mittwoch waren, Herr Aigner.«

»Er war hier«, sagte seine Geliebte. Sie strich der Katze, die sich gleich über das Futter hergemacht hatte, kurz über den Rücken, was diese zu verabscheuen schien. Ihre ausweichende Bewegung wirkte, als sei ihr Körper aus Gummi.

»Sie waren also den ganzen Abend bei der Frau Strasser, Herr Aigner?«, hakte Materna nach. »Ab wann denn?«

»Ach was!« Aigner streifte den Chefinspektor mit einem wütenden Blick, dann starrte er auf seine Tasse. »Ich hatte gestern keine Vorstellung«, sagte er schließlich. »Ich war bis nach zehn zu Hause und habe gearbeitet. Ich muss eine neue Produktion vorbereiten.«

»Sie waren allein in der Wohnung?«

»Ja.«

»Haben Sie mit jemandem telefoniert?«

»Ich sage doch, ich hatte zu tun. Wenn ich arbeite, ist das Telefon abgestellt. Ich kann keine Störung brauchen.«

Die Finger an Aigners linker Hand zuckten leicht, als müssten sie sich beherrschen, um nicht auf die Tischplatte zu trommeln.

»Sie waren also bis nach zehn zu Hause«, fasste Materna zusammen. »Und dann?«

»Dann ist er zu mir gefahren.« Die Schönheit in Rot strahlte Aigner an. Der nickte.

»Wann waren Sie hier?«

»Keine Ahnung, ich hab nicht auf die Uhr geschaut.«

»Zwischen halb und dreiviertel zwölf«, sagte Elisabeth Strasser.

»Sie kommen oft so spät?«

»Ich habe abends zu arbeiten!« Aigner knallte seine Tasse, die er gerade zum Mund führen wollte, zurück auf den Unterteller, ohne getrunken zu haben. Kaffee schwappte über. Er stand auf, ging zur Spüle, um ein Wischtuch zu holen.

»Herr Aigner, ich weiß, dass sie Dirigent sind. Aber gestern haben Sie nicht dirigiert. Sie sind trotzdem nicht früher gekommen?«

Aigner schwieg. Er war mit dem verschütteten Kaffee beschäftigt.

Seine Freundin ergriff das Wort. »Jo, ich meine, Herr Aigner, kommt meistens spät. Es ist so, Herr Chefinspektor, mein Mann ist erst im Sommer gestorben. Sie wissen ja, wie die Leute sind. In so einer kleinen Stadt gibt es doch immer gleich ein Gerede.« Sie legte den Kopf leicht schief und schenkte Materna ein Lächeln. Es ließ sie wirken wie ein kleines Mädchen, ein besonders hübsches kleines Mädchen.

»Ihr Mann war der Intendant der Operetten-Festspiele. Ich habe von seinem Tod gehört.«

Sie senkte den Kopf. »Ja – es war furchtbar.«

»Aber den Herrn Aigner kannten sie da schon?«

»Ja, schon … Wir haben uns ein paar Wochen davor kennengelernt, wie er sich für das Musical beworben hat. Aber verliebt haben wir uns erst später.« Sie sah ihn aus großen Augen an. »Das ist es ja, Herr Materna! Schaun Sie, alle, die uns zusammen sehen, würden denken, wir hätten schon etwas miteinander gehabt, wie mein Mann noch gelebt hat. Aber das stimmt nicht! Wir sind uns erst hinterher nähergekommen. Ich war völlig fertig, als mein Mann starb, und Jo war der Einzige, der für mich da war. Ich hab jemanden zum Reden gebraucht.«

»Verstehe. Familie haben Sie nicht? Eltern? Geschwister?«

Sie schüttelte den Kopf.

»Kinder?«

»Aber nein. Mein verstorbener Mann war sechsundfünfzig!« Sie betonte *sechsundfünfzig*, als handle es sich dabei um ein Greisenalter.

Materna dachte, dass es inzwischen doch immer häufiger vorkam, dass Männer mit sechzig oder gar siebzig noch Väter wurden, wenn sie eine junge Frau geheiratet hatten.

»Es gibt einen Sohn aus der ersten Ehe meines Mannes. Noch Kaffee?« Sie deutete auf seine Tasse.

»Vielen Dank, nein.«

Sie stand auf, hob den Katzennapf vom Boden auf und stellte ihn neben das Spülbecken. »Markus hat bis vor Kurzem bei seiner Mutter gelebt. Er studiert Physik.«

»Haben Sie Kontakt zu Ihrem Stiefsohn?« Materna nahm den letzten Schluck Kaffee.

»Wir sehen uns selten«, antwortete sie, während Sie die Kaffeemaschine aufs Neue startete. »Nur in den Ferien war er öfter hier. Zurzeit ist er, glaub ich, in Amerika. Irgendein Studentenaustauschprogramm.«

»Und die Mutter von Markus?«

»Die lebt in Wien. Also, ich brauch noch eine Tasse. Du, Jo?«

Aigner schüttelte den Kopf. Er stand ebenfalls auf, um das Wischtuch wegzubringen.

»Ich will nicht länger stören.« Auch Materna erhob sich. Es entging ihm nicht, dass sich Aigners Gesichtszüge deutlich entspannten.

Als er das Haus verließ, klatschte eine Dachlawine auf den Boden. Er konnte sich gerade noch mit einem Sprung zur Seite retten. Der Föhneinbruch hatte die Temperatur ordentlich nach oben gejagt. Der Schnee war nass und schwer. Ein unnatürlich warmer Wind strich ihm übers Gesicht. Es würde nicht ausbleiben, dass er Kopfschmerzen bekam. Deshalb beschloss er, gleich bei der Apotheke vorbeizugehen, um ein paar Tabletten zu holen. Davor aber musste er etwas anderes erledigen.

Er überquerte die Straße und läutete am Gartentor der alten Kathi Aitenbichler.

*

Josi unterdrückte ein Gähnen, als sie das Vorzimmer der Anwaltskanzlei Ronacher betrat. Sie hatte nicht besonders gut geschlafen.

Die Dame am Schreibtisch erinnerte sie an die Sekretärin des Klatschmagazin-Reporters Baby Schimmerlos aus der alten Fernsehserie *Kir Royal*, eine Figur, so typisch, dass man meinte, sie zu kennen, und doch so überzeichnet, dass es sie in Wirklichkeit gar nicht geben konnte.

Diese Vorzimmerlady aber gab es tatsächlich. Sie war etwas rundlich, Anfang bis Mitte dreißig. Blondierte Dauerwellenlöckchen wippten um ihren Kopf, während sie die Finger mit den knallroten Nägeln über die Tastatur ihres Computers tanzen ließ. Ansonsten war sie ein bisschen zu sexy gekleidet und ein bisschen zu stark geschminkt – jedenfalls wenn man bedachte, dass dies hier keine Klatschmagazin-Redaktion, sondern das Vorzimmer einer Anwaltskanzlei war. Ihr Name war Jasmin Hinterlechner, wie Josi einem Schild auf ihrem Schreibtisch entnahm.

»Ja, bitte?« Jasmin Hinterlechner hörte auf zu tippen und blickte Josi aus großen Glupschaugen an.

»Mein Name ist Josephine Konarek. Ich habe einen Termin bei Dr. Ronacher.«

Die Schimmerlos-Sekretärin griff zum Telefonhörer und drückte einen Knopf. »Die Dame aus Berlin wär jetzt da, Herr Doktor.« Sie legte auf und machte eine Kopfbewegung in Richtung einer hohen, verzierten Altbautür. »Sie können reingehen. Der Herr Doktor hat jetzt Zeit für Sie.«

Josi drückte die Klinke herunter, öffnete die Tür und erstarrte. Heiliger Strohsack – der Graf Bobby!

»Kommen S' doch bitte rein, setzen S' sich hin«, raunzte der Herr Doktor Eugen-Bobby im selben Tonfall wie am Vortag beim *Zauner*.

Er erhob sich und reichte Josi die Hand. Zu erkennen schien er sie nicht. Wahrscheinlich war sie ihm gestern gar nicht aufgefallen, er war ja auch vollkommen in sein Gespräch vertieft gewesen.

Sie versank in einem riesigen Ledersessel und sah sich um. Alles in diesem Raum war edel, alt und garantiert wertvoll. Die Wände zierten einige Pferde- und Jagdbilder in Öl und ein paar alte Stiche.

Auch Ronacher hatte wieder Platz genommen. Er öffnete eine Mappe und drehte einige Schriftstücke hin und her. »Das Haus haben Sie also 2004 von Ihrer Großtante, Frau Wilhelmine Geiger, geerbt und anschließend gleich vermietet«, rekapitulierte er.

»Ja, genau«, bestätigte Josi.

Er schaute von der Akte auf. »Mit den vorigen Mietern haben S' keinen Ärger g'habt?«

»Nein, überhaupt nicht. Erst wie die neuen Mieter eingezogen sind, ist es losgegangen.«

»Jaja ... Mietnomaden, Sie wissen S' ja schon. Die Durchschläge von meinen Mahnschreiben haben S' ja gekriegt, nicht? Die haben nicht drauf reagiert. Waren Sie denn inzwischen bei Ihrem Haus?«

»Ja, gestern. Es sieht ziemlich schlimm aus, verwahrlost und verdreckt. Aber die Leute sind weg.«

»Weg?« Ronacher schaute drein, als sei dies eine höchst erfreuliche Nachricht.

Er schubste energisch den Haarschopf aus der Stirn, der wieder einmal vor sein linkes Auge gerutscht war. »Ehrlich gesagt fürcht ich, da werden wir nicht mehr viel machen können. Ich würd fast sagen: Seien S' froh, dass die weg sind. Solche Leut' nisten sich oft noch viele Monate lang ein, sogar wenn sich das Gericht schon eingeschaltet hat. Die wissen genau, dass die Mühlen der Justiz langsam malen, und das nutzen sie aus.«

»Das glaub ich nicht!« Josi merkte, dass ihre Stimme zitterte. Sie hatte zwar keine große Hoffnung gehabt, aber dass man anscheinend gar nichts unternehmen konnte, machte sie wütend. Den finanziellen Verlust würde sie schon verkraften. Die Miete für das Häuschen war ohnehin nicht hoch, renovieren lassen musste sie es so oder so, ehe sie es weitervermietete. Es war vor allem die Unverschämtheit dieser Leute und die Tatsache, dass sie ungestraft davonkommen würden, die sie in Rage versetzte.

»Aber bitte, gnä' Frau, machen S' sich keine Sorgen«, näselte Bobby-Ronacher. »Anzeigen werden wir die auf jeden Fall, und ich helf Ihnen gern bei der Wiedervermietung. Ich schau drauf, dass so was nicht wieder passiert.«

Josi nickte.

»Geh'n S', Jasmin, bringen S' uns zwei Kaffee, bitte«, bestellte er über die Sprechanlage.

»Sofort, Herr Doktor, ich hab grad frischen gemacht«, kam es aus dem Tischlautsprecher zurück.

»Wir können mit neuen Mietern zuerst eine Bonitätsprüfung durchführen, es gibt Verzeichnisse unseriöser Mieter – also, da lässt sich schon was machen«, wandte er sich wieder an Josi.

»Danke. Es ist nur ...« Sie schaute auf ihre Hände, die im Schoß lagen, schwieg einen Moment. Wenn er ihr schon in ihrer Angelegenheit nicht weiterhelfen konnte, wollte sie wenigstens versuchen herauszukriegen, was er mit Koller zu tun hatte. Der skurrile Graf-Bobby-Auftritt beim *Zauner* beschäftigte sie seit gestern, und trotz des aktuellen Ärgers reizte es sie ungemein, mehr über die Hintergründe zu erfahren.

Sie seufzte, vielleicht eine Spur zu theatralisch, aber Ronacher schien es nicht aufzufallen. »Es ist halt gerade alles ein bisserl viel. Gestern der Schreck, wie das Haus aussieht, dann finde ich einen Toten in der Kirche, muss zur Polizei ...«

Kaffeeduft stieg ihr in die Nase. Ausgerechnet jetzt musste

diese Jasmin hereinplatzen! Trotz der Ablenkung hatte Josi das Zucken von Ronachers Wangenmuskeln bemerkt. Diesmal fasste er sich allerdings schnell.

»Ach so ... O je! Sie sind das! No, geh'n S', das ist ja furchtbar.« Jasmin stand bewegungslos neben ihnen, das Kaffeetablett in der Hand. Sie starrte Josi an, als sei diese ein exotisches Tier.

»Jetzt stell'n S' den Kaffee schon hin und lassen S' uns allein«, raunzte Ronacher genervt.

Jasmin zog sich zurück, wenn auch im Zeitlupentempo.

Josi hatte erwartet, dass der Anwalt gleich versuchen würde, sie mehr oder weniger dezent über den Leichenfund auszufragen. Aber er drückte nur noch einmal sein Bedauern aus, dass sie so etwas Schreckliches erlebt hatte, und kam schnell wieder auf die Mietgeschichte zurück. Er schlug vor, dass sie ihm Bescheid geben sollte, sobald sie entschieden hatte, was mit dem Haus passieren würde, und klappte die Akte zu.

Sie verabschiedete sich und verließ den Raum.

Im Vorzimmer saß die Schimmerlos-Sekretärin wieder am Computer und tippte in einem Tempo, das Josi bei der extremen Länge ihrer Fingernägel unglaublich erschien. »Auf Wiedersehen, Frau Hinterlechner«, sagte sie, und griff nach ihrem Mantel.

»Auf Wiederschaun.« Die Anwaltshelferin musterte die Mandantin ihres Chefs erneut ausführlich.

Josi war noch nicht ganz zur Tür draußen, als diese auch schon den Telefonhörer in der Hand hielt und eilig eine Nummer eintippte.

*

»Ja, der Herr Inspektor – so was!« Die Aitenbichler Kathi wirkte hocherfreut über den unerwarteten Besuch.

»Grüß Gott, Frau Aitenbichler. Entschuldigen Sie bitte die Störung. Ich hab noch eine kurze Frage.« Materna reichte der alten Frau die Hand.

»Gehen S', kommen S' rein. Fragen können S' drin auch. Ich hab grad an Kuchen im Rohr.«

Materna folgte ihr in eine einfach eingerichtete, urgemütliche Küche, in der es wunderbar duftete.

»Ich back ein bisserl was für den Adventsbasar von die katholischen Frauen«, erklärte sie. »Mögen S' a Tasse Kaffee und a Kostprobe?«

»Aber wenn der Kuchen für den Basar ist ...«

»Nein, nein, ich hab noch einen g'macht. Wie wenn ich's g'wusst hätt, dass Besuch kommt.« Sie strahlte so sehr, dass sich die vielen Fältchen in ihrem Gesicht glatt verdoppelten.

Materna hatte eigentlich keine Lust auf einen weiteren Kaffee, aber Kuchen fand er immer gut, und außerdem war es offensichtlich, dass sein Besuch eine sehr willkommene Abwechslung im Leben der alten Frau war. So setzte er sich auf ihr Geheiß und bekam eine Tasse Kaffee und ein dickes Stück Marmor-Gugelhupf vorgesetzt.

»Und Sie?«, fragte er, da sie sich zu ihm setzte, ohne sich selber etwas zu nehmen.

»Meinen Kaffee hab ich schon getrunken, und a Kuchen ist mir jetzt auch zu viel. Ich hab vorhin grad erst g'frühstückt«, erklärte sie. »Lassen S' sich schmecken!«

Materna probierte von dem Gugelhupf. Er schmolz geradezu auf der Zunge. »Hmmmm«, machte er. »Der schmeckt super.«

Die alte Frau nickte mehrmals mit dem Kopf. Sie ließ ihn nicht aus den Augen. Fast wie eine besorgte Mutter, die aufpasst, dass das Kind auch brav isst, dachte Materna auf einmal. Und dass es schade war, dass er nie eine solche Mutter gehabt hatte.

»Also, was ich fragen wollte: Können Sie sich vielleicht erinnern, ob der Bekannte von der Frau Strasser in der Nacht vom Dienstag auf den Mittwoch auch da war?«

Die Wieselaugen blitzten. »Hat sie doch was ang'stellt, die Strasserin, stimmt's?«

Materna schluckte ein Stück Gugelhupf hinunter, das er sich gerade genüsslich in den Mund geschoben hatte. Die Mehlspeise war ein Gedicht. »Nein, nein. Es geht um ein paar Nachforschungen zum Tod von Georg Koller.«

»Ah, das ist der Dirigent, der g'storben ist, ja, ja … Der Strasserin ihr Mann war ja auch bei der Operette. Und sie singt. Den Sommer hat sie, glaub ich, bei der *Lustigen Witwe* mitg'sungen. Die *Lustige Witwe* – no ja, des passt.«

Materna musste lachen. Trotz ihres Alters wirkte ihr Gesicht wie das eines Lausbuben, der gerade seinem Lehrer einen genialen Streich gespielt hatte.

»Und – können Sie mir sagen, ob der Mann am Dienstag zu ihr gekommen ist?«

Die Wieselaugen blitzen noch intensiver. »Ja, ich versteh schon, dass Sie mir nix verraten dürfen, Herr Inspektor. Jetzt warten S' amal … Dienstag … ah, ja, vorgestern. Ja, da war er da, der Herzallerliebste von der Strasser. Aber sie hat ihn nicht reing'lassen. Zuerst hat er scheint's geläutet und dann ziemlich lang gegen die Haustür getrommelt, so wie Sie vorhin.«

»Können Sie sich vielleicht auch erinnern, wann das war?«

»Ja, schon. Ich hab mich g'wundert, dass er viel früher kommen ist als sonst. So zwischen halb zehn und zehn muss es g'wesen sein.«

»Und was hat er dann gemacht?«

»Dann hat er Steinderln ans Fenster im ersten Stock g'schmissen. Aber des hat auch nix g'nutzt, und dann is' er wieder gegangen.«

Maternas Handy läutete. Conni. »Hallo. Ich ruf dich gleich zurück, eine Minute, okay?«

Er steckte das Telefon ein und wandte sich wieder an Frau Aitenbichler. »Ja, leider, Sie hören … die Pflicht ruft. Ganz herzlichen Dank für den Kaffee und den wunderbaren Kuchen. Das war wirklich der beste Marmor-Gugelhupf, den ich in meinem ganzen Leben gegessen habe. Und danke für die Auskunft. Auf Wiedersehen, Frau Aitenbichler.«

»Auf Wiederschaun. Kommen S' ruhig vorbei, wenn S' wieder mal Appetit auf a gute Mehlspeis haben. Ich war früher Mehlspeis-Köchin im Grünen Baum. Des Backen hab i net verlernt.«

»Gern.« Materna schüttelte der alten Frau die Hand.

Vor der Haustür drehte er sich noch einmal um und winkte ihr zu.

Auf dem Weg zum Auto rief er Conni zurück. »Hallo, da bin ich. Gibt es was Neues?«

»Allerdings. Die Gerichtsmedizin hat sich gemeldet. Der Koller hat zwar einen leichten Herzinfarkt gehabt, der war aber nicht tödlich. Gestorben ist er tatsächlich an einer hohen Dosis Insulin. Der Obduktionsbericht ist schon unterwegs.«

»Sehr gut. Ich mein natürlich: Sehr gut, dass wir endlich Klarheit haben.«

»Ja. Auch sonst bestätigen sie das, was der Ischler Pathologe gesagt hat. Die Injektion dürfte das Opfer irgendwann am Abend verabreicht bekommen haben, Todeszeitpunkt ist gegen 23.00 Uhr. Damit ist das eine offizielle Mordermittlung. Wann soll ich kommen?«

»Erst einmal nicht, Conni. Du musst noch einmal ins Landestheater.« Er sah Connis langes Gesicht direkt vor sich, während er kurz von seinem Besuch bei Elisabeth Strasser und Jo Aigner berichtete. »Die Tina soll bitte gründlich zu diesem Lehár-Festival recherchieren. Vor allem brauch ich alles, was zu den Musical-Plänen für das kommende Jahr in der Presse steht. Und du kläre bitte, woher der Musiker im Theater von der Beziehung zwischen Jo Aigner und Elisabeth Strasser gewusst hat, wo sie es doch so geheim halten. Morgen Früh bin ich zur Lagebesprechung da.«

»Okay, Boss.« Das klang eingeschnappt.

»Also, klemmts euch dahinter!«

»Sicher.«

»Noch was, Conni. Der Aigner war ja gestern am Abend nicht im Theater. Warst du auch bei ihm zu Haus?«

»Logisch.«

»Wann war das?«

»So um neun rum. Er war aber nicht daheim.«

»Interessant. Er hat nämlich behauptet, er wär bis nach zehn in seiner Wohnung gewesen. Seine Freundin hat daraufhin angegeben, er wär zwischen halb und dreiviertel zwölf in der Nacht zu ihr gekommen. Eine Nachbarin hat aber beobachtet, dass der Aigner zwischen zehn und halb elf gegen die Haustür von der Strasser getrommelt hat. Die hätt ihn aber nicht reingelassen. Jedenfalls muss er schon in Ischl gewesen sein, während er angeblich noch in Linz bei sich zu Haus gearbeitet hat. Die Frage ist: Warum lügt er?«

»Vielleicht haben wir ja den Mörder schon.«

»Ja, vielleicht«, sagte Materna. Ehe er über die Geschichte gründlich nachdenken konnte, brauchte er erst einmal eine Kopfschmerztablette.

*

Eisler tat etwas, was er nie für möglich gehalten hätte: Er stand auf dem Parkplatz des Krankenhauses und rauchte eine Zigarre. Zwar gönnte er sich ab und zu eine Havanna, aber dies war ein Genuss, der besonderen Gelegenheiten vorbehalten war. Eine Zigarre gehörte zu jenen kostbaren Momenten des Lebens, in denen man die Seele baumeln ließ, sich an einem guten Buch erfreute oder ein anregendes Gespräch mit einem Freund genoss. Sie in hastigen Zügen im Stehen wegzuqualmen war für Eisler ein unverzeihliches Sakrileg – ein Sakrileg, das er gerade beging. Eine Zigarette hätte besser zur Situation und zu seiner Gefühlslage gepasst. Oder ein Joint.

Wie jeden Tag hatte er gleich in der Früh das Smartphone gecheckt. Kein Anruf in Abwesenheit, keine Nachricht. Dafür hatte Helena gleich zweimal im Büro angerufen. Seine Frau hatte ihn natürlich unbedingt daran erinnern müssen, dass sie am Abend Besuch haben würden. Er möge auf jeden Fall pünktlich nach Hause kommen. Der Herr Kommerzialrat Klinger und Gattin wurden erwartet, der Richter Dr. Preininger mit seiner Frau, einer Heimatdichterin, ebenso die Gräfin Lahnstein, die sich offiziell nur Frau Lahnstein nennen durfte, aber natürlich von jedem als Gräfin betitelt wurde. Helena hatte am Telefon mehrmals betont, wie wichtig diese Leute waren. Mit dem zweiten Anruf hatte sie ihm mitgeteilt, dass sie für den Abend einen Catering-Service bestellt hatte.

Er wusste warum. Seine Frau kochte schlecht. Er hatte nie ein Problem damit gehabt. Das war aber im Zusammenhang mit Helena mittlerweile wahrscheinlich das Einzige, womit er keine Probleme hatte. Ihr an Gier grenzendes Bedürfnis, sich mit Vertretern der Ischler High Society zu umgeben und in der sogenannten feinen Gesellschaft eine wichtige Rolle zu spielen, stieß ihn immer heftiger ab. Obwohl er wusste, dass ihr ausgeprägter gesellschaftlicher Ehrgeiz seiner beruflichen Laufbahn durchaus förderlich gewesen war, ertrug er diesen einfach nicht mehr.

Er blies einen Rauchkringel in die Luft und dachte an den bevorstehenden Abend. Er verspürte absolut keine Lust auf diese Leute, auf unehrliche Komplimente und oberflächliches Gerede. Erst recht hatte er keine Sehnsucht nach Helenas weißbeschürzten Renommier-Serviermädchen, die er anschließend genauso bezahlen würde wie das exquisite Essen.

Eine Autotür wurde hinter ihm zugeworfen.

»Grüß Gott, Herr Professor.« Michael Kramer war gerade ausgestiegen und musterte seinen Chef mit einem erstaunten Blick.

»Guten Tag, Kramer«, antwortete Eisler, drückte die Zigarre auf dem Boden aus und trug den Stummel zum nächsten Abfalleimer. Er wusste, dass sich der junge Kollege über sein Benehmen wunderte. Aber schließlich ging es ihn überhaupt nichts an. Schließlich war er ein freier Mensch und konnte tun, was er wollte. Eben. Und genau das würde er jetzt tun.

Mit energischen Schritten ging er zurück ins Haus und fuhr mit dem Lift nach oben zu seinem Büro.

Er setzte sich an den Schreibtisch und rief seine Frau an.

»Gut, dass du dich noch einmal meldest«, redete sie sofort los. »Ich wollte dir nämlich sagen …«

»Jetzt will ich dir erst einmal etwas sagen«, unterbrach er sie bestimmt. »Ich werde heute Abend nicht da sein. Am Wochenende auch nicht. Ich fahre zur Hütte.« Er legte auf, ohne ihre Antwort abzuwarten.

»Bärbel, bitte keine Anrufe mehr«, wies er seine Sekretärin über die Sprechanlage an. Er blies Luft durch die Nase nach draußen. Jetzt fühlte er sich besser. Ein bisschen wenigstens.

*

»Der glaubt, nur weil er a Kriminaler ist, kann er sich bei uns wichtigmachen. A so a eingebildeter Depp, a depperter!«, beendete der Haininger Hubsi einen ausführlichen Bericht über die Vorgänge in der Inspektion. Heute war sein freier Tag – zum Glück! Und seine Rosi war eine gute Zuhörerin, da konnte man sagen, was man wollte.

Sie nickte mitfühlend, was ihn zum Weiterschimpfen anstachelte.

»Die hab'n doch immer schon g'meint, sie sind was Besseres, die von der Kripo. Dabei haben die Linzer eh ka Ahnung von die Ischler Verhältnisse!« Er nahm einen ordentlichen Zug von dem Bier, das ihm seine Frau hingestellt hatte. »Ohne uns wär'n die eh aufg'schmissen.« Der Bierkrug knallte zurück auf den Tisch.

»Geh, Hubsi, anlegen brauchst di net mit am Chefinspektor.« Die Rosi griff nach einer Kabanossi und knabberte eine Zeit lang schweigend daran. »Aber super wär's, wenn du was rausfinden tät'st, dass die alle nur so schauen.«

»Was rausfinden? Was denn?«

»Irgendwas, was für den Fall wirklich relevant ist.«

»Relevant?« Der Heininger staunte. Er hatte gar nicht gewusst, dass sich die Rosi so gebildet ausdrücken konnte. »Was is' denn relevant?«

»I hätt da schon a Idee …« Ein wissendes Lächeln breitete sich im Gesicht der Heininger Rosi aus.

*

Wie angewurzelt stand sie vor dem großen alten Haus, das in ihrer Kindheit und Jugend ihr Zuhause gewesen war. Josi spürte, wie ihr Herz gegen die Rippen wummerte. Sie schaute zu einem der Fenster ihrer früheren Wohnung hinauf. Durch die Scheiben konnte man gestreifte Vorhänge ausmachen, fremde Vorhänge fremder Leute. Im Garten waren ein paar von den alten Bäumen gefällt worden, in deren Ästen früher ihre Schaukeln und Kletterseile hingen. Der Föhn hatte bereits einiges an Schnee weggetaut. Josi konnte erkennen, dass Gärtner über ihr ehemals wildes Kinderparadies hergefallen waren, es gebändigt und in eine gepflegte, vorzeigbare Gartenanlage verwandelt hatten. Und mit einem Mal wurde ihr bewusst, wie glücklich ihre Kindheit und Jugend hier in Ischl gewesen war, bis ...

Sie atmete tief durch, dann wandte sie sich ab und ging zurück zu ihrem Auto, das sie am Kaiservilla-Parkplatz abgestellt hatte. Sie beschloss, mit Poldi einen Spaziergang im Kaiserpark machen. Der war zwar im Winter geschlossen, aber schließlich kannte sie die Schleichwege, auf denen man an Absperrungen und Kassenhäuschen vorbei in den Park gelangte. Als sie noch ein Kind war, hatte es immer ein angenehmes Kribbeln in der Magengegend ausgelöst, wenn sie und ihre Freunde Gefahr liefen, von der Kaiserpark-Prinzessin ohne Eintrittskarten und womöglich gar beim Baumklettern erwischt zu werden. Ungezählte Male hatte diese die Eindringlinge unter Gezeter und Geschimpfe vertrieben.

Josi lächelte, als sie an die etwas verwirrt wirkende Hüterin des Parks dachte. Jeder in Ischl hatte sie *die Prinzessin* genannt, aber keiner konnte sicher sagen, ob sie tatsächlich von den Habsburgern abstammte und ob sie, wenn überhaupt, eine legale oder eher illegale Habsburger-Nachkommin war. Josi jedenfalls hatte damals nie bezweifelt, dass die Prinzessin von kaiserlichem Geblüt war und nur deshalb in dem verfallenen Stallgebäude wohnen musste, weil Kaiser, Kaiserinnen und Prinzessinnen inzwischen in Ischl verboten waren.

Auf dem Parkplatz stach Josi ein leuchtend rotes Plakat an einer Reklamesäule ins Auge, das ein Konzert mit dem Titel *Swinging Christmas* ankündigte.

»Gehen S' auch hin?«, fragte eine junge Frau mit 50er-Jahre-

Pferdeschwanz neben ihr. »Die Big-Band aus Graz kenn ich, die ist richtig gut.«

»Vielleicht«, sagte Josi. Sie würde wegen der Renovierung ihres Häuschens noch ein paar Tage in Ischl bleiben müssen, und eine Abwechslung war so eine Veranstaltung allemal. Sie betrachtete das Plakat genauer. Musikalische Leitung: Jo Aigner, Vocals: Sissi Strasser, las sie. Der Veranstaltungsort sagte ihr gar nichts.

»Bitte, wo ist denn das Kongress- und Theaterzentrum?«, fragte sie und kam sich dabei ziemlich albern vor.

»Mitten im Kurpark das große Gebäude.«

»Ach!«, entfuhr es Josi, was ihr einen erstaunten Blick eintrug.

»Ja, dann viel Vergnügen, wenn Sie auch hingehen.« Die junge Frau wandte sich zum Gehen.

»Vielen Dank, auf Wiedersehen.« Josi hob die Hand zum Gruß. »Typisch Ischl«, grummelte sie vor sich hin, nachdem sich die Dame mit dem Pferdeschwanz entfernt hatte. Da hatte man doch glatt das alte Kurhaus zum Kongress- und Theaterzentrum ernannt! In Ischl durfte eben alles ein paar Nummern größer sein.

Gleich hinter der Litfaßsäule gab es noch eine Sissi: Als lebensgroße Pappfigur blickte ihr eine strahlende Romy Schneider in der Rolle der jungen Kaiserin entgegen. Josi lächelte amüsiert. Ohne die Sissi-Filme hätte dem Städtchen das Faible der Habsburger für ihren Sommerfrischeort wohl kaum auf Dauer genützt. Die süßlich-kitschigen Kinodauerbrenner hielten den Sissi-Mythos am Leben, der nach wie vor Scharen von Touristen hierher lockte.

Sie holte den Dackel aus dem Auto und stieg mit ihm die hölzernen Stufen des Laubengangs zu den ehemaligen kaiserlichen Stallungen und dem Remisen-Gebäude hoch. Zu ihrer Überraschung war dieses tipptopp renoviert. Es hatte nichts mehr mit der Bruchbude zu tun, die sie in Erinnerung hatte. Ein Schild mit der Aufschrift *Landesmusikschule* prangte neben dem Seiteneingang. Zur rechten Hand führte eine schmale Straße durch den Wald hier herauf. Josi hätte schwören können, dass es diese in ihrer Kindheit noch nicht gegeben hatte, aber natürlich konnte sie sich täuschen. Es war alles lange her.

Ein alter weißhaariger Herr in Begleitung eines ausnehmend hübschen Glatthaardackels kam langsam den Weg herauf. Poldi zerrte aufgeregt an der Leine.

»Ist das ein Rüde?«, rief der Weißhaarige Josi entgegen.

»Ja. Er ist sehr verträglich«, gab sie zurück. Was für ein blöder Satz, dachte sie. Aber schließlich war *Der tut nix!* noch blöder.

Der alte Herr kam näher, machte eine höfliche, angedeutete Verbeugung in Josis Richtung und bückte sich zu seinem Hund hinunter. »Ja, schau einmal, Bine, dann darfst du Grüß Gott sagen.«

Der Poldi war von der Idee, der hübschen Dackelin Grüß Gott zu sagen, außerordentlich angetan. Er schäkerte drauflos, der Filou, wo er doch gestern noch bis über beide Dackelohren in die schöne Resi verliebt gewesen war. Männer! Josi seufzte.

»Gehen Sie auch ein bisserl spazieren?« begann der Bine-Besitzer ein Gespräch. »Ist ja fast so warm wie im Frühling heute.«

Josi nickte. »Ich wollte hinten herum in den Kaiserpark. Früher hat es hier immer Schlupflöcher gegeben.«

»Seit die Musikschule hier untergebracht ist, gibt es die nicht mehr.«

Die Hunde kreisten unaufhörlich umeinander, und der alte Herr versuchte, seine Leine freizubekommen.

»Seit wann ist denn die Musikschule hier oben? Ich war schon lange nicht in Ischl.«

»Bestimmt schon fünfundzwanzig Jahre – da waren Sie aber wirklich sehr lange nicht da.«

Josi nickte. Von irgendwelchen Umzugsplänen der Musikschule hatte sie damals nichts mitbekommen, und im Kaiserpark war sie seit ihrer Kindheit nicht mehr gewesen. »Aber schön ist das Gebäude geworden!«

»Ja, schon, aber hinten, der Hof und die Stallungen, die schauen furchtbar aus.«

Zusammen mit dem alten Herrn und den beiden Dackeln ging sie langsam um die Musikschule herum. Auf der dem Jainzenberg zugewandten Seite befand sich der Haupteingang. An der Rückseite gelangte man über den Hof zum Stallgebäude. Es war völlig verfallen. Schmutztrübe Fenster glotzten Josi an wie tote Augen. Etliche Scheiben waren zerschlagen. Das berühmte Kaisergelb bröckelte überall von der Fassade. Kaum zu glauben, dass hier früher die Kaiserpark-Prinzessin gehaust hatte, ehe sie eines Tages ganz plötzlich verschwunden war. Wohin sie damals gegangen war und ob sie überhaupt noch lebte?

»Die Kaiserin kränkt sich«, raunte es so unvermutet nahe an Josis Ohr, dass sie zusammenfuhr.

»Wie – was meinen Sie?«

»Ihre Majestät kränkt sich wegen der verwahrlosten Stallungen. Sie hat doch ihre Pferde so mögen. Und nicht nur deshalb ...« Er sprach noch immer leise und in verschwörerischem Tonfall ganz nahe an ihrem Kopf.

»Sie kränkt sich? Aber die Kaiserin ist doch schon lange tot.«

»Sie findet keine Ruhe«, flüsterte der alte Mann. »Ich hab sie schon zweimal gesehen. Ich wohn nämlich gleich da unten und geh immer hier rauf, wenn die Bine spät am Abend noch raus muss.«

»Hier oben haben Sie die Kaiserin gesehen? Wann denn?«

»Das letzte Mal vorgestern. Also, wir gehen dann wieder zurück, hier geht es ja nicht weiter.« Bines Herrchen wandte sich dem Weg zu, den er heraufgekommen war. »Auf Wiedersehen und einen schönen Aufenthalt in Bad Ischl.«

»Auf Wiedersehen.«

Hatte der Mann *vorgestern* gesagt? Josi schnappte nach Luft. Vorgestern. Das war die Nacht, in der Georg Koller starb.

*

Sein Magen knurrte. Materna schaute zum dritten Mal auf die Uhr und von dieser zum Eingang des k.u.k. Hofwirts. Er hatte Rudi noch zehn Minuten gegeben, aber jetzt reichte es. Energisch winkte er der Bedienung.

Sie eilte herbei. »Haben Sie sich schon was ausg'sucht?«

Er nickte und lächelte die junge Frau an. »Bringen S' mir Würstel mit Saft, bitte.«

»Gern. Noch ein Bier?«

»Ja bitte, ein alkoholfreies.«

Ein paar Minuten später war das Essen da.

Materna biss gleich in die würzige Frankfurter. Er tunkte gerade ein Stück Semmel in den sämigen Gulaschsaft, als Rudi das Lokal betrat.

»Hallo, Paul! Bin ich zu spät? No, g'scheit, dass du schon angefangen hast!« Rudi hängte seinen Mantel an einen Haken und ließ sich dem Freund gegenüber auf einen Sessel plumpsen. »Hallo, schöne Frau«, rief er in Richtung Tresen. »Bring mir dasselbe, bittschön!«

»Das Bier auch alkoholfrei?«, fragte die Bedienung.

»Ein richtiges, bitte.«

»Wo ist denn die Resi?«, wollte Materna wissen.

»In der Kanzlei. Die schläft.«

Materna schüttelte den Kopf. »Mensch, Rudi, so ein Jagdhund, der die ganze Zeit in einer Anwaltskanzlei rumliegt – das ist doch nix.«

»Ah geh – das hält die schon aus. Was kann denn ich dafür, dass mir die Susi davongerannt ist und den Hund da gelassen hat? Magst sie haben? Soll ich sie dir schenken?«

»Wen, die Susi?«

Rudi grinste. »Die von mir aus auch. Die Resi. Du kannst sie bestimmt ins Büro mitnehmen. Die bringt dir und dem ganzen LKA dann jeden Tag Wurstsemmerln wie der Kommissar Rex.«

Materna musste lachen. »Ja, genau. Gestern hat mich eh eine Zeugin gefragt, ob die Resi ein Polizeihund ist.«

»Eine Zeugin – da schau her! Wie lauft es denn so mit den Ermittlungen?«

»Ein bisserl zäh. Wir haben einfach Zeit verloren, weil es zuerst nicht sicher war, dass der Koller ermordet worden ist.«

»Und jetzt ist es klar?«

»Ja. Kein Zweifel, dass der Koller an einer Überdosis Insulin gestorben ist. Aber wir kommen nur schleppend weiter. Vorhin war ich beim Bürgermeister. Der sagt nicht viel. Und den Vorsitzenden von diesem Operettenverein hab ich gar nicht erreicht.«

»Was willst du denn von dem?« Rudis Würstel mit Saft waren da. »Danke«, sagte er zur Bedienung. Er legte sich seine Serviette auf den Schoß, griff zum Besteck und begann zu essen.

»Es geht um das Musical, das sie in Ischl aufführen wollen. *Elisabeth.* Weißt du da mehr drüber?«

»Klar.« Rudi spießte ein Stück Würstel auf seine Gabel und steckte es in den Mund. »Du meinst diese Konkurrenzgeschichte?«

»Ja, genau. Der Bürgermeister hat alles abgewimmelt. Er behauptet, wegen des Musicals hätte es keinerlei Spannungen gegeben.«

»Keinerlei Spannungen ist gut. In Ischl war deswegen der Teufel los.«

»Echt?« Materna legte sein Besteck hin und schaute den Freund interessiert an. »Wer ist denn überhaupt auf die Idee gekommen?«

Rudi zuckte die Schultern. »Weiß ich auch nicht. Die Operetten gibt es ja schon seit über fünfzig Jahren. Dann ist irgendwem eing'falln, man könnte ja auch Musicals aufführen, weil die doch so beliebt sind und noch viel mehr Fremde anziehen. Auf *Elisabeth* sind sie gekommen, weil das Thema doch so wunderbar zu Ischl passt.« Rudi zog den Mund schief.

»Aha. Und wieso war der Teufel los?«

»Das Stück bedient halt nicht die übliche Sissi-und-Franz-Joseph-Romantik. Ich hab es auch nie gesehen, aber nach dem, was man so gelesen hat, geht es recht kritisch mit den Habsburgern um – und mit der vergötterten Sissi erst recht.«

Materna nahm sich vor, gleich heute Abend ins Internet zu schauen, um mehr über das Musical zu erfahren.

»Die Befürworter und die Gegner haben sich bis aufs Messer bekämpft«, fuhr Rudi fort. »Viele Ischler haben Angst gekriegt, dass man die Kuh schlachten will, die hier so erfolgreich gemolken wird. Allein die Massen von Leuten, die zum Kaisergeburtstag hierher kommen … Der ist inzwischen der absolute Höhepunkt der Saison.«

Materna nickte. »Ist mir nicht entgangen.«

»Und die strammen Ischler SPÖler sitzen in Reih und Glied in der Kaisermesse und singen *Gott erhalte, Gott beschütze unsern Kaiser* ...« Rudi machte eine kleine Pause, um einen großen Schluck von seinem goldgelben Bier mit der perfekten Schaummütze darauf zu trinken.

»Aber aufgeführt wird das Musical doch?«

»Die Befürworter haben am Schluss gewonnen. Man gibt sich ja auch gern super fortschrittlich in Ischl, k.u.k. hin oder her. Über die Frage nach der musikalischen Leitung ist dann der nächste Krieg ausgebrochen.«

»Ob es der Koller oder der Aigner werden soll?«

»Ja. Viele waren für den Koller. Ein paar SPÖ-Gemeinderäte haben gemeint, wenn es schon ein einheimischer Künstler sein soll, dann könnte man doch auch den Aigner nehmen. Natürlich haben sie behauptet, es geht ihnen darum, einem jungen Talent eine Chance zu geben. Besonders qualifiziert ist der Aigner angeblich nicht.«

»Nicht? Aber?«

»Aber die SPÖ ist stärkste Partei im Gemeinderat und der Aigner hat das richtige Parteibuch. Außerdem ist ein Cousin von ihm in der Politik.«

»Mahlzeit«, sagte Materna.

»Noch einen Wunsch?«, fragte die Bedienung und räumte das Geschirr ab.

»Einen Espresso, bitte«, bestellte Rudi.

»Für mich auch«, schloss sich Materna an. »Und der Koller war in der ÖVP?«, wandte er sich wieder an den Freund.

»Der war in gar keiner Partei. Komisch, dass er trotzdem Karriere gemacht hat.«

»Ah – und was ist mit meiner Karriere?«, feixte Materna. »Ich bin auch in keiner Partei.«

»Ja, klar, Herr Chefinspektor. Wie du das geschafft hast, so einen bedeutenden Posten zu erringen, wird für immer ein Geheimnis bleiben. Wahrscheinlich bist du der heimliche Quotenmann von den Kommunisten.« Rudi grinste Materna breit an, und der grinste zurück. »Jedenfalls wollten die von der ÖVP und die meisten vom Operettenverein den Koller. Nach endlosen Streitereien hat der den Job dann auch gekriegt. Im Oktober haben sie ihn zum musikalischen Leiter bestimmt.«

»Mit dem Aigner hab ich heute in der Früh geredet. Der sagt natürlich auch, dass alles ganz zivilisiert und fair zugegangen ist und dass es für ihn gar nicht so schlimm war, dass es nicht geklappt hat.«

»Du hast mit dem Aigner geredet? Warst du denn heute schon in Linz?«

»Nein, hier. Ich glaub, der ist öfter da, wenigstens über Nacht.«

»Hat der etwa ein Gspusi in Ischl?«

»Ja, mit der schönen Witwe vom verstorbenen Intendanten.«

»Mit der Sissi Strasser? Ah so, ja ... ja freilich ...« Rudi fummelte sein Handy aus der Tasche und schaute aufs Display. »Du, ich hab gleich einen Termin. Ich muss ...« Er stand auf.

»Und der Espresso?«, fragte die Bedienung, die gerade mit den beiden Tassen an den Tisch kam.

»Passt schon«, sagte Rudi, nahm das Tässchen und stürzte den Inhalt im Stehen hinunter.

Das »Vorsicht – heiß!« der Serviererin war zu spät gekommen, er schüttelte sich mit einem lauten »Brrrr ...«

»Na dann ...«, sagte Materna. »Geh nur. Bist eingeladen. Ich komm nachher in der Kanzlei vorbei und hol die Resi ab.«

»Ja, gut, danke. Also, servus!« Rudi riss seinen Mantel vom Haken. Halb im Gehen schlüpfte er hinein.

»Zahlen!«, rief Materna und schaute dem Freund kopfschüttelnd hinterher, wie er eilig das Lokal verließ.

*

»Schön, dass du da bist!« Rena strahlte. »Das ist ja wirklich eine Überraschung.«

Josi nickte stumm. Sie wusste einfach nicht, was sie sagen sollte. Der einzige Grund, warum sie ihre frühere Schulkameradin besuchte, war, dass sie herausfinden musste, wo Marie-Sophie Grundt steckte. Wäre es ihr nicht so wichtig gewesen, Billys Tochter zu finden, hätte sie sich bestimmt bei niemandem ihrer früheren Bekannten gemeldet. Sie wäre so schnell und unauffällig wie möglich wieder aus Ischl verschwunden.

Sie saßen an einem gedeckten Kaffeetisch, in dessen Mitte die Kerze eines Adventsgestecks brannte.

Josi schaute die alte Freundin an. Ein paar frühe graue Strähnen zogen sich durch ihr kurz geschnittenes dunkles Haar. Ihr Gesicht hatte sich kaum verändert.

»Warte, Poldi, ich hab eine schöne Decke für dich.« Rena stand auf und holte aus einem Nebenzimmer ein Schaffell, das sie unter den Tisch legte. Der Poldi machte es sich sofort darauf gemütlich.

»Danke«, sagte Josi. »Du verwöhnst ihn ja richtig.«

»Gerne. Er ist ja auch ein herziger kleiner Kerl.« Sie lächelte, als sie den zu einer Kugel zusammengerollten Dackel betrachtete. »Ich hab bis vor Kurzem eine Katze gehabt. Sie ist leider gestorben und fehlt mir sehr ... Bitte, bedien dich doch.« Rena rückte den Teller mit der Weihnachtsbäckerei etwas näher an ihren Gast heran.

Josi beschloss, allenfalls einen von den verführerisch duftenden Keksen zu essen. Oder vielleicht zwei. Sie wusste ja, dass bei ihr alles gleich ansetzte – eine richtig hinterfotzige Ungerechtigkeit der Natur war das! Einladend sahen sie nämlich schon aus, die Schokoladentaler, Zimtsterne und Vanillekipferl.

»Selbstgebacken?«, fragte sie. Sie selber hatte nie gebacken, auch nicht, als sie verheiratet war. Backen hatte sie immer spießig gefunden.

»Klar. Das gehört für mich einfach zum Advent.«

Auf einmal kam es Josi gar nicht mehr spießig vor, Weihnachtskekse zu backen. Mami hatte früher ...

»Also, ehrlich, mit dir hätte ich nicht gerechnet.« Rena legte ihre Hand auf Josis Unterarm und riss sie damit aus ihren Weihnachtskeks-Reminiszenzen. »Es zieht dich nicht sonderlich nach Ischl, stimmt's?«

Josi deutete ein Kopfnicken an, aber sie schwieg.

»Du lebst in Berlin, oder? Bist Psychologin?«

Eine kleine, heiße Welle der Wut durchlief Josis Körper vom Bauchnabel bis zum Hals. Woher wusste Rena das schon wieder? Typisch Ischl! Für die Ischler hätte es kein Twitter oder Facebook gebraucht. Sie waren auch so immer über alles und jeden informiert.

»Ich hab Psychologie studiert und ein paar Semester Publizistik, war eine Zeit lang als Assistentin an der Wiener Uni, dann als Psychologin in einer psychosomatischen Klinik in Berlin. Ich arbeite aber schon länger als Wissenschaftsjournalistin.« Josi merkte, dass ihre Stimme rau klang. Das war immer so, wenn sie versuchte, Ärger zu unterdrücken.

»Das klingt ja interessant«, sagte Rena.

»Hm.« Josi biss kräftig in einen Keks, als könne sie ihren Ärger zusammen mit dem süßen Bissen hinunterschlucken. Es klappte einigermaßen. »Klasse«, sagte sie und meinte damit Renas Schokoladentaler.

»Danke.« Rena lächelte. »Bist du verheiratet?«, fragte sie gleich weiter.

Josi griff, ohne darüber nachzudenken, nach einem Vanillekipferl. »Geschieden. Ist halt nicht lange gut gegangen mit dem Herrn Konarek. Er ist Professor für klinische Psychologie. Zwei Psychologen auf einem Haufen – das ist halt schwierig.« Während sie das Kipferl in den Mund schob, fiel ihr ein, dass sie damit ihr selbstauferlegtes Keks-Limit erreicht hatte.

»Und – hast du einen Freund?«

»Ja ... nein. Wir haben uns gerade getrennt. Aber erzähl – wie geht's denn dir?«

Rena zuckte die Schultern. »Da gibt es nicht viel zu erzählen. Ich hab den Bernd geheiratet, hab im Geschäft mitgearbeitet. Kinder haben wir keine gekriegt. Ich hätt gern welche gehabt. So ist es halt immer nur ums Geschäft gegangen. Irgendwann ist uns klar geworden, dass wir uns auseinander gelebt haben, und wir sind getrennte Wege gegangen. Ich helf ihm aber weiter im Geschäft.

Wir kommen gut miteinander aus, vielleicht sogar besser als früher.«

»Ja, das versteh ich. Und wie geht es den anderen von unserer alten Clique?« Josi war froh, das Gespräch endlich in die gewünschte Richtung lenken zu können.

»Die Christiane ...«, begann Rena, als vom Flur her ein kräftiges *Rrrrrrtschschsch!* zu hören war.

»Jessas, der Poldi!«, schrie Josi und stürzte nach draußen.

Rena folgte ihr.

Der Dackel hatte sich auf leisen Pfoten davongemacht und amüsierte sich gerade damit, einen von Renas Hausschuhen in seine Bestandteile zu zerlegen.

»Spinnst du?« Josi stemmte die Arme in die Hüften. »Den Preis für ein paar neue Hausschuhe zieh ich von deiner Futterration ab, da kannst du Gift darauf nehmen.«

Poldi hatte für solche Fälle einen herzzerreißenden Blick zwischen Unschuldslamm, reuigem Sünder und waidwundem Reh auf Lager, auch wenn er diesen nur der Form halber aufsetzte. Schließlich wusste er, dass sein Frauerl zu solchen Grausamkeiten gar nicht fähig war.

Die weniger dackelerfahrene Rena schmolz bei diesem Anblick dahin. »Geh, der Arme! Das ist doch nicht schlimm, wenn er die alten Patschen zerlegt. Die hätt ich sowieso bald weggeschmissen.«

»Du kriegst neue«, insistierte Josi, während sie ins Wohnzimmer zurückgingen.

Der Dackel wurde zurück auf das Schaffell geschickt, wo er sich seufzend zur Ruhe begab.

Rena schenkte Kaffee nach. »Die Christiane ist geschieden«, setzte sie fort, wo sie vorhin unterbrochen worden war. »Sie lebt jetzt in Lienz und arbeitet bei irgendeiner Firma im Büro. Die Michaela ist Ärztin, arbeitet in einem Krankenhaus in Wels. Und die Billy ... du weißt ja ...«

Josi spürte, wie ihr Tränen aufstiegen, und vermied es, Rena anzusehen. »Wir haben uns nach der Schule total aus den Augen verloren, die Billy und ich. Sowie ich mein Maturazeugnis in der Hand gehabt habe, wollte ich nur noch weg.«

Rena nickte. »Ja. Keiner hat gewusst, wo du warst.«

»In Wien.«

»Ich kann gut verstehen, dass du so sang- und klanglos verschwunden bist«, sagte Rena mit leiser Stimme. »Diese Geschichte damals, die war wahnsinnig schlimm für dich, gell? Ich glaub, wir haben das alle gar nicht so richtig kapiert. Das tut mir so leid. Wir hätten als Freunde ganz anders zu dir stehen und dich und deine Familie unterstützen müssen.«

»Wir waren sehr jung und mit der ganzen Situation total überfordert. Ich ja auch.« Josi machte eine abwehrende Geste mit der Hand und griff gedankenverloren nach Keks Nummer drei.

»Die Billy war die Einzige, die gewusst hat, wo ich bin«, setze sie nach einer kleinen Pause fort. »Und sie hat auf einmal den Kontakt abreißen lassen, kein Lebenszeichen, auf Briefe hat sie nicht geantwortet. Von ihrer Mutter hab ich am Telefon auch nur gehört, dass sie nicht mehr zu Hause wohnt. Ich hab das alles nicht verstanden und war einfach nur enttäuscht und wütend damals ...« Sie brach ab.

Rena schaute Josi mit weit aufgerissenen Augen an. »Du hast seit der Matura gar keinen Kontakt mehr mit ihr gehabt?«

»Lange nicht. Zum Glück hat sie sich nach Jahren doch gemeldet, das heißt, sie hat meine Eltern angerufen und um meine Telefonnummer gebeten. So haben wir immerhin ab und zu miteinander telefoniert. Irgendwann hat sie angerufen und gesagt, sie würde demnächst mit ihrem Mann nach Berlin kommen, sodass wir uns endlich treffen könnten. Ich habe mich so gefreut. Kurz darauf waren sie beide tot. Dieser schreckliche Unfall auf der Autobahn ...« Etwas hatte sich um Josis Hals gelegt. Es fühlte sich an wie eine würgende Hand.

»Habt ihr euch noch aussprechen können?«

Renas Stimme klang in Josis Ohren, als würde sie von weither kommen. Sie schüttelte den Kopf. »Es war alles so lange her ... Sie hat mir erzählt, dass sie mit einem Ingenieur glücklich verheiratet ist, dass sie Cellounterricht gibt. Und über die Marie-Sophie haben wir geredet, dass sie nach der Matura in Salzburg Gesang studieren wird. Die Billy war so stolz auf ihre musikalische Tochter ... Alles andere wollten wir in Berlin von Angesicht zu Angesicht besprechen.« Josis Blick schweifte zum Fenster. Es war grade mal halb fünf und bereits stockdunkel draußen. Sie spürte, dass ihre Augen feucht wurden, und wischte mit der Hand darüber.

»Aber du weißt, warum sie damals genauso plötzlich verschwunden ist wie du, oder?«

Eine ungute, bange Erwartung setzte sich wie ein dicker Klumpen auf Josis Brust. Stumm schüttelte sie den Kopf.

»Ich hab es auch erst viel später erfahren. Sie war schwanger, und ihre Eltern haben sie mehr oder weniger hinausgeworfen.«

»Wie bitte?« Josi fuhr auf. »Schwanger? Damals schon? Die Marie ist gar nicht von ihrem Mann?«

»Nein. Den hat sie erst vor ein paar Jahren geheiratet.«

»Das gibt es doch nicht! Sie war meine beste Freundin, wir haben doch immer über alles geredet. Schwanger! Das hätte sie mir doch erzählt ... das heißt ...«

»Ja?«

Josis Blick glitt wieder zum Fenster. Ein paar Herzschläge lang starrte sie hinaus in die Dunkelheit. »Es war ein paar Wochen vor der Matura. Da hat sie mir gestanden, dass sie sich verliebt hat. *Unsterblich*, hat sie gesagt, und dass sie noch nicht darüber reden kann, aber total glücklich ist. Und sie hat mich gebeten, dass ich ein Ketterl für sie aufhebe, damit ihre Eltern es nicht sehen.« Sie wühlte in ihrer Handtasche, zog ein kleines Etui hervor und klappte es auf. Es enthielt ein silbrig glänzendes Halskettchen mit einem herzförmigen Anhänger, den ein funkelnder weißer Stein zierte.

Rena betrachtete das Schmuckstück. »Hm, ich bin zwar keine Expertin, aber ein bisserl was versteh ich von Schmuck. Also, wertlos ist das nicht – ich meine, über den ideellen Wert hinaus. Ich glaub, das ist Weißgold. Und der Stein, hm ... Hast du das schon einmal einem Goldschmied gezeigt?«

Josi schüttelte stumm den Kopf und ließ die Kette langsam durch die Finger gleiten. Ein bohrender Schmerz breitete sich langsam und unbarmherzig in ihrer Brust aus. »Wer ist denn der ... der Vater von der Marie-Sophie?«

»Die Billy hat das niemandem gesagt. Sie hat ja wohl auch wahnsinnig darunter gelitten, wie ihre Eltern sich verhalten haben.«

»So eine Gemeinheit!«

»Echt. Das hat keiner verstanden. Ich mein, auch vor fünfundzwanzig Jahren war das Mittelalter eigentlich schon vorbei.«

»In Ischl vielleicht nicht.«

Rena zuckte die Achseln. »Sie hat mit einem Begabten-Stipendium in Salzburg Cello studiert und ihr Kind gekriegt. Aus der großen Karriere, von der sie geträumt hat, ist natürlich nichts geworden, so talentiert sie auch war. Erst wie ihre Eltern nicht mehr da waren, ist sie nach Ischl zurückgekommen. Ihr Vater war inzwischen gestorben, die Mutter hat das Haus verkauft und ist weggezogen. Die Kleine war damals schon sechs Jahre alt.«

Josi hätte ihre Verzweiflung am liebsten herausgeheult und in die Welt hinaus geschrien, die verzweifelte Wut auf sich selber. Sie biss sich auf die Lippen. »Rena, die Marie-Sophie muss die Kette kriegen, egal, ob die wertvoll ist oder nicht. Ist sie in Ischl?«

Rena zuckte die Schultern. »Ich hab sie schon länger nicht gesehen. Wahrscheinlich ist sie an irgendeinem Theater engagiert. Ihr Studium hat sie ja im Juni abgeschlossen. Weißt was? Die Lena Pichler, ihre beste Freundin, kann dir bestimmt sagen, wo sie steckt. Die Lena hat das kleine Trachtengeschäft in der Kaiser-Franz-Josef-Straße. Magst noch Kaffee?«

»Nein, danke.« Josis Magen rotierte. Außerdem raste ihr Herz auch ohne weiteren Koffeinstoß. Sie konnte jetzt nicht länger auf diesem Sessel sitzen und reden. Sie musste allein sein, ihre Gefühle in den Griff kriegen, ihre Gedanken sortieren. Und dann würde sie sich auf die Suche nach Billys Tochter machen.

*

»Sagen Sie einmal, sind das jetzt die neuen Methoden bei der Polizei, dass die Ehefrauen von irgendwelchen Beamten vorbeikommen und einen ausfragen?«, tönte Materna, kaum dass er den Anruf angenommen hatte, Katrin Schindlers erboste Stimme entgegen.

»Bitte, Frau Schindler«, versuchte Materna die aufgeregte Frau zu besänftigen. »Sie sollten mir in Ruhe erklären, was passiert ist. Ich habe ohnehin noch ein paar Fragen und würde gerne bei Ihnen vorbeischauen.«

»Von mir aus«, kam es zurück. Kein Gruß. Sie hatte aufgelegt.

Eine Viertelstunde später stand Materna vor der Koller-Villa und läutete an der Haustür.

Ein grauhaariger Mann im Trachtenanzug öffnete. »Grüß Gott. Sie sind der Polizist?« Es klang nicht besonders freundlich.

Materna nickte. »Paul Materna, Chefinspektor vom LKA Oberösterreich.«

»Ralf Schindler. Ich bin der Bruder von Katrin«, erklärte der Mann, ohne dem Inspektor die Hand zu reichen. »Kommen Sie.«

Katrin Schindler erwartete Materna im Wohnzimmer. Sie sagte nichts, nickte nur kurz und schaute zur Seite.

»Finden Sie das nicht ein bisschen sehr unverschämt, dass diese Person bei meiner Schwester auftaucht und recht durchsichtige Fragen stellt?«, eröffnete Ralf Schindler das Gespräch in gereiztem Ton.

»Herr Doktor, bitte – von wem reden Sie? Um welche Person geht es denn?«

»Die Rosi Heininger.« Katrin Schindler schnaubte verärgert durch die Nase.

Na super, dachte Materna. »Die Frau Heininger war bei Ihnen? Was wollte sie denn?«

»Spionieren. Mich beschuldigen. Was weiß ich.« Katrin Schindler ließ sich zurück in einen der Polstersessel plumpsen.

Dr. Schindler bot Materna Platz an und setzte sich ebenfalls. »Sie müssen verstehen, dass meine Schwester verärgert ist«, sagte er in etwas versöhnlicherem Ton. »Sie ist in Trauer, und das Letzte, was sie jetzt brauchen kann, ist eine Polizistenfrau, die Verdächtigungen anstellt.«

Materna nahm sich vor, den Heininger morgen gehörig ins Gebet zu nehmen. »Bitte, erzählen Sie mir erst einmal von Anfang an, was passiert ist«, bat er.

Katrin Schindler zuckte die Schultern. »Die Frau Heininger hat geläutet und behauptet, dass sie mir kondolieren wollte. Dann ist es losgegangen. *Der Herr Koller hat ja gar keine Verwandten mehr gehabt,* hat sie gesagt. Und: *Dann werden Sie ja wohl in der Villa bleiben, wo er doch sonst niemand mehr hat.* Also, grade, dass sie mich nicht direkt beschuldigt hat, dass ich den Georg umgebracht hab, um ihn zu beerben.«

Materna war froh, dass Katrin Schindler keine Gedanken lesen konnte. Natürlich hatte er längst die Kollegen gebeten, zu recherchieren, wer den Dirigenten beerben würde. Dass Koller ein recht wohlhabender Mann gewesen sein musste, war bereits bekannt; die Erbansprüche hatte man allerdings noch nicht klären können. Natürlich durfte man Kollers Lebensgefährtin als mögliche Täterin nicht außer Acht lassen, schon gar nicht, falls sie die Alleinerbin war. Aber die Frau vom Heininger ging das ja wirklich nichts an.

»Das tut mir furchtbar leid. Ich werde das mit dem Kollegen klären. Vermutlich hat der gar nichts von den Aktivitäten seiner Frau gewusst. Getratscht wird doch immer. Sie kennen die Frau Heininger?«

Katrin Schindler nickte. »Flüchtig. Sie und ihr Mann wohnen ja gleich da hinten.« Sie deutete zum Fenster. »Und eine Tratschen ist sie wirklich.«

»Frau Schindler, ich muss Sie das fragen: Wie ist das denn mit dem Erbe?«

Sie starrte ihn für ein paar Augenblicke mit leerem Blick an, dann begann sie zu weinen.

Leicht perplex reichte Materna ihr ein Taschentuch. Auf einen Tränenausbruch als Reaktion auf seine Frage war er nicht gefasst gewesen.

»Meine Schwester hat heute Vormittag eine Abschrift des Testaments in Georgs Schreibtisch gefunden«, antwortete Dr. Schindler an ihrer Stelle. »Das Original liegt beim Notar Dr. Bruckner. Ja, sie ist die Alleinerbin. Sie hat mich angerufen, weil sie gar nicht gewusst hat, wie sie mit all dem umgehen soll. Zuerst verliert sie ihren Partner, dann soll es Mord gewesen sein. Schließlich findet sie das Testament, das sie verwirrt, und dann kommt auch noch diese Frau und beschuldigt sie.«

Katrin Schindler schniefte kräftig in das Taschentuch.

»Ich hab heute keine Nachmittagssprechstunde«, setzte Dr. Schindler fort. »Also hab ich mich ins Auto gesetzt und bin gleich hergefahren.«

»Verstehe. Aber warum hat Sie das Testament verwirrt? Haben Sie bis dahin wirklich nicht gewusst, was drin steht, Frau Schindler?«

Mit abweisendem Blick und zusammengepressten Lippen schüttelte sie den Kopf.

»Aber Sie wissen, dass der Herr Koller keine Verwandten mehr hat?«

Sie zuckte die Achseln, dann nickte sie.

»Da ist es doch aber naheliegend, dass Sie, als seine Lebensgefährtin, ihn beerben, nicht?«

Dr. Schindler stand auf, stellte sich neben seine Schwester und legte einen Arm um ihre Schultern.

Sie schnäuzte sich noch einmal. »Naheliegend ... vielleicht, ja. Ich hab mir einfach keine Gedanken darüber gemacht. Mein Gott – der Georg hatte ein Herzproblem, aber er war nicht todkrank und doch noch nicht alt! Wir haben nicht über Sterben und Tod geredet.« Sie schluchzte noch einmal laut auf.

Dr. Schindler wandte sich um, ging zur Hausbar, holte einen Weinbrand und drei Gläser heraus. Er stellte alles auf den Couchtisch und schenkte seiner Schwester ein. »Herr Inspektor?«

»Danke, für mich nicht, ich bin im Dienst.« Materna machte eine abwehrende Geste mit der Hand. Dann wandte er sich wieder Katrin Schindler zu, die sich nach einem kräftigen Schluck etwas beruhigt hatte. »Frau Schindler, ich möchte Sie bitten, dass ich mich ein bisserl umschauen darf. Es geht um die Sachen vom Herrn Koller, vor allem um die Notentasche. Der Herr Schäfer sagt, er muss sie dabei gehabt haben. Wir haben sie aber nicht gefunden.«

»Ach die ...« Katrin Schindler stand auf. »Die hat der Dr. Wagner gestern mitgebracht. Kommen Sie.«

Sie ging voraus in Georg Kollers Arbeitszimmer. Neben einem Flügel und einem mächtigen alten Schreibtisch samt Sessel befanden sich eine kleine Sitzgruppe und zwei riesige Holzregale darin. Das eine war mit Büchern, das andere mit Notenbänden vollgestopft. An einer Wand hing ein großes gerahmtes Foto. Es zeigte Georg Koller vor einem Orchester. Neben ihm standen ein Mann im Smoking und eine blonde junge Dame in einem roten Abendkleid, offenbar die Solisten des Konzerts.

»Da ist sie.« Katrin Schindler wollte nach der ledernen Aktentasche neben dem Schreibtisch greifen.

»Bitte nicht anfassen«, stoppte Materna sie. »Oder haben Sie sie schon in der Hand gehabt?«

Katrin Schindler zuckte die Achseln. »Dr. Wagner und ich sind zusammen ins Arbeitszimmer gegangen. Wer von uns sie da hingestellt hat, weiß ich nicht mehr. Ich hab nicht darauf geachtet.«

»Verständlich.« Materna zog sich Latex-Handschuhe über. Dann nahm er die Tasche, stellte sie auf die Tischplatte, öffnete sie und zog jeweils einen Band mit Werken von Bach, Buxtehude und Reger hervor.

»Suchen Sie was Bestimmtes?« Dr. Schindler stand an der Türschwelle und beobachtete das Ganze.

»Nein«, antwortete Materna ohne weitere Erklärung. Er hatte den leicht aggressiven Ton des Arztes durchaus registriert. Nachdem er noch eine Packung Papiertaschentücher und einen in Leder gebundenen Terminkalender hervorgeholt hatte, wandte er sich wieder an Katrin Schindler. »Können Sie vielleicht sagen, ob irgendetwas fehlt?«

Sie schien nachzudenken, antwortete nicht gleich. Schließlich schüttelte sie den Kopf.

»Handy hatte er keines?«

»Schon, aber nicht in der Tasche. Das hat er immer nur mitgenommen, wenn er auswärts gearbeitet hat. Es ist im Schlafzimmer an der Ladestation. Sie wollen es sicher mitnehmen?«

Materna nickte.

»Ich hol es.« Sie schickte sich an, den Raum zu verlassen, als ein »Moment!« ihres Bruders sie zurück hielt.

»Sein Nitro-Spray. Hat der Georg den nicht dabei gehabt? Oder war er in einer Jackentasche?«

Materna schüttelte den Kopf.

»Dann muss er in der Notentasche sein«, sagte Katrin Schindler resolut.

Materna tastete noch einmal sämtliche Seitenfächer der Tasche mit der Hand ab, obwohl er sicher war, nichts übersehen zu haben.

»Kann es sein, dass er ihn vergessen hat?«

»Das glaub ich kaum. Georg hatte Angina Pectoris. Er musste immer auf einen Anfall gefasst sein und ist daher nie ohne Spray aus dem Haus gegangen. Ich kann ja zur Sicherheit nachsehen, ob er doch hier ist.« Sie verließ den Raum.

»Ach, Herr Dr. Schindler«, wandte sich Materna an den Arzt, der Anstalten machte, ihr zu folgen.

»Ja?«

»Ihre Schwester hat doch vorgestern bei Ihnen übernachtet.«

»Ja – und?«

»Ich wollte nur wissen, ob sie das öfter tut.«

Dr. Schindlers Augen wurden erkennbar schmaler. »Das tut sie durchaus öfter. Wir verstehen uns sehr gut.«

Im selben Moment kam Katrin Schindler zurück und überreichte Materna ein Mobiltelefon. »Im Nachtkasterl ist sein Spray nicht. Dort hat er ihn aufbewahrt, wenn er ins Bett gegangen ist. Tagsüber hat er ihn immer bei sich getragen.«

»Was heißt das jetzt?«, fragte Dr. Schindler.

»Wir werden sehen«, antwortete Materna kryptisch. Er begann, alles wieder einzuräumen. »Ich würde gerne noch einen Blick in die Schreibtischschubladen werfen.«

Katrin Schindler nickte. »Bitte.«

Er förderte ein paar beschriebene Notenblätter, einige Stapel leeres Notenpapier und weitere Schreibutensilien zutage. Dann schaute er sich noch einmal in dem Raum um. »Computer hatte der Herr Koller keinen?«

»Nein. Privat hat ihn das nicht interessiert, und das Geschäftliche hab ich für ihn erledigt, Geschäftspost, Verträge, Buchhaltung und so.«

Materna nickte. »Ich möchte die Tasche, den Schreibblock, das Notizbuch und das Mobiltelefon kriminaltechnisch untersuchen lassen«, erklärte er.

»Natürlich.«

Er zog einen Block aus der Jackentasche und quittierte den Erhalt der Gegenstände.

Katrin Schindler brachte ihn zur Tür, während sich ihr Bruder im Wohnzimmer noch einen Drink einschenkte.

Als sie Materna zum Abschied die Hand reichte, fiel ihm noch etwas ein. »Frau Schindler, in der Tasche war ein Päckchen mit weißen Papiertaschentüchern. Wissen Sie zufällig, ob der Herr Koller auch bedruckte benutzt hat?«

»Wie – bedruckte?«

»Solche mit Motiven darauf. Mit einem Bild von der Kaiserin Elisabeth zum Beispiel.«

»Von der Kaiserin Elisabeth?« Sie schaute ihn an, als hielte sie ihn für geistesgestört. »Niemals. Der Georg hat immer das Schlichte vorgezogen. Firlefanz konnte er nicht leiden.« Sie wandte sich schnell um und schloss hinter sich die Tür.

*

Es war stockdunkel, als Peter Eisler bei seiner Jagdhütte ankam. Die Forststraße war durch den Wärmeeinbruch schon fast schneefrei. Trotzdem war es vernünftig gewesen, dass er den Rover von zu Hause geholt hatte. Er fühlte sich auf dem Berg einfach besser mit dem geländegängigen Wagen und seinem Allradantrieb.

Er parkte auf einem eigens dafür vorgesehenen Platz unweit der Hütte, bei deren Anblick er ein fast zärtliches Gefühl verspürte. Er hatte sie erst vor ein paar Monaten einem Bekannten abgekauft, obwohl er kein leidenschaftlicher Jäger war. Zwar hatte er vor langer Zeit, noch während des Medizinstudiums, den Jagdschein gemacht, weil er sich für die Falknerei interessierte. Dieses Hobby war für den aufstrebenden jungen Arzt auf Dauer allerdings zu zeitaufwendig geworden. Und da ihm das Töten von Tieren letztlich immer widerstrebt hatte, ging er allenfalls mit der Kamera auf die Jagd.

Den Kauf hatte er jedenfalls noch keine einzige Sekunde lang bereut. Hätte er nicht eine solch ausgeprägte Abneigung gegen den Jargon der boomenden Esoterikszene gehabt, hätte er diesen Platz als seinen Kraftort bezeichnet. Er liebte die Natur und er brauchte es, ab und zu mit sich alleine zu sein. Ein einziges Mal hatte er eine Frau hier herauf mitgenommen. Es war ein Fehler gewesen – in jeder Beziehung.

Er seufzte, nahm die kleine Tasche mit dem Laptop und die große mit seinen Büchern aus dem Auto und schloss die Hütte auf.

In der Stube roch es ein wenig muffig wie in fast allen Berghütten. Deshalb öffnete er zuerst ein Fenster. Dann machte er in dem eisernen Holzofen Feuer und setzte Teewasser auf. Tee war alles, was er im Moment brauchte. Er würde noch ein wenig arbeiten und sich später eine Suppe kochen.

Eisler packte den Laptop aus, stellte ihn auf den Tisch, fuhr ihn hoch, holte die Bücher aus der Tasche und legte sie daneben. Seit er die Hütte besaß, war sie für ihn der Ort gewesen, an dem er am besten schreiben konnte. Zwei Artikel für medizinische Fachzeitschriften waren hier entstanden, und seit ein paar Wochen arbeitete er an einem Buch. Anfangs hatte er die Fachliteratur, die er zum Schreiben brauchte, einen Laptop sowie Manuskriptausdrucke hier oben gelassen. Seit dem Einbruch im Herbst war er vorsichtiger geworden. Da er gemerkt hatte, dass jemand an seinem Laptop gewesen war, nahm er alles mit, was mit seinen Projekten zusammenhing. Er war froh, dass er zu diesem Zeitpunkt noch nicht alle wissenschaftlichen Daten auf den Computer übertragen hatte. Mit dem gerade begonnenen Manuskript würde der Einbrecher, beziehungsweise seine Auftraggeber, nicht allzu viel anfangen können. Trotzdem bereitete ihm die Vorstellung, dass jemand in seiner Abwesenheit in sein Refugium eingedrungen war, immer noch tiefes Unbehagen.

Sein Blick glitt über die wenigen Möbel der kleinen Stube und verharrte schließlich auf der alten Kommode neben der Anrichte. In der obersten Schublade befand sich das einzige Buch, das er trotz allem hier oben gelassen hatte, der prachtvolle Bildband, der noch auf seine Empfängerin wartete. Er konnte ihn nicht mit nach Hause nehmen, ohne eine Salve von Fragen auszulösen.

Der Wasserkessel pfiff. Eisler nahm ihn vom Herd und goss Tee auf. Dann ging er zum Auto und holte sein Jagdgewehr herein. Es war doch nicht umsonst gewesen, dass er damals den Jagdschein erworben hatte und eine Waffe besitzen durfte. Sie erwies ihm in letzter Zeit gute Dienste.

Freitag, 5. Dezember

»Beide Personen haben also möglicherweise ein Motiv und kein eindeutiges Alibi, sowohl die Katrin Schindler als auch der Jo Aigner«, beendete Materna den Bericht über die bisherigen Ermittlungen in Bad Ischl.

Er hatte seine Mitarbeiter im LKA zur Morgenbesprechung gebeten. Ein Teil des Teams der Abteilung *Leib und Leben* hatte unter der Leitung von Kontrollinspektor Christian Obermeyer die Weiterarbeit an dem Raubmord an der alten Frau übernommen. Materna würde zusammen mit Conni und den Ischler Kollegen weiter im Mordfall Koller ermitteln. Bezirksinspektorin Tina Kubitsch war für die Recherchen von der Dienststelle aus zuständig.

»Wir müssen im Fall Koller auch bedenken, dass Insulin ein unsicheres Gift ist«, merkte Conni an. »Damit mordet am ehesten jemand, der leicht drankommt.«

Materna nickte. »Klar, es wirkt nicht sofort tödlich. Somit kann das Opfer eventuell gerettet werden. Andererseits wird Insulin immer noch leicht übersehen.«

Christian Obermeyer legte seinen Bleistift hin, mit dem er auf einem Schreibblock herumgekritzelt hatte. »Was das Motiv von dem Aigner betrifft – ich mein, es ist es halt die Frage, ob jemand wirklich deswegen einen Mord begehen würde, weil ein anderer den Job als Dirigent von einem Musical in Ischl kriegt. Der Aigner macht so was doch eh am Landestheater, wenn ich das richtig verstanden hab.«

»Also, ich glaub, das ist schon was anderes«, meldete sich Tina zu Wort. »Ich hab über das Lehár-Festival beziehungsweise die Operetten-Festspiele recherchiert. Dieses Musical, *Elisabeth*, ist wirklich ein Mordsprojekt. Die haben sogar den Axel Wiegand als Regisseur engagiert, der lang in Hamburg Musicals inszeniert hat; der ist echt eine große Nummer. Und die Anna Behrendt wird die Elisabeth singen. Die Behrendt ist ein Superstar in der Musicalszene. Die musikalische Leitung von einem Stück mit solchen Größen – das ist schon was!«

»Seh ich auch so«, stimmte Materna zu. »Außerdem scheint mir die Freundin vom Aigner, diese Frau Strasser, eine ganz schön anspruchsvolle Dame zu sein.«

»Ah – eine heiße Braut!« Obermeyer grinste von einem Ohr bis zum anderen, bis er Tinas giftigen Blick bemerkte und sich wieder Materna zuwandte. »Du meinst, es geht darum, sie zu beeindrucken?«

»Ja, so was in der Richtung. Sie ist nicht die Frau, die sich auf Dauer mit einem kleinen Landestheater-Dirigenten zufrieden gibt – oder ich müsste mich sehr täuschen. Der gute Jo wird sich karrieremäßig ziemlich ins Zeug legen müssen, um sie zu halten. Und ein Sprungbrett für seine Karriere wär das allemal.«

»Apropos Jo Aigner …«, knüpfte Conni an. »Ich war ja gestern noch einmal im Landestheater. Bei den Musikern gilt er als sehr ehrgeizig. Besonders beliebt ist er beim Orchester nicht. Über die Beziehung zu Frau Strasser wissen im Theater alle Bescheid. Die Strasser hat dort für eine Rolle in einem Musical vorgesungen …«

»Was für eine Rolle?«, fragte Materna.

Conni drückte auf seinem Smartphone herum. »Die *Dolly* in *Hello, Dolly*«, las er vor.

Materna nickte. »Hat sie die Rolle bekommen?«

»Hat sie nicht. Es wurde eine Dame aus dem hauseigenen Ensemble genommen. Wahrscheinlich war das mit dem Vorsingen eh nur so eine Idee vom Aigner, der seiner Freundin einen Job in Linz verschaffen wollte. Jedenfalls hat ein Musiker den Aigner und die Strasser beim Knutschen in der Dirigenten-Garderobe erwischt. So was geht dann schnell im ganzen Theater herum.«

»Verstehe.« Materna schmunzelte.

»Habt ihr schon über andere mögliche Motive nachgedacht, Paul?«, fragte Tina.

»Nachgedacht? Tun wir Tag und Nacht«, lästerte Conni.

Materna nickte ihr aufmunternd zu.

In ihrem Gesicht breitete sich ein Siegerlächeln aus. »Was ist zum Beispiel mit dem Bruder von Katrin Schindler? Vielleicht ist sie ja zu ihm geflüchtet und hat sich bei ihm ausgeweint, weil sie Streit mit ihrem Lebensgefährten gehabt hat – womöglich sogar wegen dem Erbe? Dass sie von dem Testament nichts gewusst haben will, ist ja nicht sehr glaubhaft. Es wäre doch möglich, dass der Dr. Schindler mit seiner Schwester gemeinsame Sache gemacht hat. Oder er hat so einen Gach'n auf den Koller g'habt, dass er ihn ermordet hat. Wär ja ein Kinderspiel für einen Arzt.«

»Das sollten wir unbedingt im Auge behalten«, stimmte Materna zu.

Tina streifte Conni mit einem triumphierenden Blick. »Und was ist mit Eifersucht?«, fuhr sie fort. »Dirigenten sind begehrt bei den Frauen. Hat der Koller vielleicht eine Geliebte gehabt – neben seiner Lebensgefährtin? War irgendwer hoffnungslos in ihn verliebt?«

»Das tät mich jetzt aber schon interessieren, wieso Dirigenten bei den Frauen so begehrt sind«, sagte Conni. »Da könnte man sich ja echt das Umsatteln überlegen.«

»Das tät' dir so passen«, bemerkte Tina. »Direkt ein Glück für die musikbegeisterte Menschheit, dass du nicht einmal dran denken kannst.«

»Wieso – Dirigenten fuchteln doch eh nur sinnlos in der Gegend herum!«

Materna musste lachen. »Ja, so stellst du dir das vor! Ein bisserl rumfuchteln, und schon liegt einem die Damenwelt zu Füßen … Jedenfalls – die Tina hat schon recht. Wir müssen offen bleiben und in alle Richtungen ermitteln. Deswegen ist es wichtig, dass du dich auch um die professionellen Kontakte vom Koller kümmerst, Tina, von seiner Agentur bis hin zu den Mitwirkenden an diesem Lehár-Festival. Und wir werden uns mit Unterstützung der Ischler Kollegen auch im privaten Umfeld von Georg Koller weiter umschauen.«

»Selbstmord scheidet für dich definitiv aus?«, fragte Christian.

»Ja. Es scheint keinen Grund zu geben, außerdem war Georg Koller garantiert nicht der Typ für eine so dramatische Inszenierung. Vor allem spricht auch die Sache mit dem verschwundenen Nitro-Spray dagegen.«

»Du meinst, der Mörder hat den es aus der Tasche genommen?«, fragte Tina.

»Oder die Mörderin!«, ließ sich Obermeyer vernehmen.

»Ja klar, Chris, es ist ja ein Giftmord. Das war garantiert eine Frau«, feixte Conni.

Materna nahm einen Schluck aus der Kaffeetasse, die er auf seinem Schreibtisch abgestellt hatte. »Ihr habt ja im Obduktionsbericht gelesen, dass der Georg Koller einen leichten Infarkt gehabt hat, auch wenn er daran nicht gestorben ist.«

Alle blickten auf die Kopien des Berichts, die Conni zu Beginn der Besprechung den Kollegen ausgehändigt hatte.

»Vielleicht hat der Schrecken zu dem Anfall geführt oder ein vorangegangener Streit«, fuhr Materna fort. »In dem Fall hätte der Täter …«

»Oder die Täterin«, warf Tina ein.

»Jetzt übertreibst du's aber mit der Gleichstellung.« Er schüttelte den Kopf. »Also, in dem Fall hätte der Täter – oder die Täterin – diese Spraydose entfernt, damit das Opfer, solange es noch bei Bewusstsein ist, den Anfall nicht aufhalten und womöglich sogar Hilfe holen kann, ehe der Insulinschock greift. Es würde daher schon sinnvoll erscheinen, wenn der Mörder den Spray aus der Tasche genommen hätte.«

»Oder die Mörderin!«, ergänzten Obermeyer und Conni im Chor. Sie grinsten in Richtung Tina.

»Ja, ja …« Materna verdrehte die Augen. »Fast wäre die Rechnung ja auch aufgegangen, und der Arzt hätte einen Totenschein auf Herzinfarkt ausgestellt. Als Hausarzt vom Koller war er ja über die Herzprobleme von seinem Patienten informiert. Bei Angina Pectoris besteht ein sehr hohes Infarkt-Risiko.«

»Hallo, allerseits!«, tönte es von der Tür her. Mike Geringer betrat den Raum. »Wollte nur schnell berichten: Wir haben auf der Tasche Fingerabdrücke von vier verschiedenen Personen gefunden. Die meisten stammen vom Toten. Wir brauchen noch Vergleichsabdrücke von den Personen, die die Tasche ebenfalls angefasst haben. Es ist zwar unwahrscheinlich, aber man kann doch nicht ausschließen, dass die anderen vom Mörder stammen.«

»Oder der Mörder*in*«, lästerte Conni.

»Wie?«

»Ach, nichts.«

»Wird erledigt, Mike«, sagte Materna.

»Ach so, die Handygespräche und SMS werden noch gecheckt«, fügte Mike hinzu, der schon fast zur Tür draußen war.

Materna blickte in die Runde. »Also dann – machen wir uns an die Arbeit, Leute. Auf geht's Conni, fahren wir!«

Conni stand auf, kramte seine Unterlagen zusammen und folgte dem Chefinspektor auf den Gang. »Was ist übrigens mit dieser Frau Konarek?«, fragte er, während sie dem Ausgang zustrebten.

»Was soll mir ihr sein?«

»Wäre doch nicht das erste Mal, dass die Person, die angeblich den Toten gefunden hat, sich als Täterin entpuppt.«

»Blödsinn!«, blaffte Materna. »Sie ist eine Zeugin.« Erst als sein Mitarbeiter ihn entgeistert anstarrte, wurde ihm klar, wie unmotiviert er ihn angefahren hatte. Conni hatte doch recht – auf den ersten Blick war es eine perfekte Tarnung, sich als Finder einer Leiche auszugeben, wenn man den Mord selbst begangen hat. Aber Josephine Konarek als Mörderin? Undenkbar!

»Die Frau Konarek hat uns mit ihrer Beobachtung sehr weitergeholfen«, fügte er in freundlicherem Tonfall hinzu. »Mit ihr geredet hab ich schon. Was sie sagt, ist absolut glaubwürdig, und ein Motiv kann ich bei ihr auch nicht entdecken.«

»Ah so – ja, ich versteh!« Conni grinste.

»Einen Schmarrn verstehst du!«

»Einen Schmarrn?«

»Genau. Übrigens – ich möcht, dass du nachher nach Salzburg fährst.«

»Nach Salzburg? Wieso denn?«

»Der Dr. Schindler hat gesagt, dass seine Schwester öfter bei ihm übernachtet. Du könntest rauskriegen, ob das stimmt. Vielleicht weiß der eine oder andere Nachbar was, eventuell hat sogar jemand das Auto von der Frau Schindler gesehen und kann sagen, wann es dort gestanden ist und wann nicht.«

»Aber Salzburg – da müssen wir doch die Kollegen dort verständigen.«

»Geh bitte, wegen einem bisserl Plaudern mit den Nachbarn von dem Doktor werden wir gleich den Amtsschimmel aufzäumen!«

»Ich hab nur gemeint, weil du doch immer so korrekt bist, verehrter Chef.«

»Du sollst nicht ...«

»Materna?«, unterbrach Oberst Patzak, der den Kopf aus der Tür seines Büros streckte, den Disput. »Fahr'n S' wieder nach Ischl?«

»Ja, Herr Oberst.«

»Und den Herrn Laubenbacher nehmen S' mit?«

»Ja, Herr Oberst.« Materna warf Conni einen warnenden Blick zu. Nicht, dass der sich womöglich noch verplapperte.

»Ja, also, dann schaun S', dass S' weiterkommen mit der G'schicht. Jetzt haben wir natürlich die Presse am Hals. Was soll ich denen sagen?«

»Sagen S' denen, Ihre Kriminalbeamten verfolgen vielversprechende Spuren. Habe die Ehre, Herr Oberst.«

*

Wenn es nach der Temperatur und der Stimmung dieses Tages gegangen wäre, hätte man ihn eher im April angesiedelt als im Dezember. Die Weihnachtsdekoration in der Pfarrgasse wirkte ziemlich deplatziert, fand Josi, zumindest jetzt am Vormittag im Sonnenschein. Sie gestand sich ein, die winterweiße Postkarten-Adventsidylle zu vermissen, die sie bei ihrer Ankunft vorgefunden hatte. Außerdem war der Matsch in den Straßen unerträglich. Der Poldi hatte schon einen ganz schmutzigen, nassen Bauch.

Josi nahm den kurzen Weg durch die Pfarrgasse zur Kaiser-Franz-Josef-Straße. Als Erstes erstand sie dort ein Paar Hausschuhe für Rena. Danach steuerte sie auf das Geschäft zu, in dem sie Marie-Sophies Freundin Lena zu finden hoffte. Die Trachtenboutique war klein und fein, das sah man schon von außen. Ein traumhaft schöner Lodenmantel und ein Festtagsdirndl waren in der Auslage zu bewundern.

Gerade als Josi das Geschäft betreten wollte, kamen ihr zwei Personen entgegen. Sie war überrascht, in einer der beiden Jasmin Hinterlechner aus Ronachers Kanzlei zu erkennen. Ihr folgte eine Frau, die aussah wie ein Model, eines von den ganz berühmten, teuren.

Fasziniert betrachtete Josephine das Outfit der Modemagazin-Schönheit. Es bestand aus einer dreiviertellangen Hose aus Hirschleder, roten Kniestrümpfen, einer edlen braun-grünen Lodenjacke, die eine knallrote Weste mit silbernen Knöpfen hervorblitzen ließ. Dazu trug sie einen Original Cumberland Hut. Ein dicker, langer Zopf baumelte ihren Rücken hinunter. Das Auffälligste aber waren ihre Schuhe. Sie waren aus hellem Leder gefertigt und mit breiten roten Bändern geschnürt, sodass sie von vorne an Bergschuhe erinnerten. Die Absätze waren allerdings mindestens so hoch wie die High Heels diverser Stars und Sternchen, die bei irgendwelchen Fernsehshows über die glatten Böden der Studios staksten.

Josi musste sich zusammenreißen, dieses überirdische Wesen nicht unverhohlen anzustarren.

»Grüß Gott, Frau Konarek.« Die Anwaltshelferin strahlte. Sie war bepackt wie der heilige Nikolaus vor seinem ersten Besuch bei braven Kindern. Sie musste beim Einkaufen gewaltig zugeschlagen haben.

»Hallo«, antwortete Josi und riss den Poldi vom Boden hoch, weil ihm das Model um ein Haar auf die Pfoten getreten wäre.

»Oh!«, machte die Lady.

»Nichts passiert«, sagte Josi, was nicht so ganz stimmte, weil Poldis triefender Bauch ekelhaft nasse, mit Streusand dekorierte

Flecken auf ihrem Mantel hinterließ. Sie setzte den Dackel zurück auf den Boden. »Na, gut eingekauft?«, fragte sie Nikolaus-Jasmin.

»Ich nicht, aber meine Freundin.« Die Anwaltshelferin betonte *meine Freundin* in einer Art, als erwarte sie Widerspruch. Josi hatte nichts dergleichen im Sinn. »Na dann ... schönes Wochenende!«

»Ihnen auch«, antwortete Jasmin.

Josi klopfte den beschmutzen Mantel notdürftig aus und betrat das Geschäft. Eine dunkelhaarige junge Frau reichte gerade einer älteren Dame ihren Einkauf über den Ladentisch.

Auf einem Ständer gleich neben der Tür hingen Kleider im Trachtenstil. Josi nahm ein grünes Leinenmodell von der Stange und betrachtete es genauer. Es war bezaubernd. Ihre Finger glitten über den Stoff, er musste sich wunderbar auf der Haut anfühlen. Ob sie einmal hineinschlüpfen sollte? Andererseits – in Berlin würde sie wenig Gelegenheit haben, ein solches Kleid zu tragen. Berlin ... eigenartigerweise war Berlin gerade so weit weg, als befände es sich auf einem anderen Planeten.

Sie suchte nach dem Preisschild, warf einen Blick darauf und schob seufzend die anderen Kleider auseinander, um das gute Stück zurückzuhängen.

»Das würde Ihnen bestimmt sehr gut stehen«, sagte eine tiefe, warm klingende Stimme hinter ihr. Die Dunkelhaarige lächelte sie an. »Das Grün passt ja perfekt zu Ihren wunderschönen Haaren. Die Größe stimmt auch, glaub ich. Möchten Sie es probieren?«

»Na gut, danke.« Josi seufzte. Sie ging aber nicht zur Umkleidekabine, sondern blieb, den Traum in Grün über den Arm gehängt, stehen. »Entschuldigen Sie – darf ich Sie was fragen?«

Die junge Frau nickte überrascht.

»Mein Name ist Josephine Konarek. Sie sind die Frau Pichler, nicht?«

»Lena Pichler, ja. Was kann ich für Sie tun?«

Josi kam nicht dazu, diese Frage zu beantworten. Sie spürte ein Ruckeln an der Leine. »Haaaalt!«, schrie sie.

Der Dackel hatte im untersten Fach eines Wandregals Ledertaschen entdeckt. Er zerrte gerade ein ebenso schickes wie teuer aussehendes Exemplar hervor. Dem Duft von Leder hatte er noch nie widerstehen können. Josi nahm ihm seine Beute sofort ab und betrachtete sie ausführlich. Zum Glück war kein Schaden festzustellen. »Was für eine schöne Tasche«, sagte sie bewundernd. »Ich kaufe sie natürlich.«

Lena Pichler schaute sich das Objekt Poldis räuberischer Begierde ebenfalls genau an. »Es ist ja nichts passiert. Sie müssen sie wirklich nicht kaufen.«

»Ich bestehe darauf. Mein Dackel hat ...«

Lena Pichler lächelte. »Ihr Dackel hat einen guten Geschmack. Aber, bitte, wie kann ich Ihnen helfen?«

»Eine Bekannte hat mir erzählt, dass Sie eine gute Freundin von Marie-Sophie Grundt sind. Ich bin eine Schulkameradin von Sibylle Grundt, ihrer Mutter. Ich möchte ...« Josi unterbrach sich. Ja, was? »Ich habe etwas, das ich ihr geben möchte. Können Sie mir sagen, wo sich die Marie-Sophie gerade aufhält?«

Lena Pichler blickte Josi an. Ihre Augen waren dunkler geworden. Sie sah traurig aus. »Ich weiß es nicht. Sie wollte nach Wien, aber ich hab seither überhaupt nichts von ihr gehört. Sie ist einfach verschwunden.«

Josi spürte, wie ihr Herz ein paar Schläge zulegte. Billys Tochter war einfach verschwunden, so wie sie selbst damals verschwunden war – und Billy ja auch. »Sie machen sich Sorgen?«

Lena Pichler nickte.

»Frau Pichler ...«

»Lena.«

»Lena, gibt es niemanden, der wissen könnte, wo sie steckt?«

Lena zuckte die Achseln. »Ihre Ischler Bekannten hab ich alle schon gefragt. Von ihrem Freund hat sich getrennt. Verwandte hat sie nicht, bis auf eine Tante in Salzburg. Bei der hat sie unter der Woche gewohnt, wie sie noch studiert hat. Hanna heißt sie. Den Nachnamen und die Adresse weiß ich auch nicht, sonst hätt ich sie längst angerufen oder wäre hingefahren.«

Eine Tante. Josi überlegte. Billy hatte keine Geschwister gehabt, aber eine Cousine, die Hanna hieß. Und wie weiter? Es fiel ihr beim besten Willen nicht ein.

»Ich könnte vielleicht ...«, begann sie, als eine Dame das Geschäft betrat.

»Grüß Gott«, begrüßte Lena die Kundin. »Ich bin gleich für Sie da.« Dann wandte sie sich wieder Josi zu. »Frau Konarek – möchten Sie mich besuchen? Ich hab am Wochenende geöffnet, weil Kirtag ist. Ginge es bei Ihnen am Sonntag gegen Abend? So um sieben vielleicht? Da könnten wir in Ruhe reden.«

»Gern«, sagte Josi. Ihr Blick fiel auf das Kleid, das noch immer über ihrem Arm hing.

»Wollen Sie es jetzt probieren?«, fragte Lena. »Sie müssen es ja nicht kaufen. Moment, bitte.« Sie holte eine Visitenkarte und überreichte sie Josi. »Da stehen auch meine private Adresse und meine Telefonnummer drauf.«

Josi nahm sie dankend entgegen, seufzte kurz und verzog sich Richtung Umkleidekabine. »Das Monster nehm ich mit, nicht, dass noch das ganze Geschäft verwüstet wird.«

Lena lächelte. »Wie heißt denn das Monster?«, fragte sie noch schnell, ehe sie sich der neuen Kundin widmete.

»Poldi«, antwortete Josi und verschwand samt Kleid und Dackel in der Kabine.

*

Der Heininger Hubsi schälte sich gerade aus einem alten grünen Passat, als Conni den Dienstwagen auf den Platz vor der Ischler Polizeiinspektion lenkte.

»Na, der kommt mir grad recht«, brummte Materna. »Geh schon vor, Conni, ich komm gleich.« Er sprang aus dem Auto und stoppte den Revierinspektor, der sich Richtung Eingang davonmachen wollte, mit einem lauten »Jetzt wartest einmal, Heininger!«

Der Angesprochene blieb stehen und schaute Materna mit einer Mischung aus Unsicherheit und Trotz an.

»Du weißt, was ich dir sagen will, oder?«, begann Materna die Unterredung.

»Naaa, was denn?«, tat der Heininger unschuldig.

»Seit wann is' denn deine Frau bei der Polizei, sodass sie Befragungen durchführt?«

»Die Rosi? Wieso?« Der Heininger betrachtete ausführlich seine Schuhspitzen.

»Geh, jetzt tu halt net so, als tät'st davon nix wissen«, sagte Materna energisch. »Deine Rosi war gestern bei der Frau Schindler. Sie hat sie net nur ausg'fragt, sondern regelrecht beschuldigt.«

»Beschuldigt?«

Materna seufzte. Er mochte den urigen Typ, Marke *gemütlicher Landgendarm.* Aber er konnte ihm nicht alles durchgehen lassen »Jawoll, beschuldigt.«

»No ja, die Rosi hat halt g'meint …«, setzte der Heininger zu einer Verteidigungsrede an.

Materna unterbrach ihn. »Jetzt pass amal auf: Deine Frau kann meinen, was sie mag, aber net, wenn es um Polizeiarbeit geht. Und du weißt ganz genau, dass du über laufende Ermittlungen nichts erzählen darfst.«

»Aber in der Zeitung steht des doch auch von dem Mord«, maulte der Heininger.

»In der Zeitung steht bis jetzt nur, dass die Polizei in der Sache Koller in alle Richtungen ermittelt. Sonst nix.«

»Net?« Das immer etwas rötliche Gesicht des Revierinspektors hatte ein paar Nuancen in der Farbe zugelegt. »Aber i hab ja net g'wusst, dass die Rosi die Frau Schindler gleich beschuldigt.«

»Hättest ihr nix erzählt, wär des net passiert.« Materna ahnte, dass die Heininger Rosi zu den Frauen gehörte, die es einem schlicht unmöglich machten, nichts zu erzählen. Mission impossible. Trotzdem …

»Die Frau Schindler hat sich beschwert, zum Glück nur bei mir. Die Sach' hätt' noch richtig blöd werden können, und i glaub, das weißt selber.«

Der Heininger sagte nichts darauf. Er rieb sich die Nase und schaute zu Boden.

»I weiß, ihr habt's selber einen Haufen Arbeit hier«, lenkte

Materna ein. »Aber wir, der Conni und ich, sind auf eure Unterstützung ang'wiesen. Ich muss mich auf jeden von euch verlassen können. So, und jetzt gehen wir rein und besprechen alle miteinander, wie wir weitertun.«

Der Heininger schnaufte lang und geräuschvoll aus. »Entschuldigung«, nuschelte er schließlich. Dann trottete er hinter Materna her, der mit energischen Schritten das Inspektionsgebäude betrat.

*

Josi verstaute ihre Einkäufe im Auto. Sie öffnete das Sackerl mit dem grünen Kleid darin ein wenig, sodass sie den Stoff noch einmal betrachten konnte. Bei Tageslicht wirkte die Farbe noch strahlender, wie das Grün eines Laubwalds an einem Sommertag. Sie lächelte. Dieses Kleid mochte eine verrückte Anschaffung sein. Aber die nette Lena hatte ja recht – es stand ihr wie für sie gemacht, und sie würde schon noch Gelegenheiten finden, es zu tragen. Die Tasche hatte sie auch gekauft. Sie mochte Lena Pichler nicht zumuten, diese aufs Regal zurückzulegen. Immerhin hatte der Hund das edle Stück im Maul gehabt, selbst wenn es nicht beschädigt war. Damit hatte sie wenigstens ein Weihnachtsgeschenk für ihre Mutter, die schon immer ein Faible für schöne Accessoires gehabt hatte. Josi freute sich auf ihr überraschtes Gesicht. Sie freute sich überhaupt darauf, die Festtage wieder einmal mit den Eltern in Wien zu verbringen.

Jetzt aber wollte sie noch verschiedene Kleinigkeiten besorgen. Vielleicht fand sie ein paar hübsche Mitbringsel für ihre Wiener Freundinnen. Dabei konnte sie ja auch gleich nachsehen, ob der Nikolaus-Kirtag schon eröffnet war. Früher, als sie noch ein Kind war, war dieser ein wichtiges Ereignis gewesen, für das man lange sein Taschengeld sparte. Aber sie konnte sich beim besten Willen nicht erinnern, ob er am fünften oder am sechsten Dezember begann.

»Geh mal ins Auto, Poldi. Ich komm bald wieder.« Sie hob den Dackel auf den Rücksitz. Dann ging sie mit flotten Schritten Richtung Pfarrgasse.

Bei einem Keramikgeschäft blieb sie stehen und betrachtete die goldverzierte, getöpferte Kaiserin Elisabeth in der Auslage. Sie sah edel aus, war mindestens 40 cm groß und sehr teuer.

Ein paar Schritte weiter, vor der Buchhandlung, stand ein dicker, rot gekleideter Weihnachtsmann. Er verteilte in buntes Stanniolpapier eingewickelte Zuckerln an die vorbeikommenden Kinder. Irgendjemand hatte einmal erzählt, diese Art von Weihnachtsmann sei eine Erfindung von Coca Cola, fiel es Josi ein. Offenbar hatte der Coca-Cola-Fuzzi inzwischen auch im Salzkammergut seinen Siegeszug angetreten. Kein Wunder, dachte sie – ein selbstfliegendes Christkindl oder auch ein zu Fuß gehender Nikolaus mit Stab und Bischofsmütze konnten einfach nicht mit dem rotgewandeten Rauschebart und seinem fliegenden Rentierschlitten konkurrieren.

Mitten in ihrer Weihnachtsmann-Betrachtung entdeckte sie Dr. Ronacher, der vom Schröpferplatz kommend zügig in ihre Richtung eilte. Unglaublich, dieses Ischl! Man war ein, zwei Tage da, lernte ein paar neue Leute kennen, und schon begegneten sie einem an allen Ecken und Enden.

Ronacher steuerte zu Josis Überraschung geradewegs auf den Weihnachtsmann zu. Mit Zuckerln wollte Graf Bobby sich aber anscheinend nicht beschenken lassen – im Gegenteil. Der Cola-Santa öffnete seinen Sack, als Ronacher ihn erreichte, und dieser warf ein rot eingewickeltes Päckchen hinein.

Kopfschüttelnd beobachtete Josi die Szene. Das Päckchen war wohl ein Geschenk, das der Rauschebart in Rot jemandem zum heutigen Nikolaus-und-Krampus-Abend überreichen sollte. Dass aber ausgerechnet der Graf Bobby-Eugen, der doch ganz offensichtlich enormen Wert auf Stil legte, statt eines echten Nikolaus diesen Ho-ho-ho-Heini engagiert hatte, ließ sie an ihrer Menschenkenntnis zweifeln.

Ronacher beschleunigte seinen Schritt wieder. Er schien sie nicht zu bemerken, obwohl er unmittelbar auf sie zuging. Eigenartig – wegen ihrer auffallenden roten Haare wurde sie für gewöhnlich von Bekannten nicht übersehen.

»Guten Tag, Dr. Ronacher«, grüßte sie in seine Richtung. Der Anwalt blieb so ruckartig stehen, als hätte man bei ihm eine Handbremse angezogen. »Ah – Grüß Gott, gnä' Frau. Haben S' auch Einkäufe gemacht?«

Josi lächelte ihm zu. »Ein paar, ja.«

»Und was sagen S' zu dem Wetter?«, raunzte Bobby-Eugen durch die Nase und deutete mit anklagender Miene zum Himmel.

»Grauslich. Ich kenne ja die Föhneinbrüche von früher. Unangenehm ist es trotzdem.«

»Ja, geh, blöd, wenn S' schon einmal in Ischl sind!« Ronacher lupfte in altmodischer Weise ein klein wenig seinen Trachtenhut und eilte mit »Küss die Hand, gnä' Frau!« davon.

Als Josi sich nach dem Weihnachtsmann umsah, war dieser verschwunden.

*

Materna saß am Steuer von Rudis Mercedes. Conni war mit dem Dienstwagen nach Salzburg unterwegs, und Rudi fuhr jetzt, wo die Straßen wieder schneefrei waren, lieber seinen flotten Sportwagen. So war Materna in den Genuss gekommen, die anwaltliche Nobelkarosse zu nutzen. Aber die Resi soll er mitnehmen, hatte der Rudi gemeint.

Die Weimaranerin hockte hoch aufgerichtet auf dem Rücksitz. Sie schien über die Abwechslung in ihrem ansonsten eher langweiligen Leben als Kanzleihund hocherfreut zu sein. Materna beobachtete im Rückspiegel, wie sie abwechselnd durch das rechte und das linke Fenster nach draußen schaute, um nur ja alles mitzubekommen.

Er seufzte. Sehr erfolgreich war er heute bisher nicht gewesen. Nach der Besprechung in der Inspektion hatte er zusammen mit Conni Dr. Wagner aufgesucht, um ihn zum Leichenfund zu befragen. Neues hatte der Arzt ihnen nicht mitteilen können. Immerhin hatte er sofort Verständnis dafür gezeigt, dass die Polizisten seine Fingerabdrücke brauchten. Nun fehlten noch die von Katrin Schindler, die ja möglicherweise auch die Tasche angefasst hatte, aber sie war vorhin nicht zu Hause gewesen. Deshalb hatte Materna sich eine Kleinigkeit zu essen besorgt und dann mit Resi einen Spaziergang gemacht.

Nun parkte er zum zweiten Mal an diesem Tag vor der Koller-Villa. Er bedeutete der Hündin, im Auto zu bleiben, und stieg aus. »Verdammt!«, zischte er entnervt, als auch diesmal niemand auf sein Läuten reagierte. Er schnaufte einmal energisch durch und ging über die Straße zum gegenüberliegenden Haus. *Kramer* las er auf dem Schild neben der Klingel. Energisch drückte er auf den Knopf.

Eine junge Frau öffnete ihm. Die kurz geschnittenen rotbraunen Haare, ihre sehr schlanke Gestalt und das sommersprossige Gesicht verliehen ihr etwas Lausbubenhaftes.

»Ja, bitte?«

Materna stellte sich vor. »Sie wissen nicht zufällig, wo die Frau Schindler ist?«, fragte er.

Die junge Frau schüttelte den Kopf. »Sie ist am Vormittag weggefahren, so um halb zehn.« Sie musterte den Chefinspektor eingehend. »Von der Kriminalpolizei sind Sie? Dann stimmt es also, dass der Herr Koller ermordet worden ist?«

Materna nickte.

»Ich hab schon gedacht, das wär wieder nur so ein Gerede von den Leuten. Mein Mann arbeitet im Krankenhaus, und dort hat es natürlich sofort die wildesten Gerüchte gegeben. Aber bitte, kommen Sie doch herein.« Mit einer einladenden Geste öffnete sie die Haustür.

Materna lächelte ihr zu. »Vielen Dank, Frau ... Frau Kramer?«

»Anne Kramer, ja.«

Sie bat ihn abzulegen und führte ihn in einen großen Raum, in dem Küche, Esszimmer und Wohnzimmer ineinander übergingen. Sein Blick fiel auf einen Stubenkinderwagen.

»Meine Tochter.« Anne Kramer lächelte. »Sie ist genau eine Woche alt.«

»Oh, herzlichen Glückwunsch! Darf ich?«

Sie nickte und legte den Zeigefinger auf die Lippen.

Materna näherte sich leise dem Wagen, gerade, dass er nicht auf Zehenspitzen lief. Er betrachtete das winzige schlafende Baby. So klein war Isabel auch einmal gewesen …

»Sie haben auch Kinder?«, fragte Anne Kramer.

»Ja, eine Tochter. Sie ist aber schon einundzwanzig. Wie kommen Sie darauf?«

»So, wie Sie das Baby anschauen, machen das nur Männer, die selber Väter sind.« Sie bot ihm Platz am Küchentisch an.

»Kompliment – Sie sind eine großartige Beobachterin! Sie sollten direkt bei der Polizei anfangen.«

Sie lachte. »Vielen Dank, ich bin mit meinem Beruf als Physiotherapeutin ganz zufrieden. Bin nur grade in Karenz.«

Materna nickte. »Frau Kramer, wie gut haben Sie den Herrn Koller denn gekannt?«

»Wie man Nachbarn halt so kennt.« Sie senkte den Blick. »Er war nett – so ein berühmter Mann und kein bisschen eingebildet!«

»Sie mochten ihn also?«

»Ja. Es ist so entsetzlich, was passiert ist. Weiß man denn schon, wer es … also, wie …«

»Wir stehen noch am Anfang der Ermittlungen. Ist Ihnen vielleicht irgendetwas aufgefallen, das uns weiterhelfen könnte?«

»Nein.« Sie biss sich auf die Lippen und schüttelte schweigend den Kopf.

Materna war klar, dass sie etwas verschwieg. »Bitte, Frau Kramer, sagen Sie alles, was Sie wissen. Es ist wirklich wichtig.«

Sie stand auf und machte sich an einer Kaffeemaschine zu schaffen. »Auch einen?«

»Gerne.« Der Kaffee kam ihm bald zu den Ohren heraus, aber es wäre ein gravierender Fehler gewesen, jetzt Nein zu sagen.

»Milch? Zucker?«

Er nickte. »Zucker gerne. Vielen Dank.« Am liebsten hätte er vier Zuckerstücke genommen, aber er beherrschte sich und beließ es bei zweien.

Anne Kramer rührte wortlos in ihrer Tasse, obwohl sie weder Milch noch Zucker in ihren Kaffee getan hatte. »Ich weiß ja nicht, ob das irgendeine Rolle spielt«, begann sie schließlich. »Und ich möchte nicht, dass Sie das falsch verstehen, weil ...« Sie verstummte erneut.

»Frau Kramer, was ist passiert?«

Sie seufzte tief. »Vor einiger Zeit habe ich einen Streit zwischen dem Herrn Koller und dem Dr. Danner mitbekommen. Dr. Danner ist Zahnarzt.«

»Wissen Sie noch, wann das war?«

»Hm ...« Anne Kramer schaute zur Decke, als könne sie dort vergessene Bilder einfangen. »Irgendwann Anfang oder Mitte November. Es muss ein Dienstag gewesen sein, denn ich bin gerade von meinem Geburtsvorbereitungskurs zurückgekommen.«

Materna zog seinen Taschenkalender hervor und blätterte darin. »Der 11. November war ein Dienstag. Könnte das hinkommen?«

»Natürlich – das war der Tag! Es war der letzte Termin der Schwangerschaftsgymnastik. An diesem Abend hatte mein Mann Dienst, deswegen war ich allein im Kurs. So gegen dreiviertel acht bin ich heimgekommen.«

Er notierte den Namen des Zahnarztes und das Datum. »Worum ist es bei dem Streit denn gegangen?«

Sie zögerte.

Materna meinte, mit einem Mal etwas wie Sorge oder Traurigkeit in ihren Augen zu entdecken. »Frau Kramer?«

Sie atmete tief durch. »Um die Marie ist es gegangen – die Marie-Sophie Grundt. Sie ist die Freundin vom Dr. Danner.«

»Und in welcher Beziehung stand die Frau Grundt zu Georg Koller? War da etwas zwischen den beiden?«

»Nein«, sagte sie bestimmt. »Die Marie hat Musik studiert. Sie ist Sängerin. Der Herr Koller war ihr Mentor, ihr erster Klavierlehrer. Er hat ihr Talent entdeckt und sie gefördert, weil sie außerordentlich begabt war. Schon während des Studiums hat er sie gelegentlich in einem seiner Konzerte auftreten lassen. Und nach dem Studienabschluss letzten Sommer hat er sie bei den Operetten-Festspielen untergebracht, also dem Lehár-Festival.« Anne Kramer trank einen Schluck Kaffee. »Bitte verstehen Sie das nicht falsch, Herr Materna. Es ist nicht so, dass die Marie auf Protektion angewiesen gewesen wäre. Sie ist gut und wird ihren Weg auf jeden Fall machen. Der Herr Koller hat sie halt von klein auf gekannt und sich ein bisserl um sie gekümmert.«

»Verstehe«, sagte Materna. »Wie alt ist die Frau Grundt denn?«

»Das weiß ich nicht genau. Mitte zwanzig vielleicht.«

»Was haben Sie von der Auseinandersetzung mitbekommen?«

Anne Kramer zog die Schultern hoch. »Nicht viel, eigentlich gar nichts. Ich hab nur den Namen Marie verstanden. Ich bin schnell reingegangen. Diese Streiterei vor dem Haus war mir unangenehm.«

»Vielen Dank, Frau Kramer.« Materna überreichte der jungen Frau eine Visitenkarte und wollte gerade die übliche Bitte aussprechen, ihn doch anzurufen, falls ihr noch etwas einfiele, als das Baby zu schreien begann.

Mit ein paar Schritten war sie beim Stubenwagen und nahm das Kind heraus, das sich sofort beruhigte.

»Bleiben Sie nur. Ich finde allein hinaus«, wehrte Materna ab, als sie ihn mit dem Säugling auf dem Arm zur Tür bringen wollte. »Auf Wiedersehen und alles Gute für Sie und die Kleine!«

In der Diele nahm er seinen Mantel vom Haken und schlüpfte hinein. Im selben Moment fiel ihm ein, dass er seinen Kugelschreiber vergessen hatte. Er ging zurück, um ihn zu holen. Durch die geschlossene Tür drang Anne Kramers Stimme. Die junge Frau klang aufgeregt. Sie sprach sehr schnell. Offenbar telefonierte sie.

Er stand ruhig, hielt die Luft an und lauschte. Das einzige Wort, das er verstand, war *Polizei*.

*

Josi saß in ihrem Zimmer beim Sandwirt und grübelte über die Salzburger Tante nach, von der Lena gesprochen hatte. Cousine Hanna war ein paar Jahre älter gewesen als Billy. Somit war ihr das schwere Los zugefallen, Hannas Klamotten auftragen zu müssen – und das als Einzelkind! Josi war Hanna ab und zu begegnet. Sie erinnerte sich in etwa, wie sie ausgesehen hatte – aber wie hieß sie bloß mit Nachnamen? Hanna ... Hanna ... oder Johanna? ... Baumgartner – natürlich! Hanna Baumgartner. Kein ungewöhnlicher Name. Es war ja auch fraglich, ob sie überhaupt noch denselben Nachnamen trug. Vielleicht hatte sie ja geheiratet? Josi seufzte. Jetzt brauchte sie Glück.

Sie klappte ihren Laptop auf, öffnete den Internet Explorer und gab Hanna Baumgartner plus Salzburg in die Suchmaschine ein. Nach einigen Hannas, die nicht infrage kamen, entdeckte sie eine Buchhandlung in der Salzburger Innenstadt, die einer Hanna Baumgartner gehörte. Auf der Homepage fand sich ein Foto der Inhaberin. Eine sympathische Endvierzigerin lächelte ihr entgegen. Das konnte sie sein. Vom Alter her kam es auf jeden Fall hin. Josi meinte sogar, ein paar vertraute Gesichtszüge zu entdecken. Sie griff zu ihrem Handy und wählte die Nummer der Buchhandlung.

»Baumgartner«, meldete sich eine dunkle Frauenstimme.

»Entschuldigen Sie bitte die Störung, Frau Baumgartner. Mein Name ist Josephine Konarek. Ich bin auf der Suche nach Marie-Sophie Grundt. Sind Sie vielleicht ihre Tante?« Josi fand es ziemlich blöd, was sie da erzählte, aber etwas Gescheiteres war ihr nicht eingefallen.

»Die Josi Boehm?«

»Ja«, antwortete sie verdutzt.

»Servus, Josi, ich kann mich gut an dich erinnern.«

Josi war jetzt so verblüfft, dass sie erst mal gar nichts herausbrachte. »So was«, sagte sie schließlich.

»Du bist doch die mit den sagenhaften roten Haaren, oder?« Hanna lachte. »So jemanden vergisst man nicht – natürlich nicht nur deshalb. Du suchst die Marie-Sophie?«

»Ja. Ich hab was für sie, das möchte ich ihr geben, aber das ist eine ganz lange Geschichte.«

»Josi, wo bist du denn?«

»In Ischl.«

»Magst zu mir nach Salzburg kommen – einfach in die Buchhandlung? Morgen gleich, hast du Zeit?«

»Ja, das geht. Was ist denn mit der Marie-Sophie?«

»Ich weiß es auch nicht genau. Lass uns das morgen besprechen, ja?«

»Ja, gut, bis morgen also. Servus, Hanna.« Josi legte auf. Ein bohrendes Gefühl im Bauch sagte ihr, dass überhaupt nichts gut war.

*

»Rosi!«, rief der Heininger Hubsi beim Betreten seiner Wohnung, und zwar sehr viel lauter als üblich.

»Was schreist denn so?« Die Rosi erschien in der Küchentür und wischte sich die Hände an ihrer blau-weißen Schürze ab.

»Sag einmal, bist du narrisch word'n? Du kannst doch net einfach zu der Schindler gehen und ihr vorwerfen, dass sie ihren ... ihren Lebensgefährten ermordet hat.«

»Hab ich doch gar net!«

»Sagt der Materna aber. Die Schindler hat sich bei ihm beschwert.«

»Beschwert, beschwert ... die feine Dame! Der darf man natürlich nicht zu nahe treten.«

»Du hast Details aus der Polizeiarbeit weitergegeben und du hast sie ohne Beweise beschuldigt. Jetzt bin ich beim Chefinspektor unten durch. Der will eh nur mehr mit dem Maurer und dem Flo...«

»Beschuldigt!«, fuhr die Rosi auf. »So ein Blödsinn! Und was denn für Details? Jetzt komm erst einmal rein.« Sie fasste ihren Angetrauten am Arm und zog ihn in die Küche. »Ich hab sie doch net beschuldigt. Ein paar Sachen g'fragt hab ich sie halt.«

Der Heininger ließ sich auf die Eckbank plumpsen, und die Rosi stellte ihm ein Feierabend-Bier hin. Er leerte das Krügerl mit einem einzigen Zug.

Sie schenkte nach.

»Gefragt! Was dir da nur eing'falln ist!« Sein zunächst heftiges Kopfschütteln wurde immer langsamer, je länger er Rosis Miene betrachtete. Kein bisserl schuldbewusst schaute sie aus, nicht einmal verlegen. Ganz im Gegenteil.

»Ich weiß, was ich weiß«, sagte sie. »Und dein Herr Chefinspektor weiß gar nix. Magst zwei Knödel zum Beuschel oder drei?«

»Drei.« Er leerte seinen Bierkrug zum zweiten Mal. »Und was weißt d'?«

»Da geht 's net nur ums Geld.« Sie senkte die Stimme. »Die Schindlerin hat noch ganz andere Gründe g'habt, den Koller ...«

»Den Koller – was?«, ging der Hubsi jetzt doch energisch dazwischen.

»No ja, dass sie ihm halt Tod und Teufel an den Hals wünscht«, sagte die Rosi. »Ganz andere Gründe, glaub mir!«

*

Als Materna vor Dr. Danners Haus eintraf, schälte sich der Zahnarzt gerade aus einem dunkelgrünen Jaguar. Groß, athletisch gebaut und braun gebrannt, hätte sich Daniel Danner in jedem Fantasyfilm als Held und Ritter hervorragend gemacht. Seine hellblonden Haare waren halblang, was zwar nicht mehr modern war, ihm aber ausgezeichnet stand. Eine leicht aufgebogene Nase gab ihm etwas Verwegenes.

Materna stieg aus dem Mercedes und ging mit schnellen Schritten auf das Gartentor zu.

»Grüß Gott«, rief er laut, da Danner im Begriff war, im Haus zu verschwinden.

Der Zahnarzt drehte sich um und musterte sein Gegenüber schweigend von oben bis unten.

»Dr. Danner?«

Danner hob die Brauen. »Der bin ich. Und wer sind Sie?«

»Chefinspektor Paul Materna, Landeskriminalamt Oberösterreich.« Er holte seinen Ausweis aus der Tasche. »Ihre Sprechstundenhilfe hat mir gesagt, dass Sie schon nach Hause gefahren sind.«

»Ja – und?«

»Ich würde gern mit Ihnen reden.«

»Worüber? Habe ich etwas ausgefressen?« Danner verzog den

Mund zu einem angedeuteten Grinsen. Er pflanzte sich breitbeinig an seinem Gartenzaun auf und wirkte jetzt noch größer als auf den ersten Blick.

»Ich habe ein paar Fragen an Sie«, sagte Materna. »Und an die Frau Grundt. Sie sind doch mit ihr befreundet. Ist sie da?«

»Keine Ahnung, wo sie ist, tut mir leid.« Wie ein Bollwerk stand er da, die Arme vor der Brust verschränkt, eine Mischung aus Spott und Abwehr in den Augen. »Ich bin nicht mehr mit Marie-Sophie Grundt zusammen.«

»Seit wann sind sie nicht mehr zusammen?«

»Sind Sie sicher, dass Sie das etwas angeht?«

Es klang spöttisch, aber Materna bemerkte ein Zucken seiner Wangenmuskulatur.

»Herr Dr. Danner, wir ermitteln in einem Mordfall, im Mordfall Koller, genauer gesagt, da gehen mich alle möglichen Dinge etwas an.«

»Mordfall, ja?« Der Zahnarzt schob das Kinn leicht vor.

»Genau. Also?«

»Seit Mitte November. Aber was hat denn der Tod vom Koller damit zu tun?«

Materna ignorierte die Frage. »Und Sie wissen nicht, wo sie sich aufhält?«

Danner zuckte die Schultern.

»Die Frau Grundt hat keine eigene Wohnung?«

»Sie hat bei mir gewohnt, sie war ja erst seit einem halben Jahr mit dem Studium fertig. Aber was, zum Teufel …«

»Haben Sie sich von Ihrer Freundin getrennt, bevor oder nachdem Sie Streit mit Georg Koller gehabt haben?«

Danners Wangenmuskel zuckte erneut, diesmal heftiger. Er schwieg ein paar Augenblicke lang. »Kommen Sie«, sagte er schließlich. Er öffnete den Kofferraumdeckel des Jaguars und entnahm ihm einen Sack mit Einkäufen. Dann ging er auf das Haus zu und schloss die Tür auf.

Designermöbel, stellte Materna fest, als Danner ihn ins Wohnzimmer führte. Der Raum wirkte edel, wenn auch kalt. Der angebotene Sessel entpuppte sich als einigermaßen bequem, obwohl er gar nicht so aussah.

»Steht das denn überhaupt schon fest, dass er Mord war?«, fragte Danner, sichtlich bemüht, seine scheinbare Überlegenheit aufrechtzuerhalten.

»Felsenfest.«

Danners Blick flackerte unruhig. »Also, was die Auseinandersetzung mit Koller betrifft – ich hab ihm die Meinung gesagt, weil er der Marie dauernd Flöhe ins Ohr gesetzt hat«, erklärte er von sich aus.

»Flöhe ins Ohr? Deshalb haben Sie mit ihm gestritten?«

»Der hat doch ständig gegen mich gehetzt. Die Marie hat mir an dem Abend mitgeteilt, dass sie mich verlassen will. Ich hab genau gewusst, dass dieser Koller dahintersteckt. Daraufhin bin ich zu ihm gefahren und hab ihm die Meinung gesagt. Aber umgebracht habe ich ihn nicht!«

»Dr. Danner, wo waren Sie am Dienstagabend zwischen 18.00 und 23.00 Uhr?«

Danner verdrehte genervt die Augen. »Hier – falls Sie diesen Dienstag meinen.«

»Ich meine diesen Dienstag, den Tag, an dem Koller ermordet wurde. Sie waren also hier, zu Hause?«

»Hm«, brummte er, was wohl Zustimmung signalisieren sollte.

»Waren Sie allein?«

»Ja. Hören Sie, meine Freundin hat mich verlassen!«

»Besucht hat Sie niemand? Oder hat Sie vielleicht jemand angerufen?«

»Nein, niemand. Sie verdächtigen mich also wirklich, den Koller ermordet zu haben?«

»Hat Ihre Freundin ein Verhältnis mit Georg Koller gehabt?«, fragte Materna ungerührt weiter.

»Nein, verdammt!« Die Adern an Danners Hals traten hervor. »Aber der hat ihr ständig eingeredet, dass sie sich nicht an mich binden soll, wenn sie Karriere machen will.«

»Verstehe. Deswegen sind Sie damals zu Herrn Koller gefahren und haben ihn zur Rede gestellt?«

»Ja.«

»Mit welchem Ergebnis?«

»Mit keinem natürlich. Dieser Kerl hat geglaubt, weil irgendwelche Orchesterheinis nach seiner Pfeife tanzen, muss das die ganze Welt tun. Völlig sinnlos, mit dem ein Gespräch zu führen.« Danners Stimme klang gepresst.

Materna beobachtete ihn scharf. Danners geballte rechte Hand fiel ihm auf. Er wäre nicht überrascht gewesen, wenn diese auf einmal auf den Couchtisch gekracht wäre.

»Was ist dann passiert?«

»Wie ich nach Hause gekommen bin, war die Marie weg.«

»Hat sie eine Nachricht für Sie hinterlassen?«

»Nein.«

»Und ihre Sachen? Hat sie ihre Sachen mitgenommen?«

»Sie hat immer einen gepackten Koffer in ihrem Zimmer stehen gehabt, für den Fall, dass sie irgendwo ins Engagement gehen würde. Den hat sie mitgenommen.«

»Und ihre anderen Sachen sind noch da?«

»Ja.«

»Herr Dr. Danner, dürfte ich einen Blick darauf werfen?«

»Wenn Sie meinen.« Danner verzog den Mund, aber er erhob sich.

Er führte den Chefinspektor eine Treppe hoch und öffnete die Tür zu einem großen, hellen Raum.

»Die Bücher gehören Ihrer Freundin?«, fragte Materna mit Blick auf einen gut gefüllten Bücherschrank.

»Ja. Ich lese keine Romane.«

»Hat sie einen Computer?«

»Einen Laptop. Den hat sie aber mitgenommen. Und ein Smartphone. Das trägt sie immer bei sich.«

»Darf ich?« Materna legte die Hand an die Tür eines riesigen Kleiderschranks, öffnete sie, als Danner achselzuckend nickte, und warf einen Blick hinein. Alltagsgarderobe, Wäsche, ein rotes und ein schwarzes Abendkleid. Natürlich, sie war Sängerin.

»Sie haben seither überhaupt nichts von Ihrer Freundin gehört?«

»Nein.«

»Finden Sie es nicht eigenartig, dass sie nie einen Versuch gemacht hat, ihre Sachen abzuholen?«

»Sagen Sie, wollen Sie eigentlich meine Freundin für mich suchen oder einen Mord aufklären?«, blaffte Danner.

»Herr Dr. Danner, Ihre Freundin stand mit dem Mordopfer in Verbindung. Wir müssen jeder Spur nachgehen, und alle Personen, die in irgendeiner Weise mit Georg Koller zu tun hatten, sind für die Ermittlungen wichtig. Also auch Sie und Frau Grundt.«

Danner atmete hörbar aus. »Ich habe es mir so erklärt, dass sie wahrscheinlich irgendwo weiter weg ein Engagement angenommen hat und nicht wegkommt. Außerdem kann es ja sein, dass sie irgendwann zu mir zurückkehrt.«

»Aber Sie haben keine Ahnung, um welches Engagement es sich handeln könnte? Hat sie denn nicht über ihre Pläne gesprochen?«

Er schüttelte den Kopf und schwieg.

»Weil Sie etwas dagegen hatten, dass sie sich um Engagements bemüht?«

»Blödsinn!« Er wandte sich zum Fenster und schaute hinaus.

»Eine Frage noch, Dr. Danner.« Die Frau Grundt hat doch sicher Freundinnen gehabt. Können Sie mir die Namen und eventuell die Adressen geben?«

»In Ischl hatte sie keine Freundinnen. Während sie studiert hat, war sie ja immer nur ein paar Tage zwischendurch hier. Und so lange ist sie noch nicht mit dem Studium fertig.« Danner drehte sich abrupt zum Chefinspektor um. »Herr Materna, ich denke, Ihre Fragen sind jetzt ausreichend beantwortet. Ich glaube nicht, dass ich noch etwas für Sie tun kann.« Die Bewegung seines Kopfes Richtung Tür stellte eine unübersehbare Aufforderung dar, zu gehen.

*

Als Materna wieder in den Mercedes einstieg, gebärdete sich Resi, als sei er von einer monatelangen Weltreise zurückgekehrt. Dass sie gar nicht sein Hund war, hatte er inzwischen vergessen – und die Resi hatte das anscheinend auch vergessen.

Er setzte sich hinters Lenkrad, holte sein Handy hervor und rief Conni an. »Und – was hast du in Salzburg erreicht?«

»Nicht viel«, sagte Conni. »Keiner von den Nachbarn hat die Frau Schindler Dienstag kommen oder Mittwoch gehen sehen. Einige kennen sie und ihren roten Mini. Sie scheint also wirklich öfter bei ihm zu sein, aber an den fraglichen Tagen ist ihr Besuch niemandem aufgefallen. Der Dr. Schindler hat seine Praxis im Wohnhaus, da herrscht ein ständiges Kommen und Gehen von Leuten. Außerdem gibt es eine große Garage, in der kann sie ihr Auto abgestellt haben.«

Materna seufzte. »Okay. Probier es noch einmal in Linz bei den Nachbarn vom Aigner. Vielleicht kriegst du ja über den noch etwas raus. Und sag bitte der Tina, sie soll alles über eine junge Sängerin namens Marie-Sophie Grundt recherchieren.« Er gab einen kurzen Bericht über die neuesten Entwicklungen.

»Und, wie sieht es mit dem Wochenende aus?«, wollte Conni wissen.

»Bleib einfach in Bereitschaft. Kann schon sein, dass ich dich hier noch einmal brauche.«

»Sehr wohl, großer … lieber Paul.«

»Ja … kreuzweise. Also, servus! Wir sehen uns spätestens zur Besprechung am Montag in der Früh.«

»Aye aye, Sir! Servus!«

Materna legte auf. Er steckte den Schlüssel ins Zündschloss, blieb aber bewegungslos hinter dem Lenker sitzen. Er musste einen Moment in Ruhe nachdenken.

Da hatten sie nun also einen weiteren Verdächtigen. Dr. Danner hatte ein Motiv und kein Alibi – genau wie Jo Aigner und Katrin Schindler. Aber zu keiner der drei infrage kommenden Personen gab es irgendetwas Handfestes, wenigstens so etwas wie ein eindeutiges Indiz, wenn schon keinen Beweis.

Und diese Geschichte mit dem Koffer – die war ja auch ziemlich schräg. Wozu um alles in der Welt hielt eine junge Frau immer einen gepackten Koffer parat? Man trat doch ein Engagement nicht so überstürzt an, dass keine Zeit zum Packen bliebe. Was die zurückgelassenen Sachen betraf, war Danners Erklärung schon einleuchtend. Natürlich konnte Marie-Sophie Grundt ein Engagement angenommen haben, das es ihr bisher nicht erlaubt hatte, sich um diese Dinge zu kümmern. Trotzdem – welche Frau trennte sich von einem Mann und ließ beinahe ihre gesamte Habe zurück, ihre Bücher, ihre Kleider, sogar die Abendgarderobe? Als seine Frau Juliane damals gegangen war, hatte sie eine Art Auszug aus Ägypten veranstaltet …

Er schüttelte den Kopf, griff noch einmal zum Handy und wählte.

»Polizeiinspektion Bad Ischl, Revierinspektor Florian Unterberger«, meldete sich der Flo. »Was kann ich für Sie tun?«

»Paul Materna hier. Sag einmal, Flo, kennst du vielleicht eine Marie-Sophie Grundt?«

»Die Sängerin? Ja, freilich, von früher halt. Vom Sportverein.«

»Super!« Materna jubelte innerlich. »Pass auf, ich habe ein paar Fragen an sie. Ihr derzeitiger Aufenthaltsort ist aber unbekannt. Kannst du versuchen rauszukriegen, wo sie gerade ist?«

»Natürlich, Herr Chefinspektor.«

»Paul.« Materna hörte durchs Telefon, wie der junge Kollege schluckte.

»Ja, mach ich, Paul.«

»Na bitte, geht doch«, murmelte Materna gut gelaunt, nachdem er aufgelegt hatte.

Er startete den Motor. Nachher würde er gleich Tina beauftragen, ebenfalls in dieser Sache zu recherchieren. Aber Florian war ein Ischler. Er hatte Heimvorteil.

Materna fuhr los. Und warum, zum Teufel, musste er nun auch noch dauernd an Marie-Sophie Grundts rotes Abendkleid denken? Zwei Abbiegungen später wusste er es. Er hatte es schon einmal gesehen – auf dem großen Bild in Kollers Arbeitszimmer.

*

Josi stand zwischen zappelnden und plappernden Kindern und deren Eltern. Alles wartete auf den Nikolaus und die Krampusse. Trotz des leichten Nieselregens stieg die Spannung von Minute zu Minute. Ein älterer Mann mit wohlklingender Stimme hatte Adventsgeschichten vorgelesen, eine Volksmusikgruppe spielte die alten Tanzln und Weisen, die im Alpenland seit jeher zur Vorweihnachtszeit und zu Weihnachten selbst gehörten.

Gegen 18.30 Uhr traf er dann in der Kaiser-Franz-Josef-Straße ein, der heilige Nikolaus. Er kam, flankiert von zwei Krampussen, in einer Kutsche und hatte kleine Geschenke für die Kinder mitgebracht. Der Nikolaus trug das traditionelle Kostüm, ein Bischofsgewand mit hoher Mütze und Stab. Seine Begleiter schauten gruselig aus in ihren Zottelpelzen, den Hörnern auf dem Kopf und den Masken, die schaurige Fratzen darstellten.

Alles war wie früher. Nur die Krampusse waren waren zahm geworden. Einer nahm sogar die Maske ab, damit die Kinder keine Angst bekamen. Die Ruten, von denen sie in Josis Kindheit gerne und kräftig Gebrauch gemacht hatten, schienen eher Dekoration zu sein. Sie drohten nicht einmal damit.

Erst als Josi durch die Kirchgasse zur Pfarrgasse weiterging, traf sie auf ein paar Exemplare, die ab und zu jemandem halbherzig mit der Rute über die Beine strichen. Einer von ihnen trug eine Holzmaske und gewaltig lange Hörner darüber. Er umarmte sie plötzlich. Sie staunte. Früher hatten Krampusse niemanden umarmt. Das war auch gut so, denn das Fell stank unangenehm.

Josi bog in die Wirerstraße ein und steuerte auf das k.u.k. Beisl zu. Sie hatte Lust, noch etwas zu trinken.

Das Lokal war sehr voll. Ohne große Hoffnung sah sie sich nach einem Platz um.

»Guten Abend, Frau Konarek«, sagte jemand neben ihr. Die Stimme löste eine eigenartige Resonanz in ihrem Körper aus. Der Kommissar – ach nein, Chefinspektor Materna! Er saß mit einem etwa gleichaltrigen Mann mit frech blitzenden Augen an einem Tisch.

»Ach, hallo«, sagte sie möglichst beiläufig.

»Setzen Sie sich doch zu uns, schöne Frau«, schäkerte das Blitz-auge drauflos.

»Bitte.« Der Chefinspektor lächelte ihr zu und rückte einen Stuhl für sie zurecht, den wahrscheinlich letzten freien im ganzen Lokal.

»Danke.« Sie schlüpfte aus dem Mantel. Materna stand sofort auf, nahm ihn ihr ab und brachte ihn zur Garderobe.

Der Begleiter des Chefinspektors sah ihm nach und grinste. »Es geht doch nichts über gute Manieren. Übrigens, ich bin …«

Aber da war Materna schon zurück. »Frau Konarek, ich darf Sie mit meinem Freund Dr. Rudolf Lechner bekannt machen. Rudi, das ist die Frau Konarek, eine wichtige Zeugin im Fall Koller.«

»Ah – ja.« Rudolf Lechner nickte Josi zu und winkte der Bedie-nung. Sie kam auch prompt. Und das bei dem Hochbetrieb. »Geh bitte, bring uns noch ein Glas, Helli.«

»Gleich, Rudi.« Die Kellnerin eilte davon.

Lechner wandte sich zu Josi und deutete auf die Flasche, die auf dem Tisch stand. »Sie trinken doch einen Weißen mit?«

Josi nickte.

»Wo haben Sie denn heute Abend Ihren Dackel gelassen?«, fragte Materna.

»Ah – Hundefreunde unter sich«, feixte Rudi Lechner.

Materna warf ihm einen giftigen Blick zu.

»Im Hotel«, antwortete Josi. »Ich war Krampusschauen und wollte ihm den Wirbel und die vielen Menschen ersparen.«

»Krampusschauen?« Maternas rechter Mundwinkel zuckte, als versuche er, ein amüsiertes Lächeln zu unterdrücken. »Sie mögen also die Salzkammergut-Bräuche? Ich hätte gedacht, dass Ihr Ver-hältnis zu Ischl irgendwie nicht so gut ist.«

Josi fand es extrem unangenehm, dass dieser Mensch, der doch ohnehin schon so eine unglaubliche Stimme hatte und ziemlich hin-reißende Augen, anscheinend auch noch Gedanken lesen konnte.

»Geht so«, sagte sie. »Auf jeden Fall mag ich die alten Bräuche. Sie haben so etwas Mystisches, und schließlich bin ich damit auf-gewachsen. Sie fehlen mir auch ein bisserl in Berlin.«

»Ah, Sie sind von hier? Das hätt ich jetzt nicht gedacht«, bemerkte der Freund des Chefinspektors.

»Hmm«, machte Josi.

»Und – haben Sie in Bezug auf Ihr Haus etwas erreicht?«, wechselte Materna glücklicherweise das Thema.

Josi hoffte, dass es damit beendet war. »Leider nicht«, sagte sie.

Die Kellnerin brachte das gewünschte Glas und stellte es vor Josi auf den Tisch.

»Danke«, sagte Rudolf Lechner und schenkte ein. »So, und jetzt hörts ihr endlich mit der steifen Siezerei auf. Ich bin der Rudi.« Er hob sein Glas.

»Josephine«, sagte Josi. »Oder Josi.«

»Paul«, schloss sich Materna an.

Sie stießen an und tranken. Der Wein war trocken und schmeckte fruchtig, genau wie Josi es mochte.

»Also, wenn du wegen dieser Mietsache einen guten Anwalt brauchst, Josi, Rudi kann ich bestens empfehlen.« Materna deutete mit seinem Daumen auf den Freund.

»Ich war schon beim Dr. Ronacher«, sagte Josi.

Der Rudi grinste von einem Ohr bis zum anderen.

Maternas Handy läutete. Er nahm ab. Ein Strahlen breitete sich in seinem Gesicht aus. »Hallo, mein Schatz ... 'tschuldigung!«, wandte er sich an Josi und Rudi und verschwand mit dem Telefon nach draußen.

Schon wieder dieser Schatz! Josi spürte, wie Ärger in ihr hochstieg. Anscheinend konnte mit dem Herrn Chefinspektor Paul Materna wohl nie reden, ohne dass das Gespräch von dem omnipräsenten Schatzi unterbrochen wurde. Und wie aus seinen Augen dann immer gleich die Herzchen zu sprühen begannen – albern, so was! Und jetzt schaute sie auch noch der Rudi auf eine Art an, die verriet, dass er sich königlich amüsierte.

»Seine Tochter«, sagte er nach einer kleinen Weile. »Der Paul war nach der Trennung von seiner Frau eine Zeit lang alleinerziehender Vater. Und jetzt ist seine Isi erwachsen, aber sie lieben sich heiß und innig, die zwei. Sie ist erst vor ein paar Tagen aus

London zurückgekommen und gerade nach Tirol weitergefahren. Hat dort einen Job. Sie ist Schmuckdesignerin.«

»Ah!«, machte Josi. Sie spürte, wie ihr Kopf heiß wurde, und betete innerlich, dass der Rudi das in der schummrigen Beleuchtung nicht bemerken würde. Sie musste etwas sagen, schnell, irgendetwas Neutrales. »Ihr kennt euch schon lange, der Paul und du?«

»Schon. Wir haben zusammen studiert und eine Studentenbude miteinander geteilt.«

»Der Paul hat auch Jus studiert?«

»Ja, ein paar Semester. Irgendwann hat er dann erklärt, dass er überhaupt nicht sehen kann, was das Recht mit Gerechtigkeit zu tun hat, und dass ihm dieses trockene Zeug zu fad ist. Er ist dann zur Polizei gegangen. Seine Familie war darüber ziemlich entsetzt.«

»Wieso das denn?«

Rudi zuckte die Achseln. »Na ja, der Paul stammt aus gehobenen Kreisen, wie man so schön sagt. Seine Leute hätten doch wenigstens einen Doktor als Abschluss erwartet. Aber es war schon richtig so. Die Polizeiarbeit liegt ihm, er ist verdammt gut in dem Job. Ah – da kommt er ja, unser Superkieberer.« Rudi machte eine Kopfbewegung Richtung Tür.

»Entschuldigt, bitte«, sagte Materna noch einmal und setzte sich.

»Prost!« Rudi hob sein Glas. Alle stießen an und tranken.

Josi stellte ihr Weinglas ab. »Was ist denn eigentlich mit dem Dr. Ronacher, Rudi? Ich mein, weil du vorhin so geschaut hast … Ist der nicht gut?«

»Als Anwalt ist er bestimmt nicht schlecht. Ein bisserl komisch ist er halt. Hat so einen Habsburger-Spleen, hält sich für einen echten Habsburger-Spross.«

»Habsburger-Spross? Ist er denn nicht der Sohn vom alten Ronacher? Der war nämlich früher unser Familienanwalt.«

»Der alte Ronacher und seine Frau haben ihn adoptiert«, erklärte Rudi.

Josi verstand. Manchmal litt ein adoptiertes Kind innerlich so sehr unter dem Gefühl, weggegeben worden zu sein, dass es sich besonders bedeutende, großartige leibliche Eltern zusammenfantasierte.

»Deswegen redet er so komisch! Ich war vorgestern beim *Zauner*, da ist er zufällig am Nebentisch gesessen.« Sie zog die Nase kraus. »Ich hobe ihn schon für eine *Reinkoarnation* vom Grafen Bobby geholten«, imitierte sie die nasal-raunzige Sprache des Anwalts.

Die beiden Männer lachten.

»Manche sagen, er wär der leibliche Sohn von der Kaiserpark-Prinzessin«, erklärte Rudi.

»Echt?« Josi war verblüfft.

»Was für eine Kaiserpark-Prinzessin?«, wollte Materna wissen.

»Ich hab sie gekannt«, sagte Josi. »Sie hat früher im Kaiserpark gewohnt, irgendwo im Stallgebäude. Die Leute haben sie für eine nicht ganz legale Nachfahrin der Habsburger gehalten. Sie war irgendwann verschwunden.«

»Ja, und ein paar Monate später haben die Ronachers ein Baby gehabt«, ergänzte Rudi. »Es kann also schon was dran sein. Der Kollege Ronacher jedenfalls ist überzeugt, dass er von kaiserlichem Geblüt ist. Er ist ja auch eines der führenden Mitglieder der österreichischen Monarchisten.«

»Der – bitte was?«

»Der Monarchisten. Sie haben sich die Wiedereinführung der österreichisch-ungarischen Monarchie auf ihre Fahnen geschrieben.«

»Das ist jetzt aber ein Witz, oder?« Josi erwartete, dass Rudi jeden Moment in lautes Lachen ausbrechen würde. Doch er blieb ernst.

»Kein Witz. Die österreichischen Monarchisten gibt es wirklich. Sie nennen sich SGA, Schwarz-Gelbe Allianz. Sie haben sich 2004 gegründet. In Bad Ischl – wo sonst.«

»Macht doch nix«, bemerkte Materna trocken.

Josi musste lachen, obwohl sie immer noch baff war, dass es eine solche Gruppierung heutzutage noch gab. »Der Ronacher hat aber von der ÖVP geredet.«

»Kann schon sein, dass er da Mitglied ist. Die Monarchisten sind noch keine anerkannte politische Partei. Sie wollen aber eine werden.«

»Aha.« Josi wusste noch immer nicht recht, was sie von der Geschichte halten sollte. »Und was hat der Dr. Ronacher mit dem Herrn Koller zu tun gehabt?«

»Mit dem Koller?« Materna richtete sich blitzartig auf und rutschte auf seinem Sessel ein Stück nach vorne.

»No ja, die zwei waren sich gar nicht grün.«

»Und das sagst du erst jetzt?« Auf Maternas Stirn zeigte sich eine steile Falte.

»Ah, geh, Paul, was weiß denn ich, dass dich der Ronacher interessiert. Ich hätt auch gar nicht an den gedacht, wenn ihn die Josi nicht erwähnt hätte. Also: Der Koller sollte ja bei den Operetten-Festspielen das Musical *Elisabeth* dirigieren.«

»*Elisabeth*?« Josi kannte das Stück. Sie hatte es während eines ihrer Besuche bei den Eltern im Theater an der Wien gesehen. »Ist das nicht ein bisserl aufwendig für Ischler Verhältnisse?«

»No ja, an Minderwertigkeitskomplexen haben die Ischler noch nie gelitten«, erklärte Rudi.

»Stimmt.« Josi nickte. Das Herz des Salzkammerguts überholte sich wieder einmal selbst.

»Der Ronacher bekämpft dieses Projekt bis aufs Messer, weil er meint, es beleidigt die Habsburger«, fuhr Rudi fort.

Josi ging ein Licht auf. Das war es, worüber Ronacher und sein Tischgenosse gesprochen hatten! »Und was wird jetzt aus dem Musical?«

Die Bedienung war an den Tisch gekommen. Sie hatte den letzten Satz mitgekriegt. »Na, hoffentlich gar nix! Des vertreibt uns ja die ganzen Fremden! Noch einen Wunsch, die Herrschaften?« Sie ließ den Blick von einem zum anderen gleiten. »Gnä' Frau? Rudi? Herr Inspektor?«

»Ja, bring uns noch einen, bitte.« Rudi deutete auf die Weinflasche.

»Herr Inspektor? Woher weiß die denn, wer ich bin?«, fragte Materna, als die Bedienung sich entfernt hatte.

»Das ist hier so. Die Leute wissen Sachen über dich, die du nicht einmal selber weißt«, sagte Josi grimmig.

Materna nickte. »Kleinstadt eben.«

»Und was wird jetzt wirklich mit dem Musical?«, kam Josi auf ihre Frage zurück.

»Na ja, vielleicht bekommt der zweite Bewerber um die musikalische Leitung, der Jo Aigner, den Zuschlag«, meinte Materna.

Josi erinnerte sich an den Namen. »Oh – das ist ja dann der, der morgen ein Konzert im Kurhaus gibt, also ich meine im Theater- und Kongresszentrum.«

»Ein Konzert? Der Aigner? Bei uns in Ischl?« Rudi sah sie mit gerunzelter Stirn an.

»*Swinging Christmas*. Morgen, 20.00 Uhr. Ich hab ein Plakat gesehen. Musikalische Leitung: Jo Aigner.«

»Na, dann werde ich da wohl hingehen«, sagte Materna.

»Ich auch«, entfuhr es Josi, was sie gleich wieder bereute. Der Chefinspektor mit der sagenhaften Stimme sollte sich bloß nicht einbilden, dass sie seinetwegen dahin wollte. Aber wahrscheinlich bildete sie sich nur ein, dass der sich was einbildete, denn er wandte sich ungerührt an seinen Freund.

»Du auch, Rudi?«

»Nein, danke!« Das klang so giftig, dass Josi ihn erschreckt anschaute.

»Klingt nach *Jingle Bells* und Co. Damit wird man eh schon den ganzen Tag vollgedudelt«, erklärte Rudi in gemäßigterem Ton. Sein Mund verzog sich zu einem schiefen Grinsen. »Geh schön allein mit der Josi, Paul. Ist dir eh lieber, nicht? Prost!«

Materna prostete nicht zurück. Er warf seinem Freund einen scharfen Blick zu, ehe er sein Glas auf einen Zug leerte.

Samstag, 6. Dezember

Ronacher wirkte nicht wie einer von diesen mit allen Wassern gewaschenen Juristen, wie Materna sie von der Dienststelle her kannte: Sie tauchten bei Vernehmungen und Verhören auf, waren kalt wie eine Hundeschnauze und konnten den Ermittlern bei mancher Gelegenheit ordentlich in die Suppe spucken. Der monarchiebegeisterte Dr. Ronacher verkörperte mehr den Typ solider Familienanwalt für alle Fälle. Und eiskalt wirkte er schon gar nicht, eher ein wenig arrogant.

Conni war in der Früh mit dem Dienstwagen zurück nach Ischl gekommen. Als der Chefinspektor ihn und sich selber vorstellte, zwinkerte der Anwalt ein paarmal, um gleich darauf sein Kinn nach vorne zu recken.

»Ja, also dann kommen S' halt rein.« Er führte die Inspektoren in ein mit Biedermeiermöbeln eingerichtetes Wohnzimmer und deutete auf das Sofa. »Bitte!«

Materna stellte fest, dass das edle antike Möbel genauso unbequem war wie jenes, das im Wohnzimmer seines Elternhauses gestanden war und auf dem man sich den Allerwertesten wund gesessen hatte.

Conni ließ sich ohne Rücksicht auf das wertvolle Stück plumpsen, direkt neben seinen Chef.

»Dr. Ronacher, wir haben ein paar Fragen zu Georg Koller«, begann Materna.

»Und was wollen Sie da von mir?«

Materna stellte fest, dass der Anwalt ziemlich blass geworden war. Ansonsten sah er fast genau so aus, wie er ihn sich nach Josis Erzählung vorgestellt hatte – edle Trachtenkleidung, perfektes

Styling. Ein Hauch von teurem Rasierwasser umgab ihn. Allerdings raunzte er heute kein bisschen.

»Sie wissen doch, dass der Herr Koller ermordet worden ist.«

»Ermordet?«, fuhr der Anwalt auf. »Wieso ermordet?«

»Sie wussten das nicht?«, fragte Materna, der ihn scharf beobachtete. Die Farbe war in Ronachers Gesicht zurückgekehrt, ein bisschen viel Farbe allerdings, und seine Augen hatten einen merkwürdigen Glanz.

»Inzwischen steht es ja auch in der Zeitung«, fügte Conni hinzu.

»Äh ... ja ... Lokalteile les ich meistens nicht.«

»Jedenfalls müssen wir allen Personen, die mit Georg Koller zu tun gehabt haben, ein paar Fragen stellen«, fuhr Materna fort.

»Ich hab aber nichts mit ihm zu tun gehabt! Ich hab ihn nicht einmal gekannt!« Ronacher fasste an den Kragen seines Leinenhemds und zog die grüne Halsschleife ein bisschen weiter.

»Sie haben sich aber doch recht vehement dagegen ausgesprochen, dass das Musical *Elisabeth* im kommenden Sommer in Ischl aufgeführt wird. Und Georg Koller war für das Stück, das Sie so sehr ablehnen, als musikalischer Leiter vorgesehen.«

Ronacher machte eine wegwerfende Handbewegung. »Ja, also schaun S', Herr ..., Herr ...«

»Materna.«

»Ja, also, Herr Materna, das sind doch ganz unterschiedliche Sachen, net wahr?«

Materna unterdrückte ein Grinsen. Da war es auf einmal, das auf Schönbrunner Deutsch getrimmte Graf-Bobby-Näseln.

»Wieso unterschiedliche Sachen?«, fragte Conni.

»Ich mein, ich bin halt unserer Geschichte, unserer Tradition, also auch dem Kaiserhaus verbunden. Deswegen möchte ich nicht, dass dieses verleumderische Stück aufgeführt wird – ausgerechnet da bei uns. Wissen Sie, wie unser Kaiser in diesem Machwerk hingestellt wird? Und die Kaiserin erst?«

Materna nickte. Ihm war klar, was den Möchtegern-Habsburger so aus der Fassung brachte. Er hatte im Internet zu dem

Stück recherchiert. Es wurde als *die wahre Geschichte der Sissi* gehandelt und beschrieb das Kaiserhaus als dekadent, Elisabeth als magersüchtige Egozentrikerin und erbärmlich schlechte Mutter, die zwischen Größenwahn und Depression hin- und herschwappte und deren einzige wahre Liebe der Tod gewesen sein sollte.

»Also, ich find, das passt nicht zu Ischl, das g'hört net hierher«, näselte Ronacher in anklagendem Tonfall. »Aber den Georg Koller hab ich sehr geschätzt.«

Conni zog die Stirn in Falten. »Wie – Sie haben ihn nicht gekannt, aber sehr geschätzt?«

Der Anwalt fasste sich erneut an den Kragen. »Ich hab ihn nicht persönlich gekannt, aber als Musiker geschätzt.«

»Aha«, sagte Conni.

Ronacher sprang von seinem Sessel auf. Seine Augen funkelten die Polizisten an. »Also, seien S' mir net bös, meine Herren, aber wenn Sie einen Verdacht gegen mich haben, der sich auf so ein Motiv gründet, muss ich Ihnen sagen, dass das einfach lächerlich ist! Damit kommen S' net durch und das wissens S' selber.«

»Dr. Ronacher, wir möchten nur mit Ihnen reden und bitten Sie, ein paar Fragen zu beantworten«, sagte Materna mit ruhiger Stimme. »Können Sie uns sagen, wann Sie den Herrn Koller das letzte Mal gesehen haben?«

Ronacher setzte sich wieder. Er schubste mit einer routinierten Kopfbewegung die Haarsträhne nach hinten, die vor sein linkes Auge gerutscht war. »Im August«, sagte er schließlich. »Ich hab mir die *Lustige Witwe* ang'schaut.«

»Also im Theater ...«, stellte Conni fest. »Sie haben ihn da aber nicht privat getroffen?«

»Ich hab doch schon g'sagt, dass ich den Herrn Koller privat gar nicht gekannt hab.«

Materna war klar, dass sie so nicht weiterkommen würden. »Herr Dr. Ronacher, wo waren Sie am Dienstagabend zwischen 18.00 und 23.00 Uhr?«, fragte er geradeheraus.

In Ronachers Gesicht arbeitete es. Wieder verlor er jede Farbe,

und seine Augen wurden schmal. »Reine Routine, nehm ich an?«
Er sprang von seinem Sessel auf, als Materna nickte. »Ich war hier.
Allein. Ich habe kein Alibi, allerdings auch kein Motiv. Und jetzt
gehen Sie bitte. Sofort!«
Der Chefinspektor erhob sich. »Dann wollen wir Sie nicht länger stören. Auf Wiedersehen, Dr. Ronacher. Hier ist meine Karte,
bitte rufen Sie mich an, wenn Ihnen etwas einfällt, das für den
Fall wichtig sein könnte.« Er legte eine Visitenkarte auf den Tisch,
die Ronacher allerdings keines Blickes würdigte. Mit einer Kopfbewegung forderte Materna Conni auf, ihm zu folgen. Der saß
nämlich immer noch wie vom Blitz getroffen auf dem Bieder-
meiersofa.

Kaum hatten sie das Stiegenhaus betreten, läutete Maternas
Handy. Florian war dran.

»Ich weiß noch nicht, wo die Marie-Sophie Grundt ist, aber
ich hab eine Kollegin von ihr auf'trieben. Die heißt Bibiana Steinberger und wohnt bei ihrer Mutter in Strobl.«

»Das ist ja super! Danke, Flo! Wir sind schon unterwegs zu
euch. Bis gleich!«

»Der Flo hat eventuell eine Zeugin gefunden«, setzte Materna
Conni ins Bild. »Ich erklär dir das nachher. Jetzt fahren wir erst
einmal nach Roith zur Inspektion.«

»Sag einmal, Paul, mit dem Ronacher stimmt doch was nicht.
Der weiß garantiert irgendwas, das er uns nicht sagen will.«

»Glaub ich auch.«

»Und warum hast du ihm dann keine Fragen mehr gestellt?«

»Weil er recht hat.« Materna seufzte. »Wenn wir nicht mehr
vorbringen können, als dass er etwas gegen das Musical *Elisabeth*
hat, ist das lächerlich.« Er seufzte noch einmal.

*

Es war gerade elf Uhr, als Josi in Salzburg ankam. Sie stellte den
Golf in der Mönchsberg-Garage ab und trat mit dem Dackel an
der Leine ins Freie. An der Pferdeschwemme blieb sie stehen. Jetzt,

im Winter, war die von Fischer von Erlach konzipierte Anlage mitsamt der Skulptur des Rossbändigers unter einer Abdeckung aus Brettern verschwunden. Als Kind war Josi von der Pferdeschwemme fasziniert gewesen. Sie hatte es immer bedauert, dass die Fiakerpferde ihre Beine hier nicht mehr kühlen durften wie früher.

Ihr Blick glitt über die Türme und Kuppeln der Stadt hinauf zur Festung und schließlich hinüber zum Festspielhaus. Sie musste an die Zauberflöte denken, die einzige Festspielaufführung, die sie in ihrem Leben gesehen hatte. Gerade mal zehn Jahre alt war sie damals gewesen. Intensiv und lebendig standen die Bilder vor ihren Augen. Und während sie Richtung Getreidegasse schlenderte, war ihr Kopf angefüllt mit Klängen aus Mozarts bezaubernder Märchenoper.

Sie war früher oft in Salzburg gewesen. Der Vater hatte sie zu Konzerten mitgenommen, die Mutter ins Theater. Später war sie auch mit Billy hergekommen, die schon während der Zeit am Gymnasium Cellounterricht am Mozarteum erhielt. Salzburg war Josi sehr vertraut, ein Beinahe-Zuhause, aber letztlich war sie doch immer nur ein Gast dieser Stadt geblieben. Auch in dieser Stadt.

Sie bog in die Getreidegasse ein. Zwischen den vielen, verspielten Zunftzeichen an den alten Fassaden erinnerten weihnachtliche Girlanden und Sterne daran, dass es auf das Jahresende zuging. Josi fand, dass Salzburgs berühmteste Straße einiges von ihrem Flair verloren hatte. Es war ein eigenartiger Anblick, an etlichen der alten, kunstvoll geschmiedeten Zunftzeichen-Halterungen Schilder mit Aufschriften wie *H & M* oder *Nordsee* vorzufinden. Obwohl die Getreidegasse immer noch viele schöne Läden vorzuweisen hatte, waren einige Traditionsgeschäfte verschwunden. Dafür gab es McDonalds und jede Menge Souvenirläden mit geschmacklosem Kram in den Auslagen. Der neueste Renner bei Touristen schienen Mozart-Quietschentchen für die Badewanne zu sein. Josi schüttelte sich. Würde Mozart noch leben und Tantiemen für all den Kitsch kassieren, der hier unter seinem Namen verkauft wurde, wäre er jedenfalls Multimillionär.

Das Gedrängel stand dem der Festspielzeit kaum nach. Josi musste den Dackel zeitweise auf den Arm nehmen, sonst hätten ihn die Passanten überrannt. Weihnachtseinkäufe tätigende Salzburger zwängten sich zwischen fotografierenden Winterurlaubern hindurch.

In dem Musikgeschäft neben Mozarts Geburtshaus kaufte Josi einige CDs als Weihnachtsgeschenk für den Vater und eine Festspielaufnahme der Zauberflöte für sich selbst.

Als sie das Geschäft verließ, schlug es gerade halb zwölf. Warum um alles in der Welt schob sie den Besuch bei Hanna vor sich her wie eine Prüfung, für die man zu wenig gelernt hatte? Tu ich doch gar nicht!, rechtfertigte sie sich vor sich selbst. Wie oft kam sie schon in die Gegend. Eben. Auch ein kleiner Bummel über den berühmten Salzburger Christkindlmarkt sollte drin sein. Und ins *Bazar*, ihr Salzburger Lieblingscafé, musste sie unbedingt auch noch schauen.

*

Florian hatte die Ergebnisse seiner Recherchen auf einem Zettel notiert, den er dem Chefinspektor überreichte.

»Marie-Sophie Grundt – eine der Grisetten in der *Lustigen Witwe* unter der Leitung von Georg Koller«, las dieser laut. »Bibiana Steinberger, 31 Jahre, weitere Grisette, befreundet mit M.-S. Grundt. Zurzeit zu Besuch bei ihrer Mutter in Strobl.« Darunter fanden sich Name, Adresse und Telefonnummer von Frau Steinberger.

Materna nickte erfreut. »Dank dir, Flo! Wie hast du die Dame entdeckt?«

»Einfach ein bisserl rumgefragt. Ich kenn viele Leut', und die kennen wieder andere ...«

»Super.«

»Grisette, so, so«, bemerkte Conni süffisant grinsend.

»Das war in Frankreich im 19. Jahrhundert eine unverheiratete Frau mit nicht ganz ehrbarem Lebenswandel, die aber keine Prostituierte war«, erklärte Florian eifrig.

»Geh, wui!«, entfuhr es Conni.

»Google«, gestand der junge Kollege mit leicht gerötetem Kopf.

Materna wühlte indes zuerst in der linken, dann in der rechten Jackentasche nach seinem Handy, das sich wieder einmal bemerkbar machte. »Hallo, Mike!«, rief er ins Telefon, nachdem er fündig geworden war. »Samstag im Dienst?«

»Das Verbrechen schläft auch samstags nicht«, antwortete der Kriminaltechniker in gestelztem Hochdeutsch.

Beide lachten.

»Und – was gibt es Neues?«

»Es geht um das Handy vom Koller. Sehr viel hat er nicht telefoniert, meistens mit der Frau Schindler oder seiner Agentur. Die SMS, die gespeichert waren, sind auch nicht sehr ergiebig – fast alles Terminabsprachen oder so was wie *Gut angekommen, Gruß Georg*. Aber wir haben ältere, gelöschte Nachrichten wiederhergestellt, und da ist eine dabei, die interessant sein könnte. Sie stammt vom 19. Oktober und lautet *Wir wissen alles über Marie und Sie. Sehen Sie sich vor! T.*«

»Kein Name? Kein weiterer Hinweis?«

»Leider nein.«

»Habt ihr zurückverfolgen können, von wem die Nachricht stammt?«

»Leider nicht. Die ist von einem Wertkartentelefon geschickt worden.«

»Verstehe. Danke, Mike. Ein schönes Wochenende wünsch ich.«

Materna steckte das Telefon zurück in die Tasche und informierte Conni, Florian und Abteilungsinspektor Gustav Maurer, der sich zu ihnen gesellt hatte, über die Neuigkeiten der Spurensicherung.

»Da könnte eine Erpressung dahinterstecken«, stellte Conni fest.

»Oder ein geschmackloser Witz«, meinte Maurer.

Materna nickte. »Möglich ist alles. Ist ja ziemlich kryptisch, das Ganze. Auf jeden Fall ist es eine Drohung. Wir sollten nachher unbedingt noch einmal mit der Lebensgefährtin vom Koller reden, vielleicht weiß die was. Jetzt ruf ich aber erst einmal die Frau Steinberger an.« Er tippte die Nummer von dem Zettel in sein Handy ein.

Die Sängerin nahm sofort ab, ließ ihn wissen, dass sie gerade zum Einkaufen in Ischl sei und er sie gerne in einer Viertelstunde im Café Sissi treffen könne.

»Conni, ich red gleich einmal mit der Frau. Kannst du bitte inzwischen die Aussage vom Ronacher dokumentieren, dass wir die für die Akte haben? Und ruf bitte die Frau Schindler an. Sag ihr, dass wir in ungefähr einer Stunde gerne bei ihr vorbeikommen würden.«

»Immer ich«, maulte Conni.

Maurer machte ein irritiertes Gesicht, dann schmunzelte er. Er hatte die Frozzelei zwischen den Kriminalisten durchschaut. »Dann macht's es gut«, sagte er und verließ die Wachstube durch die Seitentür. Florian folgte ihm.

»Also, servus«, verabschiedete sich Materna und wandte sich zum Gehen.

»Dokumentieren – bah!« Conni verdrehte die Augen und seufzte theatralisch. »Und das Rendezvous mit der schönen Dame im Café bleibt natürlich dem Big Boss und seinem umwerfenden Charme vorbehalten. Chefinspektor müsste man sein!«

»Dein Schandmaul verhilft dir garantiert demnächst zu einer Beförderung«, gab Materna zurück. »Zum Verkehr-Regeln auf die nächste Kreuzung.«

*

Eisler erhob sich aus seinem Liegestuhl und wurstelte sich aus der Decke, in die er sich gehüllt hatte. Fast eine Stunde lang war er auf der Bank vor seiner Hütte gesessen, als sei es mitten im Frühling. Er hatte die Stille genossen, die klare Luft hier oben und die Strahlen der Mittagssonne auf seiner Haut. Noch ein tiefer Atemzug, dann faltete er die Decke zusammen und ging in die Stube.

Ein Blick ins Hängeschränkchen zeigte, dass die Essensvorräte zu Ende gingen. Er hatte auf der Hütte übernachtet und wollte das ganze Wochenende hier oben verbringen – es half nichts. Er brauchte Lebensmittel-Nachschub. In einer Schublade der Anrichte fand sich ein Einkaufssack aus Stoff. Er zog ihn heraus, nahm seine Geldbörse, die Autopapiere und die beiden Handys, die noch auf dem Tisch lagen, und verteilte alles auf die Innen- und Außentaschen seines Mantels.

Anschließend fuhr er mit dem Rover ins Tal hinunter und bog in die Tankstelle an der Wolfgangsee-Bundesstraße ein. Die paar Sachen, die er brauchte, würde er hier bekommen. So musste er nicht nach Ischl zurück, wo es kaum zu vermeiden war, auf Bekannte zu treffen.

Gerade als er das Auto abstellen wollte, piepte eines der Handys in seiner Manteltasche. Einen winzigen Augenblick lang glühte eine heiße, verrückte Hoffnung in ihm auf. Aber fast in derselben Sekunde wurde ihm klar, dass er sich einer Illusion hingab. Es war nicht das Smartphone. Das Piepen kam von seinem offiziellen Mobiltelefon. Über dieses war er in Notfällen für seine Kollegen im Krankenhaus erreichbar. Und für seine Frau – obwohl er gerade wünschte, er wäre es nicht. *Helena ruft an*, stand auf dem Display.

Er atmete tief durch. Dann nahm er den Anruf entgegen. »Helena?«

»Ich wollte dir nur mitteilen, dass ich für zwei Wochen verreise«, tönte die Stimme seiner Frau aus dem kleinen grauen Apparat. »Die Gräfin Lahnstein hat mich nach Meran in ihr Ferienhaus eingeladen.« Und schon hatte sie aufgelegt. Keine Erklärung, kein Gruß.

Eisler steckte das Telefon ein. Er konnte Helena verstehen. Es war ein gewaltiger Affront gewesen, sie bei diesem Abendessen allein zu lassen und zur Hütte zu fahren. Kein Wunder, dass sie wütend war. Dabei hatte er es nicht getan, um sie zu ärgern oder gar zu kränken. Er hatte einfach nicht anders gekonnt. Vermutlich hatte sie dieser Gräfin ihr Leid geklagt und war von ihr zum Trost nach Südtirol eingeladen worden. Es war ihm egal, was die

Gräfin von ihm dachte. Und ob Helena nun nach Südtirol reiste oder auf die Bahamas, war ihm erst recht egal. Er würde sich scheiden lassen.

Er stieg aus.

Gedankenverloren schlenderte er durch die Regalreihen des Tankstellenshops, legte ein Päckchen Tee, einige Konservendosen, Butter, Käse und eine Packung Knäckebrot in seinen Einkaufskorb.

»Grüß Gott, Herr Professor«, begrüßte ihn der Mann an der Kasse. »So ein schönes Wetter heute!«

»Wunderschön«, antwortete Eisler kurz und zückte seine Geldbörse. Er hatte beim besten Willen keinen Nerv für Small Talk.

Wenige Augenblicke später fuhr er die Bergstraße hinauf. An der letzten Kehre gab es eine Ausweiche. Ein alter grauer Opel stand da. Hoffentlich waren das keine Wanderer, die womöglich bis zu ihm hinaufkamen.

Zurück in der Hütte verstaute er schnell die Einkäufe, setzte sich an den Tisch, fuhr seinen Laptop hoch und öffnete das Manuskript. Er musste etwas tun, ein wenig arbeiten, auf andere Gedanken kommen – sonst würde er noch verrückt werden. Er beschloss, die letzten drei Seiten zu lesen, um wieder in die Materie einzutauchen. Seine Augen glitten über die Zeilen, die ihm im Moment so wenig sagten, als hätte er eine der vielen Modezeitschriften seiner Frau vor sich. Seine Frau … Warum eigentlich hatte er sich nicht längst von Helena getrennt? Seine Ehe war doch seit Langem nichts weiter als eine Farce. Zuerst war es Rücksicht auf die Karriere gewesen, schließlich das schlechte Gewissen. Und die Beziehung zu dem einzigen Menschen, den er jemals wirklich aus ganzem Herzen geliebt hatte, hatte er so lange geheim gehalten, bis dieser Mensch für ihn verloren war …

Er klappte den Laptop zu und starrte mit leerem Blick nach draußen.

Ein Schatten huschte am Fenster vorbei und riss ihn aus seiner Lethargie. War da jemand? Die Wanderer?

Er stand auf, trat aus der Tür ins Freie und schaute sich sorgfältig um. Es war niemand zu sehen, und doch spürte er, dass er nicht allein war. Sein Herz schlug schneller und heftiger. Er war kein ängstlicher Mensch, aber seit diesem Einbruch war er vorsichtig geworden. Von der Rückseite der Hütte kam ein merkwürdiges Geräusch. Es klang, als würden etliche von den Holzscheiten, die er dort gestapelt hatte, zu Boden stürzen.

Eisler machte kehrt, ging zurück in die Stube, holte sein Jagdgewehr und lud es durch. Er war jetzt hellwach und konzentriert. Vorsichtig bewegte er sich um die Hütte herum.

Fast hätte er gelacht, als er den langen, dürren Menschen mit Brille und Halbglatze erblickte, der verzweifelt versuchte, sich irgendwie hinter dem zum Teil umgestürzten Holzstoß zu verbergen.

»Kommen Sie heraus und nehmen Sie die Hände hoch«, befahl Eisler und richtete das Gewehr auf ihn.

Der Gesichtsausdruck des Fremden wechselte von Ängstlichkeit zu reiner Panik. Er stellte sich mit erhobenen Händen vor das aufgestapelte Holz.

»Wer sind Sie?«, fragte Eisler in scharfem Ton.

»Ich bin ... äh ... mein Name ist Bernd Scheffel. Ich bin Privatdetektiv.«

»Ein Schnüffler. Na bravo.« Eisler war jetzt wirklich amüsiert und versuchte, sich das nicht anmerken zu lassen. Für einen Detektiv hatte der Mann etwas schwache Nerven, fand er. »Und – was wollen Sie hier? Etwa Unterlagen stehlen? In meinem Manuskript rumspionieren – oder was? Ich sage Ihnen gleich, so brisant ist meine wissenschaftliche Arbeit dann auch wieder nicht, dass man deswegen so einen Aufstand veranstalten müsste.«

Der Detektiv namens Scheffel starrte wie hypnotisiert auf den Lauf der Flinte. »Na ... nein, nein, ich will nicht, ich meine ... Ihre Frau hat mich beauftragt.«

»Meine Frau. Soso. Und was hofft sie zu erfahren, meine Frau?«

»Sie meint, dass Sie vielleicht mit einer Dame ...«

»Dame. Aha.« Wollte Helena ihn etwa unter Druck setzen? Sie und er hatten Gütertrennung vereinbart. Sie hatte im Falle einer

Scheidung keinen Anspruch auf das Haus und auf sein Vermögen. Er hatte sie großzügig abfinden wollen, aber wenn sie ihm so kam ...

Eisler schaute den unseligen Nick Knatterton halb mitleidig, halb interessiert an. »Ihr Auftrag ist hiermit beendet«, sagte er und ließ das Gewehr sinken. »Schade, dass Sie auf mich keinen besonders guten Eindruck gemacht haben. Aber bitte, kommen Sie rein, überzeugen Sie mich von der Qualität Ihrer Dienstleistung.« Er deutete mit dem Gewehrlauf auf die Hüttentür. »Falls Ihnen das gelingt, hab ich vielleicht einen Job für Sie. Und der ist garantiert interessanter als hart arbeitenden Leuten wegen angeblicher Affären hinterher zu spionieren. Lukrativer ist er übrigens auch.«

*

Bibiana Steinberger war eine aparte Frau. Ihr weinrotes Wollkleid wirkte ein wenig altmodisch, ebenso ihre Hochsteckfrisur. Aber beides stand ihr, fand Materna. Er hatte ihr gegenüber an einem der kleinen Tischchen Platz genommen und bestellte auf ihr Anraten Karottentorte und eine Melange, die auch umgehend serviert wurden.

Er kostete. »Hmmm ... Ich danke Ihnen für den Tipp! Diese Torte schmeckt sensationell.«

»Gern geschehen.« In ihren Augen sprühte ein Feuerwerk von kleinen fröhlichen Fünkchen, als sie ihn anlächelte.

Er räusperte sich. »Sie wohnen nicht ständig in Strobl?«

»Nein, ich bin nur den Dezember über hier. Leider habe ich grade kein Engagement, aber zurzeit gibt es in diversen Kirchen im Salzkammergut viel zu singen.« Sie lächelte mit leicht schief gelegtem Kopf, als wolle sie sich entschuldigen. »Wenn man nicht zu den großen Stars gehört und auch nicht fest an ein Haus gebunden ist, muss man halt sehen, wo man bleibt.«

Materna nickte. »Ich weiß. Meine frühere Frau ist Schauspielerin. Da ist es auch nicht anders. Frau Steinberger, ich hab Ihnen ja schon gesagt, weshalb ich Sie sprechen möchte«, kam er auf den Zweck ihres Treffens zurück.

»Ja. Es ist so furchtbar, dass der Georg Koller tot ist. Ich kann es gar nicht glauben, dass er ermordet worden sein soll.«

»Sein Tod trifft Sie also?«

»Oh ja«, sagte sie leise.

»Haben Sie ihn auch privat gekannt?«

»Nein. Ich hab ihn einfach als Dirigenten gemocht. Es war angenehm, mit ihm zu arbeiten. Er hat den Musikern und Sängern viel abverlangt, aber alle sehr anständig behandelt. Er war freundlich und irgendwie ... ja, wie soll ich das sagen? Er war auffallend unhysterisch für einen Dirigenten.«

»Unhysterisch?«

Bibiana Steinberger zuckte die Schultern. »Ich finde keinen passenderen Ausdruck. Sie haben ja keine Ahnung, was man mit Dirigenten so alles erleben kann, Wutausbrüche, Staralüren, Spinnereien in allen Varianten. Bamberger zum Beispiel – unter dem hab ich in Graz gesungen. Der meditiert vor den Proben stundenlang. Und dann taucht er wie ein Nachtwandler auf, mit geschlossenen Augen und vorgestreckten Händen, rennt Notenpulte um und rempelt Musiker an. Einmal hat einer von den Blechbläsern laut gesagt: *Ich glaub, wir sollten eine Sammlung machen und dem Herrn Bamberger einen Blindenhund schenken.*«

Materna schmunzelte. Er hatte die Szene deutlich vor Augen.

»Frau Steinberger, ich wollte Sie auch noch zu einer Kollegin etwas fragen. Es geht um Marie-Sophie Grundt. Sie haben doch bei den Operetten-Festspielen mit ihr zusammen gesungen.«

»Ja, in der *Lustigen Witwe.* Ist was mit der Marie?«

»Nein, nein, ich brauch bloß ein paar Auskünfte von ihr und kann sie nicht erreichen. Wissen Sie vielleicht, wo sie sich aufhält?«

Sie zuckte die Schultern. »Wir Sänger sind fahrendes Volk. Wir treffen uns immer wieder, aber immer nur zufällig. Schade eigentlich.«

»Sie mögen die Frau Grundt?«

Sie nickte. »Eine sehr nette junge Kollegin. Und wirklich begabt. Ein bisserl schüchtern ist sie vielleicht – ich meine, privat.

Auf der Bühne ist das ganz anders, da kommt sie richtig aus sich heraus. Und sie hat wirklich eine Ausnahmestimme.«

»Höre ich richtig?«, fragte Materna augenzwinkernd. »Eine Sopranistin sagt von einer anderen Sopranistin, sie hätte eine Ausnahmestimme?«

Bibiana Steinberger lachte ein melodiöses Sängerinnen-Lachen. »Ich bin Altistin«, erklärte sie mit einem Augenzwinkern und spießte ein Stückchen Karottentorte auf ihre Gabel.

»Das ist natürlich was anderes.« Auch Materna musste lachen. »Frau Steinberger, wie würden Sie denn die Beziehung zwischen Georg Koller und Marie-Sophie Grundt beschreiben?«

»Er hat große Stücke auf sie gehalten, das war nicht zu übersehen. Soweit ich weiß, hat sie ja schon als Kind bei ihm Klavierunterricht bekommen.«

Diese Mitteilung wirkte auf Materna wie ein Stich in die Brust. *Klavierunterricht schon als Kind ... Wir wissen alles über Marie und Sie ...* Natürlich – Anne Kramer, Kollers nette Nachbarin, hatte ja auch so etwas erwähnt. Aber er hatte dem keine Bedeutung beigemessen. Jetzt, im Zusammenhang mit der Handy-Nachricht, erschien es in einem neuen Licht, einem, auf das er gern verzichtet hätte. Eigentlich hätte er froh sein müssen, endlich einen dunklen Fleck auf der weißen Weste des allseits beliebten und geschätzten Georg Koller zu entdecken. So etwas konnte die Ermittlungen endlich vorwärts bringen. Aber alles in ihm sträubte sich gegen den aufkommenden Verdacht.

»Herr Materna?« Bibiana Steinberger schien seine Geistesabwesenheit nicht entgangen zu sein.

»Entschuldigen Sie bitte. Mir ist grad was durch den Kopf gegangen. Der Herr Koller hat also viel von Marie gehalten.«

»Er hat sie gefördert, wo er konnte. Und sie hat ihn ein bisserl angehimmelt.« Sie lächelte.

»Wie weit ist denn das Fördern und Anhimmeln gegangen?«

»Sie meinen – ein Verhältnis?« Sie legte die Gabel, die sie eben zum Mund führen wollte, schwungvoll zurück auf den Teller und zog ihre ausgezupften Augenbrauen hoch. »Das kann ich mir nicht vorstellen. Die Marie und ich waren im Theater viel zusammen, auch privat ein bisserl, einen Kaffee trinken oder an freien Abenden mal auf ein Glaserl Wein. Ein Gspusi mit dem Dirigenten – das hätt ich bemerkt. Es heißt zwar, die Rolle in der *Lustigen Witwe* hat sie auf seinen ausdrücklichen Wunsch hin bekommen, aber doch wohl nur, weil sie wirklich gut ist. Sogar als Zweitbesetzung für die *Elisabeth* im kommenden Jahr hätte er sie gerne gehabt, obwohl sie dafür eigentlich ein bisserl sehr jung und unerfahren ist.« Sie starrte nachdenklich auf ihre Kaffeetasse. Dann schüttelte sie energisch den Kopf. »Trotzdem – ein Verhältnis zwischen Marie und Georg Koller ... nein! Da hat sie noch eher was mit dem Markus Permanschlager gehabt, mit dem Sohn des früheren Intendanten. Der war andauernd da bei den Proben und ist immer um sie herumgeschwänzelt. Er war ganz schön verschossen in die Marie.«

Markus Permanschlager ... das war doch der junge Mann, der nach Aussage seiner Stiefmutter gerade in den USA weilte, erinnerte sich Materena. »Aber genau wissen Sie es nicht? Ich meine, ob da was war zwischen den beiden.«

»Nein. Die Marie hat ja auch hier in Ischl einen Freund gehabt, einen, der ganz schön eifersüchtig war.«

»Was hat die Frau Grundt eigentlich zu der Idee mit der Zweitbesetzung gesagt?«

»Ich glaub, das hat sie gar nicht gewusst. Es war ja noch nicht spruchreif. Ich hab das nur zufällig mitgekriegt, weil ich am Gang direkt um die Ecke gestanden bin und mich mit einer Kollegin unterhalten habe, wie der Herr Koller mit dem Professor Permanschlager darüber geredet hat.«

»Zweitbesetzung – ist das nicht ein richtig blöder Job? Da muss man doch dauernd in Bereitschaft sein, kommt aber im Endeffekt womöglich gar nicht zum Zug.«

»Das kommt darauf an. Inzwischen hat es sich ja herumgesprochen – in dem Musical war die Behrendt für die Hauptrolle vorgesehen. Ein Star wie die macht doch höchstens die letzten zwei, drei Proben mit und singt garantiert nicht alle Aufführungen selbst. Und sogar wenn die Marie für keine einzige Aufführung eingeteilt worden wäre, hätte sie allein durch die Probenarbeit für eine solche Spitzenproduktion viel lernen und wichtige Kontakte knüpfen können.«

»Ich verstehe.« Materna warf einen Blick auf die Armbanduhr. Er nahm den letzten Schluck Kaffee, wischte sich mit der Serviette über den Mund und stand auf. »Frau Steinberger, haben Sie vielen Dank für die Auskünfte. Leider muss ich auch schon weiter. Sie sind selbstverständlich mein Gast.«

»Ihrer oder der der Staatskasse?«, fragte sie kokett.

»Meiner«, antwortete er mit einer angedeuteten Verbeugung. »Ich bezahle draußen. Darf ich Sie anrufen, falls ich noch Fragen habe?«

»Selbstverständlich, jederzeit.« Sie lächelte auf eine Art, die deutlich über eine Geste der Verbindlichkeit hinausging.

Materna registrierte das sehr wohl, aber nach einem Flirt stand ihm der Sinn grade überhaupt nicht. Er musste zu Katrin Schindler. Sofort. Also nickte er Bibiana Steinberger freundlich zu und wandte sich zum Gehen.

Auf dem Weg nach draußen steckte er der Bedienung einen Zwanzigeuroschein in die Hand. »Stimmt so«, sagte er und verließ eiligen Schrittes das Café Sissi.

*

Ein melodiöses Gebimmel ertönte, als Josi die Tür des Büchergeschäfts öffnete.

Hanna Baumgartner bediente gerade ein älteres Ehepaar. Sie entschuldigte sich bei ihren Kunden, machte ein paar schnelle Schritte auf Josi zu und reichte ihr die Hand. »Hallo. Schön, dass du da bist. Ich bin gleich bei dir. Magst dich ein bisserl umschauen inzwischen?«

»Gern.« Josi liebte Buchhandlungen. Sie hätte Stunden oder gar Tage hier verbringen und in Büchern stöbern können. Sie liebte es, Klappentexte zu überfliegen, in Buchanfänge hineinzulesen, sie mochte es, Bücher einfach in den Händen zu halten, zu spüren, wie unterschiedlich sich ihre Cover anfühlten. Sogar den Geruch frisch gedruckter Bücher liebte sie.

Ein Cover zog ihren Blick magisch an. Es zeigte das Bild einer jungen Frau mit endlos langem, dickem Haar. Josi las den Titel: *Elisabeths Schatten. Die Kaiserin von Österreich, wie sie wirklich war.*

Hanna hatte ihre Kundschaft fertig bedient und kam zu Josi zurück. »Interessiert es dich? Magst es haben?«, fragte sie mit Blick auf das Buch.

»Ja, ich nehme es.« Josi kramte nach ihrer Geldbörse.

»Lass doch«, wehrte Hanna ab. »Nimm es als Geschenk. Ist ja bald Weihnachten.«

»Danke, Hanna, das ist lieb von dir.«

»Schon gut. Komm, lass uns in die Leseecke setzen. Kleinen Moment, bitte, bin gleich da.«

Sie öffnete eine Tür hinter der Ladentheke. »Veronika?«, rief sie nach hinten, woraufhin eine zarte, dunkelhaarige Frau erschien.

»Das ist Veronika Heller, meine Mitarbeiterin«, stellte Hanna vor. »Und das ist die Frau Konarek, eine Bekannte von früher. Können Sie ein bisserl vorn bleiben, Veronika?«

»Freut mich, Frau Konarek.« Veronika Heller gab Josi die Hand und nickte Hanna freundlich zu. »Ich bin ohnehin gerade mit dem Auspacken fertig. Soll ich vielleicht einen Espresso machen? Oder lieber Cappuccino? Und für das Hunderl etwas Wasser?«

»Einen Espresso nehm ich gern, und der Poldi freut sich bestimmt über etwas zu trinken, danke, Frau Heller.« Josi kuschelte sich in einen gemütlichen, rot geblümten Polstersessel. Der Dackel rollte sich auf dem flauschigen Teppich zusammen, seufzte zufrieden und versank ins Reich der Träume.

»Schön, deine Buchhandlung«, sagte Josi anerkennend.

Hanna nickte. »Ich hab sie von einer Tante übernommen. Es ist ein altes Salzburger Geschäft mit Tradition. Einfach ist es trotzdem nicht, wenn man sich gegen die Konkurrenz der großen Ketten behaupten muss. Aber wir haben viele Stammkunden und setzen auf gute Beratung. So komme ich ganz gut zurecht.«

Frau Heller erschien mit dem Espresso und einem Wassernapf für Poldi.

»Also, Josi, lass uns nicht lang um den heißen Brei herumreden«, begann Hanna, als ihre Mitarbeiterin sich entfernt hatte. »Du suchst die Marie-Sophie. Kennst du sie denn überhaupt? Warum suchst du sie?«

»Wie gesagt, es ist eine lange Geschichte.«

»Das macht nichts. Erzähl, ich hör dir zu.«

Und Josi erzählte, wie sie Billy aus den Augen verloren und kurz wiedergefunden hatte, von ihrem Wunsch, anlässlich ihres Ischl-Besuchs Billys Tochter kennenzulernen und wie sie schließlich über Maries Freundin Lena auf Hanna gekommen war.

Hanna hatte ruhig zugehört, Josi angesehen, immer wieder genickt. Aber ihr Blick war starr und unlebendig. »Weißt, Josi, ich hab furchtbare Angst, dass der Marie was passiert ist.« Sie sprach leise, und ihre Stimme zitterte. »Sie hatte ein Engagement an der Wiener Volksoper, sie war so stolz darauf. Am fünfzehnten November hätt sie dort anfangen sollen, sie ist aber nie in Wien angekommen, nicht in dem Zimmer, das sie gemietet hat, und im Theater auch nicht. Ich hab mehrmals angerufen.«

»Wann hast du sie denn zum letzten Mal gesehen?«

»So um den zehnten November herum, da hat sie mich besucht.« Hanna wischte mit der Hand über die Stirn, als könne sie so die schlimmen Gedanken aus dem Kopf vertreiben. »Sie hat gesagt, dass es ihr guttun wird, ein bisserl Abstand von ihrem Freund zu haben.«

»Sie hat Probleme mit ihrem Freund gehabt?«, fragte Josi. »Die Lena hat auch so was angedeutet.«

»Ja. Endlich hat sie sich durchgerungen, mit ihm Schluss zu machen. Ein unangenehmer Mensch, dieser Daniel.« Hanna bewegte langsam den Kopf hin und her und seufzte noch einmal. »Aber sie war die ganze Zeit über wie besessen von ihm. Sie hat ja bei mir gewohnt, wie sie am Mozarteum studiert hat, weißt. Jedes Wochenende, jeden Tag, den sie frei halten hat können, ist sie gleich zu ihm nach Ischl gefahren. Und trotzdem hat sie sich manchmal mit einem anderen Mann getroffen.«

Josi horchte auf. »Ein anderer Mann? Wer denn?«

»Keine Ahnung. Ich hab nur zwei-, dreimal mitgekriegt, wie sie in sein Auto eingestiegen ist. Ein schwarzer Mercedes, S-Klasse. Ich hab sie einmal darauf angesprochen, aber es war nichts aus ihr rauszukriegen. Sie kann recht verschlossen sein, die Marie.«

Josi nickte. Das verstand sie. »Und gesehen hast du den Mann nie?«

Hanna schüttelte den Kopf.

»Aber du vermutest, dass sie was mit ihm gehabt hat?«

»Ja, schon. Es war einfach die Art, wie die Marie auf meine Frage reagiert hat ...«

»Ich weiß schon, was du meinst. Glaubst du, dass dieser Mann etwas damit zu tun hat, dass sie verschwunden ist?«

Hanna seufzte. »Ich weiß es nicht. Ich weiß überhaupt nichts mehr. Ich war sogar schon bei der Polizei, aber das bringt auch nichts. Die Marie war ja erwachsen und ...« Sie hielt inne. »Siehst, Josi, jetzt hab ich *war* gesagt ...«

Sie lächelte. Ihr Lächeln war trauriger als alle Tränen der Welt.

*

Katrin Schindler sah aus, als hätte sie seit Ewigkeiten nicht mehr geschlafen. Ihr Gesicht war weiß, der Blick starr, graublaue Ringe zeichneten sich unter ihren Augen ab. Wortlos führte sie Materna und Conni ins Wohnzimmer.

Einen unerwarteten Gast gab es auch – das Baby von Anne Kramer. Es schlummerte in dem Stubenwagen, den er bereits kannte.

»Die Kleine von unserer Nachbarin«, sagte Katrin Schindler mit tonloser Stimme. »Ich passe auf sie auf, während ihre Mama beim Arzt ist.«

»Frau Schindler«, begann Materna, nachdem sich alle gesetzt hatten. »Wir haben eine Nachricht auf dem Handy Ihres Lebensgefährten gefunden, zu der wir ein paar Fragen an Sie haben.«

Katrin Schindler zog die Brauen hoch. »Was für eine Nachricht?«

»Sie lautet: *Wir wissen alles über Marie und Sie. Sehen Sie sich vor! T.* Wissen Sie, was damit gemeint ist?«

Sie schüttelte stumm den Kopf.

»Wer könnte *T.* sein? Bitte denken Sie nach.«

»Keine Ahnung.«

»Frau Schindler, was könnte jemand über Ihren Lebensgefährten und Marie gewusst haben?«, fragte Materna eindringlich.

»Ich weiß es doch nicht!«, fuhr sie auf.

»Mit Marie ist Marie-Sophie Grundt gemeint, nicht wahr?«

Sie senkte den Kopf und bewegte ihn sekundenlang in einer Art Dauerverneinung hin und her. »Schon, aber …«

Er wusste, was sie sagen wollte – dasselbe wie alle anderen, die er zu diesem Thema bereits befragt hatte: Eine erotische Beziehung zwischen Koller und Marie-Sophie Grundt – auf keinen Fall! Koller habe sich lediglich um das begabte Mädchen gekümmert … Aber inzwischen hatte die Frage eine neue Dimension, auch wenn er sich mit jeder Faser seines Körpers dagegen wehrte. Letzten Endes wusste er, dass er sich dem Thema stellen und Kollers Freundin damit konfrontieren musste.

»Frau Schindler, ist es richtig, dass Marie-Sophie Grundt schon als Kind bei Ihrem Lebensgefährten Klavierunterricht hatte?«

Das ungläubige Erstaunen in ihrem Blick machte wütenden Giftpfeilen aus ihren zu Schlitzen verengten Augen Platz. »Ich weiß, was Sie denken! Und Sie auch!«, schleuderte sie den beiden Polizisten ins Gesicht.

»Ich habe gar nichts gesagt«, wandte Conni ein.

»Sie haben nichts gesagt, aber gedacht. Ich seh es doch! Der Georg hatte nichts mit der Marie. Jetzt nicht und früher schon gar nicht!«

Das Baby begann zu weinen.

Katrin Schindler schoss von ihrem Sessel hoch, ging zu dem Wagen und bewegte ihn schaukelnd vor und zurück. Nach ein paar glucksenden Geräuschen schlief die Kleine schnell wieder ein.

»Frau Schindler, wir wissen überhaupt nicht, was diese Botschaft wirklich bedeutet«, kam Materna auf das heikle Thema zurück, nachdem sie sich wieder gesetzt hatte. »Wir wollen auch nichts unterstellen, aber es ist wichtig, dass wir jeder Spur nachgehen. Sie müssen mir also bitte schon ein paar Fragen beantworten.«

Sie zuckte mit den Schultern und schwieg.

»Ist es nicht ziemlich ungewöhnlich für einen Dirigenten, einem kleinen Mädchen Klavierunterricht zu geben?«

»Mein Gott! Ungewöhnlich!« Sie verdrehte die Augen. Dann zog sie ein Taschentuch aus der Jackentasche und putzte sich die Nase. »Das ist fünfzehn Jahre her. Ein so viel beschäftigter Dirigent wie heute war der Georg zu der Zeit noch nicht. Er hatte die kranke Frau, konnte nur begrenzt reisen, und sich fest an ein Haus binden, das wollte er auch nicht. Schließlich hätte das bedeutet, von Ischl wegzuziehen, und für Georgs Frau war die vertraute Umgebung wichtig. Ein bisschen Klavierunterricht war für ihn ein willkommener Nebenjob, vor allem, weil er ihn ja zu Hause ausüben konnte.«

»Haben Sie ihn damals schon gekannt?«

Sie schüttelte den Kopf. »Wir sind … wir waren erst seit drei Jahren zusammen. Er hat es mir natürlich erzählt, da er sich ja weiterhin um die Marie gekümmert hat. Sie war wie eine Tochter für ihn. Und später auch für mich.«

»Wie ist es denn zu dieser engen Beziehung gekommen? Hat es da ein verwandtschaftliches Verhältnis gegeben?«

»Nein. Allerdings war Maries Mutter bereits eine Schülerin von Georgs Vater. Marie-Sophie ist sehr begabt, und es hat Georg Freude gemacht, sie zu fördern. Das ist doch wohl nicht verboten, oder?« Über Katrin Schindlers Stirn erschien die steile Falte, die Materna bereits bei seinem ersten Besuch aufgefallen war.

»Natürlich ist das nicht verboten. Hatte er damals noch weitere Schüler?«

»Drei oder vier, so genau weiß ich das nicht.«

Materna beließ es dabei. Mehr würde er im Augenblick nicht

herausbekommen. »Frau Schindler, es hat Mitte November einen heftigen Streit zwischen Ihrem Lebensgefährten und dem Freund von Marie-Sophie Grundt, dem Dr. Danner, gegeben. Wissen Sie, worum es da ging?«

Sie zuckte die Schultern.

»Sie haben nichts davon mitbekommen?«

»Klar hab ich diesen unschönen Auftritt mitbekommen. Dieser Choleriker hat ja schon öfter mal Szenen gemacht. Es hat ihm einfach nicht gepasst, dass die Marie eine Karriere als Sängerin Karriere anstreben wollte oder was weiß ich!« Ihre Stimme war wieder lauter geworden.

»Eine Frage hab ich noch«, sagte Materna ruhig.

Ihre Augenbrauen rutschten nach oben. »Bitte?«

»Wir würden gern mit der Frau Grundt sprechen, finden sie aber nicht. Können Sie uns sagen, wo sie sich aufhält?«

»Leider nein. Sie hat uns nicht gesagt, wo sie hinwollte. Wahrscheinlich ist sie sehr überstürzt aufgebrochen.«

»Sie oder der Herr Koller haben sich also keine Gedanken darüber gemacht, dass sie auf einmal weg war? Ich meine, wo Sie doch eng befreundet waren ...«

Sie zuckte die Achseln. »Dass sie auf einmal weg war, hat uns nicht gewundert. Sie hatte sich ja endlich aufgerafft, diesen Daniel zu verlassen, und wollte sich wohl vor seinen Wutausbrüchen in Sicherheit bringen. Dass sie deswegen das Engagement in Wien hat sausen lassen, hat den Georg allerdings schon ziemlich geärgert. Aber gut – wahrscheinlich hat sie Angst gehabt, dass der Kerl sie dort findet.«

Materna betrachtete sie nachdenklich. Sie wirkte so aufrichtig, so loyal ihrem verstorbenen Partner gegenüber. Nichts an ihr deutete darauf hin, dass sie eifersüchtig auf die junge Marie gewesen sein könnte. Aber sie verbarg etwas vor ihm, das spürte er. Und Marie-Sophie Grundt spielte eine wichtige Rolle in diesem Fall. Sie mussten sie finden – und das schnell.

*

»Und – wie hat dir das Konzert gefallen?« Er lächelte Josi zu, die ihm an einem hübsch gedeckten Tisch im Restaurant des Theaterhauses gegenübersaß.

»Gar nicht schlecht. Die Band war wirklich klasse.«

»Stimmt.« Materna hätte Jo Aigner diese souveräne Leitung einer Big Band gar nicht zugetraut. So viel Lockerheit und Showtalent hatten ihn ebenso überrascht wie die Tatsache, dass er selbst an dieser Art von Musik Gefallen gefunden hatte. Schließlich wurde man derzeit ja wirklich auf Märkten und in Geschäften mit Weihnachtskitsch dauerbeschallt. Aber man konnte amerikanische Weihnachtslieder offenbar durchaus gediegen, auch sehr jazzig interpretieren – und es waren hochkarätige Kompositionen darunter. Für Songs wie *Have Yourself A Merry Little Christmas* oder den *Christmas-Song* von Mel Tormé hätte er sich allerdings ein wenig mehr Tiefgang von der Sängerin gewünscht. Dabei hatte diese zweifellos mehr zu bieten als nur ihre Schönheit. Sie hatte Stimme und Ausstrahlung, aber diese Einschätzung behielt er für sich.

»Die Sängerin war auch gut«, sagte Josi im selben Moment, als hätte sie seine Gedanken erraten.

»Muss sie wohl sein, wenn sie vor deinen Ohren bestehen kann.«

»Vor meinen Ohren – wieso?«

»Du bist doch sicher sehr musikalisch – als Kantorentochter.«

Sie lachte. »Ich bin etwas aus der Art geschlagen. Ich mag Musik, aber ich bin die Einzige in unserer Familie, die nicht besonders musikalisch ist.«

»Deine Eltern und Geschwister sind Musiker?«

»Ja«, sagte sie nur, griff nach den Speisekarten, die vor ihnen auf dem Tisch lagen, und überreichte ihm eine. »Sollten wir nicht erst einmal schauen, was wir essen wollen?«

»Gute Idee.« Er begann, die Speiseauswahl zu studieren.

»Und – was nimmst du?«, fragte er nach einer kleinen Weile.

»Salat mit Geflügelstreifen. Und Mineralwasser.«

Er fand, sie sah nicht aus, als würde sie diese Wahl besonders glücklich machen. »Magst du denn nichts Richtiges? Also, ich nehm den Tafelspitz.«

Sie errötete leicht. »Ich muss ein bisserl aufpassen, ich ...«

»Blödsinn«, sagte er energisch.

Der Kellner kam an ihren Tisch.

»Also?« Materna sah Josi an. Die nickte.

»Zweimal Tafelspitz«, bestellte er.

»Zu trinken, bitte?«

»Mineralwasser und ...« Er schaute fragend zu Josi. »... eine Flasche Schlossberg?«

Wieder nickte sie.

»Ich hab sie ja schon kennengelernt, die Sissi Strasser«, kam Josi auf das Gespräch von vorhin zurück.

»So? Woher kennst du sie denn?«

»Sie ist mit der Anwaltshelferin vom Ronacher befreundet. Mit der zusammen hab ich sie getroffen.« Josis Augen wurden groß und verträumt. »Die hat schon toll ausgeschaut, wie sie da auf der Bühne gestanden ist in ihrem hautengen Abendkleid ...«

Materna betrachtete sein Gegenüber amüsiert und nachdenklich zugleich. Daher wehte also der Wind!

Er musste mit einem Mal an Juliane denken. Auch sie war so ein zartes Pflänzchen gewesen wie die schöne Elisabeth Strasser. Aber genau das hatte ihm immer das Gefühl vermittelt, dass er ihr bloß nicht zu nahe kommen dürfe, weil sie ja so verletzlich war. Er hatte in dieser Ehe ununterbrochen ein schlechtes Gewissen gehabt, und es war ihm erst spät klar geworden, dass das nicht nur mit seinen unregelmäßigen Arbeitszeiten und seinem beruflichen Eingespannt-Sein zu tun gehabt hatte. Josi war anders. Mit ihr konnte man Pferde stehlen – bestimmt konnte man das! Und sie sah hinreißend aus in dem grünen Kleid, das ihre Rauschgoldengelhaare noch mehr zum Leuchten brachte.

Die kleine Gesprächspause hatte sie offenbar irritiert. Sie hatte die Brauen ein wenig zusammengezogen, Fragezeichen standen in den grünbraunen Augen.

»Du gefällst mir besser«, sagte er sachlich.

Sie schaute ihn an wie ein kleines Mädchen, das gerade vom Nikolaus ein Päckchen erhalten hatte. Sie stand auf, ging um den Tisch herum, nahm seinen Kopf in beide Hände, küsste ihn auf den Mund, was neben der Überraschung auch andere, durchaus angenehme Gefühle in ihm auslöste. Dann ging sie zurück zu ihrem Stuhl und setzte sich wieder hin.

Ein Mann im Trachtenanzug, einem edlen Salonsteirer, der ein paar Tische weiter saß, schaute unverhohlen zu ihnen herüber. Depp!, dachte Materna. Dem fallen gleich die Augen aus den Höhlen.

Zum Glück kamen in diesem Moment die Getränke.

»Bitte sehr.« Der Kellner stellte Mineralwasser und Wein auf den Tisch, goss einen kleinen Schluck vom Schlossberg in Maternas Weinglas und schaute ihn erwartungsvoll an.

Er kostete und nickte, woraufhin der Kellner beiden einschenkte und sich mit einer leichten Verbeugung entfernte.

Der Kerl im Trachtenanzug glotzte immer noch Josi an. Materna schickte einen schnellen, giftigen Blick zu ihm hinüber, was prompt wirkte.

Josi hob ihr Weinglas.

Er stieß mit ihr an »Auf diesen zauberhaften Abend.«

Sie sagte nichts, aber sie lächelte.

»Und der Poldi ist im Hotel?« fragte er. Beim besten Willen fiel ihm im Augenblick nichts Gescheites ein, um das Gespräch in Gang zu halten.

»Ja. Der schläft. Er hat einen langen Spaziergang hinter sich, jetzt ist er müde.«

»Die Resi hat eindeutig zu wenig lange Spaziergänge. Ich nehm sie mit, sooft ich kann. Bin halt selten in Ischl, ich meine ...« Materna geriet ins Stammeln. Dabei zählte mangelnde Gewandtheit bei einer Unterhaltung normalerweise nicht zu seinen Problemen. Aber jetzt war er froh darüber, dass der Tafelspitz serviert wurde.

Josi strahlte den Kellner an.

Amüsiert beobachtete Materna, wie sie die Augen zusammenkniff und den Duft der Krensoße einsog, ehe sie kostete.

»Zufrieden?«, fragte er.

»Sehr!«

Auch ihm schmeckte es hervorragend, zart und doch herzhaft das Fleisch, würzig und ausgewogen die Soße. Die milde Schärfe des frischen Krens stieg angenehm prickelnd durch die Nase in die Stirnhöhlen. Er zerdrückte gerade mit der Gabel ein Kartoffelstück in der Krensoße, als die Leute an den Tischen zu applaudieren begannen. Die Stars des Abends betraten das Restaurant. Ein großer Auftritt.

Sissi Strasser hatte sich bei Jo Aigner untergehakt. Sie hielt den riesigen Blumenstrauß in der Hand, der ihr auf der Bühne überreicht worden war. Sie trug jetzt einen nachtblauen Hosenanzug, der ihre gertenschlanke Figur und die schier endlosen Beine besonders gut zur Geltung brachte. Mit einem strahlenden Lächeln bedankte sie sich zusammen mit Aigner in alle Richtungen für die Ovationen.

Materna nickte ihr höflich zu, was sie jedoch nicht registrierte. Sie wirkt wie ein Hollywoodstar bei der Oscar-Verleihung, schoss es ihm durch den Kopf. Es hätte ihn gar nicht gewundert, wenn sie plötzlich den Mund aufgemacht hätte, um die übliche Dankesrede zu halten: *Vor allem danke ich meinen Eltern: Mum und Dad – ich liebe euch!*

Unter immer noch anhaltendem Beifall nahm das Künstlerpaar an einem Tisch Platz, an dem bereits einige Musiker saßen. Sogleich eilte ein Kellner mit einer Vase herbei, und Jo Aigner gab offensichtlich eine Bestellung auf.

Materna stellte fest, dass der Typ im Steireranzug schon wieder zu ihm und Josi herüberschaute.

»Kennst du den Mann?«, fragte er Josi, die sich wieder ihrem Tafelspitz widmete.

»Welchen Mann?«

»Dort drüben, an dem Ecktisch. Der schaut dauernd her.« Er deutete mit einer kleinen Kopfbewegung die Richtung an.

Josi folgte seinem Blick. Sie legte das Besteck hin. »Nein«, sagte sie. »Kenne ich nicht.«

»Wahrscheinlich gefällst du ihm einfach?« Materna lächelte ihr zu.

Sie nahm ihre Serviette vom Schoß, legte sie auf den Tisch und stand auf. »Entschuldige mich bitte. Ich muss mal raus. Und dann würde ich gern gehen. Ich bin ziemlich müde.«

Mist, dachte er. Was er gesagt hatte, war wirklich nicht besonders geschickt gewesen, aber er hatte es doch nett gemeint. Offenbar war das bei ihr ganz anders angekommen. »Josi, ich ...«, begann er.

Aber da war nur noch der Teller mit ein paar Resten vom Tafelspitz und ein halb leeres Glas.

*

Sie hatte ihn sofort erkannt. Und er sie auch. Verdammt! Josi stand im Waschraum vor dem Spiegel und starrte hinein. Sie hätte nicht herkommen sollen. Es war doch vorherzusehen gewesen, dass die Vergangenheit sie an diesem Ort immer wieder einholen würde, und ihre Pläne waren ohnehin nicht aufgegangen.

Sie wollte weg, sofort! Sie wollte ihn nicht sehen, ihn nicht und die anderen auch nicht. Er sollte sie nicht ansprechen, egal in welcher Absicht und aus welchem Grund. Nicht jetzt, wo sie ohnehin mit ihren Gefühlen nicht mehr klarkam. Warum war sie nicht längst in Wien? Warum hatte sie Ischl nicht so schnell wie möglich verlassen, wie sie das fest vorgehabt hatte? Es war etwas dazwischengekommen. Ein Mord. Ein Mann. Nur blöd, dass dieser Mann ein Polizist war. Als wäre sie nicht durch die Belastungen der letzten Tage aufgewühlt genug, hatte sie nun auch noch Schmetterlinge im Bauch – wegen ihm. Und eine Stinkwut – wegen ihm. Er horchte sie aus. Klar, das gehörte nun mal zu seinem Beruf. Sie war Zeugin in einem Mordfall. Aber sie ertrug es nicht, ausgehorcht zu werden. Von ihm schon gar nicht. Und jetzt auch noch dieser Matthias – *Matthi*!

Immer noch starrte sie in den Spiegel vor sich. Sie war käseweiß. Grauenhaft. Farbe – sie brauchte Farbe. Mit zitternden Fingern fummelte sie ihren Lippenstift aus der Handtasche.

Gerade als sie dabei war, sich die Lippen nachzuziehen, sah sie hinter sich Sissi Strasser den Waschraum betreten.

Die schöne Sängerin musterte sie mit einem kurzen Blick. Dann schlüpfte sie aus der Jacke, zog eine Puderdose aus ihrer Tasche und begann, ihr Gesicht und ihr Dekolleté mit der Quaste zu bearbeiten.

Josi fiel ein kleines Tattoo an ihrem Nacken auf. Sie mochte keine Tattoos, aber dieser Frau stand es.

»Hallo«, sagte sie, nachdem die andere schweigend weiter ihr Gesicht puderte. Wahrscheinlich denkt sie, ich bin unverschämt, eine Prominente anzuquatschen, schoss es Josi durch den Kopf. Ich sollte sie auch nicht so anstarren.

»Frau Strasser, würden Sie mir ein Autogramm geben?«, fragte sie, froh darüber, auf diese Weise die Peinlichkeit abbiegen zu können.

»Gerne.« Sissi Strasser bedachte Josi mit einem hollywoodreifen Lächeln. Mit einem schnellen Griff zog sie eine Autogrammkarte aus ihrer Handtasche. »Für …?«, fragte sie und zückte einen Permanentschreiber.

»Josephine«, sagte Josi. »Mit ph.«

Die Sängerin schrieb kurz, dann überreichte sie Josi das Foto mit Widmung und Unterschrift.

»Vielen Dank.« Sie betrachtete das Porträt von Elisabeth Strasser. Hinreißend schaute sie aus in dem weit dekolletierten Abendkleid, mit den langen, kunstvoll frisierten Haaren. Josis Blick blieb an der schwungvollen Schrift haften. Irgendetwas daran war eigenartig. Aber sie kam nicht dahinter, was.

*

Der Rudi war bereits ins Bett gegangen. Das war Paul Materna nur recht. Er hätte jetzt keinen Nerv gehabt, mit dem Freund zu plaudern, sondern musste in Ruhe nachdenken.

Er ließ sich in den riesigen, weichen Ohrensessel neben dem

Gästebett fallen. Gleich darauf stand er wieder auf und begann, im Zimmer auf und ab zu gehen.

Was, zum Teufel, war mit Josi los? Irgendetwas stimmte nicht mit ihr. Er musste endlich aufhören, so zu tun, als bemerke er das nicht.

Was war das für ein Mann gewesen, heute Abend im Restaurant? Natürlich kannte sie ihn, das war ihm sofort klar geworden, nachdem sie in den Waschraum verschwunden war – um anschließend weiterhin darauf zu bestehen, sofort zu gehen, weil sie angeblich plötzlich so entsetzlich müde war. Warum hatte sie ihn angelogen?

Und überhaupt – wieso hatte sie eigentlich wirklich so ein Geheimnis um ihren Besuch auf der Orgelempore gemacht, wenn sie doch nur die Wirkungsstätte ihres Vaters hatte besuchen wollen? Auch wenn er zugeben musste, dass auch er selber es vermied, über seine Familie zu reden – Josis Erklärungen waren und blieben fadenscheinig.

Er gestand sich ein, dass er nichts von ihr wusste. Irgendetwas stimmte jedenfalls nicht; etwas musste vorgefallen sein, was sie zu diesen sonderbaren Reaktionen veranlasste. Er war entschlossen, es herauszufinden. Gleich morgen.

*

»Liebling, bitte, sei vernünftig. Der kann dir doch nichts bieten«, redete Jo Aigner auf seine Freundin ein. Sie saß kerzengerade neben ihm im Auto, ihre Hand an der Beifahrertür. Ein falsches Wort von ihm, und sie würde aussteigen. Das wusste er.

»Ich *bin* vernünftig. Der Peters hat einen guten Namen als Agent und genau die Beziehungen, die mir weiterhelfen. Er hat mir versprochen …«

»So, wie du den angeschaut hast, hätte er dir alles versprochen.« Noch während ihm der Satz herausrutschte, wusste Jo, dass er nichts hätte sagen können, was verkehrter gewesen wäre. Er hätte sich ohrfeigen können.

Ein eiskalter Blick traf ihn.

»Ich lasse mir von dir nicht vorschreiben, wen ich wie anschauen darf, mein Lieber! Weißt du was – ich verlasse dich. Das hätte ich schon längst tun sollen.« Sie öffnete die Tür einen Spalt breit. »Liebling, bitte!« Er berührte sie sanft an der Schulter. »Wir haben heute Abend einen großen Erfolg gehabt. Die Leute waren begeistert. Ist das nichts? Ich bin sicher, wir werden super Kritiken kriegen, und die Chancen …«

»Ja, in der Provinz!« Mit einer heftigen Bewegung schüttelte sie seine Hand ab. »Ich werde in Hamburg singen. In Hamburg, verstehst du? Und von welchen Chancen redest du? Deine Chancen hast du längst gehabt. Das ist doch alles lächerlich!«

Es gab nichts mehr, was er sagen konnte, als sie die Autotür aufriss, ausstieg und auf ihren Stilettos durch den Matsch davonstöckelte.

*

Josi hatte sich eine gute Stunde lang im Bett von rechts nach links und von links nach rechts gewälzt, bis sie beschloss, die sinnlosen Einschlaf-Versuche zu beenden. Sie knipste die Nachttischlampe an und stand auf. Poldi hob den Kopf und blinzelte verschlafen aus seinem Körbchen. Sie holte das Buch, das ihr Hanna geschenkt hatte, aus dem Schrank. Dann legte sie sich wieder hin, begann zu lesen und war bald von der Lektüre gefesselt.

Anhand von Elisabeths Briefen, Tagebucheintragungen und Gedichten, von Aussagen ihr nahe stehender Zeitzeugen und von historischen Dokumenten zeigte die Autorin die weniger bekannte Seite der Kaiserin.

Die bis heute vergötterte *Sissi* war eine Frau gewesen, die sich immer mehr in Allmachtsideen und hochfliegenden Fantasien verloren hatte. So selbstverständlich, wie sie zu jeder Zeit erwartete, dass man sie aufgrund ihrer Schönheit bewunderte, verachtete sie zugleich die Menschen, die sie verehrten, zutiefst. In Gedichten und Briefen pflegte sie andere zu verspotten, während sie selbst extrem empfindlich war. Mit der Feenkönigin Titania hatte sie sich so stark identifiziert, dass sie deren Namen als Alter Ego annahm. Selbstverliebt betete die Kaiserin ihr eigenes Bild an, um gleich darauf wieder in Selbstmitleid zu versinken.

Zweifellos hatte ihre Umgebung unter ihrer inneren Kälte gelitten. Aber auch sie selbst hatte diese wohl deutlich gespürt, denn in einem ihrer Gedichte sprach sie von ihrem *starren und kalten Eisherzen*, und ein paar Zeilen später von der *Allgewalt ihres Frostes*, vor der auch die Sonne weichen müsse.

Sogar eine allgemein als besonders emanzipatorisch gerühmte Tat erschien aufgrund der schonungslosen Recherche der Autorin in einem neuen Licht: Elisabeth hatte ihrem Mann wegen der harten militärischen Erziehung ihres Sohnes Rudolf ein Ultimatum gestellt. Kaum aber hatte der Kaiser nachgegeben und veranlasst, dass die Erziehung des Kronprinzen nicht mehr in Händen seiner Mutter Sophie, sondern ausschließlich in denen seiner Frau liegen sollte, kümmerte sich diese nicht mehr um das Kind. Stattdessen ging sie auf Reisen.

Josi steckte die Lasche des Umschlags zwischen die zuletzt gelesenen Seiten, klappte das Buch zu und überlegte kurz. Hatte nicht in dem Elisabeth-Musical Lucheni, Elisabeths Mörder, etwas ganz Ähnliches gesagt – oder vielmehr gesungen?

Sie stand auf, ging zu ihrem Laptop auf dem kleinen Tischchen am Fenster und fuhr ihn hoch. Mit ein paar Mausklicks fand sie die Texte aus *Elisabeth*.

Da war der Song. Er trug den Titel *Kitsch*. Sie erinnerte sich an die Szene: Lucheni verkauft Elisabeth-Souvenirs und bietet dabei an, die Wahrheit über die Kaiserin zu verraten – eine Wahrheit, die keiner hören wollte. *Eure Sissi war in Wirklichkeit ein mieser Egoist*, hieß es da. Sogar auf die Rudolf-Geschichte ging der Liedtext ein: Elisabeth habe nur um den Sohn gekämpft, um ihrer Schwiegermutter zu beweisen, dass sie die Stärkere sei. Und dann habe sie das Kind abgeschoben, da es ihr ja darauf ankam, sich zu befreien …

Das Musical und dieses brandneue Buch über die Kaiserin von Österreich stimmten in erstaunlich vielen Punkten überein. Josi klappte den Laptop zu, schlüpfte wieder ins Bett und griff nach dem Buch. Gedankenverloren starrte sie das Bild auf dem Cover an, bis es vor ihren Augen verschwamm. Dann schlug sie es auf und versenkte sich erneut in ihre Lektüre.

Besonders skurril fand sie die Geschichte um Katharina Schratt. Jeder in Ischl kannte die Schratt-Villa, das Sommerdomizil der sogenannten Seelenfreundin Franz Josephs. Es war ein offenes Geheimnis, dass es sich bei Frau Schratt keineswegs nur um eine Freundin für die Seele gehandelt hatte. Dass aber die Kaiserin persönlich die Liaison mit der Schauspielerin eingefädelt hatte, war Josi neu. Offenbar hatte Elisabeth auf diese Weise versucht, Macht über den Kaiser und sein Liebesleben auszuüben, während sie sich ihm sexuell entzog.

Im Übrigen hatte sie auch über Katharina Schratt, die sie stets als ihre *liebe Freundin* bezeichnete, ein Gedicht verfasst. Es hieß *Die arme, dicke Schratt* und handelte davon, wie sehr sich die Schauspielerin abmühte, Elisabeth zu imitieren, ohne jemals an sie herankommen zu können.

Josi war eine erfahrene Psychologin. Sie wusste genug. Alles, was sie im Weiteren aus der Biografie der Kaiserin erfuhr, passte ins Bild: der extreme Körperkult, die heftigen Probleme mit dem Älterwerden, die vor allem in den späteren Jahren auftretenden Depressionen, die ebenso übertriebenen wie riskanten sportliche Aktivitäten.

Für Menschen wie Elisabeth waren exzessives Training und hochriskante körperliche Betätigung mehr als nur der Versuch, Mut zu beweisen und unveränderte Jugendlichkeit bis ins Alter zu bewahren. Sie dienten dazu, die Illusion einer Kontrolle über die eigene Vergänglichkeit aufrechtzuerhalten. Erst die extreme Gefahr, die Todesnähe hob sie über das Normale, Gewöhnliche hinaus und versetzte sie in einen Zustand rauschhafter Freiheit. Es war der Flirt mit dem Tod, der einen Anflug von Unsterblichkeit verlieh – und irgendwann zur Sucht wurde.

Was für eine Geschichte! Kein Wunder, dass die Kaisertreuen, aber auch die vielen Profiteure des Elisabeth-Tourismus keine Freude an dem Musical hatten, da dieses offensichtlich die Schattenseiten der angehimmelten Kaiserin in recht realistischer Weise herausstellte.

Ischl brauchte das Image der süßen Sissi. Sissi-Porträts zierten die Auslagen der Stadt. Von der Sissi-Tasse bis zum Sissi-Aschenbecher gab es fast keinen Gegenstand, der nicht mit dem Konterfei Elisabeths bestückt war. In Lebensmittelgeschäften fand man neben Sissi-Tee auch Sissi-Konfekt, Sissi-Schokolade mit Sissi-Püppchen darauf. Es gab die edle, getöpferte Kaiserin Elisabeth genauso wie die Sissi-Barbiepuppe und die kitschige Porzellan-Sissi.

Sissi war zu ihren Lebzeiten zur Legende geworden – und sie war es bis heute geblieben. So paradox es auf den ersten Blick erscheinen mochte, erklärte sich das genau aus den Zügen ihrer Persönlichkeit, über die man hier nicht gerne sprach. Menschen wie sie hatten die Fähigkeit, andere zu faszinieren. Sie hatten Charisma. Nicht alle, aber die meisten. Elisabeth hatte es zweifellos gehabt.

Sonntag, 7. Dezember

Paul Materna schlug die Augen auf. Ein winziges Zipfelchen eines intensiven Traums hatte sich in sein erwachendes Tagesbewusstsein herübergerettet. Er versuchte, es zu greifen, aber es entzog sich. Da war nur noch die Ahnung von einem leuchtenden Rot, verbunden mit einem angenehm warmen Gefühl. Er schloss noch einmal kurz die Augen, um dem nachzuspüren. Was war heute eigentlich für ein Tag? Sonntag. Sehr schön, da konnte er endlich einmal nach Hause fahren ... Nein, konnte er nicht, fiel ihm ein, zumindest nicht gleich. Er hatte doch noch etwas vor. Sein Blick fiel auf den Wecker neben seinem Bett. Verflixt – zwanzig nach neun! Er sprang aus den Federn und beschloss, sich nach einer Blitzwäsche noch schnell eine Tasse Kaffee zu genehmigen und dann sofort aufzubrechen.

In der Küche traf er auf Rudi, der ebenfalls verschlafen aussah und an der Kaffeemaschine herumfummelte.

»Darf ich?«, fragte Materna, schnappte eine Tasse und stellte sie unter die Düse.

»Sag einmal, Paul, was bist denn so hektisch am heiligen Sonntag?« Rudi runzelte die Stirn.

»Ich hab's eilig, weil ich am heiligen Sonntag in die Kirche muss«, erklärte Materna, warf ein paar Zuckerstückchen in den Kaffee, rührte um und war auch schon samt Tasse draußen.

*

Pfarrer Schäfer stand am Ausgang, um sich persönlich von den Kirchenbesuchern zu verabschieden. Besonders viele waren es nicht gerade, aber doch deutlich mehr, als Materna erwartet hatte.

»Herr Materna – wie schön, Sie hier in unser Kirche begrüßen zu dürfen!« Gerd Schäfer wirkte so erfreut, den Chefinspektor zu sehen, dass der fast ein schlechtes Gewissen bekam.

»Na ja, eigentlich bin ich dienstlich hier. Und ich bin ja auch katholisch«, erklärte er schnell.

Der Pfarrer lachte und reichte ihm die Hand. »Schon klar. Was kann ich für Sie tun?«

»Ich wollte Sie fragen, ob Sie mir etwas über Ihren früheren Kantor Stephan Boehm und seine Arbeit hier erzählen können.«

»Über Stephan Boehm?« Schäfer zog erstaunt die Stirn in Falten. »Leider nicht. Ich bin erst seit fünf Jahren in dieser Gemeinde. Aber – warten Sie einen Moment. Herr Auer, unser Organist, wird gleich herunterkommen. Er hat ihn gut gekannt. Hat das denn irgendetwas mit Georg Kollers Tod zu tun?«

»Nicht direkt. Aber wir müssen halt manchmal auch auf verschlungenen Pfaden ermitteln.« Materna zuckte leicht die Achseln und lächelte den Pfarrer an. Er war erleichtert, dass dieser keine Anstalten machte, weiter nachzufragen.

Einen Augenblick später kam ein weißhaariger Mann die Wendeltreppe herunter. Eine leicht gerötete, etwas knollige Nase verlieh seinem Gesicht etwas Clowneskes. Die lebendigen, hellgrauen Augen wirkten jung und bildeten einen seltsamen Kontrast zu den buschigen, weißen Augenbrauen. Unter dem Arm trug er eine dicke Aktentasche.

Der Pfarrer hob grüßend die Hand. »Ah – da ist ja unser Herr Auer.« Er machte die Herren miteinander bekannt. »Sie können doch bestimmt Herrn Materna etwas über Stephan Boehm erzählen«, wandte er sich an den Organisten.

Dieser wirkte überrascht, nickte aber bereitwillig, und so schlug Materna vor, man könne doch irgendwo einen kleinen Frühschoppen nehmen. Sie entschieden sich für das Café Ramsauer, das zu Fuß schnell zu erreichen war.

Auf dem Vorplatz der Kirche stand der Sohn der Kirchendienerin an ein Motorrad gelehnt. Er rauchte eine Zigarette und musterte Materna von oben bis unten.

»Guten Morgen«, sagte Materna.

»Schönen guten Morgen«, antwortete Franz Straubinger, während sich sein Mund zu einem Grinsen verzog. Materna meinte, in seinen Augen Spott wahrzunehmen.

»Der junge Mann wohnt bei seinen Eltern?«, fragte der Chefinspektor, während er mit dem Organisten den Weg von der Kirche zum Kurhotel hinunterging.

»Bei seiner Mutter«, erklärte Auer. »Sie ist schon lange verwitwet. Der Franzl ist ihr Sorgenkind.«

»Sorgenkind?«

»Er trinkt gern und zu viel, er spielt, ist immer wieder in Prügeleien verwickelt, und es hält ihn bei keiner Arbeit lange. Zurzeit ist er Aushilfsgärtner im Kaiserpark. Da hat er im Winter natürlich nicht so viel zu tun und so hängt er die meiste Zeit herum.«

»Verstehe.« Materna nickte.

»Sind Sie schon lange Organist in dieser Kirche?«, fragte er, nachdem sie eine kurze Weile schweigend nebeneinanderher gegangen waren.

»Sehr lange. Seit der Stephan Boehm weggegangen ist. Ich war früher Musiklehrer am Ischler Gymnasium und hab nebenher die Orgel gespielt. Leben kann man davon nicht. Jetzt bin ich in Pension, aber es macht mir immer noch Freude.«

»Das merkt man«, sagte Materna.

Der Organist schaute ihn erstaunt von der Seite an. »So? Na ja, so eine Kapazität wie der Stephan bin ich nicht. Der hat Kirchenmusik studiert, er war ein richtiger Kantor, der auch Orchester und Chöre leiten konnte. Ich bin bloß ein Klavierspieler, der sich selber beigebracht hat, mit Pedal und Registern umzugehen.«

»Was ich gehört habe, hat mich beeindruckt.« Materna meinte das ehrlich. Zwar hatte er nur das letzte Drittel des Gottesdienstes mitbekommen, aber die Orgel sehr ordentlich gefunden.

»Sie mögen Musik?« Es war dem alten Mann deutlich anzusehen, dass er überrascht war.

»Ja, sehr.« Materna kannte das. Die meisten Leute schienen der

Meinung zu sein, die Arbeit bei der Polizei und Interesse an der sogenannten E-Musik schlössen einander aus.

Sie waren beim Café Ramsauer angelangt, fanden einen netten Tisch am Fenster und bestellten jeder ein Achterl Zweigelt, ein Mineralwasser und einen großen Braunen.

»Herr Auer, Sie werden es ja wahrscheinlich noch nicht wissen, dass die Zeugin, die den Georg Koller gefunden hat, die Tochter von Stephan Boehm ist«, begann Materna, nachdem die Getränke serviert worden waren.

»Das Joserl ... so was ...« Der alte Organist nickte ein paar Mal bedächtig, um gleich darauf den Kopf zu schütteln. »So was«, sagte er noch einmal. »Dass das Joserl nach Ischl kommt ...«

Materna war froh, nicht lang und breit erklären zu müssen, warum er Auer über seinen Vorgänger ausfragen wollte. So nickte er dem alten Herren nur bestätigend zu.

»Und ausgerechnet sie hat den Herrn Koller g'funden? Das tut mir leid, das ist ja schrecklich. Da kommt sie nach Ischl, die Josi – und dann das auch noch ...«

»Sie wundern sich, dass die Frau Konarek gekommen ist?«

»Ah – Konarek heißt sie jetzt. Hat sie g'heiratet, die Josi ... No ja, nach dem, was sie und ihre Familie mitg'macht haben, hätt ich mir net 'dacht, dass es jemand von ihnen noch einmal nach Ischl zieht.«

Also doch, dachte Materna. »Mitgemacht? Was ist denn passiert?«

Auer nahm einen Schluck Wein und begann zu erzählen. »Sie waren eine nette Familie, die Boehms – der Stephan, seine Florentine und die zwei Mädeln ...« Er machte eine Pause, nippte an seinem Kaffee und ließ den Blick über die vielen Bilder an der Wand des Cafés gleiten. Sie zeigten die Berühmtheiten, die hier zu Gast gewesen waren: Johann Strauß, Alexander Girardi, Franz Lehár ... Auer schien in ihre Betrachtung zu versinken.

Materna räusperte sich dezent.

»Nach Ischl sind sie wegen der Mutter von der Florentine gezogen«, fuhr der Organist daraufhin fort. »Die hat hier bei ihrer

Schwester gewohnt und war nicht mehr gesund. Sie ist dann auch ein Jahr später gestorben. Aber die Boehms sind geblieben. Die Josi ist auf die Welt gekommen, ein paar Jahre später die Kleine, die Martina. Der Stephan hat neben der Kirchenmusik Artikel für Musikzeitschriften geschrieben, Klavier und Geige unterrichtet, und die Florentine Klavier und Gesang. Vollblutmusiker, sag ich Ihnen, Herr Materna, beide! Und nette, freundliche Leute waren s'. Wir haben uns schnell angefreundet. Ich war öfter bei ihnen zum Musizieren eingeladen. Die Martina, hat schon bald mitg'halten bei den Musikabenden. Die hat mit sieben, acht Jahren schon Geige g'spielt – konzertreif, sag ich Ihnen! Sie hat das musikalische Talent von den Eltern geerbt. Das Joserl war mehr ein Bücherwurm.«

Materna unterdrückte eine leichte Ungeduld. Er durfte den alten Herrn nicht unterbrechen.

In Auers Gesicht hatte sich während des Erzählens ein Lächeln ausgebreitet. Ganz plötzlich wurde er wieder ernst. »Sie waren aus Wien, also Zuagroaste, und die haben's oft net leicht hier. Bei der Familie Boehm war das am Anfang nicht anders. Aber der herzlichen Art von der Florentine kann kein Mensch widerstehen, und so waren die Boehms bald recht beliebt. Lange Zeit ist das auch so geblieben.«

»Lange Zeit? Und dann?«

»Wie die Mädeln im Gymnasium waren, da hat die Martina bei einem von meinen Kollegen Nachhilfeunterricht gehabt. Seyringer hat er geheißen, Mathematik und Biologie.« Auer schüttelte den Kopf. »Ich schäm mich ja, den als Kollegen bezeichnen zu müssen ... Der Seyringer also, der hat das Kind über ein Jahr lang missbraucht. Und die Kleine hat nix g'sagt, wie das halt bei Kindern so ist.«

»Die Kinder schämen sich, dabei sollten das die Täter tun.« Ein bitterer Geschmack machte sich in Maternas Mund bemerkbar, der über die Speiseröhre bis hinunter in den Magen kroch.

»Das Kind ist immer stiller und immer dünner geworden«, fuhr Auer fort. »Ihre Schulleistungen haben in allen Fächern nachgelassen. Die Eltern haben zuerst gemeint, es könnte mit der Pubertät zusammenhängen. Die Martina war damals zwölf, dreizehn. Aber dann hat sich herausgestellt, dass sie eine Anorexia nervosa hat. Magersucht. Die Florentine hat sie zu einer Psychotherapeutin in Salzburg gebracht und die hat schließlich die Geschichte mit dem Missbrauch herausgekriegt.«

Materna kippte sein Achterl in einem Zug hinunter und einen großen Schluck Kaffee gleich hinterher. Am liebsten hätte er einen Schnaps bestellt.

»Natürlich haben die Eltern den Seyringer verklagt. Es hat auch einen Prozess gegeben, aber der war eine Katastrophe. Dem Kerl ist nichts passiert. Er hat sich versetzen lassen, das war alles. Der Richter hat gemeint, dass man den Missbrauch nicht beweisen kann, das Kind hätte sich in der Verhandlung in Widersprüche verstrickt. Und dann war noch so ein Ungustl von einem Gutachter dabei. Der hat erklärt, das Mädel wär psychisch instabil.« Auer lachte bitter auf. »Psychisch instabil! Wie, bitte, soll ein grade dreizehnjähriges Mädel wirken, das von einem Lehrer, den es angehimmelt hat, monatelang missbraucht wird? Und unter seelischen Druck gesetzt, damit es den Mund hält?«

Materna spürte, wie Abscheu und Zorn in ihm hochkochten. »Es ist wirklich grauenhaft, wie man früher mit den Opfern von Missbrauch und sexueller Gewalt umgegangen ist. Ein bisserl gebessert hat es sich ja zum Glück. Aber vor ... wann war das?«

»So vor 25 oder 26 Jahren ungefähr.« Für einige Sekunden starrte Auer ins Leere. Dann fuhr er fort. »Natürlich war die Martina psychisch instabil. Sie war nicht nur magersüchtig, sie hat auch irgendwann angefangen zu ritzen. An der Magersucht ist sie dann drei Jahre später gestorben.«

»Um Gottes willen!« Materna fühlte sich, als hätte man ihn mit einem Hammer auf den Schädel geschlagen. Es dauerte ein paar Augenblicke, ehe er realisierte, was diese Geschichte bedeuten konnte. Natürlich war ihm jetzt klar, warum Josi nicht über ihre Familie sprechen wollte, warum sie ein schwieriges Verhältnis zu ihrer Geburtsstadt hatte. Aber all das hieß auch, dass sie mit einigen Leuten in Ischl eine Rechnung offen hatte. Was, wenn Koller dazu gehörte? Was, wenn der Verdacht, der durch die eigenartige Nachricht auf Kollers Handy aufgekommen war, stimmte und Josi davon wusste? Jetzt rebellierte auch noch Maternas Magen.

»Nach dieser Gerichtsverhandlung ist der Horror für die Boehms erst richtig losgegangen«, setzte Auer seine Erzählung fort. »In der Zeitung ist gestanden: *Beliebter Gymnasiallehrer von junger Lolita verführt?* – oder so ähnlich. Natürlich hat der Stephan versucht, dagegen vorzugehen, aber der Anwalt hat gleich gesagt, man kann nicht viel machen, wenn Journalisten solche verleumderischen Behauptungen als Fragen tarnen.«

»Ja, ich weiß. Leider.« Materna blies einen heftigen Luftstoß durch die Nase.

»In Ischl ist jedenfalls gleich nach diesen Zeitungsschmiereien das Gerede losgegangen. Die Martina ist in der Schule regelrecht attackiert worden oder hat eindeutige Angebote gekriegt. Die Florentine hat nicht mehr einkaufen gehen können, ohne dass hinter oder neben ihr jemand getuschelt hat. Etliche von ihren Schülern sind ausgeblieben, und sogar in der Kirche sind Stimmen laut geworden, man möge doch darüber nachdenken, ob der Herr Boehm auch wirklich als Kantor geeignet wär. Da sind sie mit der Martina zurück nach Wien gezogen. Das Joserl hat das letzte Schuljahr bei ihrer Großtante gewohnt, damit sie nicht so kurz vor der Matura die Schule wechseln muss. Es war ein hartes Jahr für das Mädel, ein sehr hartes Jahr. Sie war auf einmal die *Schwester von der Lolita* oder von der *G'störten* – und was es da nicht alles an Bemerkungen gegeben hat. Und sie war ziemlich isoliert. Ich hab damals ja noch an der Schule unterrichtet und so einiges mitgekriegt. Aber helfen hab ich ihr auch nicht können. Die Josi hat niemand mehr an sich heranlassen.«

Der Ober kam an den Tisch. »Noch einen Wunsch?«

»Ich möchte gerne zahlen«, sagte Materna.

»Sofort, der Herr.«

Auer zückte seine Geldbörse.

»Ich mach das schon, Herr Auer. Ich dank Ihnen ganz herzlich für Ihre Zeit und für das Gespräch.«

Materna bezahlte und erhob sich. Er spürte den Blick des alten Herrn in seinem Rücken, als er das Kaffeehaus verließ.

*

Nachdem er ins Freie getreten war, zog auf der anderen Straßenseite ein Paar seine Aufmerksamkeit wie ein Magnet an. Die beiden standen vor dem ehemaligen Hotel Post und schienen sehr vertieft in ihr Gespräch zu sein. Es waren Sissi Strasser und Daniel Danner.

Fast automatisch machte Materna einen Schritt zurück zum Eingang des Kaffeehauses. Sein Gefühl sagte ihm, dass es besser war, unbemerkt zu bleiben, auch wenn er keine Ahnung hatte, warum. *Die Schönen und die Reichen*, schoss es ihm durch den Kopf. Waren sie überhaupt reich, die Frau Strasser und der Herr Dr. Danner? Wenn man ihre Häuser betrachtete, konnte man davon ausgehen. Schön waren sie jedenfalls beide.

Materna fragte sich, was seine Aufmerksamkeit so erregt hatte, dass er für ein paar Augenblicke sogar die Gedanken, die um Josi gekreist waren, loslassen konnte. Schließlich war es nicht sonderlich überraschend, dass die beiden sich kannten. Als Sängerin, und erst recht als Witwe des früheren Lehár-Festival-Intendanten, gehörte die Strasser ja ebenso zur Ischler High Society wie Danner als Zahnarzt.

Danner gestikulierte heftig, während er auf Sissi Strasser einredete. Sie stand mit leicht schief gelegtem Kopf vor ihm, sodass sie trotz ihrer Größe ein wenig zu ihm aufsah.

Nach ein, zwei Minuten verabschiedete er sich mit Küsschen links, Küsschen rechts und noch einem links von der Schönheit. Dann strebten sie auseinander, er Richtung Kreuzplatz, sie zur Kirchgasse.

Materna sah ihr nach. Der lange Zopf baumelte mit jedem Schritt einmal hin und einmal her. Ihre geschmeidigen Bewegungen erinnerten ihn an Kira, ihre edle Siamkatze. Er konnte schon verstehen, dass diese Frau den Männern den Kopf verdrehte – nicht nur Jo Aigner.

Plötzlich fiel ihm auf, dass er sich zwar mit Aigner, nicht aber mit dessen schöner Freundin befasst hatte. Er nahm sich vor, nachher gleich ins Internet zu schauen. Aber erst einmal brauchte er Luft und Bewegung. Und Ruhe zum Nachdenken. Er würde Resi abholen und mit ihr einen langen Spaziergang machen.

*

»Ein Zaunerkipferl, bitte sehr!« Die Bedienung stellte einen kleinen Teller mit dem gewünschten Gebäck vor Eugen Ronacher. Wie immer am zweiten Sonntagnachmittag des jeweiligen Monats hatte die Ischler Ortsgruppe der österreichischen Monarchisten zum Treffen beim *Zauner* gebeten. Acht Mitglieder waren der Einladung gefolgt, drei Damen und fünf Herren. Ronacher bereute es bereits, hergekommen zu sein. Vor dem Alleinsein hatte ihm allerdings noch mehr gegraut. Außerdem fühlte er sich den politischen Freunden verpflichtet.

»Also, wenn jetzt alle versorgt sind, sollten wir langsam zur Sache kommen«, mahnte Hannes Leitenberger und schaute auffordernd in die Runde.

Ronacher biss von seinem Kipferl ab und legte es zurück auf den Teller. Anders als bei den sonstigen Treffen der SGA hatte er heute gar nichts zu sagen.

»Eugen?«, fragte Hannes, und prompt richteten sich alle Augen auf ihn.

»Ja, wir können feststellen, dass die Jahreshauptversammlung der Monarchisten hier in Bad Ischl sehr erfolgreich war«, brachte er schließlich heraus.

Verständnislose Blicke aus der Runde trafen ihn.

»Das wissen wir, Eugen.« Frau Magister Ingrid Baumgartner saß in einem stilechten Winterdirndl genau ihm gegenüber. Sie zog die Brauen hoch.

»No, das wird man doch noch einmal sagen dürfen.« Ronacher merkte selber, wie raunzig und beleidigt das klang. »Ich mein, schließlich geht's um unsere Kandidatur. Bis zur Wahl muss noch an etlichen Punkten unseres Programms ordentlich gefeilt werden.« Er trank einen Schluck Kaffee und merkte sofort, dass sein Magen dagegen revoltierte. Er hätte lieber Tee bestellen sollen. Und das Parfüm der Frau Magister machte ihm auch zu schaffen.

»Natürlich, Eugen«, lenkte Hannes Leitenberger ein. »Aber die einschlägigen Arbeitsgruppen sind gebildet, das geht alles seinen Gang. Wir sollten uns dem zuwenden, was grade aktuell ist.«

Wieder richteten sich erwartungsvolle Blicke auf Ronacher, in die sich bei dem ein oder anderen eine leichte Irritation mischte.

»Ah … ja …« Er wischte sich kurz mit der Papierserviette über den Mund. Natürlich wusste er, was sie wollten. Über Koller wollte sie reden, über das Musical. Er aber nicht. Er spürte, dass er zu schwitzen begann. Am Rücken. Er hatte noch nie in seinem Leben am Rücken geschwitzt; er wusste gar nicht, dass man am Rücken schwitzen konnte, also ausschließlich am Rücken. Verzweifelt durchwühlte er sein Hirn nach irgendetwas, das er sagen konnte, um sie zufriedenzustellen oder wenigstens abzulenken.

»Habt's ihr schon g'hört, dass die Insel Ikaria eventuell um Aufnahme in den österreichischen Staatenverband ansuchen möcht?«

Die Augenbrauen der Frau Magister Baumgartner rutschten so weit nach oben, dass sie fast gänzlich unter der Frisur verschwanden, und die übrigen Umsitzenden starrten ihn konsterniert an.

»Ja, also bitte, ich hab das auf der SGA-Seite im Internet gelesen. So abwegig ist das doch nicht. Es zeigt, dass der Vielvölkerstaat von allen möglichen Seiten als Zukunftsmodell gesehen wird.«

Ronacher schwitzte noch ärger, und der Veilchenduft, der ihm von gegenüber entgegenströmte, wurde vollends unerträglich.

»Eugen.« Hannes Leitenberger klang genervt und besorgt zugleich. »Ich hab das auch gelesen. Da ist aber auch gestanden, dass das wahrscheinlich nur eine Zeitungsente ist, und außerdem, dass Ikaria *die rote Insel* heißt, weil sie kommunistisch regiert wird und fast alle Bewohner Kommunisten sind. Wenn die sich Österreich anschließen würden, hätten wir die Zahl der österreichischen Kommunisten vervielfacht. Ich glaub nicht, dass wir das wollen.

Und jetzt lass uns endlich über die G'schicht' mit dem Musical reden.«

Zustimmendes Gemurmel von allen Seiten.

»Wir sollten überlegen, wie wir sicherstellen können, dass diese unmögliche Idee jetzt endgültig vom Tisch kommt«, ließ sich die Frau Magister vernehmen. »Ischl ist für uns Monarchisten wichtig. Wir haben uns hier gegründet. Der Kaiser hat unser Ischl geliebt. Wir sind es dem Andenken Seiner Majestät und unserer Sache schuldig, dafür zu sorgen, dass dieser Mist hier nicht aufgeführt wird.«

Nach dieser engagierten Rede hob sie die Hand und fuchtelte wild damit in der Luft herum, bis sie es geschafft hatte, die Bedienung auf sich aufmerksam zu machen. »Ein Punschkrapferl, bitte!«, rief sie quer durchs Lokal.

»Ach geht's, das bringt doch alles nix«, versuchte Ronacher, das Thema möglichst schnell zu beenden. »Wir haben unsere Einwände vorgetragen und sind abgeblitzt. Wozu sollen wir uns das noch einmal antun, bittschön?«

»Jetzt, wo der Georg Koller tot ist, werden die Karten neu gemischt«, bemerkte die Frau Magister.

»Wir könnten doch so eine Art Bestandsaufnahme machen«, schlug die eher schüchterne, zarte Annelie Schmoll vor. »Wir rekapitulieren, mit welchen Gegenargumenten unsere Einwände gegen das Musical abgetan worden sind, und überarbeiten unsere Argumentation.«

»Bravo!«, »Genau!«, »Sehr gut!«, kam die Zustimmung von allen Seiten.

»Du hast doch noch mit dem Georg Koller geredet, Eugen«, wandte sich Hannes Leitenberger an Ronacher. »Was hat er denn gesagt?«

Das Punschkrapferl für die Frau Magister kam. Ronacher wurde bei seinem Anblick noch schwummriger im Magen, als ihm schon war. »Entschuldigt's mich einen Augenblick bitte.« Er stand auf. »Ich müsst einmal Hände waschen.« Ohne eine Reaktion abzuwarten, marschierte er Richtung Toiletten davon.

Im Waschraum zog er sein Telefon aus der Tasche und wählte die Privatnummer seiner Anwaltshelferin.»Jasmin? Entschuldigen S', dass ich Sie am Sonntag stör. Ich bin unterwegs und hab meinen Terminkalender vergessen. Wissen Sie zufällig, ob der Termin mit dem Kommerzialrat Feininger morgen steht oder nicht?«

»Ist schon recht, Herr Doktor«, sagte Jasmin. »Sie stören mich gar nicht. Also, der Termin ...«

Ronacher legte schnell auf. Er wusste, sie würde das für ein Versehen halten und ihn gleich zurückrufen.

Er hatte gerade mal einen Schritt aus dem Waschraum gemacht, als sich sein Handy auch schon bemerkbar machte. Er ließ es zwei-, dreimal läuten, während er sich auf seinen Platz zubewegte. Noch im Stehen nahm er den Anruf an. »Ja, hallo?« Jasmin bestätigte den Termin, der ihn gar nicht interessiert hatte. »Ja, ist gut. Vielen Dank«, sagte er nur und steckte das Telefon wieder ein.

Er wandte sich an seine schwarz-gelben-Freunde. »Tut mir leid, ich muss ... Manchmal gibt es halt auch für einen Anwalt keinen Sonntag.«

Sie schauten ihn an, als würden sie ihm allesamt nicht glauben. Es war ihm egal. Er wollte nur eines – weg von hier. Und das sofort.

*

Lenas kleine Wohnung befand sich im ersten Stock eines alten Miethauses an der Esplanade. Die Möbel aus gelaugtem Kiefernholz, die bunten Bauernvorhänge vor den Fenstern und die Fleckerlteppiche auf dem Boden schufen eine Atmosphäre von uriger Gemütlichkeit, in der Josi sich sofort wohlfühlte. Die vielen bunten Hinterglasbilder an den Wänden wirkten wie fröhliche Farbtupfer.

»Mein Hobby«, erklärte Lena.

»Die haben Sie selbst gemalt? Kompliment!« Josi gefielen die farbenfrohen Malereien auf Anhieb. Einige waren Heiligenbilder, aber es gab auch viele Szenen aus dem bäuerlichen Leben zu den verschiedenen Jahreszeiten.

»Eigentlich wäre das alles in einem alten Bauernhaus besser aufgehoben als in einer Mietwohnung. Aber das ist vorläufig noch ein Traum.« Lena lächelte. Sie bückte sich, um Poldi zu streicheln. »Er ist so herzig. Ich hätte auch gerne einen Hund. Ich hab halt nicht viel Zeit. Aber so einen kleinen könnte ich vielleicht ins Geschäft mitnehmen ... Darf er das haben?« Sie nahm eine Packung Hundespaghetti von der Anrichte und zeigte sie Josi.

»Dafür würde er glatt seine Großmutter verkaufen.«

Der Dackel fixierte das Päckchen, als wolle er es hypnotisieren. Seine kleine Rute kreiste wie ein Propeller.

Lena lachte und reichte Poldi eine der nach Rauchfleisch duftenden Stangen. Er verschlang sie in atemberaubendem Tempo.

»Setzen Sie sich doch bitte«, bat sie ihren Gast.

Josi nahm auf einem der gepolsterten Kiefernholzstühle an einem massiven alten Holztisch Platz. In seiner Mitte standen ein Stövchen mit einer Kanne Tee, Tassen, Teller und eine Platte mit kleinen, aus einem Baguette geschnittenen belegten Brötchen.

Um diverse Esssünden der vergangenen Tage auszugleichen, hatte Josi nichts zu Mittag gegessen. Der Duft der Mini-Sandwiches stieg ihr in die Nase, und prompt begann ihr Magen zu knurren. Sie bemühte sich, wenigstens keine gierigen Blicke auf die Brötchen zu werfen.

Lena schenkte Tee ein und rückte die Sandwichplatte etwas näher an Josi heran. »Bitte – greifen Sie zu.«

»Danke.« Josi nahm ein Brötchen mit Käse und einer Olive darauf. Sie lächelte Lena zu. »Wäre es in Ordnung, wenn wir *du* sagen?«

»Sehr gerne.«

»Gut, Lena, ich bin die Josi.«

»Lena.«

Josi biss von dem Käsebrötchen ab – und zwar nach allen Regeln des Anstands. Am liebsten hätte sie es nämlich verschlungen, wie der Poldi vorhin seinen Spaghetti.

Der saß indessen in Habachtstellung auf einem kleinen Teppich vor der Anrichte. Seine Nase meldete ihm deutlich, dass sich auf dieser die Packung mit seinen Lieblingsleckerbissen befand. Da blieb man doch besser in der Nähe. Als er bemerkte, dass Lena ihn anschaute, stieß er einen jämmerlichen Laut aus und setzte seinen *Kurz-vor-dem-Hungertod*-Gesichtsausdruck auf.

Lena sah Josi fragend an.

»Gib ihm halt noch eines. Und dann schau ihn einfach nicht mehr an, sonst leiert er dir alle aus den Rippen.«

Lena stand auf. Sie überreichte dem Dackel eine der heiß begehrten Stangen und setzte sich wieder.

»Also, ich hab die Tante gefunden, von der du gesprochen hast, Lena«, begann Josi ohne Umschweife. »Ich sag es dir gleich, wie es ist. Die Hanna macht sich auch Sorgen, weil sie ebenfalls keine Ahnung hat, wo die Marie-Sophie sein könnte. Sie hat auch den Freund erwähnt, diesen Daniel, und die Probleme, die Marie-Sophie mit ihm gehabt hat.«

Lena nickte. »Der Daniel … Ich hab nie verstanden, warum die Marie sich so an den gehängt hat. Sie hat ganz schön was mitgemacht. Er hat keinen Seitensprung ausgelassen, aber selber war er krankhaft eifersüchtig. Sogar auf mich. Wenn sie ein bisserl länger bei mir war, hat er gleich angerufen. Und dass sie Sängerin war, hat ihm auch nicht gepasst.«

»Weil er sie nicht unter Kontrolle hätte, wenn sie Karriere macht?«

»Ja, wahrscheinlich.« Lena tat einen Löffel Kandiszucker in ihren Tee und rührte um. »Wart, ich zeig dir ein Foto.«

Sie stand auf, kramte kurz in einer Schublade, kam mit einer postkartengroßen Fotografie zurück und reichte sie Josi. Sie zeigte Billys Tochter und einen blonden Mann.

Es war ein eigenartiges Gefühl, Billys Züge in dem hübschen Gesicht ihrer Tochter zu entdecken. Mit einem Mal wurde Josi bewusst, dass sie selbst ja auch schon eine erwachsene Tochter oder einen erwachsenen Sohn haben könnte, wenn sie Kinder bekommen hätte. Ein fremder und irgendwie beunruhigender Gedanke.

»Zahnarzt ist er von Beruf, der Daniel«, hörte Josi Lena sagen. »Natürlich hat er Geld und er kann wirklich charmant sein. Aber wenn man ihn näher kennt, schaut es anders aus. Er ist rechthaberisch, er kann keine andere Meinung gelten lassen als seine eigene. Und er ist wahnsinnig cholerisch. Er hat die Marie ein paarmal geschlagen.«

»Um Gottes willen!« Josi ließ den Löffel, mit dem sie gerade ihren Tee umgerührt hatte, geräuschvoll auf die Untertasse fallen.

»Und sobald sie gedroht hat, dass sie ihn verlassen wird, hat er gejammert, dass er ohne sie nicht leben kann«, fuhr Lena fort. »Jedes Mal hat er versprochen, dass er sich ändert, und sie hat ihm geglaubt.«

»Aber dann hat die Marie doch ernst gemacht und ist wirklich gegangen?«

»Ja, nachdem sie die Zusage aus Wien gehabt hat. Es war der 12. November, ein Mittwoch. Ich werde diesen Abend nie vergessen. Sie ist plötzlich bei mir im Geschäft aufgetaucht, gerade als ich abschließen und heimgehen wollte. Sie war ganz verweint und hat mich gefragt, ob sie bei mir übernachten kann, sie würde am nächsten Tag nach Wien fahren. Es hat wohl eine wahnsinnige Szene gegeben, wie sie dem Daniel gesagt hat, dass sie ihn verlassen wird. Er hat getobt und sogar geheult.«

»Und mit Selbstmord gedroht?«

Lena schaute Josi überrascht an. »Ja. Und es war nicht das erste Mal! Deswegen ist sie ja nie gegangen, obwohl sie es schon lange nicht mehr mit ihm ausgehalten hat. Aber woher weißt du …?«

»Ich hab's mir halt gedacht.« Josi machte eine kleine Pause. Ihr Blick glitt hinüber zu dem inzwischen selig schlummernden Poldi und dann wieder zu Lena zurück. »Was hat denn die Marie an dem Abend sonst noch gesagt?«

»Nur, dass sie froh ist, von Ischl wegzukommen, und dass sie sich auf Wien freut. Es war zwar keine große Rolle, die sie gekriegt hat, aber immerhin ein Engagement an der Volksoper.«

»Umso eigenartiger, dass sie es nicht angetreten hat! Die Hanna hat am Theater angerufen. Die Marie ist nie angekommen.«

»Ja, Josi. Ich weiß. In der Volksoper angerufen hab ich auch. Deswegen mach ich mir ja solche Sorgen.« In Lenas Augen standen Tränen.

Josi legte die Hand auf ihren Arm. Sie hätte so gerne etwas Tröstendes gesagt, irgendetwas Hilfreiches, aber das wäre unehrlich gewesen. »Wie ist es dann weitergegangen an dem Abend?«

»Wir haben noch lange geredet, und sie hat sich schließlich ein bisschen beruhigt. Am nächsten Tag in der Früh haben wir uns verabschiedet. Ich hab ja ins Geschäft müssen. Sie hat gesagt, sie meldet sich gleich, wenn sie in Wien ist. Das war das Letzte, was ich von ihr gehört habe.« Lena tupfte mit einem Papiertaschentuch über die Augen. Dann deutete sie auf die Brötchenplatte. »Bitte, nimm doch noch eines.«

Josi griff zu, um Lena nicht zu kränken, aber sie merkte, dass ihr Appetit verschwunden war. Eine wichtige Frage brannte ihr auf der Seele. »Die Hanna hat etwas von einem Mann erwähnt, mit dem sich die Marie in Salzburg öfter getroffen hat. Er soll einen schwarzen Mercedes S-Klasse fahren, mehr hat sie mir nicht sagen können. Weißt du etwas darüber?«

Lena schaute Josi überrascht an. »Ein Mann? Du meinst, es hat einen anderen Mann gegeben? Das kann ich mir gar nicht vorstellen. Das heißt …«

»Ja?«

»Also, sie hat da was gesagt …« Lena zögerte, ehe sie weitersprach. »Ich hab mich darüber gewundert, wieso sie für die Bahnfahrt so feste Schuhe anzieht. Da hat sie gemeint, ihr Zug geht erst am Nachmittag und sie will noch auf den Jainzen.«

»Auf den Jainzen?« Josi war perplex. »Was wollte sie denn im November auf dem Jainzen?«

»Das hab ich sie auch gefragt. Aber sie hat nicht drüber reden wollen. *Ich erzähl dir das ein andermal*, hat sie gesagt.«

Lena verstummte. Sie nahm das Foto in die Hand, das Josi auf den Tisch gelegt hatte, und stierte mit leerem Blick darauf. »Du glaubst, dass sie mit diesem anderen Mann verabredet war, oder?«, sagte sie schließlich.

Josi nickte. »Wenn sie mit ihrer Verabredung unentdeckt bleiben wollte, würde das mit dem Jainzen schon einen Sinn ergeben.«

Lena warf Josi einen verzweifelten Blick zu. »Aber wenn sie sich in jemand anderen verliebt hätte, das hätte sie mir doch gesagt! Ich bin doch ihre beste Freundin. Wir haben uns alles erzählt!«

Es ist grade mal zwei Tage her, dass ich fast wortwörtlich dasselbe zu Rena gesagt habe, dachte Josi. Über meine beste Freundin, Maries Mutter ...

»Lena – soll ich mich drum kümmern? Ich hab da einen Bekannten, der könnte vielleicht helfen, etwas rauszufinden.«

Ein tränennasses Gesicht sah sie an. Lena nickte.

»Egal, was rauskommt ... ich meine ...« Josi wusste plötzlich nicht, was sie sagen sollte.

Lena nickte erneut.

»Gut.« Josi stand auf. »Kann ich morgen den Poldi zu dir ins Geschäft bringen?«, fragte sie auf dem Weg zur Diele. »Ich geb ihm einen großen Kauknochen mit, damit er die Taschen in Ruhe lässt.«

»Natürlich, gerne, bring ihn nur.« Lena umarmte Josi zum Abschied. Fragen stellte sie keine mehr.

*

Materna war müde. Er fühlte sich regelrecht erleichtert, als er das Stiegenhaus betrat. Endlich einmal wieder zu Hause! Er freute sich auf seine Badewanne, ein Glas Rotwein und ganz viel Ruhe. Allenfalls ins Internet würde er noch schauen, um ein wenig über Sissi Strasser zu recherchieren.

Als er mit Resi den ersten Stock erreicht hatte, gab die Hündin einen kleinen Wuffer von sich. Der genügte, dass die Tür auf der linken Seite aufflog. Da stand Frau Herzog in ihrer ganzen Breite und schlug die Hände zusammen.

»Na gehn S', Herr Materna, so a liaber Hund!«

»Grüß Gott, Frau Herzog«, antwortete Materna so freundlich, wie er es momentan schaffte, ohne auf die Bemerkung über den Hund einzugehen. Er mochte die Frau, aber heute Abend hätte er viel drum gegeben, wenn er ungesehen und vor allem, ohne angesprochen zu werden, nach oben gekommen wäre.

Doch Frau Herzog ließ nicht locker. »Is des Ihrer?«

»Der Hund gehört einem Freund von mir. Ich pass übers Wochenende auf ihn auf.«

»Ja, schad … Wenn's nämlich Ihrer wär und Sie braucherten ab und zu wen, der ihn nehmen kann – i tät's gern machen. Seit mein Flocki nimmer lebt, geht mir so ein Hunderl richtig ab.«

»Ah – so?« Dieses Thema interessierte Materna nun doch. Der Flocki war vor einem halben Jahr gestorben. Er und sein Frauerl waren ein unzertrennliches Gespann gewesen. »Es ist eine Hündin«, erklärte er. »Resi heißt s'.«

»Na, so liab!« Frau Herzog konnte sich gar nicht mehr beruhigen. »Derf i sie amol streicheln?«

Materna nickte. Die Resi war freundlich zu allen Menschen und steckte auch Streichel-Attacken von Fremden locker weg, das wusste er. Und wer weiß – vielleicht würde er ja doch noch auf das Angebot der Nachbarin zurückkommen.

»Die Fräu'n Isabel is oben«, sagte Frau Herzog, während sie ganz versunken Resis blaugraues Fell kraulte.

»Isabel?« Er musste sofort nach oben! Seine Tochter hatte zwar einen Schlüssel, sodass sie jederzeit in die Wohnung konnte, aber es war sehr untypisch für sie, dass sie ohne vorherigen Anruf auftauchte – und dann noch so kurz nachdem sie den neuen Job angetreten hatte …

»Gestern is' s' scho kemma. Hat s' gar nix g'sagt?«

Materna wurde schlagartig heiß. Gestern schon! Und sie hatte sich nicht bei ihm gemeldet. Es musste etwas passiert sein. »Entschuldigen Sie, Frau Herzog«, sagte er nur und stürmte, immer zwei Stufen auf einmal nehmend, nach oben. Resi folgte ihm in eleganten Sprüngen.

Nachdem er hastig die Wohnungstür aufgeschlossen hatte, fand er seine Tochter am Küchentisch sitzend. Vor ihr standen eine Flasche Rotwein und ein Glas. Man sah ihr an, dass sie geweint hatte.

»Papa!«, rief Isabel. »Dass du endlich da bist, ich ...« Ihre Augen weiteten sich, als sie die Weimaranerin erblickte. »Du hast einen Hund?«

»Ja. Nein. Also, eigentlich nicht. Das ist die Resi. Sie gehört dem Rudi. Ich hab grad in Ischl zu tun, weißt. Aber sag – was ist denn passiert? Schaust ja ganz verheult aus. Die Frau Herzog sagt, du bist schon gestern gekommen. Warum meldest dich denn nicht?«

»Du hast ja sicher arbeiten müssen ...«

Materna nickte. Seine Tochter war gekommen, weil sie ihn brauchte, aber er war nicht da gewesen. Er hatte arbeiten müssen.

»Der Max ...«, brach es mit einem Mal aus Isabel hervor. Tränen schossen in ihre Augen, die ohnehin schon ganz rot waren. »Der Max hat eine andere!« Sie begann zu weinen.

Materna zog einen Sessel heran und setzte sich ganz nah zu ihr. Er nahm sein Mädel in die Arme. Sanft strich er über ihre Haare.

»Er hat mir versprochen, wenn ich aus England zurückkomme, ziehen wir zusammen, egal wo. Und jetzt ... und jetzt ...« Sie wurde von einem so heftigen Schluchzen geschüttelt, dass sie kaum sprechen konnte. »Und jetzt ist er mit dieser Betty zusammen. Und er hat die blöde Kuh schon ge... gekannt, wie ich noch da war. Die ganze Zeit über war er mit ihr zusa... zusammen. Und wie ich in England war, hat er mit mir te... telefoniert und getan, wie wenn nichts wär ...«

Während Materna ihr immerzu über den Rücken strich, hatte Resi ihren Kopf in den Schoß der verzweifelten jungen Frau gelegt. Gedankenverloren begann sie, den Hund zu streicheln.

Allmählich wurde das Schluchzen weniger und das Streicheln intensiver. »Die ist süß, die Resi«, murmelte Isabel. Ruckartig hob sie den Kopf. »Und angelogen hat er mich auch die ganze Zeit, der Scheißkerl!«

Die Wut, die aus ihren Augen und ihrer Stimme sprach, übertrug sich auf ihn, verzehnfachte, verhundertfachte sich. Niemand hatte das Recht, so mit seiner Tochter umzugehen! Und über-

haupt – er hatte den Typ noch nie ausstehen können. »Den Kerl
bring ich um!«, fauchte er.

Isabel strich dem Hund über Rücken und Flanke. Auf ihrem
Schoß befand sich inzwischen neben Resis Kopf auch deren rechte
Pfote.

Materna bemerkte die Andeutung eines verschmitzten Lächelns,
als seine Tochter den Kopf hob.

»Das ist verboten, Papa«, sagte sie.

*

Der Föhneinbruch war vorüber. Ein unangenehm feuchter, kalter
Wind biss in Wangen und Nase. Er trieb vereinzelte kümmerliche
Schneeflocken vor sich her. Josi zog fröstelnd die Schultern hoch.
Sie war erschöpft, unendlich müde. Obwohl es grade erst halb
neun war, wollte sie nur noch eines – in ihr Bett und schlafen.
Aber der Heimweg von Lenas Wohnung zum Hotel zog sich.

Am letzten Stück des Weges überfiel sie nun auch noch das
Gefühl, nicht allein zu sein. Folgte ihr jemand? Sie drehte sich
schnell um. Keine Menschenseele weit und breit. Ich werde schon
langsam total hysterisch, dachte sie. Ihre Nerven waren nun wirklich über jedes erträgliche Maß hinaus strapaziert. Die durch den
wolkenverhangenen Himmel stockdunkle Nacht tat ein Übriges.

Sie straffte ihre Haltung und beschleunigte die Schritte, als sie
den schmalen, steilen Weg erreichte, der direkt zu ihrem Quartier
führte. »Wir sind gleich da, Poldi«, sagte sie zum Dackel, letztlich,
um sich selber zu beruhigen. Es misslang.

Das Gefühl, dass jemand in der Nähe war, den sie nicht hören
und nicht sehen konnte, verstärkte sich mit jedem Schritt. Ein
Schauer nach dem anderen fuhr durch ihren Körper. Ihr Herz
raste. Ein paar Schritte nur, und sie würde beim Hotel sein. Tief
einatmen, ganz tief…

Dann ging alles rasend schnell. Josis Hirn hatte gar nicht die
Zeit, die undefinierbare Gestalt hinter der Wegbiegung richtig zu
registrieren, als zwei kräftige Hände sie packten und den Weg
hinunterstießen. Instinktiv rollte sich ihr Körper im Fallen zusam-

men. Ein Glück, dass ich früher so viel Judo gemacht habe, schoss es ihr noch durch den Kopf, und: Poldi! Dann wurde es schwarz vor ihren Augen.

*

Als Eisler die Tür zur Stube öffnete, knisterte das Feuer im Ofen. Ein fast magisches Geräusch. Er liebte es, wenn er von draußen hereinkam und von der Behaglichkeit umfangen wurde, die der alte Holzofen ausströmte. Heute erreichte ihn die Wärme nicht. Er fror von innen heraus. Vorsichtig stellte er den mit Holzstücken gefüllten Korb neben den Ofen, legte ein paar Scheite nach und starrte sekundenlang in die lodernden Flammen, ehe er die Ofentür wieder schloss.

Die Tasche musste er noch auspacken. Gleich nach dem Dienst hatte er von zu Hause aus ein langes desillusionierendes Telefonat mit Detektiv Scheffel geführt, ein Bad genommen, frische Sachen angezogen und ein paar weitere zusammengepackt – dann hatte ihn nichts mehr in der großen, leeren Villa gehalten.

Er setzte Teewasser auf. Danach ging er zur Kommode und zog die Schublade mit dem Buch auf, das er ihr zu Weihnachten hatte schenken wollen. Es war ein prachtvoller Bildband mit dem Titel *Zauber der Oper*. Er nahm ihn heraus. Mit sorgsamen Bewegungen blätterte er ein paar Seiten um.

Auf Seite zehn prangte ein blasser, aber deutlich sichtbarer Fleck.

Eisler trug das Buch zum Tisch, legte es offen hin, setzte sich und betrachtete die Verschmutzung. Außer ihm hatte es doch niemand in der Hand gehabt! Er hatte es in einer Salzburger Buchhandlung erworben – garantiert fleckenfrei sauber. Es war sogar in eine transparente Plastikhülle eingeschlagen gewesen, die er erst auf der Hütte entfernt hatte.

Der Einbrecher? Ja, natürlich, das war die einzige Erklärung. Die Person, die bei ihm eingedrungen war, musste in dem Buch geblättert haben. Aber warum? Wenn der Eindringling hinter wissenschaftlichen Daten her war, wieso sollte er sich einen Bildband über die Oper anschauen? Das war doch völlig unsinnig…

Das Wasser kochte. Eisler stand auf, um Tee aufzugießen. Er

stellte die Teekanne und eine Tasse auf den Tisch und setzte sich wieder. Erneut begann er, in *Zauber der Oper* zu blättern. Die Verschmutzung auf der Seite zehn war die einzige. Sein Blick ruhte lange und konzentriert auf dem Fleck. Er war blassbraun, oval und zwischen eineinhalb und zwei Zentimetern groß. Eine Ahnung kroch in ihm hoch, stetig, unaufhaltsam. Er spürte, wie sein Herz raste, sein Puls beschleunigte.

Peter Eisler stand auf. Er zog seine dicke Daunenjacke und die Lederhandschuhe an, steckte das Handy ein und nahm den Autoschlüssel vom Haken. Plötzlich stutzte er, ging noch einmal zurück zu einem winzigen Schränkchen, wühlte darin herum und entnahm ihm eine kleine Cremedose, die er ebenfalls einsteckte. Das Buch klemmte er unter den Arm. Sorgfältig verschloss er die Tür zur Hütte, ehe er in den Rover stieg, um Richtung Tal zu fahren. Er musste noch einmal mit Scheffel sprechen, auch wenn er keine Ahnung hatte, ob dieser als Privatdetektiv etwas mit Fingerabdrücken anfangen konnte. Er hoffte es sehr.

*

Josi hätte nicht sagen können, ob Sekunden oder Minuten vergangen waren, seit sie das Bewusstsein verloren hatte. Poldis raue Zunge, die hektisch über ihr Gesicht leckte, brachte sie langsam in die Gegenwart zurück.

»Hallo, wie geht es Ihnen? Sind Sie gestürzt?«, hörte sie eine männliche Stimme von oben. Sie schlug die Augen auf. Ein freundliches, sommersprossiges Gesicht mit rotblonden Locken darüber beugte sich zu ihr herunter. Eine Hand schob den aufgeregten Hund sanft zur Seite.

»Ich bin … ja, ich bin ausgerutscht.«

»Sind Sie verletzt?«, fragte der Mann und betrachtete sie besorgt.

»Josi!«, rief er auf einmal. »Bist du das wirklich?«

»Der Rebl Michi!« Jetzt hatte auch Josi den früheren Schulkameraden erkannt.

»Kannst du aufstehen? Warte, ich helf dir.« Er packte sie unter den Achseln und half ihr auf die Beine.

»Was ist mit dem Poldi?«, rief Josi. »Mein Hund – ist ihm etwas passiert?«

»Bestimmt nicht«, sagte der Rebl Michi. »Er ist ja ganz fidel. Und du? Soll ich dich ins Krankenhaus bringen?«

»Ach wo. Das gibt höchstens ein paar blaue Flecken, und die linke Hand ist, glaub ich, verstaucht. Geht schon wieder. Alles halb so schlimm.«

»Gut.« Er nickte. »Komm mit, Josi, ich wohne ganz in der Nähe. Du brauchst einen heißen Tee oder einen Schnaps oder beides.«

»Das ist lieb von dir. Aber ich muss ins Bett, ich …«

»Nur ein paar Minuten. Komm, meine Frau wird sich freuen.«

Josi zögerte. Der heiße Tee war verlockend. Der Schnaps auch. Der Poldi machte tatsächlich einen munteren Eindruck. Warum also nicht. Komisch – den Rebl Michi hatte sie während der Schulzeit nicht sonderlich gemocht, auch vor der Geschichte mit Martina nicht. Aber jetzt, so viele Jahre später, wirkte er ganz anders auf sie, richtig sympathisch.

»Na?«, fragte er und schaute sie fast flehentlich an.

»Aber wirklich nur ein paar Minuten«, sagte Josi immer noch ein wenig zögerlich. Dann hakte sie sich bei ihm unter.

Es blieb nicht bei ein paar Minuten. Michi und Birgit, seine aus Gmunden stammende Frau, hatten Josi mitsamt dem Poldi so herzlich aufgenommen, dass sie sich nach dem heißen Tee und dem Schnaps überreden ließ, doch noch ein wenig zu bleiben. Birgit hatte die verstauchte Hand bandagiert. Josi fühlte sich inzwischen auf eine fast unnatürliche Art hellwach, und die Fürsorge der beiden taten ihr gut.

Als Birgit wissen wollte, was Josi nach Ischl geführt hatte, berichtete sie von ihrem Ärger mit den Mietnomaden und dass sie bleiben wollte, bis die Renovierungsarbeiten im Haus abgeschlossen waren. Koller erwähnte sie nicht. Auch dass sie auf der Suche nach Marie-Sophie Grundt war, verschwieg sie den beiden.

Michi erzählte von seinem Sportstudium und seiner Tätigkeit als Lehrer am Ischler Gymnasium. Birgit unterrichtete auch da, Deutsch und Englisch. Er hatte sie in der Schule kennengelernt.

»Ich muss dich was fragen, Michi«, sagte Josi plötzlich. Vielleicht war es die Begegnung mit dem Schulkameraden, vielleicht auch die Erwähnung des Ischler Gymnasiums – in ihrem Kopf war ein Gedanke aufgetaucht, der sie nicht mehr losließ.

Michi schaute sie gespannt an.

Die Frage kostete sie einige Überwindung – aber sie musste das wissen: »Ist der Seyringer wieder in Ischl?«

Michis Gesichtshaut rötete sich. Er öffnete den Mund, schloss ihn wieder, als hätte er das Sprechen verlernt. »Der hat sich damals in die Steiermark versetzen lassen«, sagte er schließlich. »Jetzt ist er in Pension. Ja, er ist zurückgekommen. Er wohnt aber nicht in Ischl, sondern in Obertraun.«

»Seyringer? Welcher Seyringer?« Birgit schaute von Michi zu Josi und zurück zu Michi.

Der zog die Stirn in Falten. »Josi, darf ich es der Birgit sagen?«

Sie nickte zustimmend und wunderte sich selbst darüber.

»Oder – willst du?« Michi war immer noch etwas rötlich im Gesicht, und seine Augen hatten einen sonderbaren Glanz angenommen.

»Mach du«, sagte Josi nur.

Michi erzählte. Er berichtete, was vorgefallen war, ohne sich selbst zu schonen.

Birgit schüttelte immer wieder fassungslos den Kopf. Sie schaute ihren Mann an, als sehe sie ihn zum ersten Mal.

»Ich weiß nicht, ob du mir jemals verzeihen kannst, Josi, aber ich möchte mich bei dir entschuldigen. Schließlich hab ich auch mitgemacht«, schloss Michi.

»Ist schon gut.« Josi reichte ihm die Hand. Es fiel ihr ganz leicht. Noch vor ein paar Stunden hätte sie beschworen, dass sie das nie im Leben jemandem verzeihen könnte, der in irgendeiner Form an der Geschichte beteiligt gewesen war. Der Michi hatte zwar nicht zu den ganz üblen Typen gehört, die Martina und sie fast zu Tode gequält hatten, aber – wie er selbst gesagt hatte – mitgemacht hatte er auch.

»Entschuldigung angenommen«, sagte sie, als müsse sie das auch vor sich selbst noch einmal bestätigen.

»Danke, Josi.« Der Michi sah aus, als sei ihm ein riesiger Felsbrocken vom Herzen gerollt.

Josi nickte nur. Sie war verwirrt, verstand nicht, was gerade passierte. Konsequent hatte sie es bisher vermieden, mit irgendjemand über diese grauenhafte Geschichte zu sprechen oder auch nur die Rede darauf kommen zu lassen. Letztlich war ihre Ehe unter anderem daran zerbrochen, dass sie große Schwierigkeiten hatte, jemandem zu vertrauen. Aber über die Ursachen ihres Problems hatte sie ihren früheren Mann im Unklaren gelassen. Die Vorstellung, das Grauen noch einmal in ihr Bewusstsein zu holen, hatte ihr immer entsetzliche Angst gemacht, die sich bis zur Panik steigern konnte. Und jetzt fühlte sie sich sogar ein wenig erleichtert. Trotzdem war sie froh, dass der Michi es war, der alles erzählt hatte. Selber hätte sie das wohl nicht geschafft.

»Aber, sag, wie bist du denn grade jetzt auf den Seyringer gekommen?«, unterbrach der Michi die plötzlich entstandene Stille und riss damit Josi aus ihren Gedanken.

»Ich bin nicht hingefallen«, gestand sie. »Jemand hat mich gestoßen.«

»Gestoßen?«, rief Birgit entsetzt. »Sag, dass das nicht wahr ist!« Sie griff nach der Schnapsflasche und füllte ohne zu fragen die Gläser noch einmal.

Alle tranken.

Josi war kein großer Fan von harten Getränken, aber der Obstler tat ihr richtig gut. Während er die Kehle hinunterrann, verbrannte sein Feuer den letzten Rest von Schmerz in ihr. Was zurückblieb, war der eiserne Wille, herauszufinden, wer sie attackiert hatte – und warum.

»Ist ja nicht viel passiert«, sagte sie, nachdem sie das Schnapsglas abgestellt hatte. »Ich hab mich halt gefragt, wer in Ischl mich so hasst, dass er versucht, mich zu …« Sie unterbrach sich. Ja, was?

»... mich auf eine so brutale Art zu vertreiben. Da ist mir nur der Seyringer eingefallen.«

»Hast schon recht.« Michi nickte ein paarmal versonnen mit dem Kopf. »Es sind viele Jahre vergangen, über die ganze Sache ist Gras gewachsen. Der Seyringer hat natürlich kein Interesse daran, dass du herkommst und die Geschichte womöglich wieder aufs Tapet bringst. Hast du irgendwas von dem Angreifer erkennen können? War er groß, klein, dick, dünn ...?«

»Ehrlich gesagt, ich hab keine Ahnung. Es war ja stockdunkel, ich konnte kaum was sehen. Ich glaube, er hat einen Wetterfleck angehabt, ziemlich lang, dunkel und mit Kapuze. Aber mehr kann ich wirklich nicht sagen. Alles ist so schnell gegangen – allerdings ...«

»Ja?«, fragten Birgit und Michi zugleich.

»Hm, ich war gestern im Kurhaus im Konzert und bin nachher noch im Restaurant was essen gegangen. Da hab ich den Leitner Matthi gesehen. Er hat mich die ganze Zeit angestarrt, also hat er mich bestimmt erkannt.«

»Der Leitner Matthi war der Lieblingsschüler vom Seyringer«, erklärte der Michi seiner Frau den Zusammenhang. »Der Seyringer hat eine richtige Fangemeinde gehabt, die Schüler haben ihn angebetet. Als Biologielehrer hat er mit den jungen Leuten viele interessante Projekte gemacht, hat sie für Natur und Umweltschutz begeistert. Der Matthi war nicht nur sein treuester Anhänger, er hat auch die Mitschüler gegen die Martina und die Josi aufgehetzt.«

»Puuh!« Birgit schüttelte sich.

»Du meinst, der Matthi könnte dem Seyringer gesteckt haben, dass du in Ischl bist?«

Josi zuckte die Achseln. »Weiß nicht, aber möglich wäre es.«

»Na ja, der Seyringer müsste jetzt Mitte siebzig sein«, überlegte Michi laut. »Ich glaub eigentlich nicht, dass der sich selber da oben hingestellt und dir aufgelauert hat. Aber der Matthi ... dem würde ich das schon zutrauen.«

»Ist halt die Frage, wie er rausgekriegt hat, dass ich beim Sandwirt wohne und dass ich noch außer Haus bin.«

»Kann er dir nach dem Konzert gefolgt sein?«, fragte Birgit. Josi überlegte. Natürlich war das möglich. Paul hatte sie zum Hotel gebracht. Sie hatte kein bisschen darauf geachtet, ob ihnen jemand folgte, war gedanklich mit ganz anderen Dingen beschäftigt gewesen. Sie hatte selber darunter gelitten, dass sie Paul nicht sagen konnte, was in ihr vorging; irgendwie hatte sie sich wie gelähmt gefühlt. Die Luft zwischen Paul und ihr war spürbar dick gewesen, ein schweigender Nach-Hause-Marsch, ein kühler Abschied ... Paul! Sie musste ihn anrufen, sich entschuldigen. Sie hatte sich unmöglich benommen. Ihr Blick fiel auf die Uhr. Fast eins! Zum Telefonieren war es zu spät.

»Birgit, Michi, danke für alles. Ich muss gehen, es ist ja wahnsinnig spät geworden. Ich geb euch Bescheid, wenn ich irgendwas rausfinde.« Sie stand auf, und ein verschlafener Dackel kroch unter dem Tisch hervor.

»Wir hören uns auch um«, versprach Michi. »Und ich begleite dich natürlich zum Hotel zurück. Du gehst mir nicht wieder allein. Ein Anschlag pro Tag genügt ja wohl.«

*

Der *Liebestod* aus *Tristan und Isolde* dröhnte in einer solchen Lautstärke aus den Boxen, dass das ganze Haus beschallt wurde. Der Mieter von nebenan klopfte mit einem Besenstiel gegen die Wand. Es war ihm egal.

Das Telefon läutete. Das Geräusch nervte. Er stand auf, nahm ab. »Aigner. Was gibt es?«

»Wenn Sie nicht sofort die Musik leiser machen, ruf ich die Polizei! Es ist mitten in der Nacht«, tönte eine aufgebrachte Stimme aus dem Hörer. Das war der Mieter von der Wohnung über ihm.

Jo antwortete nicht, sondern warf den Hörer einfach hin. Polizei? Auch das war ihm egal. Alles war ihm egal. Sogar, dass er heute Abend miserabel dirigiert hatte. Die Musiker hatten die Sache schon hingebogen, so einigermaßen jedenfalls. Trotzdem würde der Intendant mit ihm reden wollen. Sollte er.

Mittlerweile kippte er den vierten Wodka hinunter. Es half

nicht. Er war immer noch nüchtern. Stocknüchtern und verzweifelt. Verdammt! Er hätte es verhindern müssen, dass dieser Kerl nach dem Konzert allein mit Sissi reden konnte. Aber wie hätte er das anstellen sollen? Wahrscheinlich hatte er ja bereits vor dem Schlussapplaus in ihrer Garderobe auf sie gelauert, der große Musical-Agent Peters aus Hamburg, wie eine Riesenkrake mit ausgestreckten Fangarmen. Als er die beiden im Gespräch vorgefunden hatte, war der eingebildete Piefke bereits dabei, Sissi das Blaue vom Himmel zu versprechen. Und ihre Augen hatten geleuchtet, als sie ihn ansah. Was heißt ansah, angeschmachtet hatte sie ihn! Sie hatte *ja* gesagt, sofort und – wie es ihm nur allzu deutlich geworden war – ohne einen einzigen Gedanken an ihn und ihre gemeinsamen Pläne zu verschwenden. Er goss sich den fünften Wodka ein.

Es läutete. »Ah, die Kieberei, unsere Freunde und Helfer«, murmelte er vor sich hin, während er aufstand und zur Tür ging, um zu öffnen.

Wie eine Erscheinung stand sie vor ihm. Einen Augenblick lang dachte er, der Alkohol habe eine Fata Morgana hervorgerufen. Oder er sei eingenickt und in einen wunderschönen Traum versunken. Aber sie war keine Fata Morgana und auch kein Traum. Sie war echt.

»Hallo«, sagte sie, ging zur Anlage und drehte die Musik leise. Dann stand sie wieder ruhig da und sah ihn an.

Jo ging ihr entgegen. Er schwankte leicht, aber es kam nicht vom Wodka. Erschrecken, Überraschung, Glück, Ängstlichkeit, Erlösung und bestimmt noch ein weiteres halbes Duzend der widersprüchlichsten und intensivsten Gefühle tobten so heftig in ihm, dass sie sich seines Körpers bemächtigten und ihn aus dem Gleichgewicht brachten.

»Liebling«, flüsterte er. »Sissi, Liebling.«

Sie schaute ihn immer noch an. In ihren Augen blinkten die kleinen goldenen Pünktchen, die er so sehr liebte, die er noch nie in den Augen einer anderen Frau gesehen hatte. Sternenstaub …

»Verzeih mir«, sagte sie leise.

»Alles, alles verzeih ich dir.« Jo fasste sie sanft an den Schultern und küsste sie zart zuerst auf das eine, dann das andere Augenlid. Tief vergrub er sein Gesicht in ihrem dicken und zugleich seidigen Haar. Es duftete wie eine Ahnung von Frühling. »Verzeih du mir. Ich war ungerecht, ich war …«

»Ich liebe dich doch.« Sie umfing ihn, küsste ihn wild und leidenschaftlich. Ihr Kuss schmeckte nach Champagner und Erdbeeren. Sie küsste ihn, bis er vor Verlangen bebte. Dann schob sie ihn sanft von sich, was ihn noch verrückter machte.

Er wollte sie wieder an sich ziehen, sie spüren, so nah, wie er sie noch nie gespürt hatte, aber sie gebot ihm mit einer kleinen Geste Einhalt. »Warte, Schatz. Gleich. Hör mir einen Augenblick zu.«

Ja, er wartete. Bis an das Ende seiner Tage würde er warten, wenn sie es so wollte. Er nahm sie an der Hand, führte sie zum Sofa, zog sie neben sich und sah sie aufmerksam an.

»Jo, also, wegen dieser Rolle … Ich bin nur ein paar Wochen weg. Danach komme ich zurück. Es ist doch nicht für immer. Ich …« Sie senkte den Kopf. »Ich hätte dir sagen müssen, dass es nur um ein paar Wochen geht.« Sie sprach sehr leise, und an ihrer Stimme konnte er hören, dass sie kurz vor dem Weinen war.

Er fasste sanft unter ihr Kinn und hob ihr Gesicht zu sich hoch. »Ich würde dir nie im Weg stehen, wenn du mich nur nicht für immer verlässt. Aber du hast gesagt …«

»Pssst …« Sanft legte sie den Finger auf seine Lippen.

»Ich war sauer und habe blödes Zeug geredet. Ich hab es nicht so gemeint.«

»Sissi, Liebling!« Sein Gesicht näherte sich dem ihren.

Erneut schob sie ihn zart und zugleich bestimmt von sich. Ihre Sternenstaub-Augen suchten die seinen. »Ich weiß«, flüsterte sie. »Ich weiß es doch.«

»Was weißt du?« Er strich ihr Haar auf die Seite und küsste sie in den Nacken. Sie stöhnte leise auf.

»Dass ich dich liebe«, sagte sie.

Montag, 8. Dezember

Materna blickte über die Runde seiner Mitarbeiter. Alle waren den Ausführungen über die neuesten Ergebnisse der Ermittlungen in Ischl aufmerksam gefolgt. »Was diese anonyme Handynachricht betrifft, kommen wir im Augenblick über Spekulationen nicht hinaus«, schloss er.

»Immerhin könnte es bedeuten, dass der Koller die Marie-Sophie Grundt bereits als Kind missbraucht hat«, bemerkte Christian Obermayer. »In dem Fall hätte der Danner noch mehr Grund, ihn zu hassen. Aber auch die Frau Grundt selber hätte damit ein Motiv.«

»Stimmt schon, ausschließen können wir das nicht. Aber es könnte genauso ein billiger Racheakt irgendeines Bühnenstars sein, der sich übergangen oder vom Dirigenten zu Unrecht kritisiert gefühlt hat.« Materna dachte an die vielen Geschichten von Eifersucht und Intrigen, die Juliane ihm erzählt hatte. Und er ertappte sich bei dem Wunsch, dass auch hinter diesem Satz nichts weiter stecken möge als der ganz normale Irrsinn, der im Theater wohl zum Arbeitsalltag gehörte.

Christian nickte. »In jedem Fall sollten wir Marie-Sophie Grundt als mögliche Verdächtige im Auge behalten.«

»Natürlich.« Materna schnaufte unwillig. »Wundersame Verdächtigen-Vermehrung – und nach wie vor kein Indiz, dass einer von ihnen am Tatort war, keine eindeutigen Spuren, nur mögliche Motive.«

»Also kommen aktuell vier Personen als Täter infrage«, fasste Tina zusammen.

»Und -innen«, sagte Christian.

»Was?« Materna schaute den Kontrollinspektor irritiert an.
»Täterinnen.«

»Von mir aus. Dieser Möchtegern-Habsburger, der Ronacher, ist auch nicht ganz echt. Den sollten wir uns noch einmal vornehmen. Aber natürlich ist die Tatsache, dass er das Musical *Elisabeth* verabscheut, kein ausreichendes Motiv, den Dirigenten zu vergiften.«

»Ja, da sollte er vielleicht besser den Komponisten erschießen«, bemerkte Conni.

»Wenn schon, dann den Textdichter.« Materna griff nach ein paar runden Moderationstäfelchen, die auf einem Stuhl neben der Magnetwand bereit lagen. Das größte mit der Aufschrift *Georg Koller* kam in die Mitte. Darum herum drapierte er die mit *Jo Aigner, Katrin Schindler* und *Dr. Danner* beschrifteten. Auf ein noch leeres Schild schrieb er *Marie-Sophie Grundt* und heftete es an. »Nehmen wir sie also mit dazu. Die gute Frau Grundt scheint sich allerdings wirklich in Luft aufgelöst zu haben.«

»Was auch nicht grad für sie spricht«, ergänzte Conni.

»Stimmt.« Materna schaute Christian an. »Gib bitte eine Fahndung raus.« Dann wandte er sich an Conni. »Komm, fahren wir!«

Conni nickte und stand auf.

»Resi!«, rief Materna leise. Sofort erhob sich die Hündin von der Decke, die er für sie unter seinen Schreibtisch gelegt hatte, und folgte den beiden Männern zur Tür.

»Jetzt bin i g'spannt, wie er des dem Oberst erklärt«, hörte Materna Christian sagen, als sie den Raum verließen.

Die Gelegenheit, *des* zu erklären, folgte auf dem Fuß.

Oberst Patzak kam gerade den Gang entlang. In einer merkwürdig verkrampften Haltung hielt er mit den Fingern einen offensichtlich heißen Kaffeebecher von oben fest, der bei jedem seiner Schritte leicht überschwappte.

»Meine Kaffeemaschin' ist hin«, begann der Oberst, ehe er zur Salzsäule erstarrte. »Was ist denn *das*?«

Materna hätte wahnsinnig gern geantwortet, dass dies ein Hund sei, aber das verkniff er sich lieber. »Ein Weimaraner«, sagte er. »Da muss doch Ihr Jägerherz gleich höher schlagen, Herr Oberst.« Er wusste, dass der Oberst zwar kein leidenschaftlicher Jäger war, aber nur allzu gern mit seinen Jagdbekanntschaften und Einladungen – sogar auf Schlösser! – angab.

»Ja, schon, freilich. Des is' ja auch ein schöner Kerl. Aber, Materna, das hier ist das LKA, ein öffentliches Gebäude. Und in öffentlichen Gebäuden sind Hunde verboten, das werden S' ja wohl wissen.«

»Schon, Herr Oberst. Aber wo gibt es schon so viele Vorschriften wie bei uns in Österreich – und wo kümmern sich die Leut' so wenig drum wie hier?«

»Pfff…«, schaubte der Oberst. »Aber Sie können doch net einfach …«

»Kennen Sie die Studien zu Hunden am Arbeitsplatz?« Materna strahlte seinen Vorgesetzten an. »Es hat sich gezeigt, dass Hunde im Büro das Betriebsklima deutlich verbessern. Und außerdem – die Resi ist ein großartiger Spürhund. Die hat eine Nase, sag ich Ihnen! Wär doch eine super Sache, wenn wir bei uns in der Abteilung einen eigenen, ausgebildeten Drogenspürhund hätten, find ich. Oder einen Mantrailer.«

»Einen Man…trailer.« Der Oberst starrte den Chefinspektor an, sagte aber nichts mehr.

»Ja, also, auf Wiederschaun, Herr Oberst!«, packte Materna die Gelegenheit beim Schopf, die Sache im Sande verlaufen zu lassen.

»Auf Wiedersehen«, schloss sich Conni an.

»Wiederschaun. Und, meine Herren, schaun S' dazu, dass mit dem Fall Koller was weitergeht.«

»Natürlich, Herr Oberst. Wir sind dran.«

Irgendetwas Unverständliches murmelnd, zog sich Oberst Patzak in sein Büro zurück.

»Das glaub ich jetzt net.« Conni schüttelte den Kopf. »Wie du den um den Finger wickelst. Ich mein, wenn du irgendwann mit einer Giraffe zum Dienst erscheinst, lasst er dir das auch durchgehen.«

»Er weiß halt, was er an mir hat«, konterte Materna gut gelaunt. »Und eine Giraffe passt hier eh nicht rein.«

Sein Handy läutete. *Josi ruft an*, stand auf dem Display. Josi …

»Ja?«, sagte er kurz angebunden in der Hoffnung, dass Conni nicht mitkriegte, mit wem er sprach.

»Paul, ich brauch deine Hilfe!« Ihre Stimme klang aufgeregt. »Bitte, du musst mit mir auf den Jainzenberg gehen. Es kann sein, dass die Tochter von einer Freundin von mir dort oben liegt, dass sie … also, dass sie ermordet worden ist. Sie heißt Marie-Sophie Grundt.«

Der Name wirkte auf den Chefinspektor wie ein leichter elektrischer Schlag. »Wie kommst du denn darauf?« Er merkte erst zu spät, dass ihm das Du ganz selbstverständlich herausgerutscht war. Conni musterte ihn mit einem prüfenden Blick.

»Die Lena Pichler, ihre Freundin, hat gesagt, dass die Marie auf den Jainzen wollte. Und seither hat sie niemand mehr gesehen.« Das klang genau so verrückt wie dringlich.

»Die Lena Pichler finden wir – wo?« Er klemmte das Telefon zwischen Wange und Schulter, zog sein Notizbuch aus der Manteltasche und notierte die Adresse der Boutique, die ihm Josi ansagte. »Ist gut, ich komme. Aber vor halb elf schaff ich das nicht. Wir sind noch in Linz.«

»Das passt. Ich muss den Poldi noch wegbringen und schnell ein Paar feste Schuhe kaufen. Um halb elf am Doppelblick?«

»In Ordnung.« Materna steckte das Handy ein. Feste Schuhe – natürlich, die brauchte er auch. »Conni, wir fahren noch schnell bei mir daheim vorbei. Ich muss was holen. Und in Ischl gehst du dann bitte zu einer Lena Pichler. Ich erklär dir alles unterwegs genauer. Die Frau Pichler könnte etwas über die Marie-Sophie Grundt wissen.«

»Ich soll da allein hingehen?«

»Ja, ich muss noch was anderes erledigen.« Materna vermied es, Conni anzusehen. Er wusste, dass er im Begriff war, etwas vollkommen Irres zu tun. Die Ermittlungen zum Koller-Mord drehten sich im Kreis. Sie hatten keinen einzigen echten Fortschritt zu verzeichnen. Wenn der Oberst herausbekam, dass er nun auch noch mit einer Zeugin auf einem Berg herumkletterte, nur weil diese irgendwelche fantasievollen Mordgeschichten zum Besten gab, konnte er sich auf etwas gefasst machen. Alles ließ ihm Patzak nämlich nicht durchgehen, auch wenn er bei ihm einen Stein im Brett hatte.

»Paul?«

»Hm?«, mache Materna immer noch in Gedanken versunken.

Conni schaute dem Chefinspektor gerade in die Augen. »Paul, du bist mein Vorgesetzter, und ich kann dir keine Vorschriften machen. Aber du bist auch mein Freund. Deswegen möcht ich dir sagen, du solltest ein bisserl aufpassen. Bitte, verrenn dich nicht.«

*

»Morgen, Bärbel.« Eisler betrat das Vorzimmer seines Büros.

»Guten Morgen, Herr Professor! Ein Herr Scheffel bittet um Rückruf.« Sie reichte ihrem Chef einen Zettel mit dem Namen Scheffel und der Uhrzeit des Anrufs darauf.

Eisler warf einen schnellen Blick auf die Armbanduhr. Das ging sich noch vor der Vormittagsvisite aus. »Vielen Dank, Bärbel.« Er nickte seiner Sekretärin zu und zog sich in sein Büro zurück.

Scheffel war gleich am Telefon. »Grüß Gott, Herr Professor«, begann er.

»Und – haben Sie schon ein Ergebnis?« Eisler konnte kaum an sich halten vor Ungeduld.

»Leider noch nicht. Bei älteren, nicht sichtbaren Abdrücken, wie denen auf der Cremedose, muss man mit chemischen Substanzen arbeiten …«

Eisler begann, mit einem Kugelschreiber auf die Tischplatte zu trommeln, was normalerweise gar nicht seine Art war. »Ja – und?«

»Es dauert, bis die reagieren.«

»Aha – und wie lange?« Eisler legte den Kugelschreiber aus der Hand und stieß heftig Luft durch die Nase aus.

»Heute am Abend werde ich die Ergebnisse haben. Erreiche ich Sie telefonisch?«

»Nein, ich werde auf der Hütte sein, da gibt es kein Netz. Ich rufe Sie an. So um acht?«

»Gerne. Aber – Herr Professor?«

»Ja?«

»Sie haben doch was von einem Einbruch gesagt. Ich würde Ihnen raten, dass Sie unbedingt zur Polizei gehen.«

Eisler zuckte zusammen.

»So etwas sollte immer angezeigt werden«, fuhr der Detektiv fort. Eisler verstand. Scheffel hatte Angst um seine Lizenz. Wahrscheinlich durfte er als Privatdetektiv nicht im Fall eines Einbruchs ermitteln, ohne die Polizei zuzuziehen. Verdammt, warum hatte er daran nicht gedacht!

»Ich habe mich wohl getäuscht«, erklärte er schnell. »Ich habe bemerkt, dass jemand an meinem Computer war, und bin davon ausgegangen, dass es um meine wissenschaftlichen Daten geht. Inzwischen glaube ich, es war gar kein richtiger Einbruch.«

»Nicht? Wie ist denn der Täter eingedrungen? Ist die Tür aufgebrochen worden oder hat er ein Fenster eingeschlagen?«

»Nein. Dieser Täter hat einfach aufgesperrt. Mit dem Schlüssel. Der war im Blumenkasten versteckt.«

»Oh!« Scheffel hüstelte. »Dann ist es natürlich genau genommen, also im rein rechtlichen Sinn, kein Einbruch.«

»Ich weiß.« Eisler atmete kräftig aus. »Und ich vermute inzwischen, es war eine Täter*in*. Und dass ich sie kenne.«

»Eine Dame?«

»Ja, eine Dame. Sonst hätte ich Ihnen ja wohl kaum eine Dose mit Gesichtscreme zum Vergleichen der Fingerabdrücke gegeben, nicht?«

Der Detektiv lachte meckernd. »Eine Dame ... na, das ist natürlich etwas anderes! Also dann – bis heute Abend, Herr Professor.«

»Ich ruf Sie an. Auf Wiedersehen, Herr Scheffel.« Eisler zog ein großes Taschentuch aus der Brusttasche und wischte sich damit über die Stirn. Er war froh, dass er nach dem Einbruch einen Schlosser aus St. Gilgen geholt hatte und keinen aus Bad Ischl.

*

Es roch nach Schnee. Vorbei war es mit dem Sonnenschein und den Frühlingstemperaturen. Den Himmel überzog eine dicke graue Wolkendecke. In der Früh hatte das Thermometer um die null Grad angezeigt. Ein Wetter zum Bergsteigen war das nicht gerade.

»Und – findest du es blöd, hier raufzugehen?«, fragte Josi, die gleichmäßig mit zielgerichteten Schritten aufwärtsstieg.

Materna folgte ein kleines Stück hinter ihr. Der Weg war schmal an dieser Stelle. »Nein, ich finde es nicht blöd, sonst wär ich ja nicht hier.«

»Ich mein ja nur, weil du mit mir gehst und nicht mit einer Polizistin oder so.«

»Das passt schon.« Verdammt, dachte er, gar nichts passt. Das hier war eine vollkommen verrückte Aktion, und er verstand selber nicht, welcher Teufel ihn geritten hatte, sich darauf einzulassen. Vielleicht hatte Conni ja recht, und er war dabei, sich komplett zu verrennen. Natürlich war Josi keine Mörderin, aber konnte er sicher sein, dass sie nicht doch auf irgendeine Weise in die Sache verstrickt war? Schließlich hatte sie ihn mehrmals angelogen. Und dass sie ein paar Rechnungen mit Ischl und den Ischlern offen hatte und es nun auch noch eine Verbindung zwischen ihr und Marie-Sophie Grundt gab, gefiel ihm gar nicht. Was dachte er sich überhaupt bei dieser eigenartigen Bergtour? Erwartete er im Ernst, hier oben die Leiche der jungen Frau zu finden, nur weil diese angeblich geäußert hatte, sie habe vor, den Jainzenberg zu besteigen? Hätte er eine derart abstruse Geschichte auch jemand anderem als Josi abgenommen? Er konnte es nicht sagen. Auf keine einzige der vielen Fragen, die durch sein Hirn tobten, wusste er eine Antwort.

»Resi!«, rief er nach der Hündin. Sie war bereits um die nächste Kehre verschwunden.

Die Weimaranerin kam sofort angelaufen, blieb an der Biegung stehen und sah die beiden Menschen aufmerksam an.

»So ist es brav«, lobte er.

Hier im unteren Drittel des Berges war der Weg einigermaßen schneefrei, aber feucht. Man musste sich vorsehen, nicht auszurutschen.

Josi blieb stehen und schnaufte einmal tief durch. »Phu! Bergtouren bin ich echt nicht mehr gewohnt. Kannst du dir vorstellen, dass die Kaiserin Elisabeth fast jeden Tag auf den Jainzen gelaufen ist, also wirklich gerannt? Und die Hofdamen, die sie begleiten mussten, sind dabei fast kollabiert.«

»So.«

»Ja, ich hab grade ein Buch über sie gelesen.« Sie blieb stehen, sah ihn unsicher aus großen Augen an, die im Licht des Vormittags in einem tiefen Smaragdgrün schimmerten.

Verdammt!, dachte er noch einmal.

»Paul, ich …«, begann sie. »Also, ich möchte mich entschuldigen, dass ich mich vorgestern so blöd benommen habe. Ich hab den Mann im Restaurant schon erkannt. Es war ein Schulkamerad, mit dem ich früher einmal großen Ärger gehabt hab. Ich wollte halt nicht darüber reden.«

»Ist schon in Ordnung.« Er küsste sie schnell auf die Wange, unglaublich erleichtert, dass sie die Wahrheit sagte. Natürlich hatte er sich längst zusammengereimt, dass der Kerl im Salonsteirer etwas mit dieser üblen Geschichte aus ihrer Vergangenheit zu tun haben musste.

»Danke!« Sie fiel ihm um den Hals.

»Wofür denn?«

»Dass du nicht sauer bist.«

Er schob sie ein klein wenig von sich und sah sie forschend an. »Josi, du hast die Marie-Sophie Grundt wirklich nicht persönlich gekannt? Nur ihre Mutter? Ich muss dich das fragen.«

»Nein, wieso?«

»Weil du dir so eine Mühe gibst, sie zu finden.«

»Ihre Mutter war die beste Freundin, die ich in meinem ganzen Leben gehabt habe.«

Die Art, wie sie ihn aus tieftraurigen Augen geradeheraus ansah, gab ihm sein Vertrauen zurück. Auf einmal war er ganz sicher, dass sie die Wahrheit sagte. Was sie zuvor schon von dieser Freundschaft und der Suche nach Marie erzählt hatte, hatte ja auch recht stimmig geklungen.

»Und dass der Freund von der Marie ihr gegenüber aggressiv werden konnte, weißt du also von der Lena Pichler?«, fragte er, obwohl sie auch das bereits berichtet hatte.

»Ja. Er hat sie wohl mehrmals geschlagen.«

»Hm, deswegen hat der Danner wahrscheinlich gesagt, dass sie in Ischl keine Freundinnen hat. Er wollte nicht, dass ich zur Frau Pichler gehe. Die hätte mir das ja sicher auch erzählt«, überlegte er laut.

»Ja, wahrscheinlich«, sagte Josi.

Ein paar Minuten lang stiegen sie schweigend weiter den Berg hinauf.

Unvermutet schlug Resi an. Sie stand mitten auf dem Weg, der sich in Serpentinen hochwand, fixierte eine Stelle an dem Hang oberhalb des Weges und bellte mit ihrer tiefen Stimme unaufgeregt, aber stetig. Wie eine Totenglocke.

Der Berghang war hier steil, recht felsig für die Verhältnisse auf dem Jainzen und nur stellenweise mit Buschwerk bewachsen. Auf einem Felsvorsprung befand sich ein Reisighaufen, der durch einen Strauch Halt fand. Wenn man genau hinschaute, konnte man erkennen, dass der Berg aus Zweigen ziemlich unnatürlich wirkte, fast so, als sei er sorgsam aufgeschichtet worden.

»Ich fürchte, du hast recht gehabt, Josi«, sagte Materna leise. »Da ist etwas Rotes zwischen den Zweigen, siehst du? Hm, raufklettern können wir nicht. Gehen wir um die nächste Kehre. Vielleicht sehen wir von oben mehr.«

Josi wurde weiß wie ein Leintuch. Materna nahm sie an der Hand. »Komm.« Langsam stiegen sie weiter hinauf.

Der Blick von oben zeigte, dass das, was dieser Haufen verbergen sollte, wohl wirklich ein Mensch war. Ein toter Mensch. Wahrscheinlich hatte der Schnee, der durch den Föhneinbruch nass und schwer geworden und anschließend geschmolzen war, die Zweige ein wenig verschoben. Das Rote, das unter dem verrutschten Reisig hervorblitzte, gehörte eindeutig zu einem Kleidungsstück. Wenn man genau hinschaute, konnte man auch blonde Haare erkennen. Aber näher heran kam man von oben erst recht nicht.

Josis Zähne klapperten.

»Frierst du?«, fragte er, obwohl er wusste, dass sie nicht vor Kälte zitterte.

Sie nickte.

Er legte den Arm um sie. »Josi, hat die Lena gesagt, was ihre Freundin angehabt hat, wie sie sich von ihr verabschiedet hat?«

Josi schüttelte stumm den Kopf.

»Hast du ihre Telefonnummer?«

»Ja.« Sie holte ihr Handy aus der Jackentasche. »Vielleicht ist es besser, ich ruf sie an?«

»Wahrscheinlich, ja.«

Sie wählte. »Lena, ich bin's, die Josi. Ich ...« Sie unterbrach, hörte zu, nickte mehrmals. »Ganz sicher können wir es nicht sagen«, fuhr sie fort. »Da ist was auf einem Felsvorsprung, aber wir kommen nicht dran. Sag, Lena, was hat denn die Marie angehabt, wie du sie zuletzt gesehen hast?« Josi hörte wieder zu, nickte erneut. »Gut, danke. Ich komm dann zu dir, ja?«

Sie beendete das Gespräch. »Eine beige Jeans und einen roten Anorak«, sagte sie mit zitternder Stimme zu Materna. Sie hielt das Telefon immer noch in der Hand und schaute ihn hilflos an. »Vielleicht ist es ja sogar besser für die Lena, wenn sie Bescheid weiß, oder? Jetzt muss sie nicht mehr mit dieser Ungewissheit leben.« Sie fuhr sich mit dem Handrücken über die Augen. Dann zog sie ein Taschentuch hervor, putzte sich die Nase und steckte das Tuch wieder ein.

»Ja, vielleicht.« Materna nahm ihre beiden Hände und hielt sie ein paar Sekunden lang fest. »Josi, ich muss jetzt die Kollegen rufen, einen Arzt, die Bergrettung, die Staatsanwaltschaft verständigen und so weiter. Du musst leider allein zurück ins Tal. Ist das in Ordnung?«

»Ja, klar.« Sie zitterte immer noch ein wenig.

Materna hätte sie am liebsten fest in die Arme genommen, sie gehalten und getröstet. Aber das ging jetzt nicht. »Kannst du bitte die Resi mitnehmen und zum Rudi in die Kanzlei bringen?«

»Mach ich.«

»Weißt du die Adresse?«

Sie schüttelte den Kopf.

Er holte sein Notizbuch hervor, nahm eine Visitenkarte heraus, drückte sie ihr in die Hand und überreichte ihr die Hundeleine.

»Na, lauf, Resi«, sagte er zur Hündin.

Er küsste Josi auf die Wange. »Mach's gut«, sagte er leise. Dann holte er sein Telefon aus der Tasche. Ehe er die erste Nummer wählte, schaute er ihr nach, wie sie sich mit der Hündin an ihrer Seite an den Abstieg machte.

*

Ein weiterer Einsatzwagen kam mit zuckendem Blaulicht die Auffahrt zur Kaiservilla herauf. Die zahlreichen Schaulustigen, die sich vor Franz Josephs ehemaligem Sommersitz eingefunden hatten, spritzten nach links und rechts zur Seite.

Die Polizei hatte veranlasst, dass das Tor zur Auffahrt geöffnet wurde. Die Kette am Kassenhäuschen, die während der Saison Zahlungsunwilligen den Weg versperrte, hatte man entfernt. Der Platz zwischen der Kaiservilla und dem Springbrunnen war mit rot-weißen Flatterbändern abgesperrt. Zwei Polizeiautos mit eingeschaltetem Blaulicht blockierten den Zugang. Auf den umliegenden Rasenflächen, die mit zahlreichen *Betreten-verboten*-Schildern bestückt waren, drängten sich die Leute. Der Hausherr stand vor seinem Schloss und rang die Hände.

Die Männer von der Bergrettung hatten Marie-Sophie Grundt geborgen. Der Arzt hatte festgestellt, dass die junge Frau mit einem gezielten Stich ins Herz getötet worden war, dass sie überdies einige ältere Spuren von Misshandlung aufwies und schon längere Zeit am Fundort gelegen hatte. Das genaue Datum verriet ein Bahnticket nach Wien, das sich in der Innentasche ihres Anoraks befand und zum Glück noch gut lesbar war. Sie hatte es am 11. November über Internet geordert und ausgedruckt, am 12. November um 15.25 Uhr wäre ihr Zug gegangen. Ein Handy hatten die Polizisten nicht gefunden.

Der Weg vom Fundort der Leiche zum Kaiserpark war kürzer als der zum Doppelblick. Er dauerte nur gute zwanzig Minuten. So war ein Hubschraubereinsatz nicht nötig gewesen, man hatte die tote Marie-Sophie auf einer Tragbahre nach unten gebracht. Materna, Conni, die Kollegen von der Ischler Schutzpolizei und der Arzt waren zusammen mit den Bergrettungsleuten abgestiegen, während die Spurensicherer der Tatortgruppe weiter die Wege und Abhänge absuchten.

Vor der Kaiservilla hatten sich die Bergrettungsleute um die Bahre postiert, als wollten sie die Tote vor den sensationslüsternen Blicken rundum beschützen.

Ein Leichenwagen bahnte sich gerade den Weg durch die Menge. Inspektor Heininger öffnete mit wichtiger Miene ein Stück weit die Absperrung.

»Geh, Heininger, hättet's net die Leut' draußen halten können?«, fragte Materna.

»Na! Die Fahrzeuge müssen durch. Und so viel Leut', dass ma unten alles abriegeln können, hamma net.«

Materna nickte.

Aus dem Leichenwagen stiegen zwei schwarz gekleidete Männer. Sie holten einen Metallsarg aus dem Fond. Der Kreis öffnete sich.

Als die in einen Sack gehüllte Tote in den Sarg gelegt wurde, beobachtete Materna, wie sich einige der Schaulustigen schier den Hals verrenkten, damit sie nur ja alles ganz genau sehen konnten. Etliche zückten sogar ihr Handy, um zu fotografieren. Es widerte ihn an. Immer wieder.

»Komm, Conni, gehen wir«, wandte er sich an seinen Kollegen. »Hier können wir nichts mehr tun.«

»Wohin?«, fragte Conni, als sie in den Dienstwagen stiegen.

»Zum Danner. In die Praxis. Ich meine, die Misshandlungs-spuren an der Leiche sprechen Bände. Und der Tag, an dem die Frau Grundt dem Danner gesagt hat, dass sie ihn verlässt, war der 11. November. Das passt doch alles wie die Faust aufs Auge.«

Conni nickte. »Sagst mir den Weg an?«

»Unten bei der Götzstraße rechts, noch einmal rechts und dann links in die Wirerstraße.«

»Okay.« Conni trat das Gaspedal durch. Diesmal sagte Materna nichts.

*

Zehn Minuten später standen sie im Vorzimmer der Zahnarzt-praxis.

Die Sprechstundenhilfe, Susanne Bramberger, kannte Materna bereits von seinem ersten Besuch. Der Chefinspektor stellte seinen Kollegen vor und fragte nach Dr. Danner.

»Der Herr Doktor hat grade einen Patienten«, sagt Susanne Bramberger. Wie ein Zerberus baute sie sich vor der Tür des Behandlungszimmers auf.

Alle Wartenden schauten von ihren Zeitungen hoch. Eine junge Frau, die in hektischen Schritten auf und ab gegangen war, blieb stehen und blickte ebenfalls zu ihnen hin.

»Schon gut«, beschwichtigte Materna. »Ich werde die Behand-lung nicht stören. Aber bitte gehen Sie rein und sagen Sie Ihrem Chef, dass ich ihn sprechen möchte, sobald er mit diesem Patien-ten fertig ist.«

Sie zog unwillig die Brauen zusammen, setzte sich aber auf Maternas eindringliches »Bitte!« schließlich in Bewegung.

Das Quietschen eines Bohrers drang zu den beiden Polizisten heraus, als sie die Tür öffnete.

Materna schüttelte sich. »Ein widerliches Geräusch«, sagte er leise zu Conni. »Als ob dieser Gestank nach Desinfektionsmitteln nicht schon reichen würde.«

Conni grinste. »Angst vorm Zahnarzt?«

»Blödsinn!«

Die Zahnarzthelferin erschien wieder. »Der Herr Doktor ist bald fertig. Dann lässt er bitten.«

»Aha«, brummte Conni.

»Vielen Dank, Frau Bramberger«, sagte Materna.

Ein paar Minuten später kam der Patient heraus. Er sah mitgenommen aus. Ihm folgte eine komplett weiß gekleidete junge Frau, die anscheinend bei der Behandlung assistiert hatte. Unmittelbar darauf riss Danner die Tür auf. Mit einer großen Geste bat er die beiden Polizisten ins Behandlungszimmer.

Materna hätte dieses Gespräch wirklich sehr viel lieber woanders geführt als ausgerechnet hier. Aber er wollte sich auf gar keinen Fall anmerken lassen, wie sehr es ihn tatsächlich vor Zahnärzten und ihren Foltergeräten gruselte.

»Was führt Sie zu mir?« Danner zupfte sich zuerst den einen, dann den anderen Latexhandschuh von den Fingern. Er wirkte dabei, als sei dies eine äußerst wichtige Tätigkeit, der man die höchste Aufmerksamkeit widmen musste.

»Wir haben Ihre Freundin tot auf dem Jainzenberg aufgefunden«, sagte Materna und beobachtete den Zahnarzt scharf.

Danner ließ sich auf den Hocker plumpsen, der neben dem Behandlungsstuhl stand. »Tot?«

»Ja, ermordet«, sagte Conni.

Danner wurde aschfahl. »Ermordet? Von wem denn?«

»Wir sind gerade dabei, das herauszufinden.« Materna zog einen Stuhl heran und setzte sich ebenfalls. »Herr Dr. Danner, wo waren Sie am Mittwoch, den 12. November zwischen 8.00 und 16.00 Uhr?«

»Hier natürlich, wo sonst?« Der Zahnarzt zerrte an dem Mundschutz, der an einem Gummiband um seinen Hals hing, und zog ihn ruckartig über den Kopf.

»Das können Ihre Mitarbeiterinnen doch sicher bestätigen?«

»Natürlich.« Danner stand auf und öffnete die Tür zum Warteraum einen Spalt. »Susanne – kommen Sie bitte mal und bringen Sie den Terminkalender mit.«

»Frau Bramberger«, wandte sich Materna an die Zahnarzthelferin, nachdem diese eingetreten war und die Tür hinter sich geschlossen hatte. »Wie viele Patienten waren am Mittwoch, den 12. November in der Praxis?«

»Oh – verzeihen Sie! Ein Irrtum.« Danner schlug sich mit der flachen Hand gegen die Stirn. »An diesem Tag war ich ja krank.« Susanne Bramberger blätterte in den Aufzeichnungen. »Ja, genau. Am 12. November hatten wir keine Patienten. Da war der Herr Doktor krank.«

»Sie waren nur einen Tag krank?«, wollte Conni wissen.

»Als Arzt kann man sich keine längeren Ausfälle leisten«, antwortete Danner in einem Ton, als hätte man ihn der Faulheit oder Wehleidigkeit bezichtigt.

Materna ging nicht weiter darauf ein. »Angesichts des Todesfalls ist es sicher angebracht, die Praxis für heute zu schließen.«

»Todesfall?« Die Sprechstundenhilfe schaute mit aufgerissenen Augen von den Polizisten zu ihrem Chef.

»Sagen Sie bitte alle Termine ab, Susanne«, ordnete Danner an, und als diese weiterhin wie angewurzelt stehen blieb, fügte er erklärend hinzu: »Wie gesagt – wegen eines Todesfalls.«

»Ist gut, Herr Doktor.« Sichtlich verwirrt verließ die junge Frau das Behandlungszimmer.

Materna erhob sich. »Herr Dr. Danner, wir müssen Sie bitten, uns zu begleiten. Wir sollten das Gespräch auf der Polizeiinspektion fortsetzen.«

Danner stand langsam auf. Sein Blick war starr, die Haut aschfahl. »Ich hole nur meine Sachen.« Er verschwand in einem Nebenraum.

»Lass dir die Handynummer von der Sprechstundenhilfe geben«, wandte sich Materna an Conni, als sein eigenes Telefon zu läuten begann.

Es war Mike Geringer. »Paul, ich wollte dir nur rasch Bescheid geben, dass wir auf dem Hang das Smartphone der Toten gefunden haben.«

»Klasse. Funktioniert es noch?«

»Im Moment nicht. Wir werden aber tun, was wir können. Immerhin war es in einer sehr stabilen Hülle. Und außerdem haben wir ein Papiertaschentuch im Gebüsch entdeckt, eines mit der Kaiserin Elisabeth drauf. Genau wie das, das der Koller bei sich gehabt hat.«

»Oh!«

»Interessant, nicht? Und noch was …«

Danner kam im Mantel in den Praxisraum zurück. Über der Schulter trug er eine Ledertasche.

»Mike, ich muss Schluss machen. Ich ruf dich zurück«, unterbrach Materna das Gespräch.

»Gehen wir«, sagte er zu Danner.

*

Prof. Peter Eisler stand vor den versammelten Ärzten. Er betätigte die Fernbedienung in seiner Hand. Auf einem übergroßen Bildschirm an der Wand erschienen neue CT-Aufnahmen. Gerade wollte er zu einem Kommentar ansetzen, als Kramer den Raum betrat.

»Entschuldigung«, murmelte er. Er trug die Kleidung der Rettungsärzte und wirkte abgehetzt.

Eisler hätte sich normalerweise bei einer Fallbesprechung nicht unterbrechen lassen, aber aus unerklärlichen Gründen fühlte er sich gedrängt, nachzufragen.

»Haben Sie einen Einsatz gehabt, Kramer?«

»Ja, Herr Professor, mit der Bergrettung. Die Polizei hat uns angefordert. Eine junge Frau ist auf dem Jainzen gefunden worden. Leider tot.«

Allgemeines Gemurmel brach aus. Keiner schaute mehr auf den Bildschirm.

Eisler bekam plötzlich kaum noch Luft. Er griff nach seiner Krawatte, lockerte den Knoten und weitete sie etwas. »Ein Bergunfall?«, hakte er nach und bemühte sich, die Frage möglichst beiläufig klingen zu lassen. »Der Jainzenberg ist doch wirklich leicht zu besteigen, sogar im Winter. War das vielleicht wieder einmal eine Touristin in Turnschuhen?«

»Kein Unfall, Herr Professor. Die Frau ist ermordet worden – durch einen Stich ins Herz.«

Eisler wurde schwindlig. Sie haben sie gefunden, dachte er. Es ist aus. Alles ist aus. Er schloss schnell die Augen, öffnete sie wieder und schüttelte leicht den Kopf, um das Schwindelgefühl in den Griff zu bekommen.

»Weiß man schon, wer es ist?« Er hörte selber, wie heiser seine Stimme klang.

Kramer nickte. »Eine junge Sängerin, die aus Ischl stammt. Ihr Name ist Marie-Sophie Grundt.«

Eisler spürte, wie sein Körper zu schwanken begann, ganz ohne sein Zutun und ohne dass er etwas dagegen hätte tun können. Es fühlte sich an, als würde er an Marionettenfäden hin und her gezogen. Er merkte noch, wie er zu Boden glitt, dann wurde ihm schwarz vor den Augen.

*

»Ohne meinen Anwalt werde ich kein einziges Wort mehr sagen«, zischte Danner. Er saß hoch aufgerichtet den beiden Polizisten gegenüber und blitzte sie wütend an.

»Wer ist denn Ihr Anwalt?«, erkundigte sich der Chefinspektor ruhig.

»Dr. Lechner.«

»Au weh!«, entfuhr es Conni.

»Was heißt hier *au weh*?«, brauste Danner auf.

»Dr. Lechner ist ein guter Freund von mir. Ich wohne bei ihm, wenn ich in Ischl bin«, erklärte Materna.

»Das auch noch«, schnaubte der Zahnarzt.

»Das wird der Sache keinen Abbruch tun. Rufen Sie ihn ruhig an.« Der Chefinspektor reichte Danner ein Telefon. Drei Minuten später hatte er die Zusage von Rudi Lechner, in etwa einer Viertelstunde auf der Polizeiinspektion zu sein.

»Gut, dann warten wir so lange.« Mit einer Kopfbewegung forderte Materna Conni auf, ihm nach draußen zu folgen.

»Stell dir vor, der Mike und seine Leute haben das Smartphone von der Toten gefunden – und dasselbe Papiertaschentuch wie beim Georg Koller. Das mit der Kaiserin Elisabeth drauf«, informierte er den Kollegen.

»Das heißt, dass die beiden Morde vom selben Täter begangen worden sind«, stellte Conni fest.

»Wahrscheinlich ist das eh, wo doch beide Opfer so miteinander verbandelt waren. Aber jetzt haben wir ein deutliches Indiz. Es schaut so aus, als würde der Mörder seinen Opfern die Taschentücher zustecken.«

»Hm…« Conni zog die Stirn in Falten. »Ein Serientäter, der Zeichen hinterlässt, weil er mit uns spielen will?«

»So ein Fall ist mir persönlich zum Glück noch nie begegnet, und dieser sieht auch nicht danach aus. Aber dass die Sissi-Taschentücher eine Botschaft sein sollen, kann ich mir gut vorstellen.«

»Ja. Fragt sich nur, welche.«

»Auf jeden Fall hat es etwas mit der Kaiserin Elisabeth zu tun«, überlegte Materna laut.

»Passt aber nicht zum Danner – oder?«

»Wer weiß. Es gibt übrigens noch einen weiteren Hinweis. Die Josi, also die Frau Konarek, und ich haben grade noch darüber geredet, dass der Jainzen so was wie der Hausberg der Kaiserin war, auf den sie fast jeden Tag gestiegen ist.«

»Ist sie nicht auch ermordet worden?«

»Ja. Durch einen Stich ins Herz.«

»Wie die Frau Grundt. Phu!« Conni schüttelte sich. »Ganz schön gruselig.«

»Stimmt. Wart mal, ich muss den Mike noch einmal kurz anrufen.« Materna zog sein Telefon aus der Tasche und betätigte die Kurzwahl.

»Hallo, Paul«, meldete sich der Kriminaltechniker. »Was ich dir vorhin noch sagen wollte, wird dich bestimmt auch interessieren. Der Fundort der Leiche ist wahrscheinlich nicht exakt der Ort des Überfalls. Obwohl es in der Zwischenzeit geschneit hat, haben wir ein paar hundert Meter weiter unten Blutspuren an Steinen feststellen können. Anscheinend ist das Opfer nach dem tödlichen Stich noch ein gutes Stück weitergegangen.«

Materna bedankte sich, beendete das Gespräch und instruierte Conni.

Der schüttelte den Kopf. »Das gibt es doch nicht.«

»Wirklich eine unglaubliche Geschichte.« Auf einmal hatte Materna das Gefühl, genau diese schon irgendwo gehört oder gelesen zu haben, aber er wusste beim besten Willen nicht wo.

*

Schlecht gelaunt betrat Eugen Ronacher die Kanzlei. Hätte er nicht am späten Nachmittag diesen wichtigen Termin mit Kommerzialrat Feininger gehabt, wäre er gar nicht erst erschienen. Bereits am Vormittag, vom Gericht aus, hatte er Jasmin telefonisch mitgeteilt, er habe noch zu tun und komme daher später. In Wirklichkeit war er nach der Verhandlung in seine Wohnung gegangen, um sich hinzulegen. Er hatte auf dem Sofa vor sich hin gedöst, danach ein ausgiebiges Bad genommen. Anschließend hatte er sich einen starken Kaffee gemacht, dessen belebende Wirkung allerdings ausgeblieben war. Schon seit Tagen konnte er kaum schlafen, und allmählich ging die Kraftlosigkeit in Erschöpfung über.

Zu allem Überfluss schaute Jasmin ihm wieder einmal mit diesem Spinne-im-Netz-Ausdruck entgegen, den er nur zu gut an ihr kannte. Sie trug ihn immer zur Schau, wenn sie darauf lauerte, irgendwelche ihrer Meinung nach wahnsinnig wichtigen Neuigkeiten loszuwerden. Ein starres Grinsen legte sich über ihr Gesicht, ihre Augen leuchteten vor Mitteilungswut. Ronacher seufzte. Er wollte sie bitten, noch etwas Kaffee zu kochen, kam aber gerade einmal dazu einzuatmen, als sie auch schon loslegte.

»Grüß Gott, Herr Doktor. Also, Herr Doktor, das ahnen Sie nicht, was passiert ist!« Sie zog das Wort *ahnen* in die Länge, dass es wie aaaaaaaaaahnen klang, und hielt einen Augenblick inne. Offenbar erwartete sie eine Nachfrage. Da Ronacher nichts sagte, platzte sie mit der Sensationsnachricht heraus: »Stellen Sie sich vor, die Marie-Sophie Grundt ist ermordet worden!«

Mit vor Aufregung geröteten Wangen und blitzenden Augen stand sie nun ganz nah vor ihm. Er trat einen Schritt zurück. »Kenn ich nicht. Geh'n S', Jasmin, sein S' so nett und machen S' mir einen Kaffee.«

»Selbstverständlich, Herr Doktor.« Das Grinsen verschwand aus ihrem Gesicht. Sie zog einen Schnut und begab sich in die sogenannte Kaffeeküche, die eigentlich nur eine Nische des Kanzlei-Vorzimmers war. Sie enthielt ein Schränkchen, eine Kaffeemaschine, einen Wasserkocher und eine winzige Spüle.

Gleich darauf zischte es laut. Ronacher hörte das heiße Getränk in die Tasse laufen. Der anregende Duft breitete sich im ganzen Raum aus.

»Soll ich Ihnen den Kaffee auf Ihren Schreibtisch stellen?« Jasmin balancierte ein kleines Tablett mit Kaffee, Milch und Zucker auf der rechten Hand.

»Danke, geben S' ihn mir nur, ich nehm ihn selber mit.«

»Bitte sehr.« Sie hielt Ronacher das Tablett entgegen, aber er nahm nur die Tasse mit dem schwarzen Kaffee herunter.

Ehe sie die restlichen Utensilien wegbrachte, machte sie einen erneuten Anlauf, ihre Sensationsgeschichte vollends loszuwerden. »Das wundert mich jetzt aber, dass Sie die Marie-Sophie Grundt nicht kennen, Herr Doktor. Das ist doch diese junge Sängerin, der absolute Liebling vom Koller.«

»Au!«, schrie Ronacher. Die Tasse war ihm entglitten, und die brühend heiße Flüssigkeit ergoss sich über sein rechtes Bein.

»Jessas, Herr Doktor!« Jasmin stürzte zurück zur Kaffeeküche, kam mit einem karierten Geschirrtuch wieder und begann, am Hosenbein ihres Chefs herumzurubbeln.

»Hören S' doch mit der Fummlerei auf!«, schauzte Ronacher sie an, was ihm im selben Moment leid tat. »Entschuldigen Sie, Jasmin.«

»Natürlich, bitte, Herr Doktor.« Sie schaute ihn besorgt an. »Haben Sie sich verbrannt?«

»Ich weiß nicht genau. Ich zieh mich jedenfalls rasch um.« Ronacher ging zur Tür. Wieder einmal war er froh, dass seine Wohnung gleich gegenüber der Kanzlei lag.

Fieberhaft versuchte er, einen klaren Gedanken zu fassen. Eine ermordete Frau, die mit Koller im Zusammenhang stand – was bedeutete das? Würden sie jetzt erst recht in der Sache herumwühlen? Oder würden sich Polizei und Öffentlichkeit nun auf den Mörder dieser Frau Grundt konzentrieren, und er konnte aufatmen? Er wusste es nicht. Jedenfalls musste er schleunigst aus der Hose raus, die ekelhaft nasswarm um sein Bein schlabberte.

»Ich bin gleich wieder zurück.«

»Ist gut, Herr Doktor.« Jasmin setzte sich an ihren Schreibtisch und griff erneut zum Telefon.

*

Rudi Lechner hatte darum gebeten, für ein paar Minuten mit seinem Mandanten allein sprechen zu dürfen.

Jetzt saß Materna dem Verdächtigen und dessen Anwalt gegenüber, der dummerweise sein Freund war.

»Sind Sie Jäger, Dr. Danner?«, fragte er unvermittelt.

»Ich gehe gelegentlich ...«, begann Danner.

»Was soll diese Frage?«, ging Rudi dazwischen. »Ist sie irgendwie für den Fall relevant?«

»Sicher. Das Opfer ist mit einem Hirschfänger erstochen worden.«

»Herr Chefinspektor«, sagte Rudi ebenso förmlich wie zynisch. »Es dürfte Ihnen bekannt sein, dass Jagdmesser von jedermann käuflich zu erwerben sind.«

Depp!, hätte Materna am liebsten gesagt. Was natürlich nicht ging. Außerdem machte er ja auch nur seinen Job, der Rudi.

Conni betrat den Raum und setzte sich kommentarlos dazu.

»Sie müssen gar nichts sagen«, wandte sich Rudi Lechner demonstrativ an Danner.

»Das ist richtig. Sie müssen nichts sagen, Dr. Danner, aber es wäre nicht sehr gescheit zu schweigen.« Diese Feststellung trug Materna einen giftigen Blick von Rudi ein. »Es ist ja nicht nur so, dass Sie für den Mordtag kein Alibi haben«, setzte er an Danner gewandt hinzu. »Sie hatten am Tag davor einen heftigen Streit mit

Ihrer Freundin. Der Arzt hat Spuren von Misshandlung an der Toten festgestellt. Und wir haben eine Zeugin, von der wir wissen, dass Sie mehrmals gewalttätig gegen Frau Grundt geworden sind.«

»Zeugin? Ha!«

»Bitte setzen Sie sich wieder hin«, sagte Rudi mit ruhiger Stimme zu seinem Mandanten. »Und lassen Sie sich nicht provozieren. Sie müssen nichts …«

»Ah, ja, natürlich – diese blöde Gans, die Pichler!«, schrie Danner, ohne sich um die Anweisungen seines Anwalts zu kümmern. »Die beste Freundin! War die vielleicht dabei? Hat die was gesehen? Die lügt, sooft sie den Mund aufmacht. Die ist doch nur eifersüchtig. Der hat es einfach nicht gepasst, dass die Marie mit mir zusammen war! Wahrscheinlich ist sie lesbisch.«

»Herr Dr. Danner!«, versuchte es Rudi noch einmal.

Danner setzte sich.

»Es scheint ja gleich mehrere Personen gegeben zu haben, denen die Beziehung zwischen Ihnen und der Frau Grundt nicht gepasst hat«, stellte Materna fest, ohne auf Danners Behauptungen in Bezug auf Lena Pichler einzugehen. »Georg Koller zum Beispiel. Und mit ihm haben Sie doch auch Streit gehabt, ebenfalls am Tag vor dem Mord. Außerdem haben Sie neulich behauptet, die Frau Grundt hätte gar keine Freundinnen in Ischl.«

»Kann ich mich kurz mit meinem Mandanten beraten?«, fragte Rudi, der von der Entwicklung einigermaßen überrascht wirkte.

»Natürlich.«

Materna und Conni verließen den Raum. Als sie nach wenigen Minuten zurückkamen, saß Danner ein wenig in sich zusammengesunken auf seinem Sessel.

»Mein Mandant möchte aussagen«, sagte Rudi.

»Ja, also gut – mir ist ein paarmal die Hand ausgerutscht«, begann Danner. »Aber ich hab die Marie nicht umgebracht. Sie nicht, und den Koller auch nicht.«

»Und warum haben Sie uns dann zuerst angelogen, als wir Sie gefragt haben, wo Sie am 12. November waren?«, fragte Materna.

»Das war eine Kurzschlussreaktion. Wie ich erfahren habe, dass es um Mord geht, hab ich Angst gekriegt.«

»Vielleicht erzählen Sie einfach einmal Ihre Version von der Geschichte.«

Danner räusperte sich. »Hm, also, ich hatte ja an dem Abend, an dem mich die Marie verlassen hat, eine Auseinandersetzung mit dem Koller, wie Sie wissen. Ich bin auf dem Weg nach Hause noch ins k.u.k. Hofbeisl gegangen, weil mir nach einem Drink zumute war. Da ist eine Bekannte, die Sissi Strasser, gesessen. Sie hat mich gefragt, was los ist, da hab ich es ihr erzählt.«

»Sie kennen die Frau Strasser näher?«

»Das tut nichts zur Sache!«, ging Rudi Lechner abrupt dazwischen. Aber Danner redete weiter.

»Ich war mies drauf, sie hat mir eindeutige Avancen gemacht, also hab ich sie gefragt, ob sie noch mit zu mir kommt. Da hat sie es auf einmal eilig gehabt.«

»Sie ist also nicht mit zu Ihnen gegangen?«, fragte Materna nach und wunderte sich, dass der Rudi, der gerade noch so giftig gewesen war, auf einmal ein fast fröhliches Gesicht machte.

»Nein. Ich bin allein nach Hause gefahren und hab die ganze Nacht weiter getrunken. Deswegen hab ich mich am nächsten Tag krank gemeldet.«

»Dann kann mein Mandant ja jetzt gehen«, stellte der Rudi fest. »Sie haben nichts gegen ihn in der Hand. Es dürfte für den Mordtag unzählige Menschen geben, die kein Alibi vorweisen können.«

Materna nickte. »Aber halten Sie sich bitte zu unserer Verfügung, Dr. Danner.«

Conni begleitete Danner nach draußen.

»Rudi?«, hielt Materna den Freund zurück, der ebenfalls im Begriff war aufzubrechen.

»Ja?«

»Bist ein Depp.«

»Du mich auch«, sagte Rudi.

*

Nachdem Josi die Weimaranerin zu ihrem Besitzer gebracht hatte, war sie zu Lena ins Geschäft gegangen, um mit ihr zu reden, um sie zu trösten, so gut es ihr eben möglich war, und um Poldi abzuholen. Lena war sehr tapfer. Immer wieder betonte sie, dass letztlich alles besser sei als diese grauenhafte Ungewissheit. Aber es war ihr deutlich anzumerken, dass sie einfach am Ende war.

Josi überredete sie, das Geschäft für den Rest des Tages zuzumachen. Sie brachte Lena nach Hause und blieb noch einige Zeit bei ihr. Schließlich entschloss sich die erschöpfte junge Frau, eine Schlaftablette zu nehmen und sich hinzulegen.

Josi bemerkte erst, wie weich ihre Knie waren, als sie durch die Tür von Lenas Wohnhaus ins Freie trat. Auch ihre Kräfte waren erschöpft, zugleich fühlte sie sich unnatürlich aufgedreht. Was sollte sie nur tun? Paul anzurufen war sinnlos. Er steckte bestimmt in der heißen Phase der Ermittlungen zum zweiten Mordfall. Allein zu sein war allerdings im Moment auch ein gruseliger Gedanke. Sie beschloss, ins k.u.k. Hofbeisl zu gehen. Jetzt brauchte sie erst einmal einen starken Kaffee und einen Cognac.

Sie fand Platz an einem unbesetzten Tisch und gab ihre Bestellung auf. Kaum hatte sie die ersten Schlucke getrunken, bereute sie es auch schon wieder, hergekommen zu sein. Der Kaffee und der Cognac taten unglaublich gut. Weniger gut taten ihr die vier jungen Männer an der Bar. Sie redeten und lachten in einer Lautstärke, die Josis strapaziertes Nervenkostüm gerade ganz schlecht ertrug.

»A geh, der Franzl erobert Ihre Hoheit, die Sissi. Wie im Film«, gröhlte der eine von ihnen. Er hatte Unmengen Gel im schwarzen Haar und war mit einer Lederjacke bekleidet. In der Hand hielt er etwas, das vermutlich ein Foto war.

Alle, bis auf einen, lachten wieder brüllend los.

Der Eine war offenbar dieser Franzl, ein etwas vierschrötiger Kerl mit einem roten Gesicht und einem komischen borstigen Haarschnitt. So genervt sie auch war – jetzt wurde Josi doch neugierig. Was, zum Teufel, hatten die jetzt schon wieder mit der Kaiserin?

Das Rotgesicht zog eine Brieftasche aus seiner Jeans, klappte sie auf, entnahm ihr eine Karte und hielt sie so, dass seine Kumpels sie betrachten konnten. »Da seht's es! A Einladung in ihr Haus, von ihr selber g'schrieben.« Mit einem Mal entriss er dem Burschen mit dem vielen Gel das Foto und betrachtete es verliebt. »Bist ja nur neidig, weil des die schönste Frau von Ischl is' ... na, net nur von Ischl – die absolute Superfrau is' des, die schönste Frau von der Welt.«

»A geh, hör auf«, ließ sich der dritte aus der Partie vernehmen. »A so a Katz, die lasst sich net mit dir ein, Burschi. Bei der schönen Sissi kriegst höchstens an Kaffee – wennsd' a Glück hast! Waßt, was i glaub? Der Job beim Habsburg tut dir net gut.« Wieder gröhlten alle.

Job beim Habsburg? Dann arbeitete dieser Franzl wohl für den Herrn der Kaiservilla und des Kaiserparks. Josi wusste, dass der Sommersitz Franz Josephs nach wie vor von Nachkommen des Kaiserpaars bewohnt wurde. Sie erinnerte sich dunkel – es hatte damit zu tun, dass Marie Valerie, die jüngste Tochter des Kaisers und Erbin der Villa, mit einem Habsburger der toskanischen Linie verheiratet gewesen war. Da diese keinen Anspruch auf die Krone hatten, war die Kaiservilla, anders als alle anderen österreichischen Schlösser, im Besitz der Familie Habsburg geblieben.

Sie fühlte sich auf einmal nicht mehr schwach, sondern hellwach. Die Sissi ... die Habsburger ... die schönste Frau der Welt ... Die Kaiserin Elisabeth hatte zu ihrer Zeit als die schönste Frau der Welt gegolten. Josi spürte, wie eine kribbelnde Aufregung sie überkam. *Wie im Film*, hatte der eine Mann gesagt, und *Bei der schönen Sissi kriegst höchstens an Kaffee!*, der andere. Eine Ahnung stieg in ihr auf, ein Gedanke, der sie nicht mehr losließ. Hastig stand sie auf, zahlte an der Bar und machte sich auf den Weg zu ihrem Hotel.

Unterwegs zog eine Teedose in einer Auslage ihren Blick magisch an. Die Vorderseite zierte das bekannteste Bild der Kaiserin Elisabeth, das mit den Sternenblüten im Haar und dem weißen Kleid. *Kaiserlicher Sissi-Tee* stand darauf, und: *Entdecken Sie das Geheimnis ihrer Schönheit.*

*

»Hab ich's dir nicht gleich g'sagt, Hubsi?« Die Rosi stand am Herd und rührte kräftig in einem Topf, aus dem es herrlich nach Gulasch duftete.

»Hmm«, brummte der. Er hatte es sich auf der Eckbank mit einem Bier gemütlich gemacht. »Was denn?«

»Die ganze Zeit hab ich es g'wusst: Der Koller hat was g'habt mit dem jungen Dirndl, der Marie, so narrisch, wie er mit der war. Und die Schindler war eifersüchtig – eh klar! Da hat sie ihn um'bracht und dann die Marie auch noch.«

»Na«, erklärte der Hubsi. »Des war anders. Mir haben die Frau Grundt erst jetzt g'funden, aber ermordet worden is' die z'erst, dann erst der Koller.«

»Ah so. No, des passt eh noch besser. Da hat die Schindler erst des Madl erledigt, und dann ist er ihr draufkommen. Da hat er auch sterben müssen. Und euer oberg'scheiter Herr Chefinspektor kapiert gar nix.«

»Eh net«, brummte der Hubsi.

»Aber sich wichtigmachen, des kann er.«

»Ja, genau«, stimmte der Hubsi inbrünstig zu. »Heut Nachmittag hat er g'meint, wir hätten d' Leut' aus dem Kaiserpark raushalten solln, wo ma eh grad wegen dera Grippewelle so unterbesetzt san. Z'erst jagt er uns auf den Berg aufi, und dann soll ma zugleich unten a no alles machen.« Er schüttelte erbost den Kopf. Mit einem Mal breitete sich ein Grinsen über sein Gesicht aus. »Weißt es überhaupt scho, wer die Leich g'funden hat?«

»Na, wer?«

»Die Konarek! Die is' uns nämlich entgegenkommen, wie mir aufg'stiegen san, der Gustl und i.«

»Ah geh!« Der Kochlöffel plumpste in den Gulaschtopf und die Rosi auf einen Küchenstuhl. »Und wieso war der Chefinspektor oben?«

»Der wird halt mit ihr da aufi gangen sein.« Der Hubsi nahm einen ordentlichen Zug Bier und stellte den Krug mit einem kräftigen »Aaaaah!« auf den Tisch zurück.

Die Rosi sprang auf und stemmte die Fäuste in die Hüften. »Und des sagst du so nebenher? Der Materna hat sich mit der Konarek eing'lassen, die wo ein Mordopfer nach dem anderen find't? Da stimmt was net, des kannst mir glauben! Und mit so aner geht der Materna auf den Berg und poussiert mit ihr umanand, mitten im Dienst!« Die Rosi hatte während dieser langen Rede einen ganz roten Kopf bekommen.

»Na, des waß i net, ob der mit der Konarek was hat«, wandte der Hubsi ein.

»Da kannst drauf Gift nehmen!« Rosis Augen hatten einen eigenartigen Glanz angenommen.

Ihr Angetrauter hatte allerdings überhaupt keine Absicht, auf irgendetwas Gift zu nehmen. Sein Feierabendbier war ihm tausendmal lieber.

*

Auf dem Heimweg vom k.u.k. Hofbeisl zum Hotel ließ sich Josi das Gespräch der Männer noch einmal durch den Kopf gehen. Unvermittelt hatte sie vorhin an den alten Herrn mit der Dackelin Bine denken müssen und an das kaiserliche Gespenst, das oben bei den Stallungen herumgeisterte. Auf einmal passte alles zusammen, und die Ahnung wurde immer mehr zur Gewissheit: Die Männer hatten von Sissi Strasser geredet. Sie war es, die im Kaiserpark geisterte, und dieser Franzl, der ja dort arbeitete, half ihr dabei. Vermutlich hatte sie ihm zum Dank ein Rendezvous versprochen.

Kaum zurück im Hotel, kramte Josi die Autogrammkarte mit der Widmung hervor. Sie wusste jetzt, was ihr eigenartig erschienen war. *Für Josephine*, las sie noch einmal, *herzlichst Sisi Strasser. Sisi*, nicht *Sissi*!

Hätte Josi nicht das Elisabeth-Buch gelesen, hätte auch sie als gebürtige Ischlerin nicht gewusst, dass *Sisi* die korrekte Schreibweise von Elisabeths Kosenamen war. Vermutlich war diese als kleines Mädchen *Lisi* gerufen worden, woraus dann *Sisi* wurde. Durch Marischkas Sissi-Filme hatte sich die Schreibweise mit ss allerdings so eingebürgert, dass sie wohl kaum jemand als inkorrekt empfunden hätte, der sich nicht ausdrücklich mit der Geschichte der Kaiserin befasste. Im Übrigen war auch auf den Konzertplakaten und im Programmheft *Sissi Strasser* gestanden, und nicht *Sisi*.

Anscheinend identifizierte Sissi Strasser sich in ähnlicher Weise mit der Kaiserin Elisabeth, wie sich diese mit der Feenkönigin Titania identifiziert hatte. Ob dieses Rollenspiel alles war, oder ob es womöglich sogar irgendeine Verbindung zu den Morden gab – Josi wusste es nicht. Tatsache war, dass das Bine-Herrchen den sogenannten Geist in der Nacht, in der Koller ermordet wurde, gesehen hatte. Sie musste auf jeden Fall Paul verständigen.

Noch einmal nahm sie die Autogrammkarte zur Hand. Wenn man das Foto genauer betrachtete, konnte man auch in der kunstvollen Frisur der Sängerin die Variante einer Haartracht der Kaiserin wiedererkennen. Und da war noch irgendetwas – aber was? Josis Blick glitt über Sissi Strassers Dekolleté zu den nackten Schultern. Auf dem Foto war es nicht zu erkennen, aber plötzlich erinnerte Josi sich: Natürlich – das Tattoo! Der kleine Anker war ihr im Waschraum des Theaterzentrums aufgefallen. Sie hatte nicht weiter darüber nachgedacht, aber jetzt bekam er eine Bedeutung. Kaiserin Elisabeth hatte sich in Korfu tätowieren lassen, was zu ihrer Zeit mehr als ungewöhnlich war. Den Kaiser hatte das gar nicht amüsiert. Josi griff nach dem Elisabeth-Buch auf dem Nachtkästchen. Sie blätterte darin herum, bis sie das Bild vom Tattoo der Kaiserin wiederfand. Es war ein kleiner Anker.

*

Materna saß am Schreibtisch in Rudis Gästezimmer und kritzelte Kringel auf ein Blatt Papier.

So sicher er sich anfangs gewesen war, Danner käme für die beiden Morde wenigstens als Täter in Frage, so sehr plagten ihn inzwischen die Zweifel. Danner mochte ein unsympathischer

Chauvi sein, auch über ein beachtliches Aggressionspotenzial verfügen – aber er hatte in der Vernehmung ehrlich gewirkt.

Materna legte den Stift hin und atmete tief durch. Er musste alles noch einmal in Ruhe durchdenken. Außerdem sollte er mit der Zahnarzthelferin reden. Vielleicht brachte ihn das weiter. Sein Handy begann zu läuten. Er nahm ab.

»Patzak«, meldete sich der Oberst wie üblich. Nur dass seine Stimme geladener klang als üblich.

»Guten Abend, Herr Oberst«, sagte Materna. »Wenn es um die zweite Leiche geht ...«

»Na, erst einmal geht's um Sie, Materna. Sagen S', san Sie eigentlich von allen guten Geistern verlassen, dass Sie mit aner Verdächtigen auf'n Berg gehen?«

»Entschuldigen Sie, Herr Oberst, aber die Frau Konarek ist keine Verdächtige, sondern eine Zeugin, und ihre Hinweise ...«

»Geh'n S', hören S' auf! Eine Zeugin, die alle paar Tag zufällig a Leich findet! Logisch, wo doch in Ischl die Mörder in Scharen herumrennen. Man möcht glauben, Sie haben wirklich den Verstand verloren. Und was heißt Hinweise! Wenn jemand ernst zu nehmende Hinweise hat, rennt man doch net gleich mit der betreffenden Person auf'n Berg. Für so was nimmt man an Kollegen mit, und überhaupt ... Ach was! Sie kommen morgen in der Früh in mein Büro!«

Als der Oberst grußlos aufgelegt hatte, starrte Materna bewegungslos eine Zeit lang das Telefon an. Mehr noch als die drohende Abmahnung – oder was immer ihm bevorstand – belastete ihn die Erkenntnis, dass ihn jemand bei Patzak angeschwärzt haben musste. Das Gefühl, das dieses Wissen hervorrief, hockte in seinem Nacken wie ein dicker schwarzer Troll. Conni und die Kollegen vom LKA waren längst zurück nach Linz gefahren. Es hatte doch nicht etwa einer von Ihnen ... Nein! Materna schüttelte den Kopf. Das war undenkbar.

Er schnaufte, stieß die Luft aus wie ein wütendes Nilpferd. Was hatte er gerade gewollt? Ach ja, die Sprechstundenhilfe anrufen ...

Kaum hatte er das Telefon wieder in der Hand, begann es

erneut zu läuten. *Josi*, las er auf dem Display. Für einen Augenblick wurde ihm ganz warm ums Herz, dann realisierte er, dass sich die ohnehin nicht einfache Beziehung gerade weiter verkompliziert hatte. Verdammt!

»Hallo, Paul«, rief sie aufgeregt in den Hörer. »Ich muss dir was sagen. Ich weiß nicht genau, ob es was mit dem Fall zu tun hat, aber ich hab da was Interessantes entdeckt. Stell dir vor ...«

»Josi«, unterbrach er sie. »Josi, was immer es ist, ich darf dich nicht mehr einbeziehen.«

Kurzes Schweigen. »Nicht?« Es klang enttäuscht.

Er fühlte sich unendlich hilflos. »Es tut mir so leid. Du hast mir so sehr geholfen, Josi. Ich weiß, was du in Ischl mitgemacht hast und ...«

»Das weißt du?«, fragte sie mit tonloser Stimme.

»Ja, ich habe mit dem Herrn Auer ...«

Weiter kam er nicht. Die Verbindung war unterbrochen.

*

Paul konnte ihr gestohlen bleiben! Und wenn er noch hundertmal anrufen würde – für ihn war sie nicht mehr zu sprechen! Josi hatte das Gefühl, gleich vor Wut zu explodieren. Am liebsten wäre sie mit dem Kopf gegen eine Wand gerannt oder hätte wenigstens die große Vase, die auf dem Tisch ihres Hotelzimmers stand, mit Wucht dagegen geschmissen. Warum hatte sie ihm nur vertraut? Sie hatte es doch geahnt, dass er hinter ihr her spionieren würde. Den Auer, ihren alten Musiklehrer, hatte er also ausgefragt. Zur Hölle mit ihm! Er durfte sie nicht mehr einbeziehen – na, super! Was war falsch daran, sie einbezogen zu haben? Hätte er ohne sie Marie jemals gefunden? Na ja, vielleicht, aber wann? Auch wenn das alles für sie selbst nur Grauen und Schrecken bedeutete – letzten Endes hatte sie ihm zu einem beruflichen Erfolg verholfen.

Josi rannte, gefolgt von Poldis fragenden Blicken, im Hotelzimmer auf und ab wie ein gefangenes Tier. Schließlich blieb sie abrupt stehen, wischte sich ein paar Wut-Tränen aus den Augen und holte den Zaunerstollen, den sie für eine Berliner Freundin gekauft hatte, aus dem Kleiderkasten. Sie riss die Verpackung auf und biss – in Ermangelung eines Messers – einfach hinein. Während das erste Stück der Köstlichkeit haselnusssüß und schokoladig auf ihrer Zunge zerging, beschloss sie, der Sache allein nachzugehen. Wenn er sich nicht um diesen vielleicht doch wichtigen Hinweis kümmern wollte, würde sie das Kaiserpark-Gespenst eben selbst durchleuchten. Wie sie vorgehen wollte, wusste sie zwar nicht, aber immerhin bewirkte ihr Entschluss, zusammen mit einem kräftigen »Rutsch mir doch den Buckel herunter, Paul!«, dass sie sich wenigstens ein bisschen besser fühlte.

*

Materna nippte an seinem Wasserglas. Er saß Danners Sprechstundenhilfe in einem gemütlichen kleinen Wohn- und Esszimmer gegenüber.

»Geht es um diesen Mord, von dem alle Leute reden?« Susanne Bramberger schaute ihn ängstlich an.

»Wie kommen Sie darauf?«

»Na ja ...« Sie spielte nervös mit den Fingern. »Die Frau Grundt war ja mit dem Herrn Dr. Danner zusammen, deswegen hab ich mir gedacht ... Möchten Sie etwas anderes trinken? Einen Kaffee oder einen Tee vielleicht?«

»Danke nein. Wasser ist prima.« Materna winkte ab. »Sie haben schon recht, Frau Bramberger. Es geht um den Mord an Marie-Sophie Grundt.«

Die junge Frau nickte zögerlich. »Ist denn der Dr. Danner verdächtig? Ist er womöglich ...« Sie brach ab. Ob er der Mörder sei, hatte sie wohl fragen wollen, es aber nicht über die Lippen gebracht.

»Wir wissen noch nicht, wer die Frau Grundt getötet hat«, beschwichtigte Materna. »Aber Sie können Ihrem Chef sehr helfen, wenn Sie mir alles sagen, was Sie wissen. Wie war das an diesem 12. November? Hat der Dr. Danner angerufen, dass er krank ist?«

Das Spiel mit den Fingern wurde noch hektischer. »Eigentlich war er gar nicht krank, also nicht richtig.«

»Sondern?«

»Er ist in der Früh in die Praxis gekommen. Ich hab auf der Stiege was poltern gehört und rausgeschaut. Da hab ich gesehen, dass er ausgerutscht und gestürzt ist. Ich bin gleich zu ihm hin. Er hat sich die Hand verletzt.«

»Hat er geblutet?«

Sie schüttelte den Kopf. »Eine Prellung oder Verstauchung. Es muss sehr wehgetan haben, das hat man an seinem Gesicht gesehen. Ich war …« Sie unterbrach sich, dann setzte sie wieder zum Sprechen an. »Also, ehrlich gesagt, war ich fast froh über die Verletzung.«

»Froh?«

Sie nickte. »Er hat stark nach Alkohol gerochen und … na ja, man hat halt gemerkt, dass er sehr viel getrunken hat. So hätte er nicht arbeiten können. Es hätte schon gereicht, wenn die Patienten ihn so gesehen hätten. Gott sei Dank war niemand im Stiegenhaus. Ich hab ihn gefragt, ob er wegen der Hand einen Arzt braucht, aber er hat abgelehnt. Ich hab gesagt, ich kümmer mich um alles, er soll doch bitte heimgehen. Dann hab ich die ersten Patienten, die schon da waren, wieder weggeschickt, alle anderen angerufen und die Praxis geschlossen.«

»Ist das öfter vorgekommen, dass der Dr. Danner betrunken war?«

Sie schüttelte den Kopf. »Nie.«

»Und am nächsten Tag hat er wieder arbeiten können?«

»Ja. Es war ja die linke Hand. Die braucht er zwar auch zum Arbeiten, aber doch weniger als die rechte. Er hat sie bandagiert, und so ist es gegangen.«

»Hatten Sie den Eindruck, dass er da noch Schmerzen gehabt hat?«

Sie zuckte die Schultern. »Ich weiß nicht. Ich hab nicht gefragt. Es war gescheiter, gar nicht mehr darüber zu reden.«

»Das versteh ich.« Materna nickte ihr lächelnd zu und erhob sich. »Vielen Dank, Frau Bramberger. Sie haben uns wirklich sehr geholfen – und Ihrem Chef auch.«

Susanne Bramberger strahlte den Chefinspektor an. Ihre Welt war wieder in Ordnung.

*

Josi suchte im Netz nach Sissi Strasser. Sie wollte als ersten Schritt möglichst viel über sie herausbekommen, dann würde sie weitersehen. Es gab viele Einträge, auch eine eigene Homepage der Sängerin. Josi öffnete sie und las.

Sissis Karriere hatte früh begonnen, und zu allen Stationen gab es Bilder. Ihr erstes Fotoshooting hatte sie schon im zarten Alter von zehn Monaten absolviert, als Model für Babymoden. Sie sah wirklich sehr süß aus, wie sie mit einem Plüschoverall bekleidet einen riesigen Teddybären umarmt hielt. Seit ihrem dritten Lebensjahr hatte sie Ballettunterricht erhalten. Ein Foto zeigte Klein-Sissi im Tutu. Ab dem Alter von zehn Jahren hatte sie in mehreren Spielfilmen und Fernsehproduktionen mitgewirkt. Neben der Schule hatte sie Klavier- und Gesangsstunden genommen und schließlich in Hamburg an einer privaten Bühnen-Schule Gesang, Tanz und Schauspiel studiert. Im Anschluss an die künstlerische Ausbildung war sie an verschiedenen Musical-Bühnen im In- und Ausland tätig gewesen. Welche Rollen sie gespielt hatte, stand nicht dabei.

Josis Handy meldete, dass Paul sie zu sprechen wünschte. »Du kannst mich…«, fauchte sie.

Der Poldi ließ für einen Moment von seinem Kauknochen ab, den er mittlerweile bearbeitete, und schaute sie mit großen Augen an. Sie drückte den Anruf weg und wandte sich wieder der Homepage zu.

Anlässlich eines Engagements bei den Operettenfestspielen sei die Sängerin in ihre Heimatstadt Bad Ischl zurückgekehrt und geblieben, las sie. Da ihr die Nachwuchsförderung sehr am Herzen liege, arbeite sie gelegentlich als Vocal Coach für ausgesuchte Talente. Als Ausgleich zu ihrer künstlerischen Arbeit gehe sie, sofern es ihre Zeit erlaube, ihren Hobbys nach, dem Freeclimbing und dem Bungee-Jumping im Sommer und dem Trickskifahren im Winter.

Josi atmete tief durch und nickte. Das passte. Diese doch recht extremen Sportarten schienen ihr ein modernes Pendant zu den sportlichen Betätigungen von Kaiserin Elisabeth zu sein.

Eine Erinnerung blitzte in Josis Kopf auf, ein Gedanke, der sie regelrecht elektrisierte. Sie schloss die Homepage, griff zum Telefon und wählte die Nummer ihrer Eltern.

»Boehm«, meldete sich ihr Vater.

Josi lächelte. Immer wieder vergaß er, auf das Display zu schauen, um zu sehen, wer anrief. Er habe es nicht so mit dem neumodischen Glumpert, pflegte er zu erklären, wenn man ihn darauf ansprach.

»Papa, da ist die Josi.«

»Ja, Joserl!«, rief Stephan Boehm. »Wann kommst denn endlich?«

Sie überlegte einen Augenblick lang, ob sie etwas von den Morden sagen sollte, entschied sich aber dagegen. Die Eltern würden sich nur Sorgen machen, wenn sie erfuhren, welche Rolle sie dabei spielte. Sobald alles vorbei war, konnte sie immer noch davon erzählen.

»Joserl? Bist noch da?«

»Ja, freilich. Entschuldige, Papa. Weißt ja, ich lass das Haus grad renovieren und ich möcht halt dableiben, bis es fertig ist. Es dauert aber nimmer lang. Die fälligen Reparaturen sind erledigt, das war zum Glück nicht so viel. Jetzt sind sie schon beim Ausmalen.«

»No, dann ist es ja gut. Die Mami freut sich schon so auf dich. Und ich auch.«

Josi freute sich auch auf die Tage bei den Eltern, aber im Augenblick war sie ungeduldig und versuchte, möglichst schnell auf den Punkt zu kommen. »Du, Papa, ich hab eine Frage. Du erinnerst dich, wie wir im Theater an der Wien waren, bei *Elisabeth*?«

»Ja, freilich. Da hat doch die Christine, die Gesangsschülerin von der Mami, ihre erste kleine Rolle g'habt.«

»Ja, genau. Und die Christine hat doch hinterher erzählt, dass während der Spielzeit von dem Musical Kostüme gestohlen worden sind, weißt es noch?«

»Ja, freilich!«

»Sag, Papa, hast du vielleicht noch ein Programm?«

»Bestimmt. Wieso?«

»Ach, ich hab in Ischl eine kennengelernt, die behauptet, sie hat da mitgespielt«, schwindelte Josi. »Ich glaub ihr das nicht so recht, und im Internet hab ich nur die Besetzung der Hauptrollen gefunden.«

»Ah, ja, das haben wir gleich. Wie heißt die Dame?«

»Sissi Strasser. Oder Elisabeth Strasser.«

»Gut. Moment.«

Josi lächelte. Der Vater bewahrte alles höchst sorgfältig auf, vor allem, wenn es mit Musik zu tun hatte. Bei seiner Ordnungsliebe hätte sie wetten können, dass er das Programm innerhalb von fünf Minuten finden würde.

»Joserl?«

»Ja?« Sie hätte auf die Uhr schauen sollen. Das waren garantiert keine fünf, sondern allerhöchstens drei Minuten gewesen.

»Also, eine Sissi Strasser war dabei, in einer sehr kleinen Rolle allerdings. Sie war das Fräulein Windisch.«

»Ah – also doch! Danke, Papa. Ich ruf noch einmal an und sag genau, wann ich komm. Bussi! Grüß die Mami.«

»Mach ich. Servus, Joserl.«

Josi musste noch einmal versprechen, nun wirklich ganz bald nach Wien zu kommen. Dann legte sie auf.

Ihr Blick glitt durch den Raum, verharrte ein paar Sekunden auf dem inzwischen fest schlafenden Poldi.

Das Fräulein Windisch … Sie erinnerte sich an die Figur in dem Stück. Das Fräulein Windisch war eine Irre, die glaubte, die Kaiserin Elisabeth zu sein.

Dienstag, 9. Dezember

»Jetzt hat es so ausg'schaut, als hätten S' den Täter, aber des war ja, scheint's, auch wieder nix.« Oberst Patzak schnaubte durch die Nase wie ein Pferd und schmiss mit einem lauten Klatschen eine Akte auf seinen Schreibtisch.

»Herr Oberst, die Arzthelferin vom Dr. Danner, ist bereit, jederzeit vor Gericht auszusagen, dass ihr Chef am Mordtag stockbesoffen und ziemlich sicher auch verletzt war.« Materna bemühte sich, besonders höflich zu seinem Vorgesetzten zu sein. Er war erleichtert und auch dankbar, dass dieser zwar ein kräftiges Donnerwetter über sein Haupt hatte niedergehen lassen, ihn aber nicht von dem Fall abgezogen hatte.

»B'soffene haben schon öfter Leut' um'bracht«, wandte Patzak ein. »San S' sicher, dass der des net g'wesen sein kann?«

»Ganz sicher. Sie haben schon recht, Herr Oberst, wenn eine Person alkoholisiert ist, heißt das nicht, dass sie nicht mit einem Messer zustechen könnte. Aber wenn der Dr. Danner so betrunken war, dass er sogar auf der Stiege zu seiner eigenen Praxis hingefallen ist, hätte er keine Klettertour gepackt.«

»Gehen S', hörn S' auf, Materna! I kenn Ischl und den Jainzen kenn i a. Des ist doch ka Klettertour.«

»Der Jainzen nicht. Aber die Leiche ist auf einem Felsvorsprung mitten am Hang gelegen, sehr sorgsam mit Reisig zugedeckt. Dafür muss der Mörder zu ihr hinuntergeklettert sein. Wenn man kein Seil dabei hat, muss man dafür schon verdammt gut klettern können. Im alkoholisierten Zustand ist das unmöglich, und mit einer verletzten Hand erst recht.«

Der Oberst seufzte laut. »Ja, also, jetzt verschwinden S' und machen S' halt weiter, Materna. Aber Sie halten sich von der Frau Konarek fern, solang die G'schicht net geklärt ist. Haben wir uns verstanden?«

»Hm«, brummte Materna. So musste er nicht lügen, jedenfalls nicht so richtig. »Auf Wiederschaun, Herr Oberst.«

»Wiederschaun«, brummte Patzak und Materna verschwand nach draußen, wo Conni bereits auf ihn wartete.

»Und?«, fragte er.

»Fahren wir«, sagte Materna fröhlich.

»Ich werd's nie verstehen.« Conni zog die Brauen leicht hoch und schüttelte den Kopf.

»Was jetzt?«

»No, mich hätte er mindestens zum Akten-Sortieren im Archiv eingeteilt. Du kannst dir wirklich, scheint's, alles leisten!«

»Moment – entschuldige.« Materna kramte in der Tasche nach seinem Handy, das sich wieder einmal bemerkbar machte.

»Ronacher hier«, meldete sich eine recht verzweifelt klingende, aber kein bisschen näselnde Stimme. »Herr Materna, ich muss dringend mit Ihnen reden.«

»Gut. So um zehn?«

»Gerne. Könnten … äh, könnten Sie vielleicht allein kommen? Ich würde gern unter vier Augen …«

»Ja, natürlich.«

»Also dann um zehn herum in meiner Wohnung. Ich danke Ihnen«, beendete der Anwalt das Gespräch.

»Pass auf, Conni. Die Tante von der Frau Grundt, eine gewisse Hanna Baumgartner, kommt nachher auf die Inspektion in Ischl. Ich wär dir dankbar, wenn du mit ihr redest und dann gleich ein Protokoll über ihre Aussage machen könntest.«

»Wer hat sie denn überhaupt verständigt?«

»Die Salzburger Kollegen.« Materna steckte das Telefon ein. »Ich hab noch einmal einen Termin, wo ich allein hin muss.«

»Des is' jetzt nicht dein Ernst, oder?« Conni sah seinen Chef mit gerunzelter Stirn an.

»Geht nicht anders. Der Ronacher will unbedingt mit mir allein reden.«

»Ah, der Habsburger von eigenen Gnaden!« Conni grinste breit, dann schaute er den Chefinspektor forschend ins Gesicht. »So lange es nur der ist ...«

»Es ist nur der«, sagte Materna. Im Augenblick jedenfalls, dachte er. »Und der Oberst ...« Er brach plötzlich ab und schaute versonnen vor sich hin.

»Was ist mit dem Oberst?«

»Der ist schon in Ordnung. Da kann man sagen, was man will. Der Oberst ist total in Ordnung.«

*

Sie musste irgendwie an diese Sissi oder Sisi herankommen. Josi war inzwischen regelrecht besessen von der Idee, das Geheimnis des Kaiserpark-Spuks zu lüften. Auf unerklärliche Weise half ihr die Gespensterjagd über die Enttäuschung mit Paul hinweg. Bis auf die drei Male, die er inzwischen versucht hatte, sie anzurufen, hatte sie kaum an ihn gedacht.

Wenn sie sich richtig erinnerte, war auf Sissi Strassers Website gestanden, dass sie auch als Vocal Coach arbeitete. Vielleicht war das eine Möglichkeit ...

Josi öffnete noch einmal die Homepage. Vocal Coach für ausgesuchte Talente ... Sie seufzte. Als ausgesuchtes Talent würde sie sich nicht gerade bezeichnen. Ihre Sangeskünste reichten grade mal für den Hausgebrauch. Egal – auf diesem Weg würde sie immerhin mit Gespenster-Sissi Kontakt aufnehmen können.

Auf der Homepage fand sie eine Adresse sowie eine Festnetz-Nummer. Sie griff zum Telefon und wählte.

»Strasser«, meldete sich Sisi-Sissi.

»Frau Strasser, hier ist Josephine Konarek. Wir sind uns ein paarmal begegnet. Ich war in Ihrem Konzert und total begeistert. Darf ich Sie etwas fragen?«

»Was denn?«

Josi kam es vor, als klinge Sissis Stimme sehr angespannt. »Ich habe auf Ihrer Homepage gelesen, dass Sie auch als Vocal Coach arbeiten, und da wollte ich Sie fragen, ob Sie mir Gesangsstunden geben würden.«

»Gesangsstunden? Sind Sie … ich meine, bleiben Sie denn länger hier?«

Aha, sie hatte sich erkundigt. Wahrscheinlich bei Jasmin.

»Ich überlege mir, ganz hierzubleiben«, log Josi.

»Hier in Ischl?«

»Ich stamme aus Ischl. Vielleicht ziehe ich hierher zurück.«

Sissi schwieg.

»Frau Strasser?«, fragte Josi in die Stille, die ihr ein bisserl lang erschien.

»Entschuldigung. Ich hab gerade auf meinen Terminkalender geschaut. Ich kann Ihnen nichts versprechen, aber Sie können ja heute Nachmittag um drei zum Vorsingen kommen. Ich nehme nämlich nicht jeden.«

Sie schluckte. Vorsingen … na Mahlzeit! »Natürlich«, sagte sie. »Vielen Dank, Frau Strasser. Bis später also.«

Ist doch egal, versuchte sie sich selber Mut zu machen. Schließlich ging es nicht darum, Sissi Strasser von ihrem Gesangstalent zu überzeugen. Es ging um … ja, was eigentlich?

»Poldi, dein Frauerl ist übergeschnappt«, sagte sie.

Der Dackel war über seinem Kauknochen eingeschlafen. Er hob ein wenig den Kopf und blinzelte sie an. Dann ließ er ihn zurück auf die Vorderpfoten sinken und schlief weiter.

*

»Bitte, treten Sie näher.« Ronacher führte den Chefinspektor in sein Wohnzimmer. Er sah übernächtigt aus.

»Nehmen Sie Platz. Einen Mokka?«

»Gerne.« Materna setzte sich auf das Biedermaiersofa.

Ronacher ging in die Küche, kam kurz darauf mit zwei Tassen schwarzem Kaffee wieder, stellte sie mit fahrigen Bewegungen auf den Tisch und schenkte ein. »Entschuldigen Sie«, sagte er und ging noch einmal los, um eine Zuckerdose zu holen.

Ronacher setzte sich Materna gegenüber. »Ich danke Ihnen, dass Sie gekommen sind«, begann er, frei von allen Manierismen.

Materna nickte. »Und – was kann ich für Sie tun?«

Der Anwalt stierte in seine Tasse, schwenkte den schwarzen Kaffee im Kreis, als sei dieser ein edler Cognac. Dann hob er den Blick. »Ich werde erpresst, Herr Materna.«

Materna war auf jede Art von Eröffnung gefasst gewesen. Das war es also. »Erpresst, so … Von wem denn?«

»Ich weiß es nicht. Ich habe keine Ahnung!«

»Herr Dr. Ronacher, vielleicht erzählen Sie von Anfang an, was passiert ist und worum es geht.«

Ronacher nahm einen Schluck Mokka, ehe er begann. »Ich bin Gründungsmitglied der österreichischen Monarchisten. Das ist …«

»Ich weiß schon.«

»Ach so, ja … ich … ich hab nicht die Wahrheit gesagt. Ich kenne Georg Koller und seine Lebensgefährtin, die Frau Schindler, wenn auch nur flüchtig von einigen Einladungen her. Und aus dem Grund hab ich von den politischen Freunden den Auftrag bekommen, im Namen der Ischler Monarchisten mit ihm zu reden. Man war der Meinung, Koller sei doch ein renommierter Dirigent und er könnte vielleicht seinen Einfluss geltend machen, dass man sich doch noch für ein anderes Musical entscheidet. Ein Klassiker wie *My Fair Lady* zum Beispiel oder *Kiss me, Kate* …, so was würde gut zu Ischl und den Operetten-Festspielen passen, und alle wären zufrieden.« Erneut schwenkte er seinen Mokka in der Tasse herum, trank aber nicht, sondern setzte sie ab. »Ich geb ehrlich zu, dass ich dieses Gespräch ewig vor mir her geschoben habe. Ich war mir ziemlich sicher, dass der Koller mit der Auswahl von Stücken gar nix zu tun hat und deswegen bestimmt auch nichts machen kann. Und noch sicherer war ich mir, dass er auch gar nix machen will. Das Ganze war einfach eine fürchterlich blöde Idee; außerdem war mir die G'schicht' total peinlich, vor allem auch vor der Freundin vom Herrn Koller. So eine gebildete Dame, die müsst ja sonst was von mir denken, hab ich mir überlegt. Aber ich hab halt versprochen, dass ich mit ihm rede ...« Er zuckte die Achseln und verstummte.

Materna hielt den Blick auf ihn gerichtet. Er sagte nichts, wartete ab.

»Wie ich dann zufällig erfahren habe, dass er in der evangelischen Kirche für ein Benefizkonzert Orgel übt, bin ich dorthin gegangen«, erklärte Ronacher schließlich. »Das war irgendwie nicht so offiziell.«

»Verstehe. Das war am 2. Dezember?«

»Ja.«

»Um wie viel Uhr?«

»Ungefähr um halb sieben. Ich habe den Georg Koller auf der Turmstiege getroffen. Er ist auch gerade gekommen. Ich bin mit ihm auf die Empore gegangen, hab versucht, ihm mein Anliegen zu erklären. Er hat gesagt, er weiß gar nicht, was ich eigentlich von ihm will, und dann ... na ja, dann ist es zum Streit gekommen. Aber, bitte, Herr Materna, ich hab ihn nicht umgebracht, ich wollte doch nur mit ihm reden!«

Ronacher fuhr sich durch die Haare. Materna bemerkte, dass seine Hand zitterte.

»Erzählen Sie weiter, Herr Doktor. Worum ist es denn bei dem Streit gegangen? Um das Musical?«

»Ja ..., nein ... nicht direkt. Er hat gesagt, ich hätt ja einen Habsburger-Spleen und meine Mutter, die wär gar keine Habsburgerin ...« Er brach abrupt ab und schaute den Chefinspektor erschrocken an. Vermutlich hatte er dieses Thema gar nicht aufs Tapet bringen wollen.

»Ihre Mutter, die Kaiserpark-Prinzessin?«

»Das wissen Sie auch?« Ronachers Lider flatterten.

»Ja«, sagte Materna einfach. »Und dann?«

»Dann hat ein Wort das andere gegeben. Ich war zornig, weil der so über meine Mutter geredet hat, wo er doch keine Ahnung hat von meinen ..., meinen Familienangelegenheiten. Der Koller hat sich natürlich auch aufg'regt.«

»Und dann hat er einen Herzanfall gekriegt?«

»Um Gottes willen – nein!«, schrie Ronacher. Er sprang auf und begann, im Zimmer auf und ab zu laufen. Abrupt blieb er stehen. »Bitte, Herr Materna, ich hätte ihn doch niemals mit einem Herzanfall allein gelassen! Er hat schon ziemlich geschnauft und war rot im Gesicht, aber schließlich war er wütend. Mit einem Herzproblem hätte ich das nicht in Verbindung gebracht. Ich war zornig, er auch, da bin ich gegangen, bevor das Ganze weiter eskaliert.«

»Wann haben Sie die Kirche verlassen?«

»Um sieben. Die Kirchturmuhr hat geschlagen. Bitte, Sie müssen mir glauben – ich hab nicht einmal gewusst, dass er herzkrank war! Das hab ich erst hinterher erfahren.« Sein Blick glänzte fiebrig.

»In Zusammenhang mit seinem Tod?« Materna glaubte ihm, was er aber für sich behielt.

»Ja.« Ronacher ließ sich langsam zurück auf seinen Sessel fallen. »Wenn ich geahnt hätt', dass er krank war, hätt' ich es doch nie im Leben auf einen Streit ankommen lassen«, fügte er hinzu, wobei er wieder ein ganz klein wenig raunzte.

Materna nickte. Auch das glaubte er ihm. »Und dann hat Sie jemand aus der Kirche kommen sehen und erpresst. Sie haben wirklich keine Ahnung, wer?«

Ronacher schüttelte stumm den Kopf.

»Und auch niemanden gesehen oder irgendetwas gehört?«

Erneutes Kopfschütteln.

»Wie hat denn der Erpresser mit Ihnen Kontakt aufgenommen?«

»Telefonisch. Deswegen bin ich mir sicher, dass es ein Mann war.«

»Würden Sie die Stimme wiedererkennen?«

»Nein, die Stimme war verstellt. Das hab ich deutlich gemerkt. Und Nummern speichert mein Telefon auch nicht.« Ronacher deutete mit einer Kopfbewegung in Richtung eines grazilen Tischchens, auf dem sich ein altmodischer schwarzer Wählscheiben-Apparat befand. Eine echte Antiquität. »Sie kriegen die Nummer doch raus?«

»Vermutlich hat der Erpresser ohnehin von einem Prepaid-handy aus angerufen. Wie viel wollte er denn?«

»Dreißigtausend.«

»Sie haben also bezahlt, obwohl Sie unschuldig sind«, stellte Materna fest, woraufhin Ronacher regelrecht in sich zusammensank. »Ich ..., ich ...«, begann er stammelnd. »Ich hab so eine wahnsinnige Angst gehabt, dass ich schuld bin an seinem Tod. Es hat doch geheißen, dass er durch einen Herzinfarkt ums Leben gekommen ist. Natürlich hab ich befürchtet, dass unser Streit der Auslöser war.« Er stierte für ein paar Sekunden vor sich hin, wobei er ununterbrochen den Kopf schüttelte.

»Seit wann haben Sie gewusst, dass der Herr Koller ermordet worden ist?«

»Seit Sie und Ihr Kollege es mir am Samstag gesagt haben.«

Er hatte also tatsächlich keine Ahnung gehabt. Materna begann zu verstehen, warum Ronacher so eigenartig reagiert hatte, als bei ihrem ersten Besuch von Mord die Rede war. Fast erleichtert hatte er in dem Moment gewirkt. »Jedenfalls war es extrem unvernünftig, nicht zur Polizei zu gehen. Sie sind Rechtsanwalt, Dr. Ronacher. Ich muss Ihnen doch nicht erklären, wie wichtig es ist, bei einer Erpressung die Polizei zuzuziehen. Und erst recht wissen Sie nun immerhin seit ein paar Tagen, dass es um Mord geht, sodass man ganz schnell wegen Behinderung der Ermittlungen dran ist, wenn man Aussagen zurückhält.«

»Ich weiß, dass das total falsch war. Aber wie ich dann erfahren habe, dass der Herr Koller mit Insulin umgebracht worden ist, hab ich Angst bekommen, dass mir keiner glaubt, dass ich ausgerechnet an diesem Abend in die evangelische Kirche gehe, um mit ihm über ein Musical zu reden.«

Materna gab ihm innerlich recht. Diese Geschichte war wirklich einigermaßen verrückt. »Und wie ist die Geldübergabe vonstattengegangen?«

»Dieser Kerl hat als Weihnachtsmann verkleidet in der Pfarrgasse Zuckerln ausgeteilt. Ich sollt' ihm das Geld in Nikolaus-Geschenkpapier verpackt in seinen Sack werfen.«

»Wann war das, ich meine, wann haben Sie gezahlt?«

»Am 5. Dezember, also am Freitag. Angerufen hat er am Tag davor.«

»Hat es seither weitere Geldforderungen gegeben, oder haben Sie von dem Erpresser noch irgendetwas gehört?«

Ronacher schüttelte stumm den Kopf.

»Noch eine andere Frage: Haben Sie Marie-Sophie Grundt gekannt? Sie wissen ja, dass sie ebenfalls ermordet wurde?«

Ronacher nickte. »Ja, das weiß ich. Meine Sekretärin hat es mir erzählt. Gekannt hab ich sie nicht. Ich hab ihren Namen gestern zum ersten Mal gehört.«

Materna war sich sicher, dass der Anwalt die Wahrheit sagte. Er gehörte zu den Menschen, die leicht zu lesen waren. Keine gute Voraussetzung für seinen Beruf im Übrigen ... Er erhob sich.

»Was wird jetzt, ich meine ...?« Ronachers Pupillen flatterten nervös über tiefen, dunklen Augenringen.

»Sie haben die Erpressung immerhin jetzt angezeigt«, beschwichtigte Materna. »Irgendwelche zentral wichtigen Details sind uns durch die zeitliche Verzögerung nicht entgangen, da haben Sie Glück gehabt. Ich verlasse mich auf jeden Fall darauf, dass sie ab sofort zuverlässig mit uns zusammenarbeiten. Rufen Sie mich sofort an, wenn Ihnen noch irgendetwas einfällt, ganz gleich, wie bedeutungslos es Ihnen vorkommt. Und erst recht natürlich, falls sich der Erpresser noch einmal meldet.«

»Selbstverständlich.« Ein winziges Lächeln huschte über Ronachers Gesicht, dann wurde sein Blick mit einem Mal starr. »Der Erpresser ... könnte das auch der ...« Er verstummte.

»Ja«, sagte Materna. »Es könnte auch der Mörder sein.«

*

»Wie bitte?« Materna meinte, entweder seinem Telefon oder aber seinem Ohr nicht trauen zu können. »Kannst du mir den Text bitte noch einmal vorlesen?«

»Klar«, sagte Mike. »Der Text lautet: *Mein Schatz, ich muss mit Dir sprechen. Morgen Vormittag auf dem Jainzen. Es ist wichtig.*

Geh um 9.30 Uhr am Doppelblick los. Ich treffe Dich dann. In Liebe Dein Peter.«

»Unglaublich. Und das stammt wirklich von Eislers Computer?«

»Ja, von einem Laptop, der ihm gehört.«

»Sind noch mehr Nachrichten von ihm auf Marie-Sophie Grundts Handy?«

»Ja, etliche. Alle sind mit *Dein Peter* unterschrieben, und es geht immer um Verabredungen. Allerdings sind die anderen von einem Smartphone aus geschickt worden, das aber ebenfalls auf seinen Namen läuft.«

»Danke, Mike.«

»War mir ein Volksfest.«

Materna hatte sich am Adalbert-Stifter-Kai mit Conni verabredet, der auch just in diesem Moment um die Ecke bog.

»Los, komm!« Materna stürzte zu dem am Traunufer geparkten Dienstwagen hin, riss die Tür auf, kaum dass Conni diese entriegelt hatte, und warf sich auf den Beifahrersitz. »Zum Krankenhaus, schnell!«

Conni quetschte sich hinter den Lenker, startete den Wagen und gab Gas. »*Schnell* hast aber jetzt du gesagt, großer Meister. Was ist denn los?«

»Der Mike hat grade angerufen. Sie haben die Verbindungen und Nachrichten am Handy von der Frau Grundt wiederherstellen können. Es war genau die drauf, die sie in den Tod gelockt hat. Sie ist in der Nacht vom 11. zum 12. November abgeschickt worden und hat sie zu einem Rendezvous auf den Jainzen bestellt. Unterschrieben ist sie mit *In Liebe Dein Peter*. Der Computer, von dem sie geschickt worden ist, gehört Prof. Peter Eisler.«

»Das glaub ich nicht!«, entfuhr es nun auch Conni.

»Geht mir, ehrlich gesagt, genauso. Aber schließlich spielt es keine Rolle, was wir glauben. Und der Text ist recht eindeutig.«

»Schon. Aber die Grundt und der Eisler … Ich weiß nicht.«

»Es wäre nicht die erste junge Frau, die sich mit einem wohlhabenden älteren Herrn einlässt.«

»Und du meinst, der ältere Herr hat es geschafft, über den Felshang zur Leiche runterzuklettern?«

»Nein. Aber diese Nachricht ist eine Tatsache, und wir müssen der Geschichte nachgehen. Lass uns erst mal mit Eisler reden, dann sehen wir weiter«. Materna schnaubte ärgerlich. »Verdammt, warum geht das nicht schneller hier?«

Es herrschte um diese Zeit dichter Verkehr in der Stadt. Auf der Traunbrücke hatten sie eine träge Schlange von Fahrzeugen vor sich, die man keinesfalls überholen konnte.

»Mist!«, schimpfte Conni laut. Er trommelte mit einer Hand gegen das Lenkrad, was natürlich auch nicht bewirkte, dass sie schneller vorwärts kamen. Die Kolonne kroch zermürbend langsam die Grazer Straße hinauf.

Endlich am Krankenhausparkplatz angekommen, sprangen beide aus dem Auto, bewegten sich im Laufschritt auf die Eingangshalle zu, zückten fast synchron ihre Ausweise und hielten sie der jungen Frau am Empfang unter die Nase.

»Wo können wir Prof. Eisler finden?«, fragte Materna. »Ist er in seinem Büro?«

»Es ist äußerst dringend«, ergänzte Conni.

»Da müssten Sie sich bitte an den Oberarzt, den Herrn Dr. Praxmarer wenden«, erklärte die Frau. »Der Herr Primar ist heute nicht im Haus.«

»Und wo finden wir den Oberarzt?«, fragte Materna äußerlich ruhig. Innerlich kochte er vor Ungeduld.

»Da kommt er gerade.« Sie deutete auf einen etwa fünfzigjährigen Mann im Arztkittel, der soeben den Lift verließ und die Eingangshalle betrat.

»Dr. Praxmarer?«, sprach ihn Materna an. »Wir brauchen bitte eine Auskunft.«

Von dem Oberarzt erfuhren sie, dass der Herr Primar gestern einen Kreislaufkollaps erlitten habe. Er hätte sich für den Rest der Woche krank gemeldet.

*

Eislers Villa war gar gerade mal zehn Minuten vom Krankenhaus entfernt, ein stilvolles Gebäude, das inmitten eines kleinen Parks lag. Die beiden Polizisten läuteten am schmiedeeisernen Gartentor. Nichts rührte sich.

Eine ältere Frau mit einer Einkaufstasche in der Hand war gerade im Begriff, die Gartentür des gegenüberliegenden Hauses zu öffnen.

Materna und Conni machten ein paar Schritte auf sie zu.

»Grüß Gott! Wissen Sie vielleicht, wo der Herr Professor Eisler ist?«, fragte Materna.

»Der Herr Professor ist normalerweise um die Zeit im Krankenhaus, aber heute ist er später weggefahren als sonst. Und er hat den Geländewagen genommen. Vielleicht hat er frei und ist auf seine Hütte gefahren.«

»Können Sie uns sagen, wo diese Hütte liegt?«, fragte Conni.

Sie schüttelte den Kopf. »Keine Ahnung. Ich weiß nur von der Frau Professor, dass er sich eine Jagdhütte gekauft hat und dass er öfter dort oben ist.«

»Und die Frau Professor ist auch nicht da?«, wollte Conni wissen.

Die Augen der Frau verengten sich. »Geht Sie das überhaupt was an?«, fragte sie mit gerunzelter Stirn.

»Ja – Entschuldigung. Kriminalpolizei. Es ist sehr wichtig, dass wir den Prof. Eisler finden.« Materna wies sich aus, und auch Conni zückte seinen Ausweis.

»Ach – ist was passiert?«

»Wir hoffen nicht«, gab Materna kurz Auskunft. »Sie wissen auch nicht, wo die Frau Professor ist und wann sie zurückkommt?«

»Schon. Das weiß ich, weil sie es mir erzählt hat. Sie ist für ein paar Tage nach Meran eingeladen.«

»Wann sie genau zurückkommt, wissen Sie nicht?«

Die Frau schüttelte wortlos den Kopf.

Materna zückte sein Notizbuch. »Können Sie mir vielleicht sagen, was das für ein Geländewagen ist, den der Herr Professor Eisler fährt? Kennen Sie die Marke? Die Farbe? Das Kennzeichen?«

Wieder schüttelte sie den Kopf. »Ich versteh nichts von Autos. Grau ist es. Die Nummer weiß ich nicht.«

»Vielen Dank, auf Wiedersehen.« Materna ging mit schnellen Schritten zum Dienstwagen. Conni saß bereits hinter dem Lenker und telefonierte.

»Die Kollegen kümmern sich drum, Fahrzeugtyp und Autonummer festzustellen, und sie geben die Fahndung raus«, informierte er Materna und fuhr los. »Aber der Flo hat noch eine Idee, wo die Jagdhütte sein könnte. Sein Onkel betreibt eine Tankstelle an der Wolfgangsee Bundesstraße. Der hat wohl erzählt, dass der Professor ab und zu bei ihm einkauft. Er vermutet, dass er die Hütte gekauft oder gepachtet hat, zu der die nahe gelegene Forststraße führt.«

»Nix wie hin«, sagte Materna.

Conni nickte. »Der Maurer und der Flo kommen auch.«

Als Materna und Conni an der Tankstelle eintrafen, stand bereits ein Streifenwagen auf dem Parkplatz. Maurer und Florian verließen gerade den Tankstellenshop.

»Servus, Kollegen«, begrüßte Materna die beiden. »Können wir?«

Maurer nickte.

»Ich weiß jetzt, wo es ist«, sagte Florian. »Sollen wir vorfahren?«

»Ja, bitte!«

Gleich darauf schlängelten sich die beiden Fahrzeuge auf der engen Forststraße den Berg hinauf.

*

Josi stellte das Auto in der Kaltenbachau am Sportplatz ab und hob den Hund heraus. Dann wanderte sie mit Poldi am Kaiser-Jagdstandbild vorbei ein Stück Richtung Lauffen. Ihre Schritte waren raumgreifend und zügig. Die Bewegung tat ihr gut. Die Luft war frischer geworden. Sie atmete bewusst und tief ein. Irgendwie musste sie den Kopf freibekommen, in dem Paul nun doch wieder kräftig herumspukte.

Schneller als sie es gedacht hatte, war sie bei der Villa Blumenthal angekommen, dem sogenannten Urahn der Fertighäuser. Ihr Blick fiel auf eine Tafel, auf der man die Geschichte des Hauses nachlesen konnte. Sie erinnerte sich in groben Zügen daran. Der Vater hatte sie auf einem ihrer Spaziergänge erzählt, als Josi noch ein Kind war.

Der reiche Berliner Bühnenautor und Kritiker Oscar Blumenthal hatte die etwas skurril wirkende Holzvilla gegen Ende des 19. Jahrhunderts in Chicago bei der Weltausstellung entdeckt und erworben. Er hatte sie zerlegen, ins Salzkammergut verschiffen und hier wieder aufbauen lassen. In dem Holzhaus mit den vielen Giebeln und Verzierungen hatte er dann die Urfassung des Librettos zur Operette *Im Weißen Rößl* verfasst. Josi ging auf einmal ein Lied aus dem Stück durch den Kopf: *Im Salzkammergut, da kann man gut lustig sein...* Na ja...

Sie zog ihr Handy heraus, um zu sehen, wie spät es war. Höchste Zeit umzukehren.

Als sie nach dem langen Spaziergang wieder im Auto saß, spürte sie, wie ihr Magen revoltierte. Was für eine blödsinnige Idee, das mit dem Vorsingen! Sie musste sich, als sie sich das ausgedacht hatte, in einem Zustand geistiger Umnachtung befunden haben, wahrscheinlich durch den Ärger über Paul. Wie hatte sie sich das eigentlich vorgestellt, bei einem Besuch, der angeblich der Bewerbung für Gesangsstunden dienen sollte, etwas über Sissi Strassers geheime Leidenschaften herauszubekommen? Sie konnte ja schlecht ihre Kleiderkästen durchwühlen. Und womöglich würde die Sängerin ihre Absichten durchschauen. Was sollte sie dann sagen? *Liebe Frau Strasser, ich glaube, Sie haben am Theater an der Wien Kostüme gestohlen und geistern damit jetzt nachts im Kaiserpark umher. Das geht mich zwar nichts an, interessiert mich aber brennend?* Wie auch immer – zurück konnte sie jetzt nicht mehr.

Josi seufzte. Im selben Moment läutete das Handy. Ohne anzuhalten fummelte sie es aus der Manteltasche und riskierte einen kurzen Blick darauf. Paul. »Oh nein, so einfach geht das nicht!«, fauchte sie, drückte den Anruf weg und warf das Telefon in das Handschuhfach.

Sie befand sich auf der Kaltenbachstraße, und es war fünf vor drei. Wenn sie den Poldi jetzt noch aufs Zimmer brachte, kam sie zu spät. Sie beschloss, ihn mitzunehmen und im Auto zu lassen. Wozu hatte sie eine Standheizung.

Punkt drei Uhr fand Josi einen Parkplatz fast direkt vor Sissis Strassers Haus. Sie stieg aus, ging durch den Vorgarten zur Haustür und läutete.

Zu ihrer Überraschung öffnete ein eleganter, wenn auch ziemlich blasser, grauhaariger Herr. Er schaute sie stumm an. Sissi stand hinter ihm und machte keine Anstalten, sie zu begrüßen.

»Kommen Sie herein«, sagte die Sängerin schließlich und bewegte sich zusammen mit dem Mann rückwärts.

Josi war gerade in den Flur getreten, als sie die Mündung einer Pistole an ihrer Schläfe spürte.

*

»Da ist keiner.« Conni deutete auf die schweren Holzjalousien vor den Fenstern der Hütte, die fest geschlossen waren.

Es war keine Überraschung, dass sich auf das energische Klopfen der Polizisten niemand meldete.

Materna überschlug im Kopf, ob die Verdachtsmomente gegen Eisler ausreichten, um die Hütte ohne richterliche Erlaubnis zu durchsuchen. »Gehen wir rein«, entschied er.

Maurer inspizierte bereits die Tür. »Erstaunlich gutes Schloss für eine Almhütte«, stellte er fest. »Ziemlich neu.«

»Tür einrennen?«, fragte Conni.

»Nur wenn es nicht anders geht.« Maternas Blick glitt über die Front des Holzhäuschens.

Florian deutete auf den Blumenkasten, der unter einem der Fenster hing. »Vielleicht ist der Schlüssel irgendwo versteckt.«

Im Blumenkasten war er nicht, auf dem Türrahmen ebenfalls nicht. Die Polizisten suchten alle möglichen Verstecke rund um die Hütte ab – ohne Erfolg.

»Vielleicht krieg ich die Tür ja auf«, sagte Maurer. Er ging zum Streifenwagen, kam mit einer Sammlung von Dietrichen an einem Drahtring zurück und machte sich an dem Schloss zu schaffen.

»Ein Polizeibeamter braucht heutzutage einen einträglichen Nebenjob!«, bemerkte Conni grinsend.

Maurer lächelte, aber er sah dabei ein bisschen traurig aus. »Kommt manchmal vor, dass wir irgendwo reinmüssen. Beim letzten Mal war es eine alte Frau, die schon über drei Wochen tot in ihrer Wohnung gelegen ist. Keiner hat sie vermisst ... Also, dieses Schloss hat es wirklich in sich.«

Nach ein paar Minuten war ließ sich die Tür öffnen.

Die Hütte war schlicht, aber stilvoll und gemütlich eingerichtet. Bis auf einige Essensvorräte, Waschzeug, Wäsche und Kleidung zum Wechseln fanden die Beamten auf Anhieb nichts.

Materna war mit einem Mal unendlich müde. Sein Gefühl signalisierte ihm deutlich, dass sie dabei waren, in die nächste Sackgasse zu rennen. »Sucht ihr bitte alles gründlich durch?«, bat er die Kollegen. »Ich bin gleich wieder da.«

Mit ein paar Schritten war er draußen. Er brauchte ein paar Minuten für sich, musste nachdenken. Die ständigen Rückschläge gingen allmählich an die Substanz. Und dass Josi offenbar wirklich böse auf ihn war, gab ihm den Rest. Dabei war da für private Geschichten gerade überhaupt kein Raum in seinem Leben. Er brauchte jetzt endlich echte Fortschritte in den Ermittlungen. Er brauchte sie wie die Luft zum Atmen – und das sofort.

Patzak machte ihm keinen übermäßigen Druck, auch wenn er ständig sagte, er solle »dazua schaun«. Schließlich saß ihm, allein schon weil es sich bei den Opfern um einen Prominenten und eine aufstrebende junge Sängerin handelte, die Presse in besonderem Maß im Nacken. Aber Materna wusste, dass der Oberst auf ihn und seine Fähigkeiten vertraute. Vielleicht war es gerade dieses Wissen, das es ihm schwer machte. Seine Karriere war nicht in Gefahr, aber er war kurz davor, seine Selbstachtung zu verlieren.

Im Fall Koller waren sie nicht weitergekommen. Dafür hatten sie eine zweite Leiche, und der Mann, den er zunächst für den Mörder gehalten hatte, konnte es nicht gewesen sein, weil er an dem Mordtag in einem Zustand war, in dem er nicht klettern konnte. Und nun hatten sie erneut einen Verdächtigen, der vermutlich aus Altersgründen ebenfalls nicht gut genug klettern konnte. Andererseits lag aber ein deutliches Indiz gegen ihn vor. Natürlich konnte jemand Eislers Computer benutzt haben, um die Botschaft an Marie abzuschicken und so den Verdacht auf ihn zu lenken. Aber warum war der Professor verschwunden, wenn er unschuldig war? Nichts passte zusammen. Es war zum Verrücktwerden.

Materna ging ein paar Schritte weiter. Er atmete tief ein, spürte, wie die kalte, klare Bergluft in seine Lungen strömte, ließ das Panorama auf sich wirken. Von hier aus schweifte sein Blick über die Berggipfel bis hinunter ins Tal. Es war, als befreie der weite Horizont sein Denken. Abrupt blieb er stehen.

Mit einem Mal war ihm klar, was sein gravierendster Fehler gewesen sein dürfte: Er hatte die Hinweise auf die Kaiserin Elisabeth zu wenig beachtet! Er hatte sie zwar registriert, aber sie waren doch nie im Zentrum seiner Aufmerksamkeit gestanden. Weshalb war die junge Marie ausgerechnet auf dem Hausberg der Kaiserin ermordet worden? Warum hatte der Täter Koller durch Insulin getötet, Marie-Sophie aber durch einen Stich ins Herz – genau wie Elisabeth? Was sollte durch die Elisabeth-Taschentücher ausgedrückt werden und – Moment! Was hatte Mike noch über das Taschentuch aus Maries Jackentasche gesagt? *Es muss zusammen mit dem Handy herausgefallen sein.* Wenn jemand dem Opfer das Taschentuch zugesteckt hatte, hatte er doch hundertprozentig das Mobiltelefon in der Tasche bemerkt! Aus welchem Grund sollte er darauf verzichtet haben, es an sich zu nehmen, wenn es ihn doch verriet …

Das Läuten des Handys riss ihn aus seinen sich überschlagenden Gedanken. Er stieß einen Fluch aus. *Polizeiinspektion Bad Ischl,* erschien auf dem Display. Es half nichts, er musste den Anruf annehmen.

Heininger meldete sich. »Da hier bei uns is' jemand, der möcht eine Aussage machen.«

»Gib ihn mir bitte, Heininger«, sagte Materna.

Gleich darauf hatte er den Privatdetektiv Werner Scheffel am Apparat. Er berichtete, dass er für einen Prof. Dr. Peter Eisler arbeite, erzählte von dem Einbruch in Eislers Hütte, der dann angeblich doch keiner war, von dem Fingerabdruck, den er ausgewertet und als den einer Dame identifiziert hatte, mit der Eisler offenbar zusammen gewesen war. Der Professor habe sich jedoch auf einmal nicht mehr bei ihm gemeldet wie verabredet, und die ganze Geschichte käme ihm eigenartig vor.

»Prof. Eisler hat Sie wegen des Fingerabdruckvergleichs zugezogen?«

»Nein. Zuerst wollte er, dass ich eine junge Dame namens Marie-Sophie Grundt für ihn suche.«

»Wann haben Sie diesen Auftrag bekommen, Herr Scheffel?«

»Den Vergleich der Fingerabdrücke? Letzten Samstag.«

»Und wissen Sie auch, in welcher Beziehung Professor Eisler zu der jungen Dame stand, die Sie suchen sollten?«

»Nein, das hat er mir nicht verraten. Ich glaube, na ja, ehem ...« Der Detektiv hüstelte.

»Schon gut. Vielen Dank, dass Sie uns verständigt haben, Herr Scheffel.« Der Chefinspektor legte auf.

Gut, damit schien Eisler ebenfalls aus dem Schneider zu sein. Wozu sollte er Marie-Sophie von einem Detektiv suchen lassen, wenn er sie doch zuvor ermordet hatte ... Oder war das ein besonders raffinierter Schachzug? Das war unwahrscheinlich.

Materna seufzte. Wo war er gedanklich stehen geblieben, als Heininger angerufen hatte? Genau – die Hinweise auf die Kaiserin, welche Bedeutung sie für den Fall hatten, und dass der Mörder Marie-Sophie Grundt ein Taschentuch zugesteckt, das Handy aber nicht entfernt hatte. Offenbar hatte er versucht, eine falsche Spur zu legen. Er ...? *Oder die Mörderin*, hörte er die Stimmen von Conni und Christian vor seinem inneren Ohr.

Die Mörderin.

Materna wurde heiß. Ein Schwall von Adrenalin flutete seinen Körper, machte ihn auf der Stelle wach, lebendig, konzentriert. Das Jagdfieber kehrte zurück.

Und wenn er sich jetzt vertat, wenn er aufgrund einer doch etwas skurrilen Theorie eine unschuldige Person verhaftete? Wie auch immer – er hatte keine Zeit mehr. Er musste jetzt in die Vollen gehen.

Rasch drehte er sich um, rannte zur Hütte zurück und riss die Tür auf »Wir müssen runter!«, rief er den Kollegen zu. »Kommt bitte mit. Schnell!«

*

»Darf ich vorstellen? Herr Professor Dr. Peter Eisler, echt hohes Tier am Ischler Krankenhaus – Frau Josephine Konarek. Josephine mit ph.« Sissi Strassers Stimme triefte vor Spott. »Siehst du, Peter«, sagte sie zu dem Mann, während sie die Pistole zunächst wieder auf ihn richtete, dann abwechselnd auf Josi und ihn. »Du bist nicht der einzige Schlaumeier. Die liebe Frau Konarek spioniert mir ebenfalls nach und glaubt, ich krieg das nicht mit.«

Josi war in ihrem Leben mehrmals in gefährliche Situationen geraten. Immer wieder schaffte sie es, ihre Gefühle in solchen Momenten auszuschalten und eiskalt kalkuliert zu handeln. Es war nicht etwa so, dass sie furchtlos gewesen wäre. Im Augenblick aber, in dem sie eine echte Gefahr spürte, verwandelte sich die aufkommende Panik in hellwache Konzentration. Reden. Sie musste mit der Verrückten reden. »Was wollen Sie denn, Frau Strasser?«

Sissi grinste und zuckte mit den Achseln. »Wir machen einen Ausflug«, sagte sie dann. »Los, Peter, zieh deinen Mantel an.«

Der Professor tat, wie ihm geheißen.

»Handys her!«, befahl Sissi.

Eisler zog gleich zwei Handys aus der Brusttasche seines Wintermantels.

»Du auch!« Sissi schaute Josi durchdringend an. »Wo ist deine Tasche?«

»Ich hab keine Tasche dabei. Ich war mit dem Hund spazieren.

Da hab ich die Hände gern frei. Und mein Handy hab ich auch nicht mit.«

Sissi fasste in Josis Manteltaschen. Sie zog eine Geldbörse heraus, ein Etui mit den Autopapieren sowie einen Schlüsselbund und steckte alles wieder zurück. »Mantel auf!«, befahl sie. Dann tastete sie Josi mit der linken Hand ab, während sie mit der rechten die Pistole auf sie gerichtet hielt. »Scheinst ja wirklich keines dabei zu haben. Okay. Du hilfst mir beim Anziehen, los!« Sie deutete mit dem Kopf auf die Garderobe, an der ein langer, dunkelroter Mantel, ein schwarzes Cape und eine dunkelblaue Daunenjacke hingen. »Nicht den Mantel. Die Jacke. Und keine Tricks, sonst ist der Herr Primar tot.« Sie drückte die Mündung der Waffe gegen Prof. Eislers Kopf.

Josi nahm die Jacke vom Haken und half ihr hinein, wobei Sissi die Pistole von einer Hand in die andere wechselte und immer weiter auf Eislers Schläfe zielte.

»Tür auf!«

Während Josi die Haustür öffnete, griff Sissi nach einer Campingleuchte, die auf einem kleinen Tischchen vor einem Spiegel stand. Die Hand mit der Pistole verbarg sie in ihrer Jackentasche. »Los!«, kommandierte sie, und alle drei traten ins Freie.

»Welches ist dein Auto?«, fragte Sissi und schubste Josi mit der Pistole leicht an.

»Das da.« Josi deutete auf ihren Golf.

»Sehr schön. Du fährst, Josephine! Und du setzt dich auf den Beifahrersitz«, sagte sie zum Professor.

Eisler tat so, als wolle er um das Auto herumgehen, drehte sich aber abrupt um und versuchte, Sissi zu packen. Unglücklicherweise erwischte er sie am linken Oberarm.

Blitzartig riss sie die rechte Hand mit der Pistole hoch, ohne sie aus der Tasche zu nehmen. Sie rammte ihm den Lauf in den Rücken und schob ihn so um das Fahrzeug herum. »Lass den Blödsinn. Einsteigen!«

*

»Was ist eigentlich los?«, fragte Conni, als er in halsbrecherischem Tempo die steile, kurvige Straße hinunterfuhr.

»Der Eisler war's nicht. Moment bitte, Conni, gleich! Ich muss noch schnell was abklären.« Materna hatte schon wieder das Telefon in der Hand und wählte die Nummer der Altistin Bibiana Steinberger. Er erreichte sie auf Anhieb.

»Frau Steinberger, hier ist Materna. Ich hab eine Frage.«

»Ach, das ist aber nett, dass Sie sich auch einmal melden, Herr Chefinspektor«, begann die adrette Bibiana in kokettem Tonfall.

Materna ging nicht darauf ein. »Sie haben doch erzählt, dass Sie mit einer Kollegin geplaudert und dabei zufällig gehört haben, wie der Herr Koller mit dem Intendanten über die zweite Besetzung der *Elisabeth* geredet hat.«

»Ja, genau.« Das klang etwas enttäuscht.

»Und wer war diese Kollegin?«

»Das war die Sissi Strasser. Aber warum …«

»Vielen herzlichen Dank, Frau Steinberger.«, beendete Materna das Gespräch. Connis »Hä?« quittierte er mit einem weiteren »Moment noch, bitte!« und schon wählte er Isabels Nummer.

»Papa!«, rief diese erstaunt. »Ich bin noch bei der Arbeit, ich …«

»Ich stör dich nicht lang, Isi. Ich hab nur eine Frage. Du erinnerst dich an diese Radiosendung über den neuen Intendanten der Ischler Operetten-Festspiele neulich?«

»Ja, warum?«

»Du hast doch gesagt, dass der frühere Intendant an einer Krankheit gestorben ist. Haben die auch erwähnt, welche Krankheit das war?«

»Ja, Diabetes.«

»Danke, Isi, Bussi. Ich ruf dich an.«

»Hä?«, machte Conni noch einmal.

»Ich erklär dir unterwegs alles. Und den Kollegen über Funk. Aber du fahr bitte, was das Zeug hält.«

»Gern, wenn du so freundlich wärst, mir auch zu sagen, wohin es gehen soll.«

Materna drehte sich kurz um. Der Streifenwagen folgte ihnen. »Gartenstraße«, sagte er. »Zur Strasser.«

*

Sissi Strasser war hinten in den Golf eingestiegen. Eisler saß vorne neben Josi, die, wie von Sissi befohlen, Richtung Stadt fuhr. Im Rückspiegel konnte Josi sehen, dass der Poldi sich anschickte, der Frau neben ihm auf den Schoß zu klettern. Sie biss die Zähne zusammen. Bitte nicht, Poldi, lass es!

»Runter, du Mistviehch!«, kreischte Sissi auf einmal und verpasste dem Dackel einen Schlag mit der Campinglaterne.

Poldi jaulte laut auf und verkroch sich in der Ecke.

»Lassen Sie das!«, zischte Josi, nahe dran, die Beherrschung zu verlieren.

»Lassen Sie das«, äffte Sissi sie nach. »Du bist ein bisschen zart besaitet, Josephine mit ph, stimmt's?«, fing Sissi wieder an. »So wie deine süße, kleine Marie, nicht wahr, Peter? Die war auch so eine ...«

»Halt den Mund!«, brüllte Eisler.

Josi, die sich wieder gefangen hatte, warf ihm einen warnenden Blick zu.

»Ganz falsch – *du* hältst den Mund, sonst ...« Sissi drückte Eisler die Waffe in den Nacken, während sie Josi zur Steinfeldbrücke dirigierte. »So, und jetzt Richtung Rettenbach.«

Verdammt – die Klamm. Josi ahnte, was sie vorhatte.

»Warst ganz verliebt in die Kleine, Peter, das versteht man ja«, begann Sissi aufs Neue. Anscheinend genoss sie es, ihn bis aufs Blut zu reizen.

Eisler stöhnte. »Wie hab ich nur auf jemanden wie dich hereinfallen können!«

»Ach, komm, Schatzi, das hat dir doch Spaß gemacht. Es macht euch allen Spaß, dir und dem Jo, diesem Nixerl, dem Daniel – und wie sie alle heißen. Ich sage dir, Josephine, alles schwanzgesteuerte Idioten, diese Mannsbilder, echt unglaublich!«

Atmen, dachte Josi. Tief und gleichmäßig atmen. Ihr Handy

fiel ihr ein. Sie hatte es vorhin ins Handschuhfach gepackt. Hoffentlich entdeckte es Sissi nicht.

Die war allerdings mit ihrer Pistole beschäftigt. Sie hielt die Waffe abwechselnd Eisler und ihr in den Nacken.

»Immerhin hast du mir gezeigt, wo der Schlüssel zu deiner heiß geliebten Hütte liegt, Peter. Und wie praktisch, dass du immer dein Notebook oben stehen lässt. Das Passwort war auch nicht schwer zu erraten – Marie-Sophie ...« Sie brach in ein zynisches Gelächter aus. »Du hast es mir echt leicht gemacht, die liebe Marie zu der kleinen Bergtour zu überreden.«

Eisler stöhnte erneut auf. »Auf der Hütte gibt es doch gar kein WLAN«, presste er schließlich hervor.

»Ja, das war ärgerlich. Da musste ich den Berg runter und wieder zurück. Ganz schöner Aufwand, hat sich aber gelohnt.«

Josi hatte die Zusammenhänge begriffen. Der Professor hatte eine Affäre mit der schönen Sissi gehabt, sie irgendwann auf eine Hütte mitgenommen, von wo aus sie dann später als Peter Eisler ein E-Mail an Marie geschickt und sie so in die Falle gelockt hatte. Dadurch hatte sie gezielt den Verdacht auf Eisler gelenkt, denn falls die Polizei die Nachricht fand, würde man über die IP-Adresse sofort den Absender feststellen. Offenbar hatte Eisler Marie wirklich geliebt. Sehr ungleiches Paar, aber warum nicht ... oder ...

»Woher, verdammt, hast du überhaupt Bescheid gewusst?«, presste Eisler zwischen den Zähnen hervor. Er rang um Fassung.

»Na, wenn du der lieben Kleinen andauernd Nachrichten auf ihr Smartphone schickst und sie das Ding in der Garderobe herumliegen lässt ... Mit Handys sollte man viel vorsichtiger sein. Schließlich kann man die heutzutage orten. Eine kleine App – und schon funktioniert die Sache. Auch sehr praktisch. So hab ich immer gewusst, wo sich die liebe Marie gerade aufhält.«

»Du ...«, begann Eisler, doch er beherrschte sich im letzten Moment.

»Weißt du, ich hab das einfach nicht zulassen können, dass sie womöglich die Elisabeth singt«, setzte Sissi in diesem unerträglichen Plauderton fort. »Sie war keine Elisabeth, sie hatte kein Format. Sie wäre eine Beleidigung für Elisabeth gewesen, kapierst du das?«

Josi sah aus dem Augenwinkel, wie es in Eislers Gesicht arbeitete. Sein Unterkiefer bewegte sich, als kaue er auf einem besonders harten Brocken herum.

»*Ich* bin Elisabeth, verstehst du? Ich, ich, ich!«, schrie Sissi und fuchtelte mit der Pistole wild umher.

Josi war immer noch hoch konzentriert und in dieser eigenartigen, emotionslosen Weise ruhig. Sie beobachtete Sissi so gut es ging im Rückspiegel. Jetzt dreht sie durch, dachte sie. Weiterreden, ich muss unbedingt weiterreden. Sie darf nicht im Auto losballern. »Aber die Anna Behrendt sollte doch die Elisabeth singen, hab ich gehört.« Es gelang ihr, das so beiläufig klingen zu lassen, als unterhalte man sich über die Wetteraussichten.

Die Bemerkung löste einen plötzlichen Stimmungsumschwung bei Sissi aus. Der irre Ausdruck von eben verschwand aus ihren Augen, ein breites Grinsen überzog ihr Gesicht.

»Da hätte ich schon eine *Lösung* gefunden, glaub mir, Josephine. Man findet immer eine Lösung.« Sie nickte selbstzufrieden.

»So wie für Georg Koller?«, fragte Josi immer noch ganz sachlich. Sie bemerkte, wie Eisler neben ihr zusammenzuckte. Er starrte sie von der Seite her an.

*

Mit quietschenden Reifen hielt der Dienstwagen vor Sissi Strassers Haus. Gleich dahinter kam der Streifenwagen mit Maurer und Florian zum Stehen. Materna sprang aus dem Auto und läutete Sturm. Keine Reaktion.

»Moment«, rief er den Kollegen zu, die inzwischen alle ausgestiegen waren, und rannte über die Straße zum Haus der Aitenbichler Kathi. Ehe er noch läuten konnte, stand diese auch schon in der Tür.

»Ja, der Herr Inspektor!«, rief sie. »Ich hab Sie schon kommen sehen.«

»Grüß Gott, Frau Aitenbichler«, grüßte Materna. »Wir suchen die Frau Strasser.«

»Hab i mir scho denkt, dass Sie mit dem Polizeiauto net zum Kuchenessen zu mir kommen.« Ein weises Lächeln zeigte sich auf dem faltigen Gesicht der alten Frau. »Die Strasserin is' fortg'fahr'n, mit dem Herrn Primar Eisler und einer Frau mit roten Haaren.«

Nein!, schrie es in Materna. Er hatte das Gefühl, sein Herzschlag würde für einige Augenblicke aussetzen. »Schulterlange, lockige rote Haare?«

Die Aitenbichler Kathi nickte.

Seine Knie wurden weich. Er atmete tief durch, dann hatte er sich wieder im Griff. »Frau Aitenbichler, in welchem Auto sind sie weggefahren?«

»Das von der Strasserin war's nicht. Das ist nämlich rot und das Auto, mit dem sie g'fahr'n sind, war dunkelblau.«

Josis Golf! »Wann war das?«

»Grad den Moment.«

Materna drückte kurz, aber herzlich die Hand der alten Kathi. »Danke! Ich meld mich bei Ihnen!« Dann rannte er zurück zu den Kollegen. »Die Strasser hat den Professor und die Frau Konarek entführt. Fahndung nach einem blauen Golf, Kennzeichen … « Er überlegte einen kurzen Moment. Er hatte nach dem Nummernschild geschaut, als sie sich am Doppelblick verabredet hatten. Über ein echtes fotografisches Gedächtnis verfügte er zwar nicht, aber wenn er eine Autonummer einmal bewusst angesehen hatte, konnte er sich meist eine Zeit lang recht zuverlässig an sie erinnern.

Maurer hatte schon ein Telefon gezückt, und Materna sagte ihm zügig und sicher Josis Autonummer an.

Dann griff er selber zu seinem Handy. »Materna hier. Wir brauchen eine Telefonortung. Ja – Gefahr in Verzug. Entführung einer weiblichen und einer männlichen Person!« Er gab Josis Handynummer durch. »Gut, ich warte.« Mit einer Kopfbewegung bedeutete er Conni, ins Auto zu steigen, ließ sich auf den Beifahrersitz plumpsen und trommelte mit den Fingern der rechten Hand auf der Ablage herum, während sich die linke um das Telefon krampfte.

»Aber Chef, Paul, mein ich, welcher Entführer ist denn so blöd, dem Entführten ein Handy zu lassen, vielleicht auch noch eingeschaltet?«

»Wir müssen jede Möglichkeit ausschöpfen. Wir haben keine Wahl!«

Conni nickte stumm.

Nach einer gefühlten Ewigkeit meldete sich der Beamte von vorhin am Telefon. »Wir haben den Wagen. Er fährt Richtung Rettenbachmühle.«

»Danke! Wir bleiben dran.« Er drehte sich zum Streifenwagen um. »Los!«, rief er den Kollegen zu. »Zur Rettenbachmühle! Macht uns den Weg frei.«

Maurer und Flo sprangen in ihr Fahrzeug. Conni saß schon am Steuer.

Maurer stellte das Blaulicht an und gab Gas. Conni und Materna folgten dem Einsatzfahrzeug.

*

»Rechts!«, kommandierte Sissi, als sie an der Rettenbachmühle angekommen waren. »Auf geht's zur Rettenbachalm. Ah geh, habt's ihr zwei geglaubt, ich will euch in der Klamm versenken? Aber nein. So ein fürstliches Grab habt ihr nicht verdient. Oder habt ihr gar nicht gewusst, dass in der Klamm schon der Fürst Gagarin und sein Sohn ersoffen sind? Hast du das gewusst, Peter?«

Eisler schwieg.

»Naaaaa?« Sissi verlieh ihrer Frage Nachdruck, indem sie den Lauf der Pistole wieder in seinen Nacken bohrte.

Schließlich nickte er.

»Und die liebe Josephine?«

Josi schüttelte den Kopf.

»Na siehst du, da kannst du noch was lernen. Es heißt doch, man lernt, solange man lebt.« Sie lachte schallend über ihren Witz.

»Es gibt sogar ein Denkmal für die blaublütigen Ersoffenen. Das war vom Wasser weggespült, aber vor ein paar Jahren haben sie es wieder aufgebaut. Versteht's bitte – die Rettenbachklamm geht nicht. Da rennen doch ständig Touristen rum und glotzen nach unten, sogar im Winter. Man würde euch zu schnell finden.«

»Bitte, Frau Strasser, das bringt doch nichts. Seien Sie vernünftig«, redete Josi auf Sissi ein.

»Wie bitte? *Ich* soll vernünftig sein? Ich *bin* vernünftig! Soll ich dir sagen, was vernünftig gewesen wäre, Josephine? Es wäre sehr vernünftig von dir gewesen, wenn du aus Ischl verschwunden wärst, nachdem ich dich geschubst habe.«

»*Sie* waren das?«

»Wer sonst, der Heilige Geist?«

Josi ging ein Licht auf. Das dunkle Lodencape an Sissis Garderobe … Sie hatte es an dem Abend getragen.

»Ich hab gedacht …«

»Denk nicht, fahr!«

Josi biss die Zähne zusammen. »Aber woher haben Sie denn gewusst, dass ich beim Sandwirt wohne und wann ich zurückkomme?«, fragte sie schließlich doch.

»Wo du wohnst, hat mir Jasmin verraten, die treue Seele. Der Rest war Glück. Ich war grad beim *Zauner* auf der Esplanade. Da hab ich dich gesehen. Hab dir nur ein Stück folgen müssen und dich dann auf dem anderen Weg überholen.«

Josi versuchte krampfhaft, sich auf die steile Bergstraße zur Rettenbachalm zu konzentrieren.

»So, da vorne ist eine Ausweiche, da kannst du das Auto abstellen«, sagte Sissi nach einer Weile. »Wir gehen ein Stück zu Fuß.«

Josi parkte wie befohlen, dann stiegen sie aus.

Als der Dackel Anstalten machte, hinter ihnen herzukommen, beförderte Sissi ihn mit einem heftigen Stoß ins Wageninnere zurück.

Josi hatte nur einen einzigen Wunsch – zuzuschlagen. Aber sie beherrschte sich. Die Pistole war nach wie vor auf sie gerichtet. Sie klammerte sich an die Hoffnung, dass sie noch eine Chance hätten, der Professor und sie. Sie lauerte auf einen kleinen Fehler dieses eiskalten Monsters mit dem Engelsgesicht.

»Vorwärts!« Sissi trieb Eisler und Josi mit der Pistole vor sich her.

Es dämmerte bereits. Man konnte die Straße aber noch gut erkennen. Sissi hatte die Campinglampe angemacht und hob sie immer wieder hoch, sodass ihr Licht auf den Abhang neben der Straße fiel. Schroffe, steile Felswände umschlossen den Rettenbach, der sich tief unten in ungehemmter Wildheit den Weg durchs Gestein bahnte.

Josi zwang sich, nicht nach unten, sondern auf den Weg zu schauen.

»Stopp«, befahl Sissi auf einmal, als offenbar die Stelle an der nächsten Ausweiche Gnade vor ihren Augen gefunden hatte. »Sehr gut«, sagte sie, nachdem sie den Abhang mehrmals abgeleuchtet hatte. »Stellt euch dahin, los!« Sie machte eine Kopfbewegung zum Rand der Bergstraße hin und fuchtelte mit der Pistole.

Eisler machte einen Schritt in die befohlene Richtung.

»Nicht, Herr Professor!«, schrie Josi und riss ihn vom Abgrund zurück.

Wie eine Wildkatze sprang Sissi sie von hinten an. Mit einer Hand umklammerte sie die Lampe und hielt ihr zugleich den Mund zu, mit der anderen drückte sie ihr die Pistole an die Schläfe.

Warum schießt sie nicht?, fuhr es Josi durch den Kopf, und gleich darauf: Sie kann nicht! Im selben Moment spürte sie eine fast übermenschliche Kraft in sich. Und wieder funktionierte ihr Gehirn wie eine Maschine, emotionslos und präzise. Blitzartig fasste sie nach hinten. Ihre Finger krallten sich in die Ärmel der Daunenjacke, wie sie das als junges Mädchen im Judokurs gelernt hatte. Mit einem gekonnten Schulterwurf beförderte sie Sissi zu Boden. Die Campinglampe flog in hohem Bogen durch die Luft und rollte ein Stück die Straße hinunter.

Wie zu Eis erstarrt stand Professor Eisler daneben und blickte stumm zu der Gestalt auf der Erde.

Da hockte Josi auch schon neben ihr, drehte sie in die Bauchlage, presste ihr Knie auf Sissis Unterleib und bog ihr einen Arm nach hinten. »Geben Sie mir die Pistole, Herr Professor.«

Eisler erwachte aus seiner Erstarrung. Die Waffe war fast unmittelbar vor seinen Füßen gelandet. Er hob sie auf und reichte sie ihr.

Widerwillig richtete Josi den Lauf gegen Sissis Kopf. Sie hasste Waffen, aber ihr blieb keine Wahl. »Bitte gehen Sie zum Auto zurück und holen Sie die Hundeleine aus dem Kofferraum. Wir müssen sie fesseln. Der Autoschlüssel steckt.«

Eisler nickte und machte sich auf den Weg zurück Richtung Auto.

Er könnte die Lampe gebrauchen, dachte Josi und drehte den Kopf, um nach der Campingleuchte Ausschau zu halten.

Der winzige Moment der Unaufmerksamkeit genügte Sissi. Unvermittelt drehte sie sich mit einer heftigen Bewegung auf die Seite. Noch im Liegen verpasste sie Josi mit dem Knie einen Tritt in den Bauch. Ihr durch extremen Sport gestählter Körper verfügte über eine gewaltige Kraft.

Josi krümmte sich vor Schmerzen, als Sissi aufsprang und ihr einen heftigen Stoß versetzte. Sie merkte, wie sie in Richtung Abgrund rutschte. Sie stieß einen wilden Schrei aus, als sie fiel.

*

Bei der Rettenbachmühle war es vorbei mit der Handyortung. Und der Weg gabelte sich.

Alle vier Polizisten waren ausgestiegen. »Verdammt!«, fluchte Materna. Das hier hatte nichts mehr mit dem vertrauten Jagdfieber zu tun. Er hatte Angst um Josi. Grauenhafte, unerträgliche Angst. Verzweifelt ballte er die Hände zu Fäusten und schnaufte einmal tief durch. Er musste um jeden Preis seine fünf Sinne zusammenhalten. Und vielleicht den sechsten noch dazu. »Wo geht es da hin?«. Er deutete auf den Weg zu ihrer Rechten.

»Zur Rettenbachalm«, sagte Florian.

»Gut. Wir probieren's«, entschied Materna.

Jetzt fuhren Conni und er voran, der Streifenwagen folgte. Sie waren etwa zehn Minuten gefahren, als sich ein schwankendes, hüpfendes Licht auf sie zubewegte.

Abrupt stieg Conni auf die Bremse. Im Lichtkegel der Scheinwerfer konnte man eine schmale, hochgewachsene Gestalt ausmachen, die eine Lampe in der Hand trug. Sie blieb einen Augenblick lang unschlüssig stehen, dann rannte sie wild mit den Armen fuchtelnd auf das Fahrzeug los. Conni und Materna sprangen zugleich aus dem Auto.

Im Moment, als der Chefinspektor Sissi Strasser erkannte, flog diese auch schon regelrecht auf ihn zu, fasste ihn um den Hals und klammerte sich an ihn.

»Herr Materna – Gott sei Dank! Sie müssen mir helfen!« Ihre Stimme überschlug sich. »Die haben mich gezwungen, in ihr Auto zu steigen, der Primar Eisler und seine Komplizin. Sie haben eine Pistole. Sie wollten mich ermorden!« Sie begann, heftig zu schluchzen.

Materna löste ihre Arme von seinem Hals. Wie beiläufig hielt er sie am rechten Handgelenk fest. »Wo sind die beiden?«

»Ein Stück weiter oben. Die Konarek hat mich plötzlich angegriffen! Ich hab mich frei machen und weglaufen können.« Sissi schaute Materna mit schiefgelegtem Kopf aus großen Augen an. Das Schluchzen hatte schlagartig aufgehört, aber über ihre Wangen liefen dicke Tränen. »Bitte, Sie müssen mir helfen!«

Verdammtes Luder!, hätte Materna am liebsten gebrüllt und sie mit Wonne geohrfeigt. »Ihr Taxi, Gnädigste«, sagte er stattdessen. Er hielt sie noch immer am Handgelenk und bugsierte sie Richtung Streifenwagen.

Maurer und Flo waren ebenfalls ausgestiegen und kamen auf sie zu.

Sissi riss die Augen weit auf. Für einen Moment erstarrte sie. Dann tobte sie los wie eine Furie. Sie versuchte, Maternas Griff zu entkommen, kreischte, spuckte, trat nach ihm, biss ihn in die Wange. Zum zweiten Mal an diesem Abend wurde ihr Arm auf den Rücken gedreht. Diesmal konnte sie sich nicht befreien.

Maurer legte ihr Handschellen an, während Materna sie über ihre Rechte aufklärte.

*

Sissi Strasser hatte die Stelle, wo sie ihre Gefangenen entsorgen wollte, wirklich sorgfältig ausgesucht – aber nicht sorgfältig genug. Ganz unbewachsen war der felsige Abhang auch hier nicht. Josi klammerte sich verzweifelt an einen jungen Baum, der ihren Fall gestoppt hatte. Sie hörte das Rauschen des wilden Gebirgsbaches unter sich. Es ging verdammt weit hinunter. Ohne Hilfe hatte sie keine Chance, nach oben zu gelangen. Schon der kleinste Versuch einer Bewegung konnte den Sturz in die Tiefe bedeuten. Und allmählich ging ihr die Kraft aus.

»Josephine?«

Professor Eisler – er war zurück! »Hier bin ich, hiiiiiiier!«, schrie sie aus Leibeskräften.

»Oh, mein Gott!« Der Professor leuchtete mit der Campinglampe nach unten. »Ich weiß nicht, wie ich Sie hier raufkriegen soll.«

»Holen Sie Hilfe! Mein Handy liegt im Auto, im Handschuhfach«, rief Josi unter höchster Anstrengung zurück nach oben. »Bitte rufen Sie die Polizei!«

»Ist schon da«, hörte sie oben jemand sagen.

Paul!

»Keine Angst, Josi, ich hol dich rauf.«

Pauls Stimme, die sie nie wieder hatte hören wollen, klang wie himmlische Musik in ihren Ohren.

»Bleib ganz ruhig, Josi. Wir haben Seile im Auto. Halt durch!«

»Ich kann ein bisschen klettern«, sagte jemand, vermutlich ein junger Mann. »Soll ich …?«

»Nein, Flo, das mach ich selber«, hörte sie Paul sagen. »Bitte sichert mich.«

Die panische Angst um Josi raubte ihm fast den Verstand. Er kämpfte sie nieder. Er musste Josi retten, das war alles, was zählte! Hochkonzentriert, mit den Füßen an der Felswand Halt suchend, seilte er sich zu ihr ab. Noch ein, zwei Meter, dann hatte er sie erreicht. Aufatmend schlang er ein weiteres Seil um ihre Taille.

»Die Seile sind ein bisserl dünn, aber stark«, erklärte er. »Hoch!«, rief er nach oben und gab Josi ruhig Anweisungen, wie sie seine Kollegen unterstützen konnte, die sie langsam und vorsichtig nach oben zogen.

»Gott sei Dank«, flüsterte der Professor immer wieder, als zuerst Josi und dann auch Materna wohlbehalten auf sicherem Boden gelandet waren.

Zwei Polizisten in Uniform und ein weiterer in Zivil halfen beiden auf die Beine.

Josi war zu erschöpft, um Erleichterung zu empfinden. Sie fühlte sich benommen, alles rund um sie erschien ihr eigenartig unrealistisch. Aber sie registrierte durchaus, dass diese Männer sie zusammen mit Paul gerettet hatten. »Danke«, sagte sie und reichte einem nach dem anderen die Hand.

»Revierinspektor Florian Unterberger, mein engster Mitarbeiter und Freund Conni, Kontrollinspektor Laubenbacher, Abteilungs-inspektor Maurer«, stellte Materna vor.

Zwei starke Akkulampen erleuchteten den Weg und die Um-gebung, die Josi mit hektischen Blicken abzuscannen begann. »Wo ist die Strasser?«

»Dort.« Maurer deutete mit dem Daumen auf den Streifen-wagen, der hinter dem LKA-Dienstauto auf der Bergstraße stand.

Josi nickte, immer noch etwas apathisch. Gleich darauf fuhr die Angst wie eine Flut glühender Lava durch ihren Körper. »Poldi!«, schrie sie. »Wo ist mein Hund? Hat sie ihm was getan?«

»Der Hund ist in Ordnung, Josephine, keine Sorge«, beruhigte Professor Eisler. »Ich war ja grad noch unten bei ihm. Es geht ihm gut, er sitzt im Auto. Soll ich ihn holen?«

Josi nickte dankbar.

»Lassen Sie mich gehen, Herr Professor«, bot Florian an. Er griff nach einer der Lampen.

»Moment – die Leine!« Eisler zog eine Lederleine aus der Manteltasche und überreichte sie ihm zusammen mit dem Schlüssel von Josis Golf.

Während Maurer sich mit den Worten »Na, dann werden wir der Dame mal Gesellschaft leisten« in den Streifenwagen zurückzog, machte sich Florian auf den Weg.

Josi starrte ihm für ein paar Sekunden hinterher, dann wandte sie sich zu Materna um, der schräg hinter ihr stand, als wolle er sie davor schützen, noch einmal in diesen höllischen Abgrund zu stürzen. »Paul, die Strasser hat die Marie-Sophie umgebracht. Und den Herrn Koller auch! Sie hat …« Die Landschaft begann, sich vor ihren Augen zu drehen.

Sie fühlte, wie er sie mit den Armen umfing, sie einen Augenblick lang ganz fest hielt, wie er sie vorsichtig an einen Baum lehnte, bemerkte, wie er rasch aus seinen Anorak schlüpfte und ihn auf den Boden legte. Unmittelbar darauf fand sie sich auf diesem sitzend wieder.

Immer noch zitterte sie am ganzen Körper. Aber es war vorbei. Paul war da. Alles war gut. Warum war sie eigentlich so wütend auf ihn gewesen? Sie wusste es nicht. Oder – doch, sie wusste es, aber sie verstand sich selbst nicht mehr.

»Hast du eine Zigarette?«, fragte sie.

Er schüttelte den Kopf. »Ich rauche nicht.«

»Ich auch nicht«, sagte sie. »Schade.«

»Ich hätte Cigarillos«, bot Conni an und kramte in seiner Jackentasche. »Sehr gute – Chicos Cellos. Es ist aber verboten, im Wald zu rauchen.«

»Ist mir egal.« Josi nahm ein Zigarillo aus seiner Hand, ließ sich von Conni Feuer geben und sog gierig den Rauch ein, was ihre seit der Studentenzeit entwöhnten Lungen mit einer gewaltigen Hustenattacke quittierten.

»Na, na«, machte der Professor.

Josi drückte das Zigarillo auf dem feuchten Waldboden aus.

Aufgeregtes Gebell wurde hörbar, und ehe sie die Zeit hatte, vom Boden aufzustehen, schoss auch schon der Poldi auf sie los. Florian hatte auf den letzten Metern die Leine losgelassen, die der

Dackel nun hinter sich her schleifte. Nicht nur das Schwänzchen wedelte, der ganze Hund wackelte. Eifrig leckte er die Tränen ab, die Josi über die Wangen liefen.

»Geht es wieder?«, fragte Materna.

»Ja.«

»Bestimmt?«

»Ganz bestimmt!«, bestätigte sie, und er half ihr auf die Beine.

»Sollen wir fahren?«, fragte Florian.

Materna nickte.

»Danke noch mal«, sagte Josi. »Danke auch, dass Sie meinen Hund geholt haben.« Sie streichelte dem Poldi über sein Strubbelfell.

»Passt schon.« Der junge Polizist nickte ihr lächelnd zu, dann verabschiedete er sich und ging zum Streifenwagen.

»Übrigens – ich hab die Waffe, mit der sie uns bedroht hat. Sie ist dort hinten auf dem Boden gelegen.« Eisler zog die Pistole aus der Manteltasche und reichte sie Materna.

Der betrachtete sie kurz. »Danke. Die ist übrigens nicht scharf. Es ist eine Walther P 22, eine Gaspistole.«

Josi nickte. So etwas hatte sie sich schon gedacht.

»Allerdings kann man auch damit jemanden schwer verletzen, im schlimmsten Fall sogar töten«, erklärte Materna. »Die Strasser hat Sie also nicht noch einmal attackiert, ehe sie davon gerannt ist?«, wandte er sich an Prof. Eisler.

Der schüttelte den Kopf. »Die Frau Konarek hatte die ... diese Person ja schon überwältigt. Wir haben etwas gebraucht, um sie fesseln zu können. Deswegen hab ich die Hundeleine aus dem Auto geholt. Zum Glück hab ich auch den Autoschlüssel abgezogen, denn ein paar Augenblicke danach seh ich sie wie von der Tarantel gestochen mit der Campinglampe in der Hand den Berg herunterrennen. Ich hab mich ganz schnell auf der Beifahrerseite flach neben das Auto gelegt. Sie hat kurz die Tür aufgerissen, aber nachdem der Schlüssel weg war, hat sie sie wieder zugeworfen und ist weitergerannt.«

»Na Gott sei Dank«, sagte Materna. »Und dann ist sie uns direkt in die Arme gelaufen.«

Er schaute hinüber zum Streifenwagen, der noch auf der Bergstraße stand.

Plötzlich stieg Florian aus und kam zurück. »Die Frau Strasser möchte unbedingt mit der Frau Konarek sprechen.«

»Mit mir?« Josi wusste nicht, was sie davon halten sollte. »Hat sie nicht gerade genug mit mir und dem Herrn Professor geredet?«

»Ist es in Ordnung für dich, wenn wir schauen, was sie will?«, fragte Materna. »Und danach erzählt ihr mir alles, was sie gesagt hat, der Professor und du.« Als Josi nickte, legte er seinen Arm um sie und ging mit ihr zusammen zum Streifenwagen.

Er öffnete die hintere Tür des Polizeiautos. Sissi Strasser saß zusammengesunken auf dem Rücksitz. Sie versuchte, mit ihren durch Handschellen gefesselten Händen in ihre Manteltasche zu gelangen. Als sie es einigermaßen geschafft hatte, rutschte etwas Kleines, Buntes heraus und fiel auf den Boden. Sie kramte weiter.

»Was suchen Sie denn?«, fragte Materna.

»Meinen Wohnungsschlüssel. Ich hab ihn schon.« Da war kein Anflug von Zynismus mehr in ihrer Stimme. Sie streckte Josi den Schlüsselbund entgegen.

»Es ist wegen Kira«, sagte die Frau, die zwei Menschen ermordet und zwei weitere beinahe umgebracht hatte. »Meine Katze ...«

»Ich kümmer mich drum, aber nicht Ihretwegen«, sagte Josi grimmig. »Dass das klar ist. Das Tier tut mir leid.«

»Was ist denn da aus Ihrer Tasche gefallen?«, fragte Materna. Er bückte sich und angelte unter dem Vordersitz ein Päckchen Papiertaschentücher hervor. Sie waren mit dem Bild der Kaiserin Elisabeth bedruckt.

*

Als Maurer und Flo mit Sissi Strasser abgefahren waren, bat Materna Conni, den Professor nach Hause zu bringen und anschließend die Täterin zu verhören. Mit Eisler verabredete er, dass Josi und er nachher vorbeikommen würden, um noch einmal in Ruhe über alles zu reden. Zunächst wollten sie die Katze holen.

In Sissis Wohnung fanden sie neben der glücklicherweise zutraulichen Kira und allem nötigen Zubehör auch drei komplette Elisabeth-Kostüme aus der Wiener Inszenierung des Musicals sowie einen Laptop, den Materna gleich an sich nahm.

Genau im passenden Moment hatte sich Josi an das Gespräch mit Rena erinnert und dass diese erwähnt hatte, wie sehr sie ihre verstorbene Katze vermisste. So fand Kira noch am selben Abend ein neues Zuhause, in dem sie mit offenen Armen aufgenommen wurde.

»Schon verrückt«, sinnierte Materna auf dem Weg von Renas Haus zu Eislers Villa. »Da bringt diese Frau eiskalt Menschen um. Aber sie sorgt sich um ihre Katze.«

»Ja, schwer nachzuvollziehen. Es gibt zwar immer wieder Leute, die anderen Menschen Furchtbares antun und trotzdem lieb zu Tieren sind. Aber bei der Strasser hätte ich das nicht erwartet. Sie hat meinen Hund misshandelt, das Miststück!«

Obwohl es im Auto dunkel war, konnte er wahrnehmen, wie Josis Augen vor Zorn blitzten.

»Man kann sich noch so lang mit der menschlichen Psyche befassen, so richtig verstehen wird man sie nie«, sagte sie nachdenklich. »Übrigens würde es mich gar nicht wundern, wenn sie auch mit der Katze in einer Art Identifikation gelebt hätte. Die Kira ist ein wunderschönes Tier, stolz, freiheitsliebend und individualistisch, genauso, wie ihre Besitzerin sich selbst sehen dürfte. Sie könnte die Katze als ihr Abbild oder einen Teil von sich betrachtet haben … Auf jeden Fall freue ich mich, dass wir sie gut untergebracht haben. Schließlich kann sie ja wirklich nichts für ihre Besitzerin.«

»Stimmt.« Materna setzte den Blinker und bog rechts ab. »Jetzt erklär mir aber bitte noch eins: Welcher Teufel hat dich eigentlich geritten, dass du zu der Strasser in die Wohnung gegangen bist?«

»Na ja …«, begann Josi etwas zögerlich. »Angefangen hat es mit diesem Gespenst im Kaiserpark.«

»Wie bitte? Welches Gespenst?«

Sie erzählte von ihrer Begegnung mit dem Bine-Herrchen bei den alten Hofstallungen, von den Gesprächen der Männer im k.u.k. Hofbeisl, von der Unterschrift auf der Autogrammkarte und den gestohlenen Kostümen in Wien bis zu dem Moment, an dem sie bei dem angeblichen Vorsing-Termin auf Professor Eisler getroffen war und mit Sissis Pistole Bekanntschaft gemacht hatte.

Materna schüttelte fassungslos den Kopf. »Dann hattest du also keine Ahnung, dass die Strasser die Mörderin war?«

Josi schwieg ein paar Augenblicke lang. »Also, ehrlich gesagt ...«, sagte sie schließlich. »Eine gewisse Ahnung hab ich schon gehabt, wenn auch keinen konkreten Verdacht. Ich bin ihr ja ein paar Mal begegnet. Einiges an ihrem Verhalten war schon sehr eigenartig. Allerdings hab ich nicht weiter darüber nachgedacht. Im Zusammenhang mit der Spukgeschichte ist mir jedenfalls aufgefallen, dass der alte Herr die sogenannte Kaiserin zum letzten Mal in der Nacht gesehen hat, in der Georg Koller ermordet worden ist. Das war es, was ich dir am Telefon sagen wollte.«

Er sah sie kurz von der Seite an. »Bist du noch böse, Josi? Es tut mir so leid, dass ich dich abgewimmelt habe und dass ich mit dem Herrn Auer über dich geredet habe.«

»Quatsch! Ich weiß doch, dass du Polizist bist und dass du in einem Fall ermittelst, mit dem ich schließlich auch etwas zu tun hatte. Eigentlich war mir das die ganze Zeit über klar, aber ...« Sie brach ganz plötzlich ab.

Er drehte kurz den Kopf zu ihr. Wirklich sehen konnte er es nicht, aber er meinte wahrzunehmen, dass sie rot geworden war, genau wie bei ihrer ersten Begegnung beim *Zauner*.

»Manchmal spinne ich halt«, erklärte sie.

Er musste lachen. »Macht nix. Ich auch.«

Er wurde ernst. »Josi, auch wenn du wirklich einen gewissen kriminalistischen Spürsinn hast – ich möchte dich dringend bitten, solche Recherchen auf eigene Faust zu unterlassen. Erstens bist du für eine Miss Marple viel zu jung, zweitens kann so was auch ganz anders ausgehen. Es war verdammt knapp!«

»Ich weiß.« Das klang kleinlaut. »Wieso habt ihr uns eigentlich gesucht?«, fragte sie gleich darauf.

»Eine Nachbarin von der Strasser hat gesehen, wie ihr ins Auto eingestiegen seid. Dann haben wir dein Handy orten lassen. Auf dem Weg zur Rettenbachalm gab es allerdings kein Netz mehr. Da haben wir einfach Glück gehabt.«

»Und der Professor und ich erst!« Josi berührte mit der Hand seine Schulter.

Er lächelte. Es fühlte sich gut an.

Sie waren bei Eislers Haus angekommen. Materna hielt am Straßenrand und stellte den Motor ab.

»Gott sei Dank hast du im richtigen Moment herausgefunden, dass sie die Täterin ist«, sagte Josi.

»Im Grunde ist es mir ähnlich gegangen wie dir. Ich hab auch so eine Ahnung gehabt. Aber sie wollte lange nicht in mein Bewusstsein kommen. Vielleicht, weil ich nach einem klassischen Mordmotiv gesucht habe.«

»Stimmt. Ein klassisches Mordmotiv war das nicht.«

»Ich war mit einer Schauspielerin verheiratet. Ich hab die verrücktesten Geschichten mitbekommen und weiß, wie Theaterleute ticken. Aber dass man wegen einer Rolle in einem Musical gleich zwei Menschen umbringt ...« Er brach ab und schüttelte den Kopf.

»Für die Sissi Strasser war das nicht einfach eine Rolle«, gab Josi zu bedenken. »Sie war vermutlich total besessen von der Idee, dass es nur ihr zusteht, die Elisabeth zu spielen, oder halt die Einzige zu sein, die ihr in der Darstellung gerecht werden kann. Vermutlich war es eine schwere narzisstische Kränkung für sie, dass man die Rolle einer anderen angeboten hat. Aber war die Marie-Sophie denn überhaupt als Elisabeth im Gespräch?«

»Georg Koller hatte sie als zweite Besetzung vorgeschlagen. Von einer anderen Sängerin weiß ich, dass die Strasser das zufällig gehört hat. Vielleicht hat sie auch gar nicht mitgekriegt, dass es um eine zweite Besetzung gegangen ist.«

»Oder sie hätte für die Erstbesetzung ebenfalls *eine Lösung gefunden,* wie sie das ausgedrückt hat.«

»Fürchte ich auch.« Er blies Luft durch die Nase und bewegte den Kopf in einer verneinenden Geste hin und her. »Ich hätte wirklich früher kapieren sollen, dass die Hinweise auf Elisabeth eine Schlüsselrolle in dem Fall spielen.«

»Hat es bei dem Mord an dem Herrn Koller denn auch solche Hinweise gegeben?«

»Einen, ja. Er hatte ein Papiertaschentuch mit dem Bild der Kaiserin in der Jackentasche, so eines, wie wir es später auch bei Marie-Sophie Grundt gefunden haben. Und seine Lebensgefährtin hat gemeint, dass er ganz sicher nur weiße verwendet.«

»Das, was sie im Streifenwagen verloren hat, waren also diese Taschentücher?«

»Genau.« Materna zog das Päckchen, das inzwischen in einer Klarsichthülle steckte, aus der Anoraktasche und zeigte es ihr. »Und noch eine wichtige Information habe ich genau vor der Nase gehabt, sie aber zuerst nicht beachtet. Es war ja klar, der Mörder musste sehr gut klettern können, um die tote Marie so sorgfältig mit Zweigen zuzudecken. Ich hab unlängst die Homepage von der Strasser überflogen, flüchtig nur, hab mir gedacht, das ist für den Fall eh alles nicht interessant. Es ist aber doch etwas drin gestanden, was außerordentlich wichtig war: Eines ihrer Hobbys ist Freeclimbing.«

*

Eisler entkorkte eine Flasche Grünen Veltliner Smaragd Kellerberg.

»Ein edler Tropfen«, stellte Materna fest. »Trotzdem – mir bitte nur einen kleinen Schluck. Ich muss heute noch nach Linz fahren.« Er spürte, wie Josi ihn von der Seite anschaute.

Der Professor schenkte ein. Nachdem alle angestoßen und probiert hatten, wollte auch Eisler wissen, was Josi zu Sissi Strasser geführt hatte.

Sie erzählte die Geschichte um den Kaiserpark-Geist in Kurzfassung.

Anschließend berichtete Eisler von dem Buch, das er Marie-Sophie zu Weihnachten hatte schenken wollen, wie er diesen Fleck fand, den er schließlich als Fingerabdruck erkannt hatte. »Ich hab dann dem Privatdetektiv, den ich beauftragt hatte, Marie zu suchen, eine Dose mit Gesichtscreme von Sissi Strasser zum Vergleichen gegeben. Die hatte sie bei mir vergessen.« Materna nickte. »Ich weiß. Er hat sich bei der Dienststelle in Ischl gemeldet, und ich hab mit ihm telefoniert.« »Scheffel!«, rief Professor Eisler überrascht. »Er hat Sie angerufen?«

»Das musste er. Und er hat mir noch mal Sicherheit gegeben, dass ich mit meinem Verdacht gegen Sissi Strasser auf der richtigen Spur bin. Aber auch Sie hätten sich unbedingt an die Polizei wenden müssen, Professor Eisler. Das war schon mehr als unvorsichtig, die Sache selber in die Hand zu nehmen.«

»Ich wusste ja nicht genau, was die Strasser getan hatte. Ich hatte auch keine Ahnung, was sie mit dem Einbruch bezweckt hat. Da war nur auf einmal die Befürchtung, dass sie in irgendeiner Weise etwas mit Maries Tod zu tun haben könnte. Ich wollte sie zur Rede stellen, um jeden Preis. Völlig verrückt, das weiß ich jetzt auch. Ich weiß jetzt so vieles besser ... Ich hab wirklich alles falsch gemacht, was man falsch machen kann.« Er sah elend aus, um einiges gealtert und sehr resigniert. »Dass ich mich mit dieser ..., dieser Frau eingelassen habe, werde ich mir nie verzeihen können.«

»Sie ist sehr schön«, sagte Josi. »Jedenfalls auf den ersten Blick.«

Eisler sah sie dankbar an. »Sie hatte so eine Art ... ach, ich weiß es nicht. Den Professor Permanschlager hab ich durch meine Freundschaft mit Georg Koller gekannt. Auf seiner Beerdigung hab ich sie dann kennengelernt. Sie hat mich um ein Gespräch gebeten, so eine Art ärztlichen Rat. Ich hab ihr gesagt, dass ich kein Psychotherapeut bin, aber sie meinte, darum ginge es auch nicht, sie hätte ja keine psychischen Probleme, sie sei nur traurig.«

Materna bemerkte, wie Josi die Stirn in Falten zog und kurz nach Luft schnappte.

»Ich hab mich auf das Gespräch eingelassen«, setzte Eisler fort. »Sie hat so zerbrechlich und verzweifelt ausgesehen. Sie hat gesagt, ich sei der einzige Mensch, der sie versteht und für sie da ist.«

»Noch ein Einziger, der sie versteht und für sie da ist«, warf Materna ein.

»Bitte?«

»Genau dasselbe hat sie auch zu Jo Aigner gesagt.«

»Ja, und sicher noch zu vielen anderen. Und ich hab diese Person mit auf meine Hütte genommen, ein einziges Wochenende nur, dann war mir klar, dass sie schwer gestört ist. Ich schäme mich in Grund und Boden für diese Geschichte.«

»Darf ich fragen, in welchem Verhältnis Sie zu Marie-Sophie Grundt standen, Herr Professor?«, fragte Materna vorsichtig.

Eisler schaute ihn an. In seinem Gesicht arbeitete es. »Sie war meine Tochter«, sagte er leise.

»Ach!«, entfuhr es Materna.

Josi nickte, als hätte sie das längst gewusst. »Sie waren also die geheime große Liebe von Billy.«

»Und Sie sind Sibylles Freundin?« Eisler griff nach Josis Hand. Er wirkte in diesem Moment nicht resigniert, nur aufgeregt. »Sie sind Josi! Sibylle hat oft von Ihnen erzählt. Mein Gott!«

»Herr Professor, wer wusste, dass Sie der Vater von Marie-Sophie Grundt sind?«, fragte Materna sachlich.

»Nur Georg Koller.« Eisler sank deutlich in sich zusammen, sein Blick ging ins Nirgendwo. »Glauben Sie mir, ich mache mir entsetzliche Vorwürfe. Wie konnte ich Marie diese Heimlichtuerei zumuten! Manchmal frage ich mich, ob ich die Katastrophe nicht hätte verhindern können, wenn ich ehrlich gewesen wäre.«

»Und warum haben sie es verheimlicht?«

»Ja, warum …« Er brach ab. Es schien ihn enorme Kraft zu kosten, weiterzusprechen. »Vor einem Vierteljahrhundert war ein außereheliches Liebesabenteuer, aus dem ein Kind hervorgeht, noch ein Eklat, zumindest hier bei uns in der Kleinstadt. In meinem Fall erst recht. Nicht nur, dass ich verheiratet war – Sibylle ging noch zur Schule, stand knapp vor der Matura. Sie war zwanzig Jahre jünger als ich.« Er machte eine kleine Pause, trank einen Schluck Wein, ehe er fortfuhr. »Meine Ehe war damals bereits in kalter Höflichkeit und Routinen erstarrt. Sibylle war wie ein frischer Wind, fröhlich, talentiert, musisch ... Ich war verliebt bis über beide Ohren. Aber wenn diese Liebesgeschichte in Ischl publik geworden wäre, hätte das meine berufliche Laufbahn zerstört. Ich war ehrgeizig. Und feige. Wie sie mir gesagt hat, dass sie schwanger ist und von mir nichts weiter will, als dass ich stillschweigen und mich von dem Kind fernhalten soll, war ich einverstanden. Natürlich habe ich Unterhalt bezahlt, auf ein deutsches Konto, von dem niemand außer uns gewusst hat. Trotzdem ist das alles unverzeihlich.« Er sah zu Boden und schwieg.

Materna räusperte sich. »Sie hatten dann aber doch Kontakt zu ihrer Tochter?«

»Viel später erst. Sibylle ist nach Salzburg gezogen. Wie sie dann, ein paar Jahre später, nach Ischl zurückgekommen ist, hab ich die Kleine gewissermaßen aus der Ferne beobachtet. Wir hatten ja unsere Abmachung. Aber dann hat Marie Klavierunterricht bei Georg Koller bekommen, mit dem ich seit vielen Jahren befreundet war. Und wie er eines Tages mir gegenüber ihre große musikalische Begabung erwähnt hat, hab ich mich ihm als Einzigem anvertraut. Von ihm hab ich erfahren, wie ähnlich sie mir war. Als Kind schon hat sie die Natur geliebt – und die Musik, genau wie ich. Georg hat mich regelmäßig über ihre Fortschritte informiert, von ihren Plänen erzählt, ihrem Traum von der Oper. Später, als sie studiert und ihre ersten Auftritte absolviert hat, bin ich im Publikum gesessen – bis ich es irgendwann nicht mehr ausgehalten habe. Ich hab ihr nach einem Konzert gesagt, wer ich bin, und sie hat das aufgenommen wie die selbstverständlichste Sache der Welt. Sie ist glücklich, einen Vater zu haben, hat sie gesagt.« Er unterbrach sich, schaute von Josi zu Materna und dann wieder zu Josi. »Stellen Sie sich das bitte vor, Josi, Herr Materna. Kein einziger Vorwurf ist von ihr gekommen, kein: *Wo warst du all die Jahre*, oder Ähnliches. Sie hat einfach nur gesagt, sie sei glücklich, einen Vater zu haben.« Sein Blick ging zum Fenster und verlor sich in der Dunkelheit.

Josi lächelte. »Da war die Marie ihrer Mutter sehr ähnlich. Die Billy hat auch immer die Dinge so genommen, wie sie eben waren.

Sie konnte sich über glückliche Wendungen unglaublich freuen, ohne auch nur im Geringsten nachtragend zu sein. Ich hätte die Marie so gerne kennengelernt.«

Eislers Augen glänzten, als er sie ansah. »Sie war eine großartige junge Frau. Wir haben uns immer wieder getroffen, in Salzburg, auch hier, allerdings immer heimlich. Wir sind zusammen auf die Berge gegangen.« Er unterbrach, um sich die Nase zu putzen. »Die Sibylle war zu dieser Zeit gerade mit ihrem frisch angetrauten Mann weggezogen. So hat es auf den ersten Blick keine Notwendigkeit gegeben, über die Sache zu reden. Und jetzt ist es zu spät. Was für ein Irrsinn ...« Er verstummte und starrte wieder ins Leere.

»Herr Professor Eisler, ich muss Sie noch etwas fragen«, unterbrach Materna das Schweigen. »Wir haben auf dem Handy von Georg Koller eine Nachricht mit eigenartigen Andeutungen gefunden. Man könnte sie als Beschuldigung auslegen, dass er die kleine Marie-Sophie missbraucht hat. Halten Sie das für möglich?«

»Um Gottes willen – nein!«, fuhr Eisler auf. Sein Gesicht war ganz rot geworden, und die Augen, in denen sich gerade noch alle Traurigkeit der Welt versammelt hatte, funkelten zornig. »Nie im Leben! Das war bestimmt ein Racheakt von der Strasser, der verkannten Musical-Kaiserin.«

»Unterzeichnet war die Nachricht mit *T.* Haben Sie eine Ahnung, was das bedeuten könnte?«

Eisler schüttelte den Kopf.

»Ich glaube, ich kann das aufklären«, sagte Josi. »*T.* könnte Titania heißen.«

»Titania? Die Feenkönigin?«, wunderte sich Materna.

»Die Kaiserin Elisabeth hat sich so stark mit Titania identifiziert, dass sie manchmal sogar Briefe mit diesem Namen unterschrieben hat. Ich vermute, die Sissi Strasser hat für diese Aktion sozusagen das Alter Ego ihres Alter Egos übernommen. Wie war denn der Text genau formuliert?«

»Wir wissen alles über Marie und Sie. Sehen Sie sich vor – Ausrufezeichen. T – Punkt«, antwortete Materna.

»Hm – ja.« Josi nickte nachdenklich. »Das klingt nach beleidigtem Kind, das etwas nicht bekommt, das es sich in den Kopf gesetzt hat. Passt genau in das Persönlichkeitsbild von der Strasser.«

»Und wie genau!« Eisler wirkte erleichtert. »Sie war ja wie besessen hinter der Hauptrolle in diesem Musical her. Georg hat mir davon erzählt, wie ausfällig sie geworden ist, nachdem er ihr mitgeteilt hat, dass sie dafür nicht infrage käme.«

»Wann war das, wissen Sie das noch?«

»So Mitte, Ende Oktober, wenn ich mich recht erinnere.«

»Das würde zeitlich auch hinkommen«, überlegte Materna laut. Eisler nickte. »Wenigstens das Andenken an mein Kind und an meinen Freund Georg sollte nicht durch so einen ekelhaften Verdacht beschmutzt werden.«

»Wir werden das alles nachprüfen.« Auch wenn Materna Georg Koller nicht persönlich gekannt hatte, war er froh, dass dieses üble Thema vom Tisch zu sein schien. Er erhob sich. »Herr Professor, ich bedanke mich. Bitte seien Sie so freundlich und geben Sie morgen Vormittag bei der Polizeiinspektion alles zu Protokoll.«

»Natürlich.« Auch Eisler stand auf. Er brachte seine Besucher zur Tür.

»Da ist noch etwas, Herr Professor«, sagte Josi, als sie bereits am Gartentor standen, um sich zu verabschieden.

»Ja?«

»Sie haben der Billy eine Kette geschenkt. Sie hat sie mir zum Aufbewahren gegeben, und ich wollte sie der Marie ...« Sie biss sich auf die Lippen. »Entschuldigen Sie bitte. Ich würde sie Ihnen gern zurückgeben, aber ausgerechnet jetzt hab ich sie nicht dabei. Ich hab nämlich wirklich meine Handtasche im Hotel gelassen. Darf ich Ihnen die Kette morgen bringen?«

»Bitte behalten Sie sie, Josi.«

»Ich kann doch nicht ...«

»Doch, Sie können. Tragen Sie die Kette zur Erinnerung an Sibylle und an Marie. Und als Dankeschön dafür, dass Sie mir letztlich das Leben gerettet haben, auch wenn ich nicht weiß, ob dieses Leben jetzt noch besonders lebenswert ist.« Er senkte den Blick.

»Ich hab Ihnen das Leben gerettet?« Josi zog überrascht die Augenbrauen hoch.

»Natürlich haben Sie das. Bitte, machen Sie mir die kleine Freude.« Er sah unendlich traurig aus, während er von Freude sprach.

Josi nickte langsam, fast andächtig. Dann nahm sie den Professor einfach in die Arme.

*

Materna saß hinter dem Steuer von Josis Golf, aber er fuhr nicht los. Er wusste nicht, was er sagen sollte, und er hatte keine Ahnung, was er tun sollte. Immerhin wusste er sehr genau, was er nicht wollte, nämlich Josi jetzt in ihr Hotel bringen und sie allein nach Linz fahren lassen. Ging um diese Zeit überhaupt noch ein Zug? Auch das wusste er nicht.

Ein lautes Knurren beendete sein ratloses Grübeln. »Poldi, warst du das?«, fragte er in Richtung Rücksitz.

»Ich fürchte, das war mein Magen«, sagte Josi. »Ich habe seit dem Frühstück nichts gegessen.«

»Ich auch nicht.«

»Ich habe aber keine Lust, essen zu gehen. Ich mag heute nicht mehr unter fremde Leute.«

»Ich auch nicht.«

»Allein sein mag ich aber auch nicht.«

Er versuchte, in ihrem Gesicht zu lesen, aber er konnte es im dunklen Auto nicht gut sehen. »Allein sein mag ich auch nicht. Wir könnten zu mir fahren. Ich kann Spiegeleier oder Omelette, wie du magst. Oder Spaghetti.«

»Wuff!«, meldete sich der Poldi zu Wort, dem das Herumsitzen im stehenden Auto offensichtlich zu langweilig wurde.

Beide mussten lachen.

»Spaghetti also?«

»Er meint Hundespaghetti. Die liebt er.«

»Damit kann ich nicht dienen. Aber für dich gibt es noch was Feines im Kühlschrank, Poldi. Die Resi hat nicht alles aufgefressen, wie sie bei mir zu Besuch war.«

»Du meinst, wir sollen mit dir nach Linz fahren?«

»Da wohne ich halt.«

»Aber das geht doch nicht.«

»Nicht?«

»Na ja, wenn ich jetzt bei dir, also mit dir … ich mein, ich fahr ja wieder weg und ich …« Sie hatte sich vollends verhaspelt.

Er verstand genau, was sie meinte. Sie war keine Frau für eine Nacht, genauso wenig, wie er der Typ für ein schnelles Abenteuer war. Mit ihr schon gar nicht. Und dass sie wieder nach Berlin zurückgehen würde, war so sicher wie das Amen im Gebet. Aber er konnte sie doch jetzt nicht einfach allein lassen, nicht nach all dem Schrecklichen, das sie erlebt hatte. Nicht an diesem Abend.

»Ich hab ein Gästebett«, stieß er aus purer Verzweiflung hervor und hätte sich gleich darauf am liebsten selbst geohrfeigt für diesen Satz. Dümmer und plumper ging es ja wohl nicht mehr. Womöglich hatte er sie nun wieder verletzt.

Einen qualvollen Augenblick lang war es still zwischen ihnen. Dann begann Josi zu lachen. Sie lachte und lachte. Sein unbeholfener Ausspruch schien sie von dem Schrecken des Tages zu erlösen. Das Grauen des Erlebten zerfloss in Lachtränen.

Sie wischte sich über die Augen. »Ich nehm das Gästebett«, sagte sie.

Mittwoch, 10. Dezember

Die kleine warme Wolke von Zärtlichkeit, die ihn gerade noch umhüllt hatte, verpuffte wie eine Seifenblase, als er die Augen vollends öffnete. Seine Hand, die nach ihr gesucht hatte, griff ins Leere. Sie war weg. Aus seinem Bett, aus seiner Wohnung, aus seinem Leben. Es war ihm klar, noch ehe er jeden besseren Wissens zum Trotz nach ihr rief.

»Josi?«

Es hätte ihn nicht gewundert, wenn die Wände seiner mit einem Mal so leeren Wohnung ihren Namen als spöttisches Echo zurückgeworfen hätten.

Auch der kleine Fußwärmer namens Poldi, der sich irgendwann mitten in der Nacht still und heimlich eingefunden hatte, war fort. Nur eine Kuhle im Kopfpolster neben ihm und eine am Fußende des Bettes deuteten darauf hin, dass er in dieser Nacht nicht allein gewesen war. Und dass er es jetzt wieder war.

Er stand auf und versetzte seinen Schuhen, die vor dem Bett standen, einen Tritt. Für gewöhnlich neigte er nicht dazu, sich durch symbolische Aggressionshandlungen abzureagieren, aber heute tat es ihm gut.

In der Küche fand er einen Zettel.

Danke für alles. Sei nicht bös, ich muss weg. Josi

Ja, natürlich musste sie weg, und sie hatte ja recht: Ein kurzer, schmerzloser Schnitt war immer noch das Vernünftigste. Das Problem war nur, dass er keinerlei Bedürfnis hatte, auch nur andeutungsweise vernünftig zu sein.

Er machte die Kaffeemaschine an. Das Telefon läutete. Isabel. »Isi – du? Um sieben in der Früh?«

»Ja, entschuldige Papa, aber ich weiß doch, dass du immer um sieben aufstehst. Du, in der Kommode in meinem Zimmer liegt noch eine beglaubigte Geburtsurkunde. Könntest du mir die schicken?«

»Wieso? Willst du heiraten?« Der Witz war nicht gut, aber immerhin war es ein Versuch.

»Geh, Papa! Ich bin froh, dass ich so einigermaßen über die Geschichte mit dem Max weg bin. Ich muss mir einen neuen Ausweis machen lassen.«

»So?« Aha, sie war über die Geschichte mit Max weg. Na, das war ja schnell gegangen. So jung wie sie müsste man sein. Dann war man wohl über alle Geschichten schnell hinweg. So einigermaßen. Oder?

»Ja, könntest du mir die bitte schicken?«

»Die Geburtsurkunde? Ja, kann ich.«

»Papa?«, fragte Isabel nach, als von ihm nichts weiter kam.

»Ja?«

»Du bist so komisch. Hast du irgendwas?«

»Ich? Wieso? Nein, ich bin nur grade erst aufgewacht.«

»Weißt du, was ich glaube? Ich glaube, du steckst entweder hoffnungslos in einem Fall fest oder du hast Liebeskummer.«

»Isi, du spinnst, ich habe …, ich meine …«

Mit einem Schlag wurde ihm klar, dass sie nicht mehr das kleine Mädchen war, von dem man eigene Probleme fernhielt, um es zu schützen. Sie war eine erwachsene junge Frau, immer noch sein Kind zwar, aber auch ein guter Kamerad. Sie kannte ihn so genau wie sonst niemand. Es war sinnlos, ihr etwas vormachen zu wollen. Und wozu auch.

»Hast schon recht«, sagte er. »Sie ist weg.«

Sie stellte keine Fragen, seine kluge Tochter. Sie hielt auch keine langen Reden. »Sie ist weg?«, sagte sie nur. »Dann kämpf um sie.«

*

»Na bitte, was hab ich gesagt?« Conni grinste genüsslich, während sein Blick über die im Besprechungsraum versammelten Kollegen glitt. »Es war eine Mörder*in*.«

»Der Meinung war ich ja auch«, ließ sich Christian Obermeyer vernehmen. »Von Anfang an. Giftmorde sind doch typisch für Frauen.« Er zwinkerte Conni zu.

»Na und der zweite Mord, der mit dem Hirschfänger?« Tina zog die rechte Braue hoch und schob kämpferisch das Kinn nach vorne.

»Auch typisch. Grundsätzlich morden Frauen mit Gift. Aber wenn ihnen eine andere im Weg steht, muss die natürlich ganz schnell weg. Dann greift Frau schon mal zum Dolch.« Connis Grinsen wurde noch breiter.

»Pfff…«, machte Tina.

»Können wir jetzt vielleicht ein bisserl ernst werden?«, blaffte Materna. Seine Mitarbeiter starrten ihn erschrocken an. »In einer Stunde ist der Pressetermin«, erklärte er in gemäßigterem Ton. Wieder eine dieser verhassten Pressekonferenzen. »Was ist gestern bei dem Verhör noch herausgekommen, Conni?«

»Die Strasser schweigt eisern. Aus der ist kein Wort rauszukriegen.«

Materna runzelte die Stirn. Das auch noch.

»Na, klar«, sagte Conni. »Der Dr. Lechner hat ihr eingeredet, dass sie bloß nichts sagen soll.«

»Der Dr. Lechner? Er ist ihr Anwalt?« Schon wieder der Rudi! Diese Nachricht trug nicht gerade dazu bei, Maternas Laune zu verbessern.

Conni sah so aus, als wolle er eine Bemerkung loslassen, verzichtete jedoch nach einem Blick auf die Miene seines Chefs lieber darauf.

»Gut.« Materna riss sich zusammen. »Immerhin war sie ihren Entführungsopfern gegenüber recht gesprächig, weil sie ja gedacht hat, die würden nichts mehr sagen können.«

»Wie hat es denn die Strasser eigentlich geschafft, den Zeitpunkt herauszukriegen, zu dem die Frau Grundt gerade noch in Ischl war?«, fragte Tina.

»Sie muss den Mord schon länger geplant haben. Im Theater hat sie eine Ortungs-App auf dem Handy von Frau Grundt installiert. Der Danner hat ihr dann gewissermaßen das Stichwort gegeben, wie er erzählt hat, dass seine Freundin ihn verlassen hat. Mit dem Handy hat sie herausgefunden, dass diese noch in Ischl ist. Aber es war ihr wohl klar, dass sie sich beeilen muss. Also ist sie noch in derselben Nacht in Eislers Hütte eingebrochen. So – an die Arbeit, Leute. Conni, du kommst um zwölf mit zur Pressekonferenz.«

Alle standen auf und verließen den Raum.

Materna zog sich ins Büro zurück, setzte sich an seinen Schreibtisch und stützte den Kopf in die Hand. Im Grunde hatten sie doch alles, was sie brauchen, um den Fall abzuschließen. Warum, verdammt noch mal, sagte ihm sein Gefühl andauernd, dass er etwas Wichtiges übersehen hatte?

Was hatte Josi gesagt? *Eine schwere narzisstische Kränkung* – das war es! Die Kränkung war von Koller ausgegangen, als er Marie als zweite Besetzung vorschlug – aber nicht nur von Koller! Der Gedanke elektrisierte ihn.

Er griff zum Telefon. »Tina, kannst du bitte für mich die Telefonnummer von der geschiedenen Frau des Intendanten Professor Permanschlager rauskriegen? Den Vornamen weiß ich leider nicht. Sie lebt in Wien und hat mit Permanschlager einen gemeinsamen Sohn, Markus.«

»Mach ich.«

Es dauerte keine Viertelstunde, und Materna hatte eine Wiener Festnetz- sowie eine Handynummer. Auf dem Handy erreichte er auf Anhieb eine Frau Christine Permanschlager. Er stellte sich vor und erklärte sein Anliegen.

»Das ist ja gut, dass sie anrufen, Herr Chefinspektor«, sagte sie mit einer angenehmen dunklen Stimme. »Der Markus hat schon überlegt, nach Ischl zu fahren, um mit der Polizei zu sprechen.«

»Nach Ischl?« Materna war einigermaßen perplex.

»Ja, wir sind in Attersee. Wir haben hier ein Ferienhaus, wo wir immer Weihnachten feiern, und heuer sind wir schon früher hergekommen, der Markus und ich.«

»Ihr Sohn ist also nicht in Amerika?«

»In Amerika? Aber nein. Er studiert in Wien und zurzeit ist er hier bei mir in Attersee.«

Interessant!, fand Materna. Die Sache mit Amerika hatte sich Sissi offenbar ausgedacht, um zu verhindern, dass er mit Markus sprach. Sein aktueller Verdacht war also nicht unbegründet. Er spürte, wie ihn wieder das vertraute Jagdfieber packte. Er musste das klären – jetzt gleich! »Frau Permanschlager, kann Ihr Sohn denn so um zwölf in die Polizeiinspektion Bad Ischl kommen?«

»Moment, bitte, ich frag ihn.«

Eine Minute später hatte er die Zusage. Markus Permanschlager würde da sein.

Materna sprang vom Sessel auf und griff nach seiner Jacke.

Im selben Moment steckte Oberst Patzak den Kopf durch die Tür. »Bereiten S' sich gut vor auf den Pressetermin, Materna?«

»Ich muss nach Ischl, Herr Oberst. Es ist ein Zeuge aufgetaucht, der noch eine Aussage zum Fall machen kann. Der Herr Laubenbacher wird mich bei der Presse ganz bestimmt bestens vertreten.«

»Aber …«, begann Patzak.

»Es ist wirklich sehr wichtig, Herr Oberst. Und sehr dringend.« Materna drängelte sich an seinem Vorgesetzten vorbei nach draußen.

*

Wie konnte ein ausgewachsenes Mannsbild nur so blöd sein? Wie war er bloß auf die Idee gekommen, Josi könnte noch da sein und er würde sie womöglich auf der Polizeiinspektion treffen? Natürlich musste auch sie ihre Aussagen noch zu Protokoll geben. Aber sie war bereits um acht Uhr in der Früh da gewesen, wie Kollege Klanek berichtete. Inzwischen war sie wohl abgereist. Logisch! Was hatte er denn erwartet? Dass sie sich bei Nacht und Nebel aus seiner Wohnung stahl, um dann auf der Ischler Polizeiinspektion sitzen zu bleiben, bis er zufällig vorbeikam? *Kämpf um sie*, hatte Isabel gesagt. Schon, aber wie denn? Verdammt …

»Das ist der Herr Markus Permanschlager«, riss ihn Klanek aus seinen Gedanken.

Materna reichte einem blassen, dürren jungen Menschen die Hand. »Grüß Gott, Herr Permanschlager. Ich bin Chefinspektor Materna. Ich hab die Ermittlungen im Fall Koller geleitet. Sie sind der Stiefsohn von Elisabeth Strasser?« Materna registrierte, dass der junge Mann bei dem Wort *Stiefsohn* zusammenzuckte. »Setzen wir uns hin.«

»Grüß Gott«, sagte der junge Mann und setzte sich. Materna nahm ihm gegenüber Platz.

»Ihre Mutter hat gesagt, Sie hätten schon überlegt, von sich aus hierherzukommen? Sie haben also noch etwas zu berichten?«

»Na ja, ich …«, begann Markus Permanschlager zögerlich. »Ich hab nicht so recht gewusst …«

Materna nickte ihm aufmunternd zu. »Erzählen Sie einfach. Ist es in Ordnung, wenn wir das Gespräch mitschneiden?«

»Ja, klar.«

Klanek legte ein Aufnahmegerät zwischen die beiden und stellte es an.

»Also, Herr Permanschlager, was haben Sie uns zu sagen?«

»Sie haben ja die …, also meine Stiefmutter verhaftet, weil sie den Herrn Koller und die Marie-Sophie Grundt umgebracht hat. Sie hat aber auch meinen Vater ermordet.«

Materna war nicht überrascht. Genau das hatte er vermutet. »Und worauf begründet sich Ihr Verdacht?«, fragte er.

Markus Permanschlagers Augen verengten sich. »Die hat meinen Vater doch nur geheiratet, weil sie gedacht hat, er verschafft ihr große Rollen«, platzte es aus ihm heraus. »Er war damals Dramaturg am Theater an der Wien. Sie war ganz scharf auf die *Elisabeth*, auf die Titelrolle in dem Musical. Sie hat aber nur eine kleine Rolle in dem Stück gekriegt. Schon damals hat sie so einen Hass auf ihn gehabt, dass ich immer befürchtet hab, sie tut ihm was an.« Er fuhr sich mit den Fingern der rechten Hand durch die Haare. »Später hat mein Vater die Intendanz in Ischl übernommen. Irgendwann war die Rede davon, dass hier jetzt auch

Elisabeth aufgeführt werden soll. Da hat sie sich wahrscheinlich gedacht, das ist jetzt ihre ganz große Chance. Wie sie dann erfahren hat, dass bereits eine Sängerin für die Hauptrolle engagiert ist, war alles aus. Sie hat sich dem Papa gegenüber nichts anmerken lassen, aber ich hab genau gesehen, wie sie ihn angeschaut hat. Richtig hasserfüllt.«

»Sie waren also während der Operettenfestspiele hier in Ischl?«

»Ja, während der Semesterferien habe ich bei meinem Vater gewohnt. An einem Nachmittag hab ich sie erwischt, wie sie sein Insulin geschüttelt hat. Mein Vater war Diabetiker.«

»Hm, ja, ich weiß von seiner Erkrankung. Schütteln schadet dem Insulin?« Materna glaubte, das bereits gehört zu haben, aber er war sich nicht ganz sicher.

Der junge Mann nickte. »Ja. Und einmal bin ich früher nach Hause gekommen, als sie erwartet hat. Da hat sie schnell die Insulin-Patronen, die auf dem Fenster in der Sonne gelegen sind, gepackt und in den Kühlschrank gesteckt. Direkte Sonneneinstrahlung und eben auch starkes Schütteln führen dazu, dass das Insulin nicht mehr wirkt.«

»Sie denken, sie wollte auf diese Weise Ihren Vater töten.« Es war mehr eine Feststellung als eine Frage.

Markus Permanschlager schaute den Chefinspektor ruhig und fest an. »Ja«, sagte er schließlich. »Das denke ich.«

»Und warum sind Sie nicht längst zur Polizei gegangen?«

»Hätte mir denn irgendjemand hier geglaubt, wenn ich gesagt hätte: *Ich vermute, meine Stiefmutter will meinen Vater umbringen. Ich hab sie zweimal mit Insulin in der Hand ertappt?* Und das, wo die Polizei doch ganz schnell herausgekriegt hätte, dass mein Verhältnis zur zweiten Frau meines Vaters wirklich nicht das beste ist?«

Materna musste ihm recht geben. Eine Anzeige aufgrund so vager Hinweise hätte wohl keiner besonders ernst genommen, wahrscheinlich nicht einmal nach dem Tod von Permanschlager.

»Aber jetzt wollten Sie Ihren Verdacht doch melden?«

Der junge Mann zuckte die Schultern. »Ich war unsicher. Es war schon gut, dass Sie angerufen haben.«

Materna nickte. »Sie sind jedes Jahr zu Weihnachten am Atter-see?«

»Ja.«

»Aber diesmal sind Sie früher gekommen, sagt Ihre Mutter. Hat das einen bestimmten Grund?«

»Wir möchten an der Beerdigung vom Herrn Koller teilneh-men, meine Mutter und ich. Und an der von der Marie. Ich hab sie gut gekannt, ich meine …« Markus Permanschlagers Augen glänzten von zurückgehaltenen Tränen.

Armer Kerl, dachte Materna. Wenn er wüsste, wie gut ich nach-vollziehen kann, wie es ihm geht … Er richtete sich auf seinem Sessel auf. »Herr Permanschlager, haben Sie mit irgendjemandem über Ihre Beobachtungen gesprochen?«

»Ja. Nach dem Tod von meinem Vater habe ich dem Herrn Koller von meinem Verdacht erzählt.«

Dem Herrn Koller! Das warf ein völlig neues Licht auf den Mord an dem Dirigenten. Materna hatte sich schon gefragt, warum die Strasser Georg Koller nicht damals getötet hatte, als er ihr sagte, sie käme für die Rolle nicht infrage. Warum erst jetzt? Falls Koller jedoch in jüngster Zeit ihr gegenüber angedeutet haben sollte, dass er über ihre Insulin-Manipulationen Bescheid wusste, wäre das eine Erklärung. Materna beschloss, nachher Katrin Schindler aufzusuchen. Vielleicht konnte sie ihm sagen, ob es in den letzten Tagen oder Wochen Kontakt zwischen Sissi Strasser und ihrem Opfer gegeben hatte.

Auf jeden Fall würde nun ein weiterer Mordfall aufgerollt und untersucht werden. Er musste gleich die Staatsanwaltschaft ver-ständigen.

Als er dem Sohn des verstorbenen Intendanten die Hand zum Abschied reichte, hatte er plötzlich Isabels Stimme im Ohr. »Kein Mord, Papa!«, hatte sie zu Permanschlagers Tod gesagt. Hier hatte sie wohl geirrt, seine gescheite Tochter.

*

Auf dem Parkplatz vor der Polizeiinspektion traf Materna auf Heininger, der sich gerade aus seinem Passat schälte. »Guten Morgen«, rief er ihm zu.

Der Heininger blieb unschlüssig stehen. Er wirkte, als wisse er nicht so recht, ob er den Gruß erwidern sollte. Schließlich gab er sich deutlich sichtbar einen Ruck und ging auf den Chefinspektor zu.

»Morgen«, sagte er und verstummte, aber Materna ahnte, dass da noch etwas kommen würde.

»Also, ich wollt noch was sagen.«

»Ja, was denn?«

»Die Rosi war's!«, stieß der Heininger Hubsi auf einmal hervor.

»Die Rosi war was?« Materna schaute in ein schuldbewusst wirkendes Gesicht, aber er verstand nicht so recht.

»Die Rosi hat den Oberst Patzak ang'rufen und ihm erzählt, dass die Frau Konarek, also, dass ihr zwei …« Er stockte.

Materna hätte fast gelacht vor Erleichterung. Natürlich hatte er niemals ernsthaft geglaubt, dass Conni oder einer von den Kollegen, mit denen er ständig zusammenarbeitete, ihn beim Oberst anschwärzen würde. Aber es tat gut, Gewissheit zu haben.

»Soso.« Er bemühte sich, ernst dreinzuschauen. »Du meinst, sie hat ihm erzählt, dass ich mit der Frau Konarek auf dem Jainzen war?«

Heininger nickte und sah zu Boden.

»Und woher hat sie das, die Rosi?«

»Von … von mir. Aber ich hab ja nicht gewusst, dass das eine Ermittlung war, also, ich mein …« Wieder brach der Heininger ab. Offenbar hatte er gemerkt, dass ihn das, was er da als Entschuldigung vorbringen wollte, auch nicht sonderlich entlastete.

»Pass auf, Heininger, und des, was i dir jetzt sag, das kannst deiner Rosi gern weitererzählen: Wenn ich ein Verhältnis mit einer Frau anfang, dann immer außerhalb der Dienstzeit. Und nie am Vormittag«, erklärte er mit todernster Miene.

»Ah, nie«, wiederholte der Heininger verdattert, und Materna fragte sich insgeheim, ob das vielleicht sogar stimmte. Natürlich hatte er sich im Zuge der Ermittlungen in Josi verliebt, wann auch sonst? Aber verliebt sein und ein Verhältnis haben waren doch schließlich zwei Paar Schuhe. »Nie«, bestätigte er entschlossen.

»Und des sagst deiner Rosi.«

»Ah, ja, dann sag ich ihr das. Ich …, ich möcht mich halt entschuldigen, ich wollt ja net … i hab ja net g'wusst, dass die Rosi glei …«, stammelte der Heininger Hubsi.

»Is schon gut.« Materna reichte ihm die Hand, ohne ein weiteres Wort über die Sache zu verlieren, und dachte bei sich, dass der Heininger mit so einer Tratsch'n von Ehefrau schließlich gestraft genug war.

*

Materna konnte es kaum erwarten, seinem Freund Rudi ordentlich die Meinung zu sagen. Der Herr Doktor sei noch im Gespräch mit einem Mandanten, ließ ihn die Sekretärin wissen, woraufhin er begann, wie ein gereizter Tiger auf und ab zu laufen. Mit leicht gerunzelter Stirn verfolgten die Blicke der Vorzimmerdame das Hin-und-Her-Gerenne, sie sagte aber nichts.

Endlich kam der Mandant heraus.

Materna stürzte durch die Tür in Rudis Allerheiligstes. »Sag einmal, hast du sie noch alle?«, schnauzte er den Freund an, während er versuchte, Resis Liebesbezeugungen standzuhalten. Die Hündin sprang immer wieder so kraftvoll an ihm hoch, dass ihr Kopf zweimal gegen den seinen knallte und er insgesamt ins Wackeln geriet.

»Resi!«, rügte der Rudi scharf, woraufhin die Weimaranerin das Anspringen einstellte, aber vor lauter freudiger Erregung herzzerreißende Heul- und Winsellaute auszustoßen begann.

Materna tätschelte ihre Flanken.

»No, ich glaub schon, dass ich sie noch alle hab«, beantwortete Rudi in aller Ruhe die Frage seines Freundes.

»Ah so, ja, und da verteidigst du die Strasser, obwohl du doch gar kein Strafverteidiger bist. Und dann sagst du ihr noch, dass sie nur ja keine Aussage machen soll. Ehrlich, Rudi, du spinnst!«

»Mein lieber Paul, ich bin nicht auf Strafrecht spezialisiert, das ist richtig. Das heißt aber nicht, dass ich meine Mandantin nicht verteidigen darf, wenn sie das möchte. Außerdem sind wir ja noch nicht vor Gericht. Meine Funktion ist eine beratene.«

»Geh bitte, red doch net so g'schwollen daher. Und was heißt überhaupt: deine Mandantin? War die vielleicht vorher schon deine Mandantin?«

»So ist es. Sie hat mich nach dem Tod von ihrem Mann gebeten, die Erbschaftsangelegenheiten zu regeln. Dabei ist ein Vertrauensverhältnis entstanden und so …«

Materna ging ein Licht auf. »Ein Vertrauensverhältnis – ja, logisch! Und sie hat dir gesagt, dass du der Einzige bist, der sie versteht und für sie da ist, richtig?«

Rudi wurde ziemlich blass um die Nase. »Woher …, wieso weißt du …?«

»Weil's noch ein paar Einzige gibt, du Hornochs! Das sagt die jedem, den sie grad für irgendwas braucht und ausnutzen will.«

»Das glaub ich nicht, das ist ja Verleumdung, das ist …«

»Geh, rutsch mir doch den Buckel runter!«, zischte Materna. Er strich der Resi übers Fell, drehte sich abrupt um und verließ die Kanzlei.

*

»Ich bin Ihnen wirklich dankbar, dass sie vorbeigekommen sind und mir Bescheid gesagt haben, Herr Materna. Noch eine Tasse Kaffee?«

»Gern. Vielen Dank.«

Katrin Schindler schenkte nach, rückte den Teller mit dem Weihnachtsgebäck näher an den Chefinspektor und setzte sich wieder. »Gut zu wissen, dass alles geklärt ist. Wenn man so einen schlimmen Verlust erleidet, ist es unerträglich, auch noch dem Gerede der Leute ausgeliefert zu sein.«

»Natürlich«, sagte Materna. Das Gerede der Leute. Wie sehr hatten Josi und ihre Familie darunter gelitten. Was konnte es anrichten. Im Zeitalter des Internets und der sozialen Medien war es noch schwieriger geworden, sich gegen dieses subtile Instrument der Zerstörung zur Wehr zu setzen.

»Ich habe noch eine Frage an Sie, Frau Schindler.«

»Ja?«

»Gab es in letzter Zeit irgendeinen Kontakt zwischen Ihrem Lebensgefährten und der Sissi Strasser?«

Sie wurde rot. »Ja. Am Freitag.«

»Am Freitag vor seinem Tod?«

»Ja. Ich bin früher als sonst von der wöchentlichen Bridgerunde mit meinen Freundinnen heimgekommen. Unsere Gastgeberin hat sich nicht wohlgefühlt. Da hab ich gesehen, wie die Strasser aus unserem Haus gekommen ist.«

»Und Sie haben gedacht, Ihr Lebensgefährte könnte eine Affäre mit ihr haben?«

»Ehrlich gesagt, ich hab es irgendwie befürchtet. Nicht direkt eine Affäre, aber dass sie ...« Sie brach ab und rührte in ihrer Kaffeetasse.

»Ich versteh schon«, sagte Materna.

»Georg war kein Frauenheld, obwohl Dirigenten immer umschwärmt werden ...« Sie nahm einen Schluck Kaffee, stellte die Tasse ab und begann erneut, darin herumzurühren. »Aber ich kann natürlich nicht die Hand dafür ins Feuer legen, dass er mir wirklich immer treu gewesen ist. Wenn nicht, war er immerhin sehr dezent. So hab ich zumindest die Illusion aufrechterhalten können, die Einzige für ihn zu sein. Aber diese Sissi ... Seit ihrem Besuch war er irgendwie anders als sonst. Ich hab gespürt, dass er mir etwas verschweigt. Und die Strasser ... Sie verdreht doch allen Männern den Kopf, wie auch immer sie das macht. Erst recht, wenn sie was erreichen will.«

»Was wollte sie denn erreichen?«

»Der Georg hat mir erzählt, sie wollte unbedingt als zweite Besetzung für die *Elisabeth* eingeteilt werden, jetzt, wo doch die Marie schon so lange verschwunden sei. Er hätte sie daraufhin hinausgeschmissen. Und ich hab ihm nicht geglaubt.« Sie senkte den Blick.

»Und dann ist es zum Streit gekommen?«

Sie nickte. »Ich hätte Ihnen das sagen müssen, ich weiß. Aber es war ... es war mir so entsetzlich peinlich. Wir haben in den drei Jahren, die wir zusammen waren, so gut wie nie gestritten. Mein Gott, wenn ich gewusst hätte, dass er bald darauf tot sein würde ... Es tut mir so leid.« Eine Träne lief über ihre rechte Wange.

Materna reichte ihr ein Taschentuch.

»Hatte der Besuch bei Ihrem Bruder damit zu tun?«

»Ja.« Sie wischte ihr Gesicht ab. »Der Georg war das ganze Wochenende über gereizt, unruhig und kurz angebunden. Ich hab ihn so gar nicht gekannt. Das hat meinen Verdacht natürlich noch bestärkt, und die Luft zwischen uns ist immer dicker geworden. Am Montag hab ich es dann nicht mehr ausgehalten und bin zu meinem Bruder gefahren.«

Materna nickte. »Es ist sehr gut und auch wichtig, dass Sie mir das jetzt anvertraut haben. Frau Schindler, ich möchte Sie bitten das, was ich Ihnen jetzt sage, noch für sich zu behalten.«

»Natürlich.«

»Ich glaube, ich weiß, was Ihr Lebensgefährte vor Ihnen verbergen wollte.«

Sie schaute ihn aus großen dunklen Augen an, in denen er eine Mischung aus Angst und Neugier zu lesen glaubte.

Er berichtete von Markus Permanschlagers Aussage. »Ich vermute, Herr Koller hat beim Besuch von der Strasser durchblicken lassen, dass er um das manipulierte Insulin weiß. Wahrscheinlich hat er erst hinterher registriert, in welche Gefahr er sich dadurch gebracht hat.«

»Nein!« Katrin Schindler schlug die Hand vor den Mund. Ihre Gesichtsfarbe hatte sich von rötlich nach kalkweiß verändert. »Natürlich – jetzt versteh ich das alles. Oh mein Gott!«

»Streng genommen ist es bisher nur ein Verdacht«, wandte Materna ein. »Aber ein sehr nahe liegender. Ihre Aussage hat ihn ja auch bestätigt.«

Als Materna sich verabschiedet hatte und auf dem Weg zum Auto war, läutete sein Telefon.

»Hallo, Mike! Gibt es Neuigkeiten?«

»Wir haben in der Wohnung von der Strasser das Kartenhandy gefunden«, erklärte der Kriminaltechniker. »Sehr interessant! Aber erst einmal das Wichtigste, weil du das ausdrücklich gefragt hast: Ja, es gibt den erwähnten Text: ... *wir wissen alles über Marie und Sie* und so weiter. Sie hat ihn zwar gelöscht, aber wir haben ihn wiederhergestellt.«

»Ihr seid super! Vielen Dank, Mike.«

Materna steckte das Handy ein, machte auf dem Absatz kehrt und läutete noch einmal bei Katrin Schindler.

Sie öffnete ihm und schaute ihn aus geröteten Augen fragend an.

»Frau Schindler, ich habe gerade eine Nachricht aus der Kriminaltechnik erhalten. Es ist jetzt sicher, dass diese Drohung auf dem Telefon Ihres Lebensgefährten, er möge sich vorsehen ..., von Sissi Strasser stammt. Es war wohl ein Racheakt, weil sie geglaubt hat, ihr Mann und auch der Herr Koller möchten die Rolle, die sie um jeden Preis haben wollte, Marie-Sophie Grundt zuschanzen.«

Langsam kehrte etwas Farbe in Katrin Schindlers blasses Gesicht zurück. Sie nahm Maternas Kopf in beide Hände und drückte ihm ein Riesenbussi auf die linke Backe und ein zweites auf die rechte.

*

Nachdem er kurz bei Pfarrer Schäfer vorbeigegangen war, um auch ihm persönlich Bescheid zu sagen, dass der Kirchenmord und ein weiterer aufgeklärt waren, war Maternas Mission in Ischl so gut wie beendet. Unschlüssig schlenderte er den Weg von der evangelischen Kirche Richtung Therme hinunter.

Nichts, aber wirklich gar nichts, zog ihn in diesem Moment nach Linz. Endlose Schreibtischarbeiten erwarteten ihn – und eine leere Wohnung. Er hatte dies eigentlich immer nur dann als unangenehm empfunden, wenn Isabel ihn gerade verlassen hatte, vor allem natürlich damals, als sie nach England gegangen war, um ihre Ausbildung zur Schmuckdesignerin zu vollenden.

Ansonsten hatte er die Stille innerhalb seiner vier Wände meistens genossen. Heute aber schien ihm schon der Gedanke daran unerträglich. Ob er zu Rudi fahren sollte, um noch einmal mit ihm zu reden – und ob ihm dieser vielleicht die Resi für zwei, drei Tage mitgeben würde? Quatsch! Bei den Arbeiten, die in den nächsten Tagen auf ihn zukamen, würde die Hündin bei ihm genau das erleben, was er seinem Freund immer wieder vorwarf: Sie würde unter dem Schreibtisch herumliegen, und keiner hätte Zeit für sie. Und für ein klärendes Gespräch mit Rudi war heute auch nicht der geeignete Zeitpunkt. Er selber sollte sich vielleicht erst einmal ein bisserl beruhigen, was Rudis Engagement für die Strasser anging, und der Freund musste wahrscheinlich die Geschichte auch erst einmal einordnen und verdauen.

So stand er noch ein paar Minuten vor dem pompösen Hotel Royal, bis er einen Entschluss fasste.

Zu Fuß machte er sich auf den Weg zur nächsten Blumenhandlung, wo er ein Adventsgesteck erstand. Bald darauf stand er vor der Tür von Kathi Aitenbichler, die sich vor Freude kaum zu fassen wusste.

»Na, so was, der Herr Inspektor! Dass Sie mich besuchen!« Sie nahm das Mitbringsel in Empfang, und ihre alten Augen leuchteten wie die eines Kindes unterm Christbaum. »Das ist wirklich für mich? So was Schönes! Also bitte, kommen S' rein, Herr Inspektor.«

Sie führte ihn in die kleine Wohnküche, die er schon kannte, bot ihm Platz an, stellte das Gesteck auf den Tisch, bedachte es mit einen liebevoll-stolzen Lächeln und machte sich daran, Kaffee zu kochen.

Diesmal nahm sie sich auch eine Tasse. Sie stellte zwei Teller auf den Tisch und holte aus der Speisekammer einen verführerisch duftenden Germteig-Zopf.

»Frisch gebacken«, erklärte sie stolz. »Greifen S' nur zu, Herr Inspektor.«

Da war es wieder, dieses Gefühl von Geborgenheit und Zuhausesein, das er bereits bei seinem ersten Besuch gespürt hatte. Er mochte diese Frau.

»Haben S' sie jetzt eing'sperrt, die Strasserin?«, fragte sie, während sie genau darauf achtete, ob ihr Gast auch wirklich dem Kuchen zusprach.

Materna wunderte sich ein bisschen. Die Pressekonferenz war doch erst heute Mittag gewesen. »Haben Sie es denn im Radio gehört? In der Zeitung kann es ja noch nicht gestanden sein.«

»Ach wissen S', Herr Inspektor, wenn man über acht Jahrzehnte auf dem Buckel hat, braucht ma für manche Sachen ka Radio und ka Zeitung. Da kennt man d' Leut' auch so. Schmeckt's Ihnen?«

»Und wie! Ihre Mehlspeisen sind die besten, die ich in meinem ganzen Leben gegessen habe.« Das war keineswegs gelogen, nicht einmal übertrieben. Materna nahm gerne an, als sie ihm ein zweites Stück anbot.

Sie schien aus jeder einzelnen Falte ihres Gesichts zu strahlen. »Essen S' nur. So dünn, wie Sie san, können S' schon was vertragen.«

Er lachte.

»Sie hat ihren Mann um'bracht, stimmt's?«, kam die Kathi auf das Thema Sissi Strasser zurück.

»Ja, wahrscheinlich.« Er staunte. Dass die Strasser Prof. Permanschlager getötet hatte, war ja sogar für ihn neu. »Sicher wissen wir es noch nicht. Sicher ist nur, dass die Frau Strasser den Dirigenten Georg Koller ermordet hat und auch noch eine junge Sängerin, die Marie-Sophie Grundt.«

»Heilige Maria!«, stieß die Kathi hervor. »Böse Leut' gibt's.«

Die Aitenbichler Kathi wusste noch viele Geschichten über böse und weniger böse Leut'. Materna saß da, hörte ihr zu, aß so viel von dem Germteig-Zopf, dass er irgendwann das Gefühl hatte, gleich zu platzen, und fühlte sich wohl.

»Besuchen S' mich wieder, wenn Sie wieder nach Ischl kommen«, bat die alte Frau den Chefinspektor, als er ihr zum Abschied die Hand reichte.

»Sehr gern. Ich weiß halt nicht, ob ich so bald wieder hier zu tun habe.« Er merkte, dass er das aufrichtig bedauerte. Nun ja, vermutlich würden zum ersten Mord der schönen, herzlosen Sissi noch Recherchen in Bad Ischl erforderlich sein.

»Sie kommen ganz bestimmt bald wieder«, sagte die Aitenbichler Kathi, und ihre Wieselaugen blitzten.

Epilog – Glöcklerabend

Sie küssten sich nicht. Sie standen einfach da, mitten unter den vielen Menschen, hielten sich an den Händen, ineinander versunken. »Dass du da bist«, sagte er. »Dass du wirklich gekommen bist.« Sie lächelte mit ihrem Lucie-Englisch-Mund, und ihre grünbraunen Augen versprühten zärtliche, kleine Übermut-Funken.

»Nur wegen der Glöckler«, sagte sie und ließ seine Hände los.

»Ich auch«, ging er auf das Spiel ein. »Ich bin auch nur wegen der Glöckler da, das heißt ...«

Er fragte sich, wie sie reagieren würde, wenn er ihr gestehen musste, dass er ausgerechnet heute noch etwas Dienstliches zu erledigen hatte. Der Gedanke verursachte ihm leichtes Herzklopfen. So hatten alle seine Beziehungen geendet. Verbrecher hielten sich nicht an Stundenpläne oder Bürozeiten, und irgendwann bekam er dann zu hören, *Dein Job ist dir wichtiger als ich.* Würde sie sich auch beleidigt fühlen? Er sah sie von der Seite an. Nein, das passte nicht zu ihr, das war so gar nicht ihre Art. Trotzdem ...

Sie zwinkerte ihm übermütig zu. »Ein bisserl bin ich auch deswegen gekommen, weil du meinen Vater mindestens fünfundzwanzigmal angerufen hast. Der war ja schon vollkommen mit den Nerven fertig.«

»Na, wenn du nicht ans Telefon gehst ...«

Sie zog die Nase kraus, antwortete aber nicht.

»Josi, ich muss dir was ...«, versuchte er, das heikle Thema in Angriff zu nehmen.

Ehe er den Satz zu Ende sprechen konnte, packte sie ihn am

Ärmel und rief mit leuchtenden Augen: »Schau, Paul, da kommt die erste Pass!«

Sie wirkte aufgeregt wie ein Kind. Er spürte, dass sie sich regelrecht in seinen Ärmel verkrallt hatte. Plötzlich ertappte er sich bei dem Wunsch, man möge ganz schnell wieder eine Mauer um dieses Berlin bauen, aber eine, die niemand überwinden konnte, zumindest niemand mit dem Namen Josephine Konarek.

Die erste Gruppe der weiß gekleideten Männer mit den prachtvollen Glöcklerkappen hatte sich vor der Trinkhalle eingefunden und formierte sich zu einem Kreis. Die Glöcklerkappen wurden auf Schultern und Kopf getragen und waren echte Kunstwerke von beachtlicher Größe, bis zu zwei Meter hoch und drei Meter lang. Sie bestanden aus einem Gerüst aus Holzleisten, dünnem Karton und transparentem Papier. Von innen wurden sie mit Kerzen beleuchtet. Die Glöckler liefen hintereinander und in gleichmäßigem Tempo, sodass die Kuhglocken an ihren breiten Ledergurten einen vielstimmigen, rhythmischen Klang erzeugten.

Materna war fasziniert von dem Schauspiel. Als er ein Kind war, hatte es in seiner Heimatstadt keine Glöckler gegeben. Es war ein Raunacht-Brauch des Salzkammerguts, der sich allerdings im Lauf der Zeit immer weiter verbreitet hatte. Inzwischen liefen sogar in Linz ein paar Passen. Er hatte bisher kaum davon Notiz genommen. Heute aber würde er Josi voll zustimmen – die alten Bräuche hatten etwas Mystisches und verliehen der Zeit um Weihnachten und die Jahreswende einen ganz besonderen Zauber.

Der erste in der Gruppe trug einen Kometen mit einem mächtigen Schweif auf seinem Kopf, die anderen folgten ihm. Da gab es weitere Sterne in unterschiedlichen Formen und Größen, eine Kirche, einen Mond. Eine der Kappen erinnerte an einen chinesischen Pavillon, eine andere hatte die Form einer halbrunden Käseschachtel, eine weitere die einer Pyramide.

Josi hatte seinen Ärmel losgelassen und ihn an der Hand gefasst. »Du kannst dir nicht vorstellen, wie ich mich als Kind jedes Jahr auf den fünften Jänner gefreut habe.« Sie schaute ihn an und strahlte. »Es war einfach schön, dass nach Weihnachten noch etwas zum Drauffreuen gekommen ist. In Berlin ist die Weihnachtszeit spätestens am 26. Dezember zu Ende.«

Eigenartig, dachte er, das klingt ja fast, als hätte sie Heimweh. Am liebsten hätte er sie gefragt, aber er ließ es.

Inzwischen liefen die Glöckler ihre traditionellen Figuren, Achten, Schleifen und Kreise – Symbole für den unendlichen Kreislauf der Natur, wie Josi erklärte. Eine ältere Dame, die neben ihnen stand, hörte lächelnd zu. Garantiert hält sie Josi für eine Einheimische und mich für einen Touristen, dachte Materna amüsiert und lächelte zurück.

Ein junges Mädchen erschien. Sie trug ein Tablett mit vollen Schnapsgläsern. Die Männer bedienten sich.

»Bei jeder Station gibt es eine Runde Schnaps für die Glöckler«, sagte Josi. »Komisch eigentlich, dass die ihre rituellen Tänze nach so vielen rituellen Schnäpsen noch so gut hinkriegen.«

Materna lachte. »Alpenländische Raunachtsbräuche und Abstinenz passen eben nicht zusammen.«

»Überhaupt nicht.«

Der Klingelbeutel machte die Runde, die Leute warfen ein paar Münzen hinein. Auf ein Zeichen des Passenführers bedankten sich die Männer mit einer tiefen Kniebeuge. Sie griffen dabei nach hinten an die Glocken und bimmelten alle zugleich. Dann liefen sie weiter, gleichmäßig, ohne aus dem Takt zu kommen. Noch als sie längst außer Sichtweite waren, hörte man ihr rhythmisches Geläut.

Gleich darauf teilte sich die Menge, um den Heiligen Drei Königen Platz zu machen. Sie trugen prachtvolle Gewänder und ritten auf fein herausgeputzten Schimmeln. Begleitet wurden sie von einer ebenfalls prächtig gekleideten Gefolgschaft und einer Gruppe Hirten. Letztere stellten sich auf, um ein paar alte Hirtenlieder zu singen. *Grünet Felder, grünet Auen ...*

»Josi, ich muss dir was sagen«, begann Materna erneut, als sich die Könige samt Gefolgschaft anschickten weiterzuziehen.

Und wieder wurde er unterbrochen. »Schau, ein Schiachpercht«, rief Josi. Sie deutete auf die zottige Gestalt, die am Anfang der

Pfarrgasse aufgetaucht war. Der Percht trug eine traditionelle Holzmaske vor dem Gesicht. Auf dem Kopf prangten gleich sechs große, gewundene Hörner. »Komm, gehen wir rüber. Komisch, dass der allein ist. Die tauchen doch sonst immer in Gruppen auf. Glocke hat er auch keine.«

Es war zu spät. Die Gelegenheit, ihr alles zu erklären, war vorbei. Er musste jetzt handeln, und zwar schnell.

»Josi, du bleibst bitte hier stehen und rührst dich nicht von der Stelle. Ich erklär dir alles später – in Ordnung?«

Sie nickte. Obwohl sie ziemlich verwirrt aussah, machte sie keine Anstalten, ihm zu folgen, als er sich so rasch und unauffällig wie möglich auf den glockenlosen, einsamen Perch zubewegte. Von der anderen Seite näherte sich zielstrebig ein Mann in Lodenmantel und Trachtenhut – Dr. Eugen Ronacher.

Der Anwalt steckte dem Percht ein Päckchen zu, das dieser unter seinem Zottelpelz verschwinden ließ. Im selben Moment zog Materna ein Funkgerät aus der Tasche und drückte eine Taste. »Zugriff!«

Es dauerte nur Sekunden, bis Maurer und Heininger zur Stelle waren und den gehörnten Zottel in die Mitte nahmen.

»Kopf abnehmen. Das Packerl her«, befahl Materna.

Unter dem Perchtenkopf kam ein echter Kopf mit einem ziemlich roten Gesicht und Bürstenhaarschnitt zum Vorschein.

»Da schau her. Das hab ich mir doch fast gedacht – der Straubinger Franzl!«

Materna nahm Ronacher ein wenig zur Seite. Er hielt dem Anwalt das Päckchen hin, das Straubinger ihm ausgehändigt hatte. »Brauchen Sie das noch?«

»Geben Sie's nur her, ich werf es gleich weg. Ist ja bloß Zeitungspapier drin. Wer ist denn der Kerl überhaupt?«

»Der Sohn von der Kirchendienerin. Er hat Sie am Mordabend gesehen.«

Ronacher schnaufte erleichtert aus. Er reichte dem Chefinspektor die Hand. »Herr Materna, ich dank Ihnen sehr, dass Sie sich selber der Sach' ang'nommen haben!«

»Passt schon«, sagte Materna. »So war es am einfachsten. Auf Wiedersehen, Dr. Ronacher, und einen schönen Dreikönigstag morgen.«
»Ja, danke, Ihnen auch«, raunzte Ronacher durch die Nase. Er war wieder ganz der Alte.

Materna begleitete die Ischler Kollegen samt dem verhafteten Franzl zum Polizei-Kleinbus. »Hast den Hals nicht vollkriegen können, was?«, wandte er sich an den Erpresser. »So eine saublöde Idee, es jetzt noch einmal zu probieren, unglaublich, so was!«
»I hab halt Angst g'habt«, nuschelte der Franzl.
»Angst? Vor'm Hungertod – oder was?«
»Na, i bin halt auf so an Kredithai reing'fallen, weil ich Spielschulden g'habt hab.«
»Aha, und der wollt' jetzt noch was von dir, der Kredithai?«
»Ja, die Dreißigtausend hab ich ja schon zahlt, aber dann wollt er noch fünfundzwanzig Prozent Zinsen! Und wenn man net zahlen kann, schlagen dem seine Gorillas einen total z'samm. Da hab i mir denkt ...«
»Denkt! Wennst a bisserl gedacht hättest, wärst net hier«, kommentierte Materna ungerührt. »Woher hast denn das von dem Herzanfall überhaupt gewusst?«
»Aus der Zeitung«, nuschelte der Straubinger Franzl mit Blick zum Boden.
»Aus der Zeitung! Und wieso meinst, dass der Dr. Ronacher gerade in der Zeit beim Koller oben war, wie der den Herzanfall gehabt hat?«
»Des hab i mir halt denkt.«
»Denkt ...« Materna sah ihn von oben bis unten an und schüttelte erneut den Kopf. »Geh, packt's ihn ein und nehmt's ihn mit«, sagte er zu Maurer und Heininger. »Bis morgen!« Er beschloss, den Straubinger Franzl morgen selbst zu verhören. Es war immerhin möglich, dass er nicht nur Ronacher, sondern auch Sissi gesehen und längst gewusst hatte, dass sie die Mörderin war. In dem Fall würde es nicht bei der Anklage wegen Erpressung bleiben. Der

Franzl wäre schließlich nicht der einzige Mann, der sich wegen dieser Dame in Teufels Küche katapultierte. Aber das musste bis morgen warten. Jetzt wollte er nur noch eines – den Abend genießen. Mit ihr.

Er nickte den Kollegen zu, dann eilte er zurück zu Josi, die vor der Trinkhalle wartete. Sie hatte vor Aufregung glänzende Augen und wirkte kein bisschen sauer.

»Was hat denn der Graf Bobby von dem Percht wollen? Ist der ein Erpresser? Ist das derselbe wie der Weihnachtsmann?« Die Fragen sprudelten nur so aus ihr heraus.

»Das ist es, was ich dir die ganze Zeit sagen wollte, Josi, nämlich dass ich noch kurz etwas zu erledigen habe. Und dass es mir leid tut, dass das ausgerechnet heute Abend sein muss, auch.«

»Was tut dir leid?« Sie schaute ihn verständnislos an.

»Dass ich was Dienstliches erledigen muss, wenn wir uns treffen und …«

»Ach so. Geh komm, das ist doch total spannend. Also, was war das jetzt?«

Er lächelte amüsiert über ihren Eifer und erleichtert zugleich. »Du hast richtig kombiniert – der Dr. Ronacher ist erpresst worden. Heute Nachmittag hat er mich angerufen, dass der Erpresser eine neue Geldforderung stellt. Aber, sag einmal, was weißt du denn von dem Weihnachtsmann?«

»Ich hab ihn gesehen, vor Weihnachten in der Stadt. So ein rot angezogener Coca-Cola-Heini.« Josi zog die Mundwinkel nach unten. »Und der Ronacher hat ihm damals auch ein Packerl gegeben. Ich hab halt gedacht, es hängt mit dem Nikolausabend zusammen. Aber da war Geld drin, oder? Wer war es denn?«

»Der total nach der Sissi verrückte Franzl, den du im k.u.k. Hofbeisl beobachtet hast. Und ja, im ersten Packerl war Geld drin, im zweiten aber nur Zeitungspapier.«

»Na so was! Und womit ist der Ronacher erpresst worden – oder darfst du das nicht sagen?«

»Das darf ich schon sagen. Dr. Ronacher wollte mit dem Herrn Koller reden und hat ihn ausgerechnet an dem Abend in der Kirche aufgesucht, an dem die Strasser die tödliche Spritze gesetzt hat. Er war also kurz vor der Mörderin auf der Orgelempore. Der Straubinger Franz wohnt im Gemeindehaus. Er muss ihn gesehen haben. Wie er dann gehört hat, dass der Georg Koller ermordet worden ist, hat er sich wohl gedacht, jetzt ist seine große Stunde gekommen.«

»Verstehe. Ein echter oder auch eingebildeter Habsburger ist natürlich erzkatholisch. Wenn der aus einer evangelischen Kirche kommt, fällt das schon auf!«

Beide lachten.

»Aber womit hat er denn den Graf Bobby jetzt noch erpresst? Der Mord ist doch aufgeklärt.«

»Der Herr Koller hat einen Herzanfall gehabt hat, bevor er mit Insulin ermordet worden ist. Der gute Franzl hat sich wohl überlegt, dass er den Dr. Ronacher wegen unterlassener Hilfeleistung unter Druck setzen könnte.«

»Und – war es so? Hat der Ronacher denn …?«

»Er sagt Nein, und ich glaub ihm. So oder so, eine unterlassene Hilfeleistung hätte man ihm ohnehin nicht nachweisen können. Aber natürlich wäre er gesellschaftlich und als Anwalt erledigt gewesen, wenn der Franz dieses Gerücht verbreitet hätte.«

»Ja, böse Gerüchte können Menschen fertigmachen«, sagte Josi leise. »Total fertig.«

Er nahm ihre Hand und drückte sie ganz fest. »Es ist vorbei, Josi.«

Sie nickte. Ein kleines Lächeln vertrieb die dunkle Wolke, die sich gerade noch über ihr Gesicht gelegt hatte. »Ja, es ist vorbei – und die Sissi-Morde auch.«

»Sissi-Morde?« Er lächelte. »Interessante Bezeichnung.«

»Mir geht grad so einiges aus dem Elisabeth-Buch durch den Kopf«, fuhr Josi fort. »Sachen, die sie selber geschrieben hat, die Kaiserin, Tagebuchauszüge, die Gedichte. Eines ist mir total im Gedächtnis geblieben, das heißt, eine ganz bestimmte Strophe aus einem Gedicht.«

»Und wie geht die?«

»Und trotz allen heissen Küssen
Bleibt mein Eisherz starr und kalt;
Machtlos wird sie weichen müssen
Meines Frostes Allgewalt.«

»Wer muss machtlos weichen?«

»Die Sonne mit ihrer Wärme.«

»Ah, so! Ein literarisches Kunstwerk ist das ja nicht unbedingt. Aber *starres, kaltes Eisherz*…« Er nickte. »Genau, das passt auch auf die Strasser. Übrigens hat die auf ihrem Computer auch Tagebuch und Gedichte geschrieben. Es ist zwar alles recht schwülstig und zum Teil verschlüsselt, aber es hat uns weitergeholfen. Die Dame hüllt sich ja seit ihrer Verhaftung in Schweigen. Vor allem in Hinblick auf den ersten Mord haben wir von dem Tagebuch profitiert.«

»Den an Marie?«

»Ach so, das weißt du ja noch gar nicht: Sie hat auch ihren Mann, den Prof. Permanschlager, umgebracht. Sie hat sein Insulin manipuliert.«

»Na servus«, entfuhr es Josi. »Also hat sie drei Morde begangen?«

»Genau. Hast du als Psychologin eigentlich eine Theorie, warum sie die Marie-Sophie mit einem Messer erstochen hat?«, fragte er, während sie langsam durch die Pfarrgasse schlenderten. »Zugriff auf Insulin hätte sie ja auch damals gehabt.«

Josi runzelte leicht die Stirn. »Hm… vielleicht ist sie ja für den Mord an Marie-Sophie in die Rolle vom Lucheni geschlüpft? Womöglich hat sie geglaubt, sie kann ihr Idol rächen, wenn sie die in ihren Augen falsche Elisabeth auf dieselbe Weise tötet wie Lucheni damals die Kaiserin?«

»Klingt einleuchtend.«

»Na ja, ist nur eine Überlegung. Übrigens hat dieser Luigi Lucheni in Genf ja wirklich die Falsche erwischt. Eigentlich hatte er ein Attentat auf Henri Philippe d'Orleans geplant. Die Kaiserin war sozusagen die Lückenbüßerin, weil der nicht aufgetaucht ist.«

»Moment!« Materna blieb abrupt stehen. »Jetzt, wo du den Mord an Elisabeth erwähnst, fällt mir auf einmal was ein … War das nicht die Kaiserin Elisabeth, die nach dem tödlichen Stich aufgestanden und weitergegangen ist? Ich glaub, das hat einmal ein Gerichtsmediziner auf irgendeiner Fortbildung erzählt.«

»Ja, genau.« Josi schaute ihn gespannt an. »Warum fragst du?«

»Weil die Marie nach dem Stich ins Herz auch noch ein Stück weitergegangen ist.«

»Nein!«

»Doch.«

Josi schüttelte sich. »Das ist ja unheimlich. Phu! Jedenfalls war es wirklich ein Sissi-Mord, im wahrsten Sinn des Wortes.«

»Den wir aber allmählich ad acta legen sollten. Schau, es fängt an zu schneien.« Eine Schneeflocke landete genau auf Josis Nasenspitze. Er küsste sie fort.

Josi lächelte, dann schaute sie nachdenklich in den allmählich dichter werdenden Tanz der Flocken. »Jetzt deckt der Schnee wieder alles zu«, sagte sie leise.

Er legte seinen Arm um ihre Schulter. »Manchmal ist das auch gut so, Josi. Und – was machen wir beide jetzt im Schneegestöber?«

»Lass uns noch ein, zwei Passen anschauen, ja? Und dann gehen wir.«

»Gut. Der Poldi wird ja sicher schon warten. Hast du ihn wieder im Hotel?«

»Nein, zu Hause.«

»Wie – zu Hause?«

Sie lachte. »Ich besitze ein Haus in Ischl, Herr Inspektor, klein, aber fein. Frisch ausgemalt, geputzt, beheizt und bewohnbar.«

Sein Herz legte einige Schläge zu. »Du hast es nicht wieder vermietet?«

»Hm, ich weiß noch nicht genau, was ich damit mache. Vielleicht behalte ich es als Ferienhaus und vermiete es zwischendurch an Touristen. Ich bin ja in meinem Job nicht an einen festen Ort gebunden.«

In seiner Brust explodierte ein Sylvester-Feuerwerk, und in seinem Hirn begann ein Symphonieorchester zu spielen.

Sie legte den Kopf schief. »Und ich habe ein Gästebett.«

»Ich nehm das Gästebett«, sagte er.

Glossar

Beuschl = Haschee (Ragout) aus Lunge und weiteren Innereien.

Cumberland Hut = in Gmunden/Traunsee hergestellter traditioneller Trachtenhut, benannt nach dem Herrscherhaus.

Gach'n/an Gach'n haben = zornig sein.

Germ, Germteig = Hefe, Hefeteig.

Glumpert = Zeug, Kram.

Glöckler = Figuren (Schönperchten) aus dem Raunachtsbrauchtum im Salzkammergut.

Graf Bobby = fiktive Witzfigur, Parodie auf den österreichischen Adligen, entstanden in der k.u.k. Monarchie. In den 1950er-Jahren wurde die Figur durch zahlreiche Filme mit Peter Alexander zusätzlich populär.

Gspusi = Liebschaft.

Gugelhupf = Kuchen aus Hefeteig in einer typischen hohen Kranzform gebacken. Kaiser Franz Joseph soll jeden Nachmittag ein Stück Gugelhupf verzehrt haben.

Hefn = Gefängnis.

Kasten, Kleiderkasten = Schrank, Kleiderschrank.

Katz = Frau oder Mädchen. Der Begriff hat einen sexuellen Unterton.

kemma = gekommen.

Kieberer/Kieberei = Polizist/Polizei.

Krampus = finstere, gehörnte Gestalt in Begleitung des heiligen Nikolaus. Der Krampus trägt eine Rute und eine Kette und hatte früher die Aufgabe, unfolgsame Kinder zu bestrafen, während die folgsamen vom Nikolaus belohnt wurden.

Krampusabend = Abend des 5. Dezember, an dem der Krampuslauf stattfindet und der Nikolaus mit oder ohne Krampus die Kinder besucht und beschenkt.

Kren/Krensoße = Meerrettich, Meerrettichsoße.

Mehlspeis(e) = Oberbegriff für Süßspeisen, Kuchen, Torten, aber auch warme süße Gerichte

Melange = Kaffeespezialität mit geschäumter Milch.

Nikolaus-Kirtag = Jahrmarkt zum Fest des heiligen Nikolaus, dem die katholische Pfarrkirche in Bad Ischl geweiht ist.

Nixerl = unbedeutender Mensch.

Pass = zusammengehörige Gruppe von Raunachtfiguren, wie Glöckler oder Perchten.

Patschen = Hausschuhe.

Perchten = schöne (Schönperchten) und hässliche (Schiachperchten) Raunachtsgestalten.

picken, ich pick ... = kleben, ich bin klebrig.

Piefke = ironische Bezeichnung für Deutsche.

Primar = entspricht dem deutschen Chefarzt.

Raunächte = einige Nächte zwischen Wintersonnenwende (21. Dezember) und Dreikönigstag (6. Januar), die im alpenländischen Brauchtum besondere Bedeutung haben.

Sackerl = Tüte.

Salonsteirer = anspruchsvolle Ausführung des Steireranzugs aus grauem Loden mit grünem Besatz.

Schmarrn = Warme Mehlspeise, aber auch: Unsinn, Quatsch.

Schönbrunner Deutsch = gehobene Form der österreichischen Umgangssprache, die auch im Kaiserhaus gepflegt wurde.

Ungustl = unsympathischer Mensch.

Weihnachtsbäckerei = Weihnachtsgebäck.

Wetterfleck = Cape, Umhang mit Kapuze, meist aus Loden.

Würstl mit Saft = Frankfurter (Wiener) Würstchen in Gulaschsaft.

Zaunerkipferl = Spezialität der Konditorei Zauner in Hörnchenform.

Zaunerstollen/Zaunerschnitte = traditionelle Spezialität der Konditorei Zauner bestehend aus einer Masse aus zerkleinerten Ischler Oblaten und Haselnuss-Schokolade, überzogen mit dunkler oder heller Schokolade.

Zuagroaste = Zugezogene.

Zuckerl = Bonbons.

Zwetschgenröster = Pflaumen, überwiegend im eigenen Saft gekocht.

Zu guter Letzt – Danke

Alle Figuren, die in diesem Roman Bad Ischl bevölkern, entspringen meiner Fantasie. Dasselbe gilt für sämtliche Ereignisse. Ähnlichkeiten mit lebenden oder toten Personen oder Begebenheiten sind rein zufällig und nicht beabsichtigt.

So hat auch in der Realität niemals die Absicht bestanden, das Musical *Elisabeth* von Michael Kunze & Sylvester Levay in Bad Ischl aufzuführen. Die sehenswerten Operetten-Festspiele in Bad Ischl allerdings gibt es bereits seit 1961 wirklich, und in den letzten Jahren wurde auch das ein oder andere Musical gespielt. Wie es Graf Bobby in der Geschichte vorschlägt, finden sich auf dem Spielplan eher die Sparten-Klassiker, die hervorragend in den Rahmen des Festivals passen.

Ebenfalls real – und einen Besuch wert! – sind die im Buch erwähnten gastronomischen Betriebe, das Hotel, die Restaurants und Cafés. Und so bedanke ich mich bei der Familie Zauner vom Sandwirt für die Erlaubnis, Josi Konarek in ihrem Hotel wohnen zu lassen. Einen herzlichen Dank an die berühmte ehemalige Hofkonditorei Zauner, dass ihr hervorragender Zaunerstollen in der Geschichte eine kleine, aber wichtige Rolle spielen durfte.

Pfarrer Dankfried Kirsch hat mir die Besichtigung der Orgel in der evangelischen Kirche Bad Ischl ermöglicht, mir die Ein- und Ausschaltvorgänge des Orgelmotors erklärt und alles andere, was rund um die Orgel für die Geschichte wichtig war. Danke dafür, und für ein langes, wunderbares Gespräch auf der Empore!

Ganz besonders bedanken möchte ich mich bei Abteilungsinspektor Gottfried Mittendorfer von der Ischler Polizei, der in unermüdlicher Geduld meine Fragen zur Arbeit und Organisation der österreichischen Polizei beantwortet hat. Wenn mir trotzdem Fehler unterlaufen sind – mit Sicherheit! –, gehen diese selbstverständlich ausschließlich auf mein Konto.

Gabriele Mayr hat die Entstehung des Romans voller Interesse begleitet. Danke dafür, Gabi, und die für mich so hilfreichen und wertvollen Anmerkungen und Kommentare!

Herzlichen Dank an meine Agentin Monika Hofko von der Agentur Scripta und an Eliane Wurzer vom Piper Verlag für die gute Zusammenarbeit.

Ein besonderes Dankeschön an Franz Leipold für die so angenehme und bereichernde gemeinsame Arbeit am letzten Schliff des Textes, wobei ich ihm jede Menge Austriazismen und Eigenheiten der österreichischen Umgangssprache zugemutet habe.

Last not least gilt mein Dank meinem Mann Albrecht für sein Verständnis, wenn die Tür des Arbeitszimmers geschlossen bleibt. Danke für deine Geduld, und dass du mir immer den Rücken stärkst!

Der Ausschnitt aus dem Gedicht *Oh, dass ich nie den Pfad verlassen* wurde zitiert nach Walter und Renate Hain: »Kaiserin Elisabeth und die historische Wahrheit«, BOD – Books on Demand, Norderstedt 2015, 3. Auflage 2016.

Das Gedicht *Ja, wenn ich …*, aus dem Josi die Strophe *Und trotz allen heißen Küssen …* zitiert, habe ich in einem Buch gefunden, das für die Arbeit an diesem Roman eine wertvolle Quelle des Wissens und der Inspiration war: *Mein Herz ist aus Stein. Die dunkle Seite der Kaiserin Elisabeth*, von Michaela Lindinger, erschienen 2013 im Amalthea Signum Verlag Wien.